紫伊281 著

上海文艺出版社

图书在版编目（CIP）数据

萌妻食神 . 1，美食良缘 / 紫伊 281 著 . -- 上海 :
上海文艺出版社，2021
ISBN 978-7-5321-7215-3

Ⅰ . ①萌… Ⅱ . ①紫… Ⅲ . ①长篇小说－中国－当代
Ⅳ . ① I247.5

中国版本图书馆 CIP 数据核字（2019）第 095127 号

责任编辑：陈　蔡
特约策划：颜颖颖
装帧设计：李苗苗　陈湘怡

萌妻食神 1，美食良缘
紫伊 281 著
上海文艺出版社出版、发行
地　址：上海绍兴路 74 号
新华书店经销　山东新华印务有限公司印刷
开　本：720×1000　1/16
印　张：23.75
字　数：350 千
印　次：2021 年 3 月第 1 版　2021 年 3 月第 1 次印刷
ISBN：978-7-5321-7215-3/ I.5753
定　价：69.00 元

CONENTS

一 洞房花烛

红烛高烧，幽香袅袅，隐隐约约，还有喜庆的鼓乐传来……

叶佳瑶费力地睁开眼睛，盯着大红的喜帐看了许久，猛地一下坐起来，浑身的汗毛都竖了起来，望着古色古香的房间，她狠狠咬了下皓白素洁的手腕。

哎呀，真疼！疼得她泪花都飙了出来。原来那不是梦，她真的……穿越了。

原主叶瑾萱本是要嫁给济南知府的大公子魏流江，谁知在送亲途中被劫上了黑风岗，进了土匪窝，要她给三当家做压寨夫人。结果她触柱自尽，叶佳瑶就是此时进入她的身体。

在叶瑾萱的记忆里，她已经见过大当家和二当家，那大当家一看就是个奸诈的。二当家五大三粗，简直就是李逵再生、张飞再世。想必那三当家也好不到哪里去。

不行，她得想办法逃出去。她两脚刚一沾地，就听见外头有人大笑："三弟，二哥说了要给你弄个漂亮媳妇，说到做到。"

"多谢二哥美意。"温润的声音带着微醺的醉意，在众多粗鄙豪放的大嗓门中显得有些格格不入。

"春宵苦短，三当家可要好好享受。"有人高声嚷嚷。一片哄然大笑。

叶佳瑶听得脸色发青，等到开锁的声音响起，她连忙跳回床上装睡。门被打开了，旋即又关上。脚步很轻，轻得几乎听不见，但她可以感觉到有人在慢慢靠近，因为她嗅到了一股子酒味，她紧张地拽紧了身下的大红被面。

夏淳于站在床沿，居高临下地打量着他的新娘子。漆黑如墨的眼似两潭深不见底的池水，看不出半点情绪，然而，他的心里并不平静。

他刚从山下回来就被寨里的弟兄们拖着换上了喜服，拉去聚义堂喝喜酒，说是给他劫了个新娘子。这是否又是一次试探？这女人会不会是大当家安插到他身边的钉子？不然，为何大当家、二当家都还没有成亲，独独给他弄个压寨夫人来？

黑风岗聚集了三千草寇，依仗险要地形，屡屡下山犯案：劫官道，扰民居，无恶不作，朝廷多次派兵围剿皆无功而返。他收到密令上山为寇，寻找破解之法，虽然交了投名状，且功劳卓著，但生性多疑的大当家还是心怀戒备，变着法子试探他。

再看这新娘子，双目微阖，虽然脸色有些苍白，但生得柳叶弯眉，琼鼻樱唇，的确是美貌。门外有轻微的响动，夏淳于嘴角勾起一抹冷笑，既然他们想看戏，那他就配合着演戏。

叶佳瑶心中纠结万分，她只听得窸窸窣窣一阵响动，被子被人掀开。叶佳瑶再也装不下去了，忙不迭爬开，顺手拔下头上的簪子对准了脖子，宁死不屈道："别过来，不然我死给你看。"

然而，当她看清楚眼前的男人时，脑子嗡的一下，傻了。居然有这么帅的土匪？

男人面带微笑，自有一股子说不出的慵懒和优雅，狭长的凤眼微眯着，因沾了酒意的缘故，水润乌亮若星光熠熠，线条分明的唇微微扬起，噙着一抹似是而非的笑意。

叶佳瑶很不争气地咽了口口水，上辈子她就是外貌协会的忠实会员，没想到一穿过来，老天就送给她这么一个帅土匪。呸呸呸，他长得再好看也是个土匪，叶佳瑶狠狠鄙视自己，不觉又握紧了几分手中的簪子。

男人眉梢一挑："性子挺烈，我喜欢。"

"谁要你喜欢，快放我走，不然我爹报了官，把你们都抓起来。"叶佳瑶虚张声势道，簪子已经抵到肌肤。

男人轻嗤："报官？你以为黑风岗是什么地方？莫说官府，便是大军来了，断龙石一放下，千军万马也攻不上来，我劝你还是省省事。"

叶佳瑶可不是原主那种烈性子，作为现代人，保命才是关键，怎样把危害降到最低才是她要考虑的。于是，她期期艾艾地说："不是我不识时务，我毕竟是正经人家的女儿，不能这样随随便便从了你。况且我这一日担惊受怕，又撞了柱子，身上不大好，恐怕也没办法伺候你，你能不能容我缓缓？"不管怎样，先躲过今晚再说，原主的爹肯定会想办法救她的。

夏淳于有些诧异，这是缓兵之计还是欲擒故纵？

"撞了柱子？伤哪儿了？我看看。"

叶佳瑶迟疑了片刻，看他不悦地挑眉，便一点一点挨了过去，指着左边的脑袋："喏，这里，好大一个包。"

随着她低头的动作，乌亮的发丝柔柔垂下，带着淡淡幽香，似有若无地扫过他的手背，如蜻蜓点过荷塘水面，有小小的涟漪荡漾开来。夏淳于伸手一摸，果然有一块鼓起，倒不是说谎。

"疼……"叶佳瑶夸张地倒抽一口冷气，好显得她是个严重的病号。

他的手就势揽住了她的肩膀，轻轻一带，叶佳瑶一头栽入他怀里，与此同时，手里的簪子被夺了去，只听得叮一声，不知被扔到哪个角落里碎了。他的身体随即覆了上来，一只手屈肘撑在她耳边，将她禁锢在身下，眼神专注而深情，语声低沉："不用你伺候我，今晚，我伺候你。"

叶佳瑶激灵灵打了个寒战，"这，这怎么好意思，你可是三当家啊……"叶佳瑶支吾着，笑得比哭还难看。

"爷乐意。"他眉眼一弯，头低了下来。

叶佳瑶看着眼前不断靠近放大的俊容，鼻息间充斥着美酒的醇香与他衣服上木槿花的幽香，混合出一种特别的气息，刺激得她每根神经都绷紧了。

眼看两唇就要相印，一只冰凉的手挡在了中间。

"等等，你……能不能去漱漱口，我……我闻不得酒味，会吐的。"叶佳瑶急中生智，怯怯地说道。

夏淳于眸色一深，一丝尴尬与恼怒浮上心头，她居然嫌他有酒味，他真的下了床，走到圆桌边，提起了茶壶。

叶佳瑶有些不敢相信，他这么听话？下一刻，她就不这么想了。夏淳于提起茶壶又放下，转而提了酒壶过来，当着叶佳瑶的面喝了一口。

叶佳瑶忍着翻白眼的冲动，心里念叨，真是个小气的男人，空有这一身俊雅的风姿气度。下一刻，她就知道自己又想错了。男人猝不及防地吻了上来，霸道地叩开她的齿关，将口中烈酒尽数度了过来。

二 叽里咕噜

辛辣的液体顺着咽喉一路灼烧到胃，这一日她光吃惊没吃饭，连水都没得喝一口，空空如也的胃顿时抽搐起来，难受得她不停挣扎。

“别……别灌了……”碰上这么个睚眦必报的男人，叶佳瑶欲哭无泪。唇齿间氤氲的酒香迷乱人心，她的眼神迷离羞怯，脸颊白里透粉，红唇莹润欲滴……夏淳于不觉喉头发紧，身体里的血液似乎全都涌向了某一处。

忍无可忍之下，叶佳瑶做出了本能的反应，一把揪住他的头发，不让他继续作恶。夏淳于在山上见过干杂活的大婶打架，就是这般互相扯着头发，没想到自己有一天也会被人扯住头发，而且是在如此缠绵的时刻。

“放手。”他哑着声低喝。

见他发火，叶佳瑶赶紧放开手，瘪着嘴委屈地说：“你弄疼我了。”

夏淳于狠狠瞪她一眼，悻悻地往枕头上一靠，手枕着后脑勺冷哼道：“真扫兴。”他心下甚是懊恼，他在山上一贯以冷酷形象著称，出手果断，杀人不眨眼，所以今天他豁出去准备把这场戏演完，好安一安大当家的心。可演着演着不觉入了戏，刚才差点就失控了。看她可怜巴巴的小模样，还真是……下不了手，怎么办？外面还有人等着看戏呢。

夏淳于心思一转，对叶佳瑶招招手："过来。"

叶佳瑶期期艾艾地望着他不敢过去，夏淳于不耐烦地皱眉，伸手抓住她的手臂，顺势一带，叶佳瑶惊呼出声，整个人扑倒在他怀里，旋即挣扎起来。

"不想死就别动。"夏淳于低声喝道。

叶佳瑶敢怒不敢言，敌我力量太过悬殊，以弱胜强完全没可能。叶佳瑶正在想办法怎么说服他暂时放她一马，后脑勺传来一阵剧痛。

"啊……痛痛痛……"叶佳瑶连连抽气，真的是痛。

"叫什么叫？你这肿块不小，得把里面的淤血揉开。"夏淳于压着声道。

叶佳瑶有点发蒙，他会这么好心？

"别以为爷会怜香惜玉，你这半死不活的样子爷没兴趣。"夏淳于没好气地说，手底下用力搓揉，半点也不怜香惜玉。

"啊啊啊……你轻点。"

"这样？"

"求你了，轻点轻点。"

"那你听不听话？"

"听听听。"

"这样可好？"

"好一点了。"

"是不是很舒服？"

"嗯……"

叶佳瑶咬牙切齿，舒服什么，头皮都要被你给揉破了，还这么多废话。夏淳于瞅了一眼紧闭的房门，嘴角噙了抹冷笑。

门外几个土匪听着那一声声纤细柔媚的娇吟，一个个面红耳赤，心跳加速。

"好了吗？疼死我了……"叶佳瑶要哭了，他一会儿轻一会儿重的，她怀疑自己后脑勺的肿块变大了。

好了吗？这可不是他说了算，取决于外面那帮家伙有没有听够。"催什么催？受不住也得受着。"夏淳于凶巴巴地大声道。

叶佳瑶一忍再忍，头皮都被他搓麻了，也不知道该夸这土匪替她疗伤太过认真，还是该骂他打着疗伤的幌子故意折磨她。

终于这家伙停手了，叶佳瑶也傻了，趴在他胸口，两眼发直地盯着桌上高烧的红烛，太倒霉了，原本可以安安生生地做个大少奶奶，如今却身陷土匪窝做了压寨夫人。

“睡着了？”耳边传来男人慵懒沙哑的语声，外面那帮人终于走了。

“没有，这样趴着脖子酸，我可不可以转过去睡？”叶佳瑶小心翼翼地问道，她现在有些怕他，生怕一不小心惹恼了他，不知道他会对她做什么。

“难道你还想趴在我身上睡？”夏淳于嫌弃地说。

叶佳瑶赶紧远离他，她的头很晕，像套了个大头布偶，肚子也很饿，都一天没吃饭了。想到吃的，肚子就很配合地咕噜咕噜叫了起来。房里很安静，所以这叽里咕噜的声音，显得格外清晰。

叶佳瑶条件反射地捂住肚子，窘得满脸通红。可随即一想，有什么好窘的，最好他因此嫌弃她，把她赶出去，叶佳瑶这么奢望着，便理直气壮道：“我饿了。”

夏淳于无语地看了她数秒，目光扫了遍桌上，说：“这会儿没吃的了，明天再说。”

叶佳瑶沮丧地揉揉肚子：“它要老是这么叫，会不会影响你睡觉？”

夏淳于皱眉：“你想说什么？”

叶佳瑶指了指对面的罗汉榻：“要不，我睡那。”跟他躺在一张床上，太不安全了。

他把被子一裹，转过身去，不耐烦地说：“睡觉。”

这是准了还是不准啊？叶佳瑶冲着他的背龇牙咧嘴，无声咒骂。骂完了，饭还是没得吃，叶佳瑶真心觉得倒霉。她家从太爷爷辈开始世代当大厨，个个都是业界响当当的人物，所以在她家，最不缺的就是吃的。原来饿了是这么难受，长夜漫漫，怎生熬得过去？

叽里咕噜，叽里咕噜……

咕噜噜……终于换了个节奏，叶佳瑶郁闷地想。

叽里咕噜……

两个声音此起彼伏，犹如配合默契的合唱。

咦？不对，这才是她肚子叫的声音，叶佳瑶竖着耳朵听了会儿，差点没喷笑出声，那帅哥的肚子居然也在叫。

夏淳于呼啦掀开被子坐了起来，恼怒地瞪向叶佳瑶，发现她居然在偷笑，一张脸顿时阴沉得快要滴出墨来。她居然敢笑话他，要不是她老在一旁叽里咕噜，他的肚子能叫吗？今晚上光喝酒，都没吃饭菜，他也饿了。

叶佳瑶没想到他会突然转过来，笑容一时没来得及绷回去，僵在了脸上，她嘴角抽了抽，尴尬道："要不，我去找点吃的？你告诉我厨房在哪，万一厨房没吃的，我可以做。"

他挑着眉梢望着她，不是说大家闺秀吗？还会做吃的？

叶佳瑶一脸诚恳地看着他，讨好地说："这种小事，我去就好了，三当家，您稍等片刻。"

夏淳于想，她不会趁机逃走吧？可又不像，她不哭不闹，还主动要给他弄吃的，这么殷勤，是想讨好他吗？

叶佳瑶见他没反对就当他默许了，飞快出门，生怕他又变卦。夏淳于还没琢磨出个究竟，人已经跑了。不是不知道厨房在哪吗？夏淳迟疑了片刻，还是躺回了床上，反正她跑不掉，看她能弄什么好吃的来。

院门口只剩下两个土匪守着，见叶佳瑶出来，两人有些摸不着头脑，这是想要跑路还是怎样？

"两位大哥，能告诉我厨房在哪吗？"叶佳瑶怯怯地问。

见两人愣着，叶佳瑶指了指屋里头，小声说："三当家肚子饿了，要我去弄吃的。"

两人眼里便多了几分同情，一个叫宋七的土匪道："新嫂子回吧，我去给三当家弄个肘子来。"

这一声新嫂子叫得叶佳瑶激灵灵打了个哆嗦，她想着，土匪可能不放心让她一个人走，便道："大半夜吃油腻的东西会消化不良，要不这位大哥陪我去？"

宋七和彭五对望一眼，既然是三当家要吃东西，新嫂子又让跟着，没什么好不放心的，宋七便道："我陪新嫂子去。"

三 一碗蛋炒饭

厨房倒是离得不远，出了院子，也就五十来米的距离。

宋七走进去，大声道："姜婶，还有没有吃的？"

叫姜婶的是个四十来岁的大妈，腰粗膀圆，极符合厨娘的形象，此时手里正抓着一只红烧肘子啃得欢，见是宋七，也不遮掩，不客气地说："都这个点了，还能有什么吃的。"

"我看都是被你偷吃光了。"宋七埋怨道。

"呸！你们大鱼大肉酒足饭饱，老娘我可是饿到现在才吃饭。"姜婶狠狠甩了个白眼过来。

"三当家还饿着呢，快看看还有啥吃的不？"宋七去掀锅，锅里只有热水。

一听说是三当家要吃的，姜婶的态度立马和顺起来："剩菜没了，橱柜里倒是还有些剩饭。"

叶佳瑶四下里看了看，发现柱子上挂着一扇牛肉，地上的篮子里还有几个西红柿、黄瓜和胡萝卜，就问："有鸡蛋吗？"

姜婶见叶佳瑶身上还穿着新娘子的喜服，便知她就是今天二当家从山下抢回来的新娘子了，笑道："有有，傍晚刚从鸡窝里摸出来的。"

“灶火熄了吗？”

“还没，烧着热水呢！”

叶佳瑶道：“那就麻烦姜婶帮我烧个火，还有，拿几个鸡蛋来。”说着就撸起袖子，准备干活。

宋七道：“新嫂子，让姜婶弄就行了。”

“没事儿，我自己来。”叶佳瑶从篮子里捡了两个西红柿、一根黄瓜和一根胡萝卜，舀了一勺水来清洗。做饭可是她最大的兴趣，除了这个，她也别无所长。

宋七和姜婶目瞪口呆地看着叶佳瑶娴熟地挥舞着菜刀，将那牛里脊切成丁，几乎每一颗肉丁都一样大小，十分均匀。这刀工了得啊！两人心下感叹。

叶佳瑶也不问姜婶，哪样是料酒，哪样是酱油，哪样是醋，瓶子打开一嗅，就开始调料，往切好的牛肉丁中倒，再是两片生姜，搅拌均匀。

腌好了牛肉，叶佳瑶又开始切黄瓜和胡萝卜，一样切成丁。姜婶不知从哪摸出几个香菇：“姑娘，香菇要吗？”

叶佳瑶面上一喜：“要要，有这个更好。”香菇可以提味，等同于味精，但市面上的味精吃的不放心，他们家都是自制鸡精的，这个年代估计也没有味精，改天她自己来做鸡精。

准备工作就绪，叶佳瑶往锅里下了一勺油，等油沸滚，把腌好的牛肉往里一倒，快速翻炒两下就装盘，牛肉本来就鲜美柔嫩，要是过火就老了不好吃了。

鸡蛋已经打好，炒成碎碎的蛋花装盘，接着下香菇翻炒，等香菇的香味飘起，再下胡萝卜丁，最后才是黄瓜，菜炒到五分熟装盘。叶佳瑶把两碗剩饭倒进去，等米饭都揉开了，味也调好了，最后才把炒好的配料放入锅里搅拌。

不一会儿，厨房里香气四溢，宋七看着红红绿绿的蛋炒饭，闻着那诱人的香味，情不自禁地咽了口口水。

叶佳瑶看着美食出锅，自己也很开心，这可是她最爱吃的牛肉蛋炒饭，凡是吃过她做的蛋炒饭的人都念念不忘，那个可恶的三当家算是有口福了。

饭做好了，叶佳瑶开始烧西红柿蛋汤，其实最平常的菜反倒是最见功底，西红柿要烧出汁，但又不能太烂，烂了菜色不好看，不出汁又没味道。

“姑娘，您这厨艺可是比老于头强多了。”姜婶称赞道，这大厨房是老于头掌勺，她和几个妇人打下手帮厨，老于头最喜欢的就是乱炖，杂七杂八往里一扔，跟做猪食一样，改天让老于头瞧瞧人家这手艺，看他不拿个锅盖把自己闷死。

叶佳瑶谦虚地笑了笑："谈不上厨艺，喜欢做而已。"

对她来说，做菜不是工作，纯粹爱好，因为她本身就是嘴刁的吃货，他们一家全是吃货，自然对美食的要求比较高。

装了满满两大碗蛋炒饭，外加一碗西红柿蛋汤，锅里还剩了些，看宋七的眼珠子直勾勾地盯着锅里，叶佳瑶笑道："宋七，你也饿了吧，要是不嫌弃，这些就归你了。"

宋七笑呵呵地搓着手："那敢情好，本来不饿的，看新嫂子做的这么美味就饿了。"

姜婶讪笑着，盯着宋七拿了个碗把锅里剩下的蛋炒饭给装了去，也狠狠吞了口口水，恨不得拿自己啃了一半的肘子去换蛋炒饭，就是没好意思开口。

就在夏淳于快失去耐心的时候，叶佳瑶提着食盒回来了。

"怎么去了这么久？"夏淳于脸色不太好看。

叶佳瑶忍住翻白眼的冲动，想要快，拿两根黄瓜啃啃要吗？

"厨房没吃的了，我临时做的。"叶佳瑶掀开碗盖，摆上筷子。

一股诱人的香味弥漫开来，夏淳于走过去一看，是一碗卖相极为不错的蛋炒饭，米粒橙黄，泛着油光，却不是那种让人倒胃口的油腻，米饭里掺杂着肉粒和大小均匀的胡萝卜、黄瓜丁，还有细碎的蛋花与香菇，很勾人食欲。夏淳于不由得咽了口口水，嘴上却故意说："什么乱七八糟的，能吃吗？"

叶佳瑶心里腹诽：做给你吃，还嫌三嫌四！面上却不敢流露："厨房里没别的食材了，只能做这个，三当家你就将就着吃点，总比饿着肚子好。"

这边话没说完，那边已经吃上了。呃，味道不错，牛肉丁香滑柔嫩，胡萝卜和黄瓜丁清脆爽口，味道咸淡适宜，油而不腻，竟是比御厨做的八珍饭不差。嗯，可能是他饿了的缘故，所以觉得好吃，算得上是他上山后吃到过的最精致的食物，这半年最委屈的就是他的肚子。

"怎样？还行吗？"叶佳瑶小声问道。

"马马虎虎。"夏淳于漫不经心地给出评价。

叶佳瑶腹诽，嘴还真刁。

"你叫什么名字？"夏淳于喝了口汤，清清淡淡、酸中带甜，配这蛋炒饭正好。

叶佳瑶满头黑线，现在才想起来问名字，还能有比这更荒唐的事吗？“叶……瑾萱，小名叫瑶瑶。”叶佳瑶差点报错名。

“听说你是二当家寻来的，你原是哪里人？”

“寻来的？我是被抢上山的好不好。我是去济南府成亲的，也不知道家里现在是什么光景，新娘子被劫了，估计要乱成一锅粥了。”叶佳瑶悻悻地说。

夏淳于一愣，真的是抢来的？不是大当家特意安排的？

叶佳瑶看他好像很吃惊的样子，难道他不知情？心思一转，期期艾艾地说：“三当家，您行行好，放了我吧！我不是普通人家的女儿，我爹是扬州同知叶秉荣，我本来是要嫁给济南知府魏家大公子的，要是他们知道我被劫了，真的会找上门来，对你们山寨不利。您放了我，我一辈子感恩，给您立长生牌位。”

长生牌位？他又没死，夏淳于冷冷一笑：“怎么？还想嫁给魏大公子？”

没想到她的来头还不小，扬州同知的女儿、济南知府的媳妇，大当家果真大手笔，不过，比起黑风岗犯下的累累罪行，抢个知府的儿媳妇也没什么大不了的。不过这是她一家之言，真相如何还有待查证。

“不不，我现在已经跟你成亲，哪还能再嫁给魏公子，我只想回扬州去，这辈子都不嫁人了。”叶佳瑶可怜巴巴地望着他。古人最看重名节，进了土匪窝的女人，在外人眼里就等于失去了清白，魏家是不可能再接纳她的，这点认知她还是有的。

夏淳于讥诮道：“你以为你回扬州，叶家还能容得下你？说不定你爹为保全叶家名声，会把你掐死。”

叶佳瑶头皮一阵发麻，不可能吧？虽然她的亲娘早死了，继母不待见她，但她终究还是老爹的女儿，虎毒不食子啊！

“别一副被雷劈的样子，我不是危言耸听。”夏淳于挑了下眉梢，扒光了碗里最后一口饭。

“那……那我就不回家，没有叶家我也能养活我自己。”叶佳瑶心底发寒，已然是信了他的话。

这话又遭来他的嗤笑：“你自己养活自己，怎么养？卖笑还是卖身？”

叶佳瑶气得脸色发青，真想把西红柿蛋汤浇他头上，喷他一脸饭，怎么会有这么恶劣的人，简直就是活土匪，呃……他本来就是活土匪，而且还是个土匪头头，跟土匪有什么道理好讲？

“没吃饱，你吃不下了？”夏淳于说着就把她的饭碗拿了过去。

叶佳瑶：“……”

“谁说我吃不下？你不是说不好吃吗？干吗还吃那么多，小心撑死。”叶佳瑶迅猛地扑过去，把碗抢回来。

夏淳于没想到她真会来抢，而且还是饿狼扑食之势，刚到手的饭碗又被抢了回去。同知的女儿，大家闺秀，居然这么粗鲁？夏淳于觉得不可思议。

夏淳于皱着眉头瞪她，他不苟言笑的时候，自有不怒而威的气势，这是上位者与生俱来的气场。

叶佳瑶想到自己还在狼窝里，性命都捏在他手上，气焰马上灭掉，弱弱地说：“上面的我吃过了，要不下面的我分你一半？”

刚才只顾着说话，都没吃几口，她吃饭从来都是细嚼慢咽，美食是需要细细品味的，哪怕是白米饭，慢慢也能嚼出甜味来。无论如何得给自己留点口粮。

夏淳于哼哼道：“不用了，再去帮我装一碗。”

叶佳瑶嗫嚅道：“……剩下的恐怕已经在宋七肚子里了。”

夏淳于脸黑了，为什么不全部拿过来？他是男人，她以为和她一样是小猫肚子吗？一小碗就打发了？

叶佳瑶看他脸色不善，默默地把碗推了过去。夏淳于也不客气，端起来就往自己碗里扒了一半，剩下一半还给她。

叶佳瑶暗暗庆幸，幸好没有赶尽杀绝，给她留了点。这回她也不敢细嚼慢咽了，大口大口吃了起来。不一会儿，两人的碗都见了底，夏淳于还是意犹未尽，叶佳瑶则是吃了个半饱。

脱衣服上床之前，夏淳于说：“你就安安分分地待在山上，别动那些不切实际的念头，只要你听话，我不会亏待你。”说着他往床上一靠，抬起一只脚，朝她勾了勾。这意思是让她帮着脱靴子？

叶佳瑶心不甘情不愿地挪过去帮他。这靴子怎么这么紧？叶佳瑶脱了两下脱不下来。这才发现死男人勾着脚背，故意为难她。如果她现在手里有把刀就把他的臭脚给砍下来，叶佳瑶愤愤地想，咬牙切齿地用力一拽。就在这时，夏淳于脚背一顺，叶佳瑶抱着靴子一屁股蹲在了地上，摔了个四仰八叉。

夏淳于大笑出声，突然觉得有个人可以戏弄实在是件好玩的事。

叶佳瑶怒了，条件反射般做出她脑子里最想做的事，拎起靴子就朝他脸上砸过去。夏淳于正笑得欢，没留神，靴子咚地砸在他张开的嘴巴上。

一瞬间，屋子里异常安静，仿佛空气都停止了流动，叶佳瑶气鼓鼓地瞪着他，而夏淳于似乎被砸蒙了，数秒过后，愠怒之色从眼底溢出，目光渐渐凌厉起来。

对视了几秒，叶佳瑶马上就怂了，老老实实爬起来，去脱另一只靴子。夏淳于一动不动，任她脱靴，等靴子脱了，他直起身长臂一捞，把她拽了过来摔在床上翻身制住，恶狠狠地说："从来没有人敢拿靴子扔爷。"

看他一副要吃人的模样，叶佳瑶死的心都有了，哭丧着脸道："我错了，我错了还不行吗？我在家从没做过这种事，都是被别人伺候着，一时身份转换不过来，您大人有大量，饶我一回。"

"饶你？做错事，不给你点教训你就不会长记性。"夏淳于不为所动，他着实气坏了，这要传出去，靖安侯世子被一个女人拿靴子砸脸，他还要不要脸了。

"我已经记住了，绝对绝对不敢再犯了，饶命啊……"

四 气死人不偿命

昨晚最后怎么睡过去的，叶佳瑶已经想不起来了，天还没亮，睡得正沉的时候，有人粗鲁地摇她肩膀。

彼时，叶佳瑶正做着美梦，唾沫横飞地跟美食杂志社的总编谈她的创意与构思，总编被她唬得一愣一愣，拍案而起："叶佳瑶，下一期美食专栏就由你负责。"

"醒来，伺候爷更衣洗漱。"某人毫不客气地扰人清梦。

叶佳瑶梦里傻笑着，迷迷糊糊地拍掉那只手，被子一裹，转了个身，不耐烦道："别吵我，我要睡觉。"

夏淳于愣了一下，大声道："叶瑾萱。"

"吵死了，能不能不要这么烦人。"叶佳瑶嘟哝着，干脆把头蒙起来。

呼啦，整床被子被人掀走，夏淳于怒道："你是猪吗？这么能睡，快起来。"

叶佳瑶身上一冷，激灵灵地打了个寒战，蓦然睁开眼睛，心说：糟了糟了，她还以为是在二十一世纪，忘了她已经来到另一个时空。完了完了，她又激怒他了。虽然是背对着他，但身后那粗重的呼吸，说明他气得快要爆炸了。

叶佳瑶干咳两声，坐起来怯怯地看他脸色，只见他黑眸灼灼，寒气逼人。叶佳瑶立即讪笑道："那个，不好意思啊！我还以为在家里呢。"

夏淳于面无表情地望了她好几秒，眼神越发严厉，她的言行举止没有一点大家闺秀的风范，看来是个刁蛮任性的大小姐。

"你果真是叶同知家的小姐？你平素在家里也是这般？"

叶佳瑶忙解释道："不是的，不是的，刚才我以为是小黑在闹我。"

"小黑？"

叶佳瑶诚恳地点头："嗯，小黑是狗狗，这么大。"叶佳瑶比画了下小黑的大小，"小黑是门房老赵养的大黄狗和不知哪里来的野狗生出来的，长得虎头虎脑，我见着可爱就抱养了，不过这小家伙也很讨人嫌，一大早就跳上我的床舔我的脸，晚上也赖在我床上折腾，赶都赶不走。"

夏淳于一张俊美的脸一阵青一阵白，臭丫头，这是变着法子骂他是狗。不行了，跟她说不上三句话就得被气死。他气呼呼地从被子里扯出衣服，拿着衣服套上就走了。

"哎，我刚才真的以为是小黑。"叶佳瑶在身后急切地声明。

夏淳于只觉眼前一阵发黑，差点没忍住回头掐死她。

臭男人终于走了，叶佳瑶觉得房里的空气都清新起来，抱着被子继续睡觉，回笼觉最养人。

夏淳于出得门去，一张脸黑沉沉，明显地写着，爷今天心情不好，别来烦我。但寨子里的弟兄可不是这么理解的，难道说三当家对新娘子不满意？

"不会是那新娘子长得丑，三当家不喜欢吧？"看三当家走远了，几个小喽啰开始议论，纷纷奔走相告：今天三当家心情不好，大家都悠着点。

果然，三当家今天操练得格外狠，先是让一众土匪去黑风岗第一主峰云雾峰跑两个来回，又到底下的烟霞湖游十个来回，吃过午饭还得在练武场上扎两个时辰的马步，让一众土匪哭爹叫娘。

"大当家，老三今天不对劲啊，没见他这么发狠的。"二当家同情地看着练武场上一边涕泪横流，一边两腿哆嗦扎马步的喽啰。大当家眯着双眼，若有所思地摇了摇头，背着手走了。

叶佳瑶没人打扰，好好补了一觉，直到下午，从睡梦中饿醒，这才爬了起来。

屋外，午后阳光正好，叶佳瑶伸了个懒腰，深深呼吸，山里的空气格外清新，徐徐山风中透着青草和野花的芳香。叶佳瑶苦笑了下，既来之则安之，日子总是要过下去的，不管怎样先找点吃的，填饱肚子再说。

叶佳瑶熟门熟路地前往厨房，现在已经过了饭点，大家都在收拾，大厨老于头还是没见着，姜婶也不在，三个大婶在洗碗涮锅，看到一身红衣的叶佳瑶，三人立即就猜出了她的身份，纷纷转过脸去。

今天，他们的男人被三当家折腾惨了，听说都是这个新来的女人不知怎得把三当家惹毛了，所以，妇人们把账都算在了叶佳瑶头上，对她不理不睬。

叶佳瑶哪里知道自己成了山寨公敌，还腆着笑脸问有没有吃的。问到第三次，才有个大婶不咸不淡地说："没了，剩菜剩饭都喂猪了。"

"那……我能不能自己做碗面吃吃？"

"不好意思，炉火熄了。"说着，大婶舀了一瓢水往炉灶里一浇，火彻底熄灭。

叶佳瑶算是看明白了，这几位大婶不待见她，是嫉妒她长得漂亮吗？叶佳瑶目光扫了一圈，从篮子里拿了根黄瓜，应该是新摘的，那藤子都是新鲜的。算了，啃根黄瓜垫垫肚子。

"喂，你怎么乱拿东西，这可是晚上做菜用的。"刚才用水浇灭炉火的大婶呵斥道。

叶佳瑶咧嘴一笑："不就是根黄瓜么，不要这么小气嘛！"

不等大婶发飙，叶佳瑶就逃了，她一边啃着黄瓜，一边四处晃悠察看地形。昨日上山时眼睛被蒙着，也不知这黑风岗是什么光景，听那臭男人说起来，好像很厉害的样子，现在看来倒不是在唬她。

此地地势险要，到处悬崖峭壁，上山下山似乎只有一条路，而且三步一岗五步一哨，要想逃下山，比登天还难，想要攻上来更不容易。

转了一圈，叶佳瑶气馁，难道这辈子只能在山上当个土匪婆？绕过一个弯，眼前视线陡然开阔，放眼望去有一片大半个足球场的空地，旌旗飘摇，好几百个土匪排得整整齐齐在那扎马步，场面相当壮观。

"不许偷懒，今日多吃一分苦，来日战场上就多一分生机，铁牛，给我扎稳了，二愣子，别让我再看到你偷懒，否则加一个时辰。"夏淳于冷着脸教训道。

“喂，专注点，眼睛别乱飘，看什么呢?”夏淳于发现大家的目光齐齐望向一处，便也转头去看，只见弯道上出现一个身姿曼妙的红衣女子，步履轻快，手上还拿着根什么东西在啃。臭丫头怎么上这招摇来了?

叶佳瑶也看见了夏淳于，一身白袍，颀长挺拔，站在粗鄙的土匪群中，玉树临风，器宇轩昂。看到大家向她行注目礼，叶佳瑶觉得自己反正一时半会儿也逃不掉，跟大家搞好关系，日子也能好过点，便露出个甜蜜的微笑，向大家挥手示意。

五 美食计划

这嫣然一笑，这玉臂一挥，已经被折腾得半死不活的土匪们顿时挺直了腰杆，扎稳了马步，不能在美女面前出丑不是？

看到大家的眼神，夏淳于的气息又不顺了。“看什么看？再看晚饭也不用吃了。”夏淳于吼道。

叶佳瑶算是打过招呼，不影响他们继续操练，见路边草地上有红彤彤的刺莓，俗称野草莓，顿时欣喜，这可是好东西啊！听爸爸说，以前这东西满山都是，后来城市开发，很难找到了，没想到这里长了这么多。

叶佳瑶卷起袖子，提了裙子开始采摘。土匪们根本管不住自己的眼睛，好不容易山寨里出了个美女，看几眼也是好的。夏淳于见大家心不在焉的，扭头一看，那丫头弯着腰不知在捡什么东西。

夏淳于无心再操练，叫来彭五。“你在这里监督，谁敢偷懒，棍子伺候。”夏淳于把任务交代下去，快步走向叶佳瑶。

“你到底在干什么？”夏淳于低吼道。

叶佳瑶不以为然：“没看见么？我在摘刺莓，这果子很好吃的。”

“我看你是在丢人现眼。”夏淳于拉起她的手就往回走。

被他一拽，叶佳瑶辛辛苦苦摘的刺莓都掉了，不由得有些生气，又不敢太得罪他，只能在心里咒骂：你才丢人现眼呢，摘刺莓是很丢人的事吗？

回到院子里，夏淳于才甩开手，板着脸教训道："以后没事别乱跑，还大家闺秀，知道矜持两个字怎么写吗？你自己丢人就算了，别把我的脸也丢光。"

叶佳瑶算是听明白了，敢情他是在气她跟土匪们打招呼。她追着他进房道："都当了土匪婆了，还摆什么大家闺秀的谱？不觉得很奇怪吗？我这叫入乡随俗，你那么喜欢大家闺秀，干吗上山当土匪啊！什么样的锅配什么样的盖，要不然，你金盆洗手，改邪归正，下山从良，我保证做一个贤良淑德的大家闺秀怎么样？"

夏淳于顿住脚步，扭头瞪她，嘴角抽搐着，这是什么歪理邪说？

"再说了，你一天到晚绷着一张臭脸，寨子里的弟兄一定不喜欢你，我随和一点，帮你搞好人缘，你不感激我就算了，还骂我。"叶佳瑶委屈极了，其实她更心疼的是她的野草莓。

夏淳于冷笑道："你还真当自己是压寨夫人了？我们合过庚帖吗？下过聘吗？拜过天地，还是喝过交杯酒？爷心情好容你待在这个房间里，爷要是心情不好，随时可以把你赏给别人。"

叶佳瑶气极反笑："是吗？我竟不知你们土匪娶妻也有这么多讲究，搞得跟正经人家一样。我管你把我当什么，反正山寨里的弟兄见到我都叫我一声新嫂子，在大家眼里我就是你的老婆，你若真的那么大方，不怕绿帽子捅破天，那我也没什么好讲的。"

这个臭男人老是拿这个威胁她，她要是不反抗，永远被他牵着鼻子走。

夏淳于眼睛眯起，唇角弯出诡谲的弧度，慢慢靠了过来，叶佳瑶整个身子不断往后仰，没喝酒的他，身上的气息干净清新，就像山里的风，但她知道山风也是最捉摸不定的。他的唇几乎碰触到她的鼻尖，叶佳瑶惴惴地盯着他放大的脸，都快变成斗鸡眼了。说话一定要靠的这么近吗？

他笑得越发诡异，语气温柔似在说情话："小心爷把你卖到关外去，这辈子你都别想回来了。"

叶佳瑶站不住了，整个人往后倒，以为又要摔个四仰八叉的时候，他的手臂揽住了她的腰，往回一带，叶佳瑶的鼻子撞在了他结实的胸膛上，不由得倒抽一口冷气。

“不要试图挑衅我，在这里，爷说了算。”夏淳于冷哼道。

好吧，算他狠！叶佳瑶果断闭嘴，好女不吃眼前亏。看她终于老实了，不伶牙俐齿了，夏淳于心底冷笑：跟他斗，也不看看自己的分量。

“以后不要再穿这身衣服了。”夏淳于瞥了一眼她身上的喜服，嫌弃地说。

叶佳瑶嘟哝着说：“不穿这个穿什么？要不你帮我去问问二当家，他抢人的时候，有没有顺带抢了别的东西，我的衣服都在嫁妆里。”

夏淳于一想，也是，他这里可没她穿的衣服，山寨里那些大婶的衣服也不适合她穿。于是，用手指点着她的额头，严正警告道：“不许跑出去，听见没有？”

叶佳瑶大眼睛眨了眨，乖巧地点头。

夏淳于一走，叶佳瑶就抄起他睡的枕头一顿乱捶。“恶劣的臭男人，倒霉的死土匪，等着瞧！”

发泄一通后，叶佳瑶无力地倒在床上，她必须拿出个计划来，只有取得他的信任、寨里人的信任，她才能有机会逃出去。

那么，就从美食入手，先养娇你的胃，再养刁你的嘴，先培养出身体的习惯，再发展到心理上的依赖，徐徐图之。

对，就这么办，叶佳瑶重新燃起斗志，民以食为先，食以味为先，不管是古人还是现代人，对美食的追求同样渴望与迫切。征服，就从美食开始。

不一会儿，夏淳于就回来了，阴沉着脸说：“宋七说没抢别的东西。”

“真是奇了怪了，你们当土匪的，下山干趟活，也不多抢点东西，我那嫁妆还是挺丰厚的。”叶佳瑶埋怨道，心里却纳闷，这也太不符合常理了，哪有放着财物不抢就抢个人的道理，这还叫土匪吗？

夏淳于也觉得有点不正常，放着那么丰厚的嫁妆不抢，专门就抢个人回来，不符合二当家的行事作风，但脸上却不露声色：“啰嗦什么？给我倒杯茶来。”

叶佳瑶给他倒了杯凉水：“没热水，这个行不？”

夏淳于不满地瞪了她一眼：“没热水你不会去厨房提吗？”

叶佳瑶道：“你不是不让我出去吗？”

夏淳于怒道：“是不让你去不该去的地方闲逛，你不知道这里是土匪窝吗？你就不怕被人扒了皮，吃得骨头都不剩？”

“我去了估计她们也不会给我水，我今天连午饭都没吃呢！问她们要点吃的，她们说没有，我说自己做，有个大婶居然当着我的面把炉火给浇灭了。然后，我抢了根黄瓜就跑出来了，要不是我跑得快，那大婶说不定还会追上来把黄瓜抢回去。”叶佳瑶嘀咕道。

夏淳于闻言一口水喷出来，差点呛到气管里去。抢东西吃这种事都干得出来，她是饿疯了吗？

“你，你干吗这样看着我，我说的是真的。”叶佳瑶怯怯道。

夏淳于怒了：“你脑袋被驴踢了吗？你不会说是我的女人吗？”

叶佳瑶无辜道：“我穿着这身衣服，只要不是傻子，都应该知道我的身份吧！我一个新来的又没得罪过她们，三当家，该不会是你在这里不得人心吧？”

六 叫我瑶瑶

眼看夏淳于脸色又不好了，叶佳瑶连忙改口："我的意思是，三当家你长得这么帅，玉树临风，器宇轩昂，号称黑风岗第一美男，连女人见了你都要自愧不如，武功又那么好，寨子里的兄弟们一定各种羡慕嫉妒恨，至于那些大婶，虽然年纪大了点，长得也不好看，但不妨碍她们暗地里喜欢你，所以，我就成了她们嫉恨的对象，她们不喜欢我是正常的。"

什么黑风岗第一美男？他什么时候有这称号了？不过，这也是事实，夏淳于脸色稍微好转。

叶佳瑶又去帮他揉肩，问："大当家和二当家他们身边有人伺候吗？"

夏淳于淡淡道："怎么，你想去伺候他们？"

"不是啊！我是看你这里都没个伺候的人，怎么说你也是山寨的三当家。"叶佳瑶道。

"现在不是有你伺候了吗？"夏淳于闭着眼睛道，她按摩的力度刚刚好，不轻不重很舒服，他已经很久没有享受到这种待遇了。

叶佳瑶无语，不过，她不打算抗议，反正抗议也无效，还是按先前的计划，徐徐图之。

“嗯，以后生活上我会照顾你，但伺候人这种事，我不太在行，如果做得不好，你不要生气，容我慢慢学。”叶佳瑶先把丑话说前头，让他别对她要求太高。

夏淳于道：“你一个大家闺秀，被人劫来此处，嫁不成如意郎君，当不成大少奶奶，难道你心里一点也不难过，不恨我？”

叶佳瑶冲着他的头顶无声地呸了一口，假装委屈地说：“当然难过啊，可是难过又有什么用？我都寻死过了，你们还不肯放我走，难道我还天天以泪洗面？死的滋味可不好受，我的脑袋现在还疼呢！再说了，劫我的人又不是你，是二当家，我恨你干吗？要怨也只能怨自己命不好。其实，我的命真的不太好，我娘生我的时候就死了，我爹很快又续了弦，然后又有了弟弟妹妹，要不是我外祖家有些势力，我肯定过得更糟糕。人生总会遇到各种不如意的事情，自怜自哀是不能解决问题的，倒不如想开点。”

夏淳于有点意外：“没想到你还识时务，能想开就好，你要是安安分分的，我定护你周全，若是胆敢阳奉阴违，后果……你懂得。”

“你就别威胁我了，我一弱女子能玩出什么花样？”叶佳瑶期期艾艾地说。

夏淳于冷哼道：“料你也玩不出什么花样。”不管她是什么来路，说的是真是假，只要不触碰他的底线，不破坏他的计划，他自然不会欺负她。

“以后我不在的时候，你有什么事可以找宋七和彭五，他们是我的亲信。”夏淳于道，彭五是大当家安排过来的，宋七则真正是他的人，比他还早两个月上的山。

“哦，知道了。”叶佳瑶心不在焉地应着，心里琢磨着，他不让她出去，她很多事情都做不了，怎样才能让他松口呢？

“三当家……”宋七在门外喊。

夏淳于问道：“何事？”

“大当家请您过去议事。”

“知道了。”夏淳于起身，再一次警告叶佳瑶：“给我好好待在屋子里。”

哪也去不了，叶佳瑶只好继续睡觉，可是已经睡饱了，根本睡不着，最后还是爬起来去院子里头透透气。

宋七坐在院子里头削木棍，叶佳瑶走过去：“削这个干吗用？”

宋七起来要给嫂子让座，叶佳瑶摆摆手：“你坐你坐，我站着就好。”

之前院子里都没人守着，这会儿估计是那个臭男人让宋七留下来看着她的。

“准备到山上挖陷阱抓野猪。”宋七说。

“这山上还有野猪？”城市里长大的叶佳瑶对这些野生动物感到很新鲜，当然，她最先想到的是野猪的肚，这可是好东西。在现代，一只野猪肚要不少钱，有时候有钱都还不一定弄得到。

“不仅有野猪，还有野兔、梅花鹿、蛇什么的，很多。”

“有蛇？”叶佳瑶脸绿了，她最怕的就是滑不溜秋的蛇，再看这院子后面就是山，她担心地说：“蛇会不会爬到这里来？”

宋七闷头削木棍，说：“有时候会，前几天我还捉到一条，到厨房里炖汤吃了，味道那叫一个鲜。”

叶佳瑶整个人都不好了，蛇还会爬进来，万一晚上睡觉时，蛇爬到床上来怎么办？想想都不寒而栗啊！

宋七削好了木棍抬眼，见嫂子脸都青了，方才醒悟，可能是自己刚才的话把嫂子给吓到了，女人都是胆小的。便笑道：“嫂子要是怕蛇，回头我去弄点雄黄粉来洒在院子里，蛇就不会来了。”

叶佳瑶半信半疑：“能有用吗？”

“当然有用，蛇最怕雄黄的味。”宋七保证说。

叶佳瑶这才松了口气，转而去打量这座小院，宋七主动介绍：“东边是我和彭五的房间，西边原来是小厨房，现在变成杂物间了。”

听到小厨房，叶佳瑶眼睛都亮了：“我能去看看吗？”

宋七说：“里面有点脏，还很乱。”

“没关系，没关系。”叶佳瑶乐颠颠地推门进去，粉尘簌簌落下来，呛了叶佳瑶一鼻子灰，里面杂七杂八堆着一堆破玩意，连个落脚的地方都没有，真是有够乱的。

“这些东西有用吗？”

宋七说：“应该没用吧！”

“那好，咱们把东西收拾出来，木头劈了当柴火，有了小厨房，以后咱们就能自己开伙了，三当家想吃什么，咱们可以自己做，不用再看别人脸色。”叶佳瑶欢欣鼓舞。以后这里就是她的阵地了，以此为据点，拿下臭男人。

宋七在犹豫，全山寨的弟兄都是一处吃饭的，自己开小灶，行吗？

叶佳瑶见宋七兴致不高，便用美食来诱惑："以后我天天给你们做好吃的。"

宋七眼睛一亮，昨晚的蛋炒饭可是太好吃了，回味无穷啊！当即撸起衣袖："行，我这就收拾。"

夏淳于带着彭五从大当家那回来，一进院子还以为走错地方，院子里堆了一堆破烂。

"宋七，宋七。"夏淳于吼道。

宋七灰头土脸地从杂物间里跑出来："三当家，您回来啦！"

"你这是在干什么？"夏淳于不怕简陋，就怕脏和乱，心情一下子就烦躁起来。

宋七笑呵呵地说："嫂子说要把小厨房整理出来。"

"她人呢？"一听说整理厨房，夏淳于的气消了大半，那丫头的饭做得不错，就是不知道还会不会做别的。

"在里面涮锅，那铁锅都生锈了。"宋七说。

彭五撸起衣袖道："我来帮忙。"

宋七说："你帮忙把这堆东西劈了吧，嫂子说用来当柴火。"

夏淳于朝厨房望了一眼，说："赶紧收拾好，乱七八糟的像什么话。"说罢就回屋去了，随他们去折腾。

叶佳瑶在厨房里干得热火朝天，多了个帮手，很快就收拾好了。看着焕然一新的厨房，叶佳瑶心情那叫一个舒畅。

"宋七，你去厨房弄点食材来，咱们今晚就开伙。"叶佳瑶在厨房里喊道。

"哎……"宋七乐呵呵地跑了出去。

"喂喂，宋七，别忘了拿油盐酱醋，什么佐料都弄一点。"叶佳瑶想到这茬赶紧追出去，可是宋七已经跑远了。

"嫂子，我去一趟。"在劈柴火的彭五自告奋勇。

"行，你辛苦一趟。"叶佳瑶大方地说。趁着这空当，她回屋喝口水，很久没有这么高强度的劳动了，这会儿腰都快直不起来了。

叶佳瑶扑到桌边，拎起茶壶倒了杯水，牛饮一样，一连灌了三杯，然后就趴在那不想动了，完全没有留意到某人异样的目光。

夏淳于像看怪物似的看着叶佳瑶，这女人头发散乱，上面还黏着蛛丝，脸上灰扑扑的，那身红衣更是脏兮兮，毫无形象可言。

“喂，赶紧去拾掇拾掇，看到你这副样子都倒胃口。”夏淳于嫌弃道。

叶佳瑶捋了下挡在眼前的头发，转过脸去翻了个白眼，腹诽道：没见我快累死了吗？也不知道来搭把手，还敢嫌弃我……

“喂，听见没有？”夏淳于叫道。

叶佳瑶懒洋洋道：“没力气了。还有啊，我不叫喂，我有名字的，我叫叶瑾萱，你也可以叫我瑶瑶。”

夏淳于起了一身鸡皮疙瘩，瑶瑶，他才不要叫得这么亲昵。

七 捡到宝了

夏淳于实在看不得这么个邋遢的女人在他眼前晃，丢掉手中的书，走过去，拽着她的后脖领跟拎小鸡似的把她给拎了出去。

“自己到井边去洗洗。”

叶佳瑶已经无力吐槽这个男人的恶劣行径，眼皮都懒得抬一下，默默地转身去了。

夏淳于本以为她会发火，她可是敢往他脸上扔鞋子的女人，虽然也会逆来顺受、阿谀奉承，但骨子里还是有那么一点傲气，一旦激怒她，她就会竖起满身的刺给予还击。他有种一拳打在了棉花上的无力感，悻悻地回房继续看书。

不一会儿，宋七和彭五拎了四个大篮子、两袋米和面回来。叶佳瑶看了下，油盐酱醋一样不缺，还有锅碗瓢盆，连刀具都是一整套的。食材有一条大鲤鱼、一扇猪排、一只杀好的鸡、一条羊腿，还有各类时令蔬菜不一而足。叶佳瑶瞠目：四个人，能吃下这么多东西吗？土匪的本性可见一斑，连去自家山寨厨房拿点东西也跟打劫似的。

虽然已经很累，但话已经说出去了，今天晚饭算是她落户山寨正儿八经的头一顿饭，叶佳瑶还是打起精神，准备好好露一手。

叶佳瑶抓了鲤鱼，先把鱼狠狠地朝地上一摔，摔晕后，开始去鳞，去内脏，她边忙，边问："宋七，彭五，你们是哪里人？"

彭五在烧火："我是河北的。"

宋七在切排骨："我是镇江的。"

"那三当家呢？"

宋七挠了挠头："三当家哪里人不清楚，没听他提起过。"

好吧，听那厮的口音似乎是吴越一带的，这样的话，做淮扬菜应该没错了。中国饮食文化博大精深，经过长期的发展和演变自成体系，具有鲜明的地方特色，唐宋时期，大致分为南食与北食体系，到清代发展成川、鲁、粤、淮扬四大菜系，再后来划分得更加细致，形成了八大菜系。

虽然叶佳瑶对各大菜系都有研究，但她最擅长的还是淮扬菜，因为她爸爸就是苏州五星级酒店的特级厨师。淮扬菜选料讲究，制作精细，注重刀工，调味清淡，追求本味，色香味形俱佳，属于雅丽之风，有炖、焖、煨、焐、蒸、烧、炒等烹饪方法。

看嫂子动作熟练，宋七问道："嫂子，您这厨艺是搁哪儿学的？"

"家里呗……我是说跟我家的厨娘学的。"

"你一个大小姐还用学这个？"

叶佳瑶四十五度角仰望房梁，眼神复杂难辨，似乎被勾起了一些不堪回首的回忆，旋即低头一叹："哎……一言难尽。"不想说的时候，装忧郁装高深绝对是个好办法。果然宋七就不再问了。

弄好了鱼，叶佳瑶先把宋七切好的排骨倒入锅里翻炒，加姜片、少许香菇、料酒、酱油等，炒好后，装入砂锅慢慢焖，这样做出来的红烧排骨才够入味，骨香浓郁，肉质软烂。

再看她洗干净案板，仔细地将嫩豆腐切成纸一样的薄片，码整齐，左手手指曲起紧贴着刀背，随着手指后退，菜刀快速而均匀地移动，整个过程如行云流水一气呵成，看得彭五眼睛发直，这是在剁豆腐泥？

宋七惊讶道："嫂子，您这是要做文思豆腐吗？"

叶佳瑶呵呵一笑："是啊！你吃过？"

宋七咽了口口水："没，没有，但是见到过。"

“那今天就让你尝尝正宗的文思豆腐，可惜没火腿。”叶佳瑶道。

宋七想了想：“用风肉行吗？我看到厨房里有风肉。”

叶佳瑶眼睛一亮：“行啊，怎么不行，虽然风肉没有火腿那般色泽鲜艳、香咸带甜的味儿，但其肌理细嫩、爽而不腻，也是很好的提味佐料。”

“那我去拿。”宋七风风火火地去了。

叶佳瑶本想交代一声，割一小块来就好，不然依他们性子，指不定会把整块风肉背回来，可是宋七一阵风似的走远了。

等切好鸡脯肉丝、笋丝和香菇丝，宋七气喘吁吁地回来了，果然扛了一大块风肉，上气不接下气地说：“老于头太小气了，不就要了他一块风肉吗？居然挥着菜刀追出来。”

叶佳瑶哭笑不得，这可真是土匪中的土匪了。

夏淳于望着厨房顶上升起袅袅炊烟，不禁生出些期待，不知道她会折腾出什么花样来，很想过去看看，又怕被人误会他嘴馋了，只好按捺住心中的好奇，继续装模作样地翻书。

一会儿他拿起茶壶倒水，水没了，扯着嗓子喊了声宋七，也不见人来。他当即提了水壶去厨房。一到厨房门口就闻到了一股子浓郁的鱼香，令人食指大动。夏淳于把茶壶往桌上一顿，吼道：“人呢？都死哪儿去了？”

彭五忙从厨房间跑出来：“三当家，您稍等，饭菜很快就做好了。”

夏淳于沉着脸道：“谁问你饭菜了？这茶壶空了你知不知道？做个饭而已，又不是做大席，需要这么多人吗？你们也想改行当厨子了是吧？行，明天你们就去厨房干活得了。”

彭五被骂得灰头土脸：“我这就去烧水。”

叶佳瑶忍无可忍了，抄了手里的勺子就要出去，宋七拉住她冲她摇头。夏淳于发了通火也没见里头的人出来，只好回屋去。宋七在门口张望了一下，回来说：“三当家回去了。”

叶佳瑶没好气道：“他这人也太难伺候了，大家好心好意想给他做顿好吃的，不领情就算了，还跑来找茬。”

宋七笑呵呵道：“嫂子别往心里去，三当家人其实很好的。”

“好个屁，动不动就甩脸色。”叶佳瑶悻悻道。

“那也不能怪三当家，寨子里没一个人是好说话的，三当家上山两个月就坐了黑风岗第三把交椅，寨子里很多弟兄都不服，三当家要是不厉害点，哪能镇得住。”宋七笑道。

叶佳瑶翻了个白眼，就是这句话了，他就是想要把每一个人都镇住，要大家都听他的话。“那二当家和大当家呢？他们人怎么样？”叶佳瑶问。

宋七皱着眉头说：“这个不太好说，大当家吧，看着脾气挺好，听说原来是个读书人，也不会武功，但是寨子里的弟兄都很怕他。二当家呢，看起来一脸凶相，却是最好说话的。”

也就是说白脸的唱红脸，红脸的唱白脸。叶佳瑶换上一口平底锅，倒上一层薄油，把塞了肉泥的香菇放进去煎，肉香与香菇的香味融合在一起，刺激着人的嗅觉，煎至七八分熟，再倒入调好的汤汁，加少许湿淀粉稍煮片刻，使得香菇吸收汤汁的水分与味道，变得润滑可口。

这是现代铁板香菇的做法，叶佳瑶稍作改动，变成了另一道菜。用筷子把香菇摆放在已经炒好的青菜叶上，将汤汁均匀浇淋在上面，又一道美食新鲜出炉。

“好了，你端过去吧！”叶佳瑶拍拍手，大功告成。

今天一共做了五个菜，红烧排骨、糖醋鲤鱼、香菇青菜、文思豆腐、风肉炖鲜笋。

宋七凑上来闻了闻，满足地叹息：“嫂子，您的厨艺可真不是盖的，就看这色，闻这香味，都要让人流口水了。”

叶佳瑶笑嗔道：“小心别把口水滴进去。”

“嫂子，您不亲自端过去？三当家见了一定喜欢。”宋七道。

叶佳瑶撇了撇嘴：“算了，他今天看我不顺眼，我就不去碍他的眼了。”

“哪能呢，三当家是面冷心热。”宋七笑道。

叶佳瑶坚持不去，夹了点菜自个儿在厨房吃。

屋子里，夏淳于看着五道菜有点晃神，这卖相都是极好的，味也香，要不是宋七和彭五在边上，他还以为自己坐在金陵的大酒楼里呢！

“三当家，快尝尝，嫂子做的可好吃了。”宋七肚子里馋虫活跃，忍不住想要动筷子了。

彭五也直咽口水：“三当家，您可算捡到宝了。”

夏淳于横了他一眼："什么宝？赶紧去把酒拿来。"平日吃的都是大锅子炖肉，腻都腻死了，难得有这么精致的食物，令人食欲大振，美食就该配美酒。

"哎。"彭五乐呵呵地搬来一坛子酒给三当家满上。

夏淳于拿起筷子方才想到叶佳瑶，便问："你嫂子呢？"

宋七说："嫂子在烧热水，让咱们自己吃。"

"吃饭的时候烧什么热水。"夏淳于嘀咕了一句，想到她那脏兮兮的脸，也许是要烧热水洗澡吧！女人就是麻烦，像他们男人，就在井边打一桶水，兜头兜脸这么一浇，或是到山后的水潭游几个来回就行了。

鱼肉外酥里嫩，酸中带甜；红烧排骨浓香四溢，软烂可口；香菇里塞了肉，加上香菇绵滑的口感，味道美极了；最让他惊讶的是文思豆腐，豆腐丝笋丝香菇丝鸡脯肉丝，丝丝细如头发，这种刀工，便是金陵最有名的大厨也不过如此，夏淳于有些不敢相信："这豆腐是你嫂子切的？"

彭五道："是嫂子切的，我都看傻眼了，就那么刷刷刷，切出来的豆腐丝竟跟头发丝似的。"

夏淳于点点头，看来他的确是捡到宝了，从某种意义上说。

八 一条蛇

这顿晚饭吃得舒坦，三个人把五个菜、一坛子上好的女儿红全部干掉。酒足饭饱的夏淳于决定出去走走，散散步。路过厨房，透过开着的窗，看到叶佳瑶在提水，摇摇晃晃，水都洒在了裙子上。

夏淳于刚想过去帮个忙，宋七比他快，三两步迎上前去，接过叶佳瑶手里的水桶。叶佳瑶直起腰擦了把汗，刚好看到窗外的夏淳于，翻了个白眼，然后面无表情地转过身去。

夏淳于闷闷不乐，莫名的烦躁，大声叫宋七。

宋七忙跑出来，夏淳于道："今天爷不巡山了，你替爷去转一圈。"

宋七愣了一下，说："我帮嫂子提好水就去。"

夏淳于吼道："现在就去。"

宋七吓得屁滚尿流，心说：三当家今天有点不对头，莫名其妙发什么脾气？还嫌晚饭做得不够好吃？

打发了宋七，夏淳于把彭五也给打发了出去，然后搬了张椅子悠闲地坐在院子里乘凉，眼睛不时地瞄向厨房，心说：看现在还有谁帮你，让你胆敢无视爷。

叶佳瑶很怀疑三当家是故意使坏，宋七纯粹是为了拍他马屁才把他说得那么好，她从上看，从下看，前看，后看，都看不出他是一个好人。没人帮忙，叶佳瑶只好自己去井边提水，这古代设备太落后，想要洗个澡都能把自己累死。

夏淳于优哉游哉摇着蒲扇，闲闲地看着叶佳瑶提着水桶艰难地从他身边过去。提不动就求爷呗！爷看在这顿晚饭的分上，勉强帮一帮。夏淳于嘴角勾起一抹不易察觉的笑，就等着某人开口求他。

可是叶佳瑶看也不看他一眼，吭哧吭哧地走了。第二趟，第三趟……夏淳于有点坐不住了，臭丫头，开口求人会死吗？

“喂，给我去泡杯茶。”夏淳于清了清嗓子吩咐道。

叶佳瑶真想把水桶扣他头上去，没看到老娘正忙着吗？自己没手还是没脚啊？不过是个土匪头子，还当自己是官家大老爷了，拿她当丫头使唤。

再一次被忽视，夏淳于奋力地摇扇子，差点把蒲扇摇散了，正准备发火，只见叶佳瑶面无表情地拿了杯茶过来，把茶杯塞他手里，转身又去提水。

“喂，站住。”夏淳于想说，你这是什么态度？随即的动作却是站起来，把茶杯塞回她手里，然后接过她的水桶去井边。老子一定是脑子被门夹了，吃饱饭没事干，闲的。

叶佳瑶很是意外，这厮终于良心发现了吗？认识到自己身为一个男人，看着女人干重活不帮忙是可耻的。水有人提了，叶佳瑶赶紧去洗碗涮锅，她可不想洗香香后再来碰这些油腻腻的锅碗。

“水够了，记得用好后把浴桶洗干净。”某人站在门口冷冷说道。

叶佳瑶刚刚对他有了那么一点点改观，立马被这句话打回原形，这是嫌我脏啊！叶佳瑶忍住翻白眼的冲动，继续无视他。夏淳于讨了个没趣，阴沉着脸走了。

不一会儿，叶佳瑶进屋来，翻箱倒柜，最后找了一件他的棉布袍子，随手一卷又出去了。

夏淳于张了张嘴，又悻悻地坐回去，烦躁得不行，这女人，穿他的衣服难道都不用请示一下他吗？还真当自己是这里的女主人了？

叶佳瑶把厨房的门关了，上好门闩，终于可以安安心心洗个澡了。咦？这是什么东西？

叶佳瑶看到浴桶边的椅子上有块黄澄澄的东西，拿起来一闻，有一股子淡淡的皂角香味，居然是肥皂？虽然做工有些粗糙，但总比没有的好。有机会，她来改良一下制作方法，这可是关系到生活质量的问题。

肯定是那个男人放这里的，叶佳瑶嘴角一弯，好吧，他还不是那么无药可救，还知道帮她准备肥皂。

宋七转了一圈回来，见三当家背着手在院门口晃荡。

“三当家，已经巡视完了，一切正常。”

夏淳于一本正经道：“再去巡一遍。”

宋七愣住，再巡一遍？他没听错吧！

“还愣着干吗？快去，一个时辰内别回来了。”夏淳于不耐烦地挥挥手。

宋七迟钝地反应过来，该不会是因为嫂子在洗澡，三当家怕有什么不方便吧！

“是，我这就去再巡一遍，仔仔细细地巡一遍。”宋七又折了回去，巡山去了。

温热的水温柔地包裹着叶佳瑶的肌肤，拂去一身的疲惫与酸痛，让她的心情也变得好起来。等有机会逃出去，就先找个酒楼当个小厨师，慢慢积攒本钱，将来也开一间酒楼，而且一定要做成最红火的，把中华的饮食文化发扬光大。

叶佳瑶美美地想着，伸手去拿肥皂，氤氲的水雾中，她好像看到有什么东西在动，定睛仔细一看，当即发出一声惨叫。

尖利的惨叫声划破宁静的院落，坐在院子里的椅子上眯眼乘凉的夏淳于被惊得差点从椅子上滚下来。他想也不想就往西厢房冲，门被闩住了。

尖叫声在持续，夏淳于后退两步，一脚踹了进去，可怜的木门被踹得四分五裂。只见一条黑白花纹的蛇正朝浴桶游去，夏淳于上前，出手快如闪电，一下捏住了蛇的七寸，用力一抖然后摔了出去。蛇被摔到墙上，骨节全散，掉了下来。

夏淳于解除威胁，扭头看叶佳瑶，只见她脸色铁青，目光呆滞，已经吓傻了。“你……你没事吧？”

叶佳瑶话都说不出来了，只是发抖，不可遏制地发抖。夏淳于皱着眉头，一把扯过袍子，伸手把她从浴桶里捞出来，裹上袍子打横抱了出去。感觉到怀里的人一直在颤抖，夏淳于不由得加快了脚步。叶佳瑶紧紧抓着他的衣领，抖得更加厉害起来。

夏淳于把她放在床上，没好气道：“你也太没用了，一条蛇就把你吓成这样。”

叶佳瑶哇的一声哭出来，受了惊吓的心脏特别脆弱，各种被压抑着的不良情绪如决堤的洪水倾泻而出，一发不可收拾。老娘天不怕地不怕，就怕蛇啊！就算她被狮子老虎咬成碎片，她也不要被蛇咬啊，这世上为什么会有这么恶心又恐怖的动物……老娘要下山啊，老娘坚决不要待在这种鬼地方了呀……

叶佳瑶扑在夏淳于怀里，眼泪鼻涕全揩在他衣服上。夏淳于第一次领教到女人惊天地泣鬼神的哭功，完全不知所措，这死女人，一条蛇而已，至于吗？就不知道含蓄点吗？嘤嘤啜泣，不是更加我见犹怜吗？

“好了好了，别哭了，蛇已经被我摔死了。”

“呜呜呜……”

“你有完没完，再哭我把你扔蛇窝里去。”

“呜呜呜呜……”

“好了好了，算我怕了你，别哭了。”

“呜呜……”

夏淳于笨拙地拍拍她的背安慰着。叶佳瑶的哭声终于低了下去，但还是心有余悸，脑子不受控制地想，万一她没发现那条蛇，万一蛇爬进浴桶里……眼泪还是止不住，吧嗒吧嗒地掉，她抓起他的袖子擦眼泪，抽泣着说：“要是再有蛇怎么办？你又不在怎么办？”

夏淳于看着自己惨不忍睹的衣袖彻底无语。“哪有那么多蛇，碰巧而已。”

“才不是，宋七说前几天他就在院子里捉了一条。”叶佳瑶瓮声瓮气地说。

“那也是碰巧。”

“哪有那么多碰巧。”

“就是啊，所以说你运气不好。”夏淳于说道。

她可不是走了背时运，要不然哪能进这土匪窝，还差点被蛇吓死。

“好了好了，你赶紧拾掇拾掇，我去把蛇捡起来，明天可以炖蛇汤。”夏淳于好不容易掰开她紧抓着他衣服的手。她的头发还是湿淋淋的，袍子散散地披在身上，春光外泄，夏淳于喉头一紧，忙起身出去。

叶佳瑶回过神来，炖蛇汤？随即大声怒吼：“把蛇扔掉，扔出去，我才不要做蛇汤，打死也不做。”

夏淳于被她的怒吼震得耳朵嗡嗡响，郁闷地掏了掏耳朵，嗓门就不能小点吗？你不做，我叫老于头做还不成吗？蛇肉可是鲜美得很，扔掉多可惜。

九 欠收拾

夏淳于来到西厢，地上一片狼藉，还得替她收拾烂摊子。

夏淳于收拾完，到井边提了两桶水冲了个澡，叫叶佳瑶去把衣服洗了，叶佳瑶缩在床上不肯去，外面黑漆漆的，再碰到蛇怎么办？夏淳于只好去把衣服都拿进屋："明天一定洗掉，不然都臭死了。"

"明天我穿什么呀？"叶佳瑶垮着脸说，总不能让她穿着他的衣服走出去吧？

夏淳于想了想说："明天我让宋七和彭五下趟山，院子里不会有外人来。"

"那万一有人来呢？"叶佳瑶弱弱地问。

"哪有那么多万一，睡觉。"夏淳于不耐烦道，拿了本书倚在榻上，随手打开了窗户。

叶佳瑶看着窗户又不安起来，之前她特意关上的。"你能不能把窗户关上？"

"闭嘴。"夏淳于低吼。

叶佳瑶悻悻地闭上嘴巴，想睡却睡不着，闭上眼就是蛇在地上游，朝她吐信的画面，这地方太恐怖了。她小心翼翼地爬起来，轻手轻脚走到窗边，把窗关上。这下可以安心了，可是，还没等她回到床上，夏淳于又把窗户给打开。

"这么热的天，窗户关这么严实，你想闷死吗？"

“可是有蛇。”叶佳瑶可怜巴巴地说。

“有我在你怕什么？”夏淳于不屑道。

“万一你睡得太沉，蛇爬进来你不知道呢？”叶佳瑶满脑子都是不好的念头。

“闭嘴。”夏淳于快被她烦死了，女人怎么都这么啰嗦。

“我不管，不关上我睡不着。”叶佳瑶又要去关窗。

“你……”夏淳于无语了，威胁道，“你敢关？再关你就去睡厨房。”

“你要是嫌屋子闷，你自己去院子里睡好了，我是死也不会出去的。”叶佳瑶不甘示弱道。

“别以为我不会扔你出去。”夏淳于火冒三丈，瞪大了眼睛。

叶佳瑶委屈得不行，他明明知道她怕什么，为什么就不能让一步呢？看她又要哭了，夏淳于一个头两个大，凶道：“不许哭。”

这时外面传来宋七和彭五的声音。“门怎么坏了？难道有人来闹事？不行，我得问问三当家去。”宋七说。

彭五忙拉住他：“你傻呀！寨子里有谁敢上这来闹事？这门肯定是三当家踢的。”

宋七不解：“好端端的三当家踢门干什么？难道说……”之后又没了声音。

叶佳瑶干咳两声关上窗，默默爬回床上去。再看三当家，整张脸都黑了。夏淳于郁闷着，混账东西，脑子里想什么乌七八糟的东西？算了，书也不想看了，夏淳于把书一扔，灭了油灯，上床睡觉。

叶佳瑶见他上床，赶紧往里让了让。原本她还计划着今天找个借口分开睡，但现在，拖她出去，她都不出去，比起蛇，她宁可跟他窝在一处。说起来今天他冲进厨房救她的那一瞬还是挺帅气的，有他挡着很有安全感，叶佳瑶不禁往他身边蹭了蹭。

“离我远点。”夏淳于心情不好，他习惯开窗睡觉，凉风习习，这才舒坦，现在，他只觉得闷得慌。多了个女人躺在身边，真是不习惯，原本就不大的床，被她占了大半张，他脚一伸就到床外去了。

“喂，睡里边点。”夏淳于踢她的脚。

叶佳瑶转了个身，位置是给他空出来了，可被子也卷走了，夏淳于抓住被头用力扯。

“干吗？”叶佳瑶不耐烦地说。

“你把被子都卷走了，我盖什么？”夏淳于没好气地说。

“你不是嫌热吗？”叶佳瑶嘟哝着把被子让给他一半，这下总可以睡觉了吧？叶佳瑶累了一天，困得很，不一会儿就睡着了。

夏淳于听得耳边传来轻微的呼吸声。“喂，喂……”呃，没反应。夏淳于轻手轻脚下了床，把窗户打开，凉风透进来，这才爽快嘛，夏淳于得意地笑了。

睡到后半夜，叶佳瑶做噩梦了，也不知是在一个什么地方，到处都是蛇，花花绿绿，大大小小，她被蛇包围着无处可逃，吓得直跺脚，走开走开……

睡梦中的夏淳于冷不丁被人踹了一脚，从床上滚下去。他立马醒过来，狼狈地爬起来，趴在床沿一看，这死女人两腿乱蹬，两手乱挥，模样甚是骇人，看得他额上青筋直跳。

夏淳于怒不可遏：“半夜三更你发什么疯？”

被他一声怒吼，叶佳瑶总算从噩梦中惊醒过来，喘息着，茫然地看着他。“你起来了？几点了？”

夏淳于气急败坏：“你把我踢下去了。”

“对，对不起，我做噩梦了。”叶佳瑶说着，突然眼睛发直，颤声道，“窗，窗怎么开了？是不是蛇爬进来了……”

夏淳于没好气道：“我开的，早开了。”

“你这人怎么这样？你怎么就这么自私，一点也不考虑别人的感受，难道当土匪就可以这么没人性吗？”叶佳瑶只觉得浑身血气直往上涌，忍不住发飙，呼啦掀开被子，就要跳下床去关窗。

夏淳于瞠目结舌，你把老子踹下床你还凶？夏淳于一把将她捞回来，翻身就将她摁在了身下，“你给我听好了，有我在，蛇咬不着你，你再发疯，别怪爷收拾你。”

“收拾收拾，你就知道威胁女人吗？在女人面前逞威风觉得自己特厉害是吗？反正我也不想活了，被你欺负，被蛇欺负，我一千金大小姐落到如此境地，还真不如死了算了……”叶佳瑶气头上也不管不顾起来。

“我看你是真的欠收拾了。”夏淳于咬牙切齿。刚才的拉扯，她身上原本就宽松的袍子滑落下来，露出诱人的香肩，那雪白的肌肤在如银的月光下，泛着珍珠般的光泽，令人有种想要咬上一口的冲动。

夏淳于深邃的眼眸变得幽深起来，暗流汹涌，他不是圣人，而是血气方刚的男人，身边躺着一个妙龄女子，且颇有姿色，这对他来说本就是极大的考验。如果他一直不碰她的话，万一让大当家知道了对他起疑心，那他这半年的卧底就白当了，眼看着黑风寨的事情即将了结，万万不能在这个节骨眼上出岔子……

诸多想法在夏淳于的脑子里闪过，他的手情不自禁摸到她腰间的衣带，一扯便扯开来。叶佳瑶意识到他要做什么，拼命挣扎起来。

“你这个混蛋，不要碰我……”

夏淳于吻了上去，把她的抗议悉数吞咽，不费吹灰之力就控制住她挥舞的双手，牢牢锁在头顶。

不对，怎么这么烫？夏淳于停了下来，摸摸自己的额头，又摸摸她的额头、她的脸。心想，糟了，这丫头在发烧。

十 忍气吞声

夏淳于忙去把东厢那两人叫醒，叫彭五去请山寨的柳大夫。彭五直奔柳大夫房间，从被窝里把人拽出来，柳大夫衣服都没来得及穿好，一只脚趿了鞋子，一只就那么光着被拽到了小院。

“柳先生，您给看看，她好像发热了。”夏淳于忙起身让座。

柳先生摸摸叶佳瑶的额头，又把了把脉，问：“着凉？”

“可能是吓着了，昨晚有蛇爬进来，但我确定她没被咬。”夏淳于说。

“原来三当家踢门进去是为了救嫂子啊……”宋七恍然大悟。

柳先生捋了捋三寸长的胡须，说：“那我给开一剂安神退热的药，若还是不好，就得叫魂了。”

彭五跟柳先生回去拿药，夏淳于让宋七去厨房弄点吃的。宋七苦着脸说：“三当家，我不会做啊！”

夏淳于没好气道：“谁让你做了？你做的东西我还不敢吃呢，上老于头那弄。”

宋七弱弱地说：“不去。昨天抢了老于头不少东西，我要再去，老于头肯定拿菜刀撵我。”

夏淳于给了他一脚："滚，去给你嫂子烧点热水，烧水会不会？"

宋七揉着膝盖，连连道："会，会，这个会。"

夏淳于在床边看了一会儿，也出去了。手下没用，还得他自己去厨房觅食，真够倒霉的。

等人都走光，叶佳瑶睁开眼睛，心里郁闷着：那大夫行不行啊，居然说什么叫魂？别是个神棍吧！这三个男人都是废物，都不知道怎么照顾病人，就让她这么干烧着，不知道做个冷敷啥的，万一烧坏了脑子，那就真的悲剧了。

叶佳瑶强撑着爬起来，想去叫宋七弄点井水来，一想又躺了回去装死。那个一点不懂怜香惜玉的家伙要是看见她起来了，还以为她没事了，然后又会心安理得地指使她做这个做那个，反正多烧一会儿也不会死，就赖定了是被他折腾出来的，也折腾折腾他。

夏淳于亲自去端早饭，引来许多异样的目光，有人小声嘀咕："到底是成了亲，真是不一样了……"

"就是，什么时候见过三当家亲自来拿吃的。"

"三当家可真心疼嫂子。"

夏淳于心里在咆哮：老子不是你们想的那样，是那死女人病了……可惜，没人听得见他心底的呐喊。夏淳于顶着众人既羡慕又同情的目光，郁闷地回到了小院。

叶佳瑶听到开门声，有气无力地哼哼了几下。

"你……好点没有？"夏淳于把食物放在桌上，走过去询问。

"水……我要喝水……"叶佳瑶像个垂死的人一样，虚弱地呻吟着。

夏淳于连忙去倒水，扶她起来喂她喝水。

"我好难受，我是不是快要死了？"

"胡说什么？不过是受了点惊吓而已。"夏淳于驳斥道。

叶佳瑶摸摸肚子："肚子好饿……"

夏淳于道："有白粥和包子。"说着去把吃食端过来。

叶佳瑶装着努力想要爬起来，试了几次都不行。夏淳于只好去搬了张椅子过来，把吃食放在上面，然后扶她起来，让她靠在他身上喂她吃。

"太烫了。"

夏淳于只好吹吹凉再喂。

“包子肥肉太多了，吃不来。”

夏淳于只好耐着性子把里面的肥肉给去掉。

叶佳瑶吃了几口就推开他的手，摇摇头：“不好吃，没胃口，吃不下了。”

夏淳于沉着脸道：“吃不下也要吃。”

叶佳药可怜兮兮地说：“人家生病了，你还这么凶。”

夏淳于无语了，闷声道：“那你想吃什么？”

叶佳瑶望着帐顶想了想：“我想吃野草莓。”

夏淳于出去叫宋七：“你去摘点野草莓回来。”

“我还得烧水呢！”宋七指指厨房。

夏淳于吼道：“快去。”难道还要他去摘吗？让寨子里的弟兄们看到，他还有威信可言吗？

宋七连忙开溜，还不忘叮嘱一声：“三当家，您看着点火啊！可别灭了，好不容易才生起来的。”

夏淳于糟心透顶，这个女人一来，把他的生活全打乱了。叶佳瑶在屋里幸灾乐祸，爬起来把剩下的半碗粥干掉，然后躺在那等待野草莓。

因为三当家要照顾生病的婆娘，所以，今天操练就取消了，山寨兄弟皆大欢喜，心里都说嫂子病得好！

此时，夏淳于蹲在炉灶前，紧张地盯着炉火，谁知道烧个火竟是这么困难的事，柴火少了要灭，多了也不行。他堂堂靖安侯世子上山为寇不说，还要干这种粗活，伺候个来历不明的女人，真倒霉到家了。

乒乓，屋子里传来一阵响，夏淳于连忙跑过去。只见叶佳瑶好好地躺在床上，装白粥的碗碎在地上。

“你干什么？”夏淳于怒道。

叶佳瑶一见到夏淳于，差点没忍住笑出来，这厮脸上都是炉灰。她假装半死不活地说：“叫了你好几声，你都没听见，只好把碗砸了。”

夏淳于踢了一脚碎瓷片：“你又要干啥？”

“我渴了。”

夏淳于不耐烦地把整个茶壶拎到她面前。

“给我一小杯就好了。”叶佳瑶小声地说。

夏淳于道：“喂，你别得寸进尺啊！爷的忍耐是有限的。”

叶佳瑶故作黯然，去拎水壶，一下，两下，拎不动，期期艾艾地说：“算了，我不喝了。”然后黯然转身，肩膀一抽一抽地无声哭泣。

夏淳于见她如此又于心不忍，觉得自己挺混账的，她都病成这样了，不就是想喝口水嘛，便拿了个茶杯给她倒了一杯水：“喝吧！”

叶佳瑶哽咽着说：“不用了，我没事……”抽了抽鼻子又说，“如果我死了，你把我一把火烧了吧！反正我的家人是不会再承认我了，在这个世上我已经没有亲人了，墓也不用修了，把骨灰撒了吧！我不想活着的时候孤零零，死了也是孤零零的一个人。”

夏淳于算是败给她了，上前扶她：“起来喝水。”

叶佳瑶期期艾艾地说：“我知道给你添麻烦了，可我也不想这样的……”

“好了好了，又没说你什么，赶紧把身子养好。”夏淳于满肚子烦躁不能发泄，还得安慰她。

十一　忍无可忍

叶佳瑶药也喝了，红彤彤的野草莓也吃了个饱，但热度还在，怎么办？

夏淳于可不想再过这样的日子，今天一天已经把他折腾惨了，连老于头炖了蛇羹都没吃上一口，全叫二当家给端走了。

“去问问柳先生，那个叫魂该怎么叫？”夏淳于吩咐宋七。

叶佳瑶听见了，鬼主意上来了，忙说：“叫魂我会啊！”

夏淳于意外地挑眉看她。

“小时候，我奶娘替我叫过魂。”叶佳瑶说，冲他招招手，“你过来，我告诉你。”

夏淳于将信将疑地附耳过去，听完后表情怪异：“真的假的？”

叶佳瑶煞有介事道：“当然是真的，我记得清清楚楚，我奶娘就是这么做的，很灵验。”

夏淳于直摇头：“不行，不行，我干不来这事。”

“那让宋七帮我叫？”叶佳瑶看向宋七，彭五已经下山去了。

夏淳于蹙着个眉头想了想，还是摇头，叫魂要喊小名，难道要让宋七，瑶瑶、瑶瑶的喊？绝对不行。

“给我滚回屋子里去，没我的吩咐不准出来。”夏淳于凶巴巴地将宋七赶了出去。夏淳于把门窗都关好，再三确定那个蠢货没有来偷窥，这才悻悻道：“可以开始了么?”

叶佳瑶把一张生辰八字给他：“可以开始了。”

叶佳瑶歪在椅子上看他做戏，心里乐得不行，三当家要跳大神了。夏淳于装了一碗清水来，把生辰八字压在灶台上，点起三支香拜了拜灶王爷，然后插在装了米的杯子里。扭头问叶佳瑶：“一定要那么做吗?”

叶佳瑶一脸感激地点点头：“等我好了，给你做好吃的。”

夏淳于面部肌肉不自然地抽搐，内心斗争激烈万分，他堂堂靖安侯世子居然沦落到跳大神，传出去，他的脸往哪儿搁?

看她一双水灵灵的大眼期待地望着他，夏淳于咬牙切齿地唬道：“闭上你的眼睛，还有，今天的事你要是敢往外说一个字，我掐死你。”

叶佳瑶头摇得跟拨浪鼓似的，神情坚毅：“我保证一个字不往外说。”一个字不说，我完完整整地说，文字游戏谁不会啊?

“闭眼。”夏淳于没好气地吼道。

叶佳瑶忙闭上眼睛：“你可以开始了。”

夏淳于深呼吸再深呼吸，张了好几次嘴，手抬起来又放下，这可怎么张得了口，豁不出去呀！夏淳于觉得自己遇到了此生最大的难题。

叶佳瑶催促道：“你得快点，香要是烧完就没用了。”

“吵死了，别烦我。”夏淳于瞪了他一眼，凶道。又酝酿了一会儿，夏淳于道：“你把耳朵也捂上。”

“捂上耳朵我怎么还听得见你叫魂?不是白叫了吗?”叶佳瑶怏怏道，“你要是不行就叫宋七来。”

夏淳于牙一咬，心一横，为了能尽早摆脱这个麻烦，豁出去了。他装模作样地挥舞着手，口里念念有词：“天灵灵，地灵灵，太上老君急急如意令，妖魔邪祟请远避，瑶瑶的魂儿听仔细……”

叶佳瑶从指缝里偷看，乐得差点没抽过去。这可是黑风岗上一枝花，帅气无敌的三当家，扮演起神棍来，太搞笑了。

“瑶瑶瑶瑶，莫再游荡，瑶瑶瑶瑶，魂归来兮……”夏淳于闭着眼睛撒米，专心念着叶佳瑶教他的叫魂词，并未发现某人笑得快断气了。

“这样行了吗?”夏淳于终于念完了，扭头问叶佳瑶，“谁让你睁开眼睛的?”

叶佳瑶笑得太开心了，一时没绷住，便捂上眼说：“没，我什么也没看见。”

“叶瑾萱，你要是敢欺骗我，耍我，我要你好看。”夏淳于恼怒地威胁。

“怎么会？我只是觉得你叫得好好，比我奶娘都好，我现在觉得整个人都舒服起来了。”叶佳瑶诚恳地说。整人成功，心里当然舒坦。

门外传来脚步声，很轻，但依然没能逃过夏淳于的耳朵，夏淳于以为宋七来偷听，正好一肚子火气没处发泄，指指叶佳瑶，唇语道：“待会儿再来收拾你。”他走到门边，呼啦一下把门打开，吼道：“你作死啊！我有让你出来了吗……”

呃！夏淳于和门外的人俱是愣住，三个人傻傻地你看我、我看你。

“大……大哥，二哥，你们怎么来了？我还以为是宋七。”夏淳于讪笑道。继而板着脸冲站在远处的宋七吼道：“大当家、二当家来了，干吗不吱声？还愣着干吗？赶紧去倒茶。”

可怜的宋七只能抛一个幽怨的小眼神，怎么什么事都骂到他。

大当家朝厨房里张望了一下，摆摆手说：“不用麻烦了，我和你二哥听说弟妹病了，特地过来看看，现在没什么事了吧?”

“没事没事，就是受了点惊吓。”夏淳于轻描淡写地说。

里面传来叶佳瑶半死不活的声音：“是大哥二哥来啦！恕我病容憔悴不能见人，失礼了。”

大当家忙说：“不碍事不碍事，弟妹好好将养，三弟，寨子里的事务你先放一放，弟妹的身子要紧，反正攻打新义的事还要再合计合计，不急。”

二当家小声说：“弟妹是千金小姐，比不得那些粗鄙的乡野村妇，三弟你要多担待。”

夏淳于差点吐血，是比不得那些粗鄙的乡野村妇，他都快被整残了。嘴上却只好连连应声：“是是……”

“好了，我们就不打搅了，有什么需要只管说。”大当家挥了挥手转身离去。

二当家连忙跟上。

夏淳于送两人出门，回到厨房，叶佳瑶感叹说：“看来，大哥二哥还是挺关心我的。”

夏淳于一脸面瘫样，心说：两个杀人不眨眼的货会关心你？“魂也给你叫回来了，你自己能走了吧？”夏淳于漠然道。

叶佳瑶悻悻地说：“你以为是吃仙丹，立竿见影？受了惊的魂魄就算回来了，还是要养几天的。”

夏淳于惊叫：“还要养几天？”

“那我怎么知道，且看今晚睡不睡得安稳，睡得好，也许明天就好了。”叶佳瑶嘟着嘴说。

夏淳于现在就像个掉了引线的火药桶，满肚子火却找不到发泄的出口，粗鲁地将叶佳瑶抱起来送回房。

晚上，不用叶佳瑶吩咐，夏淳于主动把窗户都关了，也不赖在榻上看书，而是把油灯拿到床边的高几上，躺在床上看。

“能不能把茶壶也拿过来？万一我晚上渴了想喝水……”叶佳瑶弱弱地问。

夏淳于不理她，只顾看书，翻了两页还是去把茶壶拿了过来。

过了一会儿，叶佳瑶又说：“明天我还想吃野草莓。”

夏淳于不耐烦地说：“做梦去吃。”

“宋七说你面冷心热，我也觉得吧，你是个好人，哎，你叫什么名字呀？我到现在都不知道你叫什么呢！”叶佳瑶喋喋不休。

“你不需要知道。”夏淳于冷冷说道。

“那我以后叫你什么？三当家？跟宋七他们一样？不行，这样显不出我的特别来，要不，我叫你匪匪？”

可以是土匪的匪，也可以是狒狒的狒。这个昵称不错，叶佳瑶自鸣得意，她实在太有智慧了。

匪匪？夏淳于差点吐出来，什么乱七八糟的称呼。

“嗯，就这样，以后就叫你匪匪，我喜欢这个称呼。”叶佳瑶自言自语。

“你敢这么叫试试。”夏淳于忍无可忍了。

“匪匪，晚安，别看太晚，我先睡了。”叶佳瑶一点不害怕他张牙舞爪的样子。

夏淳于面黑如锅底，他想咆哮，想要呐喊，老天，快把这个脑子不正常的女人收走吧！可是老天听不到他的呼声，身边的女人一脸恬淡的睡容。夏淳于一动不敢动，还真怕她睡不好，明天继续生病，算了，忍她最后一次。

十二　是否继续装

叶佳瑶一觉睡到大天亮，醒来的时候夏淳于不在。枕头边放着一叠女人的衣服，好像都是新的。这就是彭五给弄回来的衣裳？

叶佳瑶翻了翻，挑出一条银红的肚兜，一件月白碎花的褙子和茜色百褶绫裙，赶紧换下身上这件宽大的袍子，穿新衣，下床的时候，又惊悚了一把，床前整整齐齐摆放着七八双绣鞋，各种颜色都有。

哪个女人不爱衣服、鞋子，叶佳瑶的心情就像终于出了梅的天，太幸福了。看在他昨晚为她跳大神，以及今天这么多好东西的分上，叶佳瑶决定原谅他的凶狠与残暴。据目前来看，他还是有很大的进步空间的。

圆桌上还有吃的，首先入眼的是一碗红彤彤的野草莓，叶佳瑶笑了，这家伙就是嘴硬，心还是软的。吃了两颗野草莓，叶佳瑶又去掀旁边的篮子，里面是白粥和包子，包子里面的肥肉已经去掉了。这家伙原来也有这么体贴周到的一面，叶佳瑶感动得快哭了，一边喝着白粥一边想，要不要继续装病呢？

热度已经退了，不知道是柳先生的药起了作用，还是她心情好的缘故。但绝对不会是叫魂的功劳。看得出来，他的忍耐已经快到极限了，继续挑战的话，可能真的会让他厌烦。潜力要一点一点挖，耐心要一点一点培养，不能操之过急，否则适得其反。

叶佳瑶吃饱喝足开门出去，只见厨房的门开着，里面飘出一股子药味儿，叶佳瑶进去一看，是宋七蹲在炉子前扇炉火为她煎药。

“宋七。”

“嫂子，您终于没事了。”宋七开心地说。嫂子病好了，三当家的脸就不会那么臭了，而且意味着又有好东西吃了。

“三当家呢？”叶佳瑶问。

“三当家一早就出去了，没说去哪儿，彭五带兄弟们操练去了，留我在家给嫂子煎药呢！对了嫂子，野草莓够不够吃？不够我再去摘，山上还有很多，不过，过几天就要没了。”

“野草莓是你摘的？”

“是啊，我想着嫂子喜欢吃，一早就去摘了。”

“不是三当家吩咐的？”

“瞧嫂子说的，这点小事还用三当家吩咐？”宋七笑呵呵地说。

叶佳瑶的心情突然就不好了，“谢谢你，宋七。”叶佳瑶勉强挤出个笑容。

“没事，没事，您是我嫂子嘛！以后有什么事尽管吩咐。”宋七殷勤地说。

叶佳瑶想到一件事，问：“彭五下山有没有买雄黄粉？”

“买了啊！嫂子您等会儿，我去拿。”宋七把扇子递给叶佳瑶，跑去拿雄黄粉。

“喏，买了一大包，嫂子，要不现在就去撒上？”宋七把纸包拆开来，刚好吹来一阵风，顿时雄黄粉糊了他的眼，呛得他满脸泪。

叶佳瑶皱眉道：“就这样撒下去，一会儿就没了，咱这里还有酒吗？”

宋七哭腔道：“有……”

“你去拿坛酒来，把雄黄粉倒进去搅拌匀了，喷洒在院子四周还有门窗等地方。”

宋七迟疑道：“可是酒只剩一坛了，那可是三当家最喜欢的绍兴花雕。”

“酒没了下回再买就是。”叶佳瑶觉得防虫蛇比较重要。

宋七心说，这酒可不容易买到，上回劫了个南方商队，统共只得了五坛，三当家都不太舍得喝。不过既然嫂子吩咐了，那就照办，要怪也怪不到他头上。宋七去喷雄黄酒，叶佳瑶打开药罐子，闻了下那难闻的味道就捂着鼻子把药给倒了。

叶佳瑶等宋七把前院后院都喷过雄黄酒后才端了水盆去井边洗衣服。刚吊了桶水上来，就听到身后有人说："三夫人您放着，我来我来。"

叶佳瑶扭头一看，原来是姜婶。

"姜婶，你怎么来了？"

"三当家叫我来的，您还病着，哪能干这种粗活。"姜婶抢了水桶过去，哗的把水倒进水盆里，撸了袖子就开始干活。

叶佳瑶想到里头还有亵衣亵裤，怎好意思叫别人洗，忙道："还是我自己来吧！"

姜婶一手格开她："三夫人，您去歇着，这点活我一下就干完了。"

叶佳瑶看她手里捏着她的红肚兜搓啊搓，十分窘迫，但估摸着是抢不回来了，只好作罢，搬了张小板凳坐在边上跟她唠嗑。

姜婶也是个话痨，一点不用怕冷场。"三夫人，我听说你是被蛇给吓着了。"

"是啊，太吓人了，姜婶，你遇到过蛇吗？"

"住在山上遇到蛇还不是常有的事，不过，我不怕的，我家老头子在屋后种了许多垂盆草，蛇最怕闻这种草的味道，不敢来。这不，三当家今天早上就跟我家老头子上山摘垂盆草去了，我家老头子待会儿就过来，给你们院子里也种上。"姜婶说道。

叶佳瑶很是意外，原来他一大早是去摘垂盆草了。

"我跟您说，那垂盆草可不好找，都在悬崖上，看来三当家很心疼你。"姜婶笑得很暧昧。

叶佳瑶讪讪一笑，心道：哪里是心疼哦，他是因为关窗嫌闷。

"姜婶，你和你家那位怎么会上山来的？"

"说来话长了，还不是被逼得过不下去了，不然谁愿意当土匪？我家老头是个木匠，给寨子里做做活，倒是不用下山去打劫，还算安稳。"

叶佳瑶点点头："那三当家是不是经常要下山？"她记得昨晚大当家提起攻打新义。

姜婶说："三当家没来之前，寨子里就数二当家武艺最高，大仗小仗都是二当家带人去的，三当家一来，二当家就很少下山了。这不，听说过阵子要攻打新义镇，那可是块硬骨头，以前二当家攻了好几次都没攻下来，就看三当家了，三当家要是给拿下，又是大功一件。”

叶佳瑶不免担心，她还以为土匪是靠打劫为生，谁知道还要去攻打什么镇子，听姜婶说起来，这镇子不太好打，那匪匪会不会有危险？她才到山寨，立足未稳，匪匪再不济也是她的依靠，如果匪匪出事，那她依靠谁去？

看叶佳瑶沉默，姜婶便说："三夫人您不用担心，三当家上山以来还没吃过败仗呢！连最最难啃的聚贤庄都给拿下了，而且只折损了极少数的人马，寨子里的人都说三当家是生不逢时，不然，定是个做大将军的料。"

正说着，宋七带着个老头儿进来，手里还提着一篮子的草。

"你怎么才来？"姜婶见到老头抱怨道。

老头笑呵呵："早来了，外头的垂盆草已经种上，剩下的都栽种在后院。"

姜婶这才笑了，跟叶佳瑶介绍："这就是我家老头。"

叶佳瑶朝他笑笑："姜叔，辛苦你了。"

"不辛苦不辛苦，草药都是三当家摘的，我只是搭把手。"姜叔笑道。

宋七问："嫂子，厨房里的药呢？"

叶佳瑶随口说："我喝了。"

宋七挠挠头，心中狐疑：这么快？

两人就在围墙根挖开泥土，把草药种进去。

叶佳瑶有些怀疑："这东西真的能行吗？"

姜叔道："三夫人莫小看了这草药，解蛇毒有奇效。有这种草药的地方，蛇都不会去，如果不幸被蛇咬了，摘几片叶子捣碎了敷上，立竿见影。"

叶佳瑶听他说得真切，心安了些，雄黄酒加上神奇草药，双重保护，应该会很安全了。洗好了衣服，姜婶又去打扫卫生，叶佳瑶就在厨房琢磨中午做什么好吃的。

姜婶带来一块新鲜的五花肉、几节嫩藕、刚挖的春笋、一只杀好的鸡，加上昨晚还有剩下的羊肉、香菇、黄瓜、萝卜，叶佳瑶想了想，有了，就做一道红烧狮子头、油焖春笋、小鸡炖香菇、炸藕饼，再来一道凉拌黄瓜、蒜爆羊肉。六道菜应该够六个人吃了。

看看时辰也差不多了，叶佳瑶开始准备做午饭。先取一块五花肉剁成肉泥，取一节嫩藕去皮洗净，切成末，本来做红烧狮子头最好是用荸荠，口感更清脆，不过嫩的莲藕也能用，清甜可口，别有一番风味。葱头拍扁切长丝，姜切片用清水泡着。取一个鸡蛋打进肉泥和藕末中，加调料、淀粉，再用泡好的葱姜水搅拌均匀。加入鸡蛋液，可以使做出来的肉丸更加筋道滑嫩。

叶佳瑶把要做的菜差不多都准备就绪，姜婶进来了。

“三夫人，您怎么又忙开了，放着我来。”

叶佳瑶笑道：“我已经大好了，中午做顿好吃的，你和姜叔都留下吃饭吧！”

十三 我的名字

“三当家，上午操练的任务已经完成，要不要加点?”负责操练的彭五见三当家来了，忙上前请示。

夏淳于心不在焉道：“算了，今天早点结束。”

一上午他都在大当家那商讨攻打新义的事，二当家建议强攻，派出山寨两千名弟兄，把新义一锅端了。这样的计划对他有利，派出两千兵马，山上只剩千余众，山寨兵力不足，加上有宋七做内应，破坏断龙石机关，赫连煊就能带兵攻上山，而派出的两千兵马失去了大本营，就会处于新义和赫连煊的前后夹击，必破无疑。

但大当家心思要缜密的多，他反对这种倾巢而出、强攻强取的计划，损失太大，大当家意思是智取。可是怎么个取法呢?大当家让他给出个主意，他故作神游，然后提出几个漏洞百出的方案。大当家失望地摆摆手：“算了，我知道你牵挂着弟妹的病，还是改天再议。”夏淳于必须拖时间，让赫连煊做好周全的准备。

彭五去把半死不活的弟兄们解散了，回来说：“三当家，那午饭……”

夏淳于皱着眉头沉吟道：“你去厨房弄点吃的。”

“三当家，三当家……”宋七远远跑来，一路高呼。

夏淳于眼皮直跳，不会那女人又出事了吧？

宋七跑到近前，气喘吁吁道："三当家，嫂子让我来叫您回去吃饭，嫂子做了好多好吃的。"

夏淳于意外道："她病好了？"

宋七笑说："好是好些了，不过没大好，饭菜做得了就回屋躺着了。"

夏淳于沉着脸数落："你浑啊？没好让她做什么饭？"

宋七无辜地说："是嫂子自己要做的。"

"她要做，你不会劝着点吗？不是已经让姜婶过去帮忙了吗？姜婶呢？"夏淳于吼道。

宋七发现三当家的脚移了一下，似乎又有踹人的迹象，忙往后退了三步，弱弱道："姜婶有帮忙的。"他可不敢说姜婶只是帮忙闻菜香看菜色来着，不然三当家更得暴跳如雷了。

"滚。"夏淳于叫人家滚，自己却先大步迈出。

彭五走过来，同情地拍拍宋七的肩膀："咱也走吧！回去吃饭。"

宋七翻了个白眼，小声嘟哝："跟火药桶似的，一碰就炸。"

彭五笑呵呵："别往心里去，三当家是心里着急。"

"着急他怎么不骂你呀？尽骂我。"宋七不服。

彭五无奈道："我昨天不也挨骂了吗？"

夏淳于回到小院，姜婶笑眯眯道："三当家，饭菜都摆上了。"

夏淳于面无表情径直走到里屋。

叶佳瑶是真有点累了，躺在床上闭目养神，听见外头姜婶的声音，旋即有人推门进来，便睁开了眼："匪匪，你回来啦！"

夏淳于被这称呼恶心到了，路上想好要数落她的话也给忘了，神情分外精彩。

"我警告你，不许这么叫。"夏淳于盛怒之下想到外面有人，压低了声音怒吼。

叶佳瑶笑眯眯地说："不喜欢呀，那换一个，相公？夫君？"

夏淳于鸡皮疙瘩掉一地，没好气道："淳于。"他上山时，把自己的姓改了，现在山上的人都以为他姓安。

“什么？蠢驴？你怎么骂人呢？虽然你没有把我当成你的妻子，可我已经把你当成了我的相公，有道是嫁鸡随鸡，嫁狗随狗……”叶佳瑶无比委屈地说，还掩面做垂泪状。

夏淳于彻底无语，这个名字跟了他二十一年，从没想过他的名字还能跟蠢驴联系到一块儿。夏蠢驴，还是一头瞎的蠢驴。

夏淳于不淡定地吼道：“那是我的名字，淳于。”夏淳于字正腔圆地念出这两字。

叶佳瑶怔了怔，旋即笑倒，捶枕头。哈哈，太逗了，他的名字竟然叫淳于，蠢驴……哈哈，要笑死了。

“笑什么？不许笑。”夏淳于恼羞，扑过去捂她的嘴。

叶佳瑶笑得喘不过气，连声求饶：“不……不笑了。”

夏淳于这才放开她，狠狠瞪她。

“三当家，吃饭啦！”姜婶在外面喊。

叶佳瑶死命憋住笑：“你快去吃饭吧！”

夏淳于郁闷地转身离去，前脚刚踏出门，后脚就听见里头一阵狂笑。

“三当家，赶紧，凉了就不好吃了。”姜婶乐呵呵地叫他。

夏淳于只好压下回去收拾她的念头，先去吃饭。

午饭很丰盛，红烧狮子头、蒜爆羊肉、葱花藕饼、油焖春笋……各种香味混合在一起扑鼻而来，令人胃口大开。

夏淳于道：“宋七，去把我的花雕拿来，让姜叔尝尝。”

宋七愣在那。

“你聋啦？还不快去？”夏淳于瞪眼道。

宋七苦着脸，弱弱道：“三当家，花雕没了。”

“昨天不是还剩一坛吗？你偷喝啦？”夏淳于道。

“早上嫂子让我调雄黄酒洒光了。”宋七说。

夏淳于：“……”

“就算不洒了，嫂子天天做这么多好吃的，酒也不够啊！”宋七又嘟哝了一句。

夏淳于：“……”

好像是哦，一看到她做的饭菜就有想喝酒的冲动，自上山后他鲜少喝酒，五坛子花雕，大当家二当家各捧走了一坛去，三个月里他只喝了一坛。但昨天晚上他就干掉一坛，今天又想喝了，都是美食惹的。

“三当家，我那还有一坛子竹叶青，要不我去拿。”姜叔道。

“算了，不喝了，下午还有事，免得喝多了误事。”夏淳于摆摆手，拿起筷子先戳了个红烧狮子头，“大家都吃吧！”

肉丸子很入味，有着莲藕的清香，不会觉得太散也不觉得太过筋道，刚刚好，咦？还有葱蒜的香味，但吃不出蒜粒，应该是用葱蒜水调的。藕饼煎得外酥里嫩，鲜甜黏柔；油焖春笋色泽红亮，鲜嫩爽口；还有蒜爆羊肉，吃不出羊肉的腥膻味儿，又嫩又香……

家常菜却能做出大酒楼的品质，她很懂得在保持食材本身味道的同时，通过食材之间的搭配调制出更鲜美的味道，而且火候的掌控也达到了一定的水准，这不是光凭天赋与用心就可以达到的，需要长期的实践操作，一个千金大小姐经常下厨？夏淳于表示疑惑不解。

“好吃吧！我嫂子这手艺真不是盖的，比那济南城望仙楼的大厨做的还好！”宋七吃得乐呵呵。

夏淳于敲了一下他的脑袋：“你啥时候去过望仙楼？爷还没去过呢！”

宋七吃疼摸摸脑袋，嘟哝道：“我听人说的呗，就我这命，去望仙楼给人看门人家也不要啊！”

夏淳于瞪了他一眼，嗤鼻道：“亏你还有自知之明。”

彭五和姜叔哈哈大笑。

吃到一半，夏淳于想起来：“你嫂子吃过没？”

姜婶插话：“三夫人还没吃呢，她胃口不太好，炖了小米粥，说是晚点再吃。”

夏淳于想了想：“那给她留点菜。”这几个吃货风卷残云，眼看着就要扫光了。

宋七闻言，忙收回伸出去的筷子。

姜婶道：“三夫人说不用给她留菜了，她自己弄青菜瘦肉粥吃。”

于是，大家齐齐动筷，把盘底都给扫干净了，汤汁都不剩。

吃过午饭，姜婶收拾碗筷，夏淳于在院子里转了一圈，看到垂盆草都种下了，这才放心地回屋。

屋子里，叶佳瑶已经睡着了。夏淳于轻手轻脚地把窗户都打开，站在床前端详了她好一会儿，伸手摸摸她的额头，已经不烧了，便到西次间的书房去，拿出一幅地图来研究。

新义距离黑风岗八十里，是冯朝林的地盘，冯朝林是新义一大族，因为仗义疏财，众多绿林豪杰前去投奔，成为雄踞一方的大势力。新义四通八达，商贸繁昌，是山东为数不多的富饶之地，黑风岗一直想要吞并了新义，但屡攻不下。最近赫连煊在招安冯朝林，消息走漏，大当家相当不安，如果冯朝林投靠了朝廷，对黑风岗将是巨大的威胁，所以想要尽快攻下新义。要采取什么样的计划才能既让大当家满意，又能配合赫连煊？这个问题相当棘手。夏淳于在地图上画来画去，苦苦思索。

叶佳瑶醒来，揉揉惺忪睡眼，伸了个懒腰，准备起床去吃点东西。走到外面，余光往西次间一瞟，见夏淳于坐在书案前一手托着下巴，眉头紧蹙，一手在那比画来比画去，本想进去打个招呼，想想还是不去打扰他了。

自己做了碗青菜瘦肉粥，吃完回房，见他还是保持那个姿势在想事情，便又折回厨房去，给他沏了壶茶。茶是上好的龙井，听说也是从南方商队那里劫来的，用热水冲开，嫩绿的茶叶便缓缓舒展开，如枝头绽放的芽，清香沁人。

叶佳瑶轻轻地走进去，把茶盏轻轻放在他右手边，柔声说：“喝杯茶提提神。”

十四 人生如戏

夏淳于闻声抬眼，不由眼前一亮，除去红衣的她，穿着月白碎花的褙子、茜色的百褶绫裙，淡雅又不失娇媚，衬着她芙蓉面柳叶眉，一双灵动慧黠的眼，宛如婷婷新荷，明媚动人。果然，她还是比较适合素雅的装扮。

“吃过了？”夏淳于端起茶盏，浅呷了一口。

“嗯，喝了一碗粥，你在做什么？这是在拟作战计划吗？”叶佳瑶瞄了眼地图，有个地方被他用笔圈了出来，正是新义镇。

夏淳于不动声色地把地图收起来，她居然知道作战计划，不得不防，他内心真实的想法，谁也不能告诉。

夏淳于靠着椅背喝茶，指了指下首的椅子叫她坐。“你的厨艺是在哪学的？”夏淳于漫不经心地问。

叶佳瑶旋即做出一副凄凉又无奈的神情，黯然道：“我跟家里的厨子学的，我虽然是叶家大小姐，可我爹并不怎么疼我，平日里，我连爹的面都很少见到，就连晨昏定省，我后娘也是百般阻拦。我想来想去，便去学做菜，见不到爹的面，起码能让爹吃到我做的菜，我爹吃着我做的菜就会想起我……”这番话，虚中有实，实中有虚，原主为了讨好爹，是曾经学过做菜，但她做的菜压根送不到爹面前，后来就不了了之了。原主和魏家的这门亲事，还是外祖家做主才得以促成。

叶佳瑶说着说着，声音渐渐低了下去，用力眨了两下眼，挤出一滴泪来，有道是人生如戏，拼的就是演技。

夏淳于听她说得可怜，但还是怀疑这些话的真实性，刚要张口问她，只见她一抹眼泪，自嘲地笑道："不好意思，让你见笑了，所以你老说我不像大家闺秀，我的确是名不副实的大家闺秀，什么琴棋书画都没学过，只跟厨子学了几道菜，所以以后我也只能给你做做饭、洗洗衣、递递茶了。"

她眼里还含着泪水，那样笑着，就有种说不出的凄美动人，有那么一瞬，夏淳于动了恻隐之心，说："总比什么都不会的好。"

"你会嫌弃我吗？"叶佳瑶问。

夏淳于想了想，又想了想。本来就对她没有抱任何期望，所以当然也就不存在嫌弃的问题。不过，看她期盼的眼神，这样说是不是太过直白了？

叶佳瑶心里腹诽：有这么难回答？我一个千金大小姐嫁你一个土匪，算是下嫁了，还敢嫌弃？老娘不过是谦虚一下，你还真当老娘自卑了？

"算了，当我没问。"叶佳瑶悻悻一挥手，起身就要走。

夏淳于皱着眉头，不悦道："什么叫当你没问？"

叶佳瑶顿住脚步："我怕听到我想听的，又怕听到我不想听的。"

"这是什么意思？"夏淳于有点反应不过来。

叶佳瑶眉梢一挑："也就是说，这是一个很无聊的问题。"说罢她施施然走了，留下夏淳于一头雾水，思忖片刻后，夏淳于幡然醒悟：这是一个无聊的问题吗？他在不在乎她，对她来说是很无聊的问题吗？

夏淳于又不淡定了，把茶盏一搁，追了过去。"喂，你把话说清楚，为什么是个无聊的问题？"

叶佳瑶在整理新衣服和新鞋子，说真的，古装比现代衣服好看多了，就是穿起来比较麻烦，大热天还得捂得严严实实，不长痱子才怪。

"我有名字的，能不能不要叫我喂？"叶佳瑶头也不抬地说。

"我喜欢这么叫怎么样？"夏淳于没好气道，"快回答我的问题。"

"你喜欢怎么叫就怎么叫，那我是不是也可以想怎么叫就怎么叫？"叶佳瑶冲他翻了个白眼。

“夫为纲你懂不懂？我有资格随便叫，你没这资格。”夏淳于又吼道。

“呵，你承认是我的丈夫啦？”叶佳瑶突然笑了起来，“我就说嘛，你对我这么好，怎么可能会嫌弃我呢？”

夏淳于无语，他什么时候对她好了？

“别不承认，你那么细心帮我把包子里的肥肉都给去掉，还为我上山去摘垂盆草，淳于，我也会好好待你的，你放心好了。”叶佳瑶说着打开柜子，把他的衣服拿出来，自己的衣服放进去。

“喂，你把柜子占了，那我的衣服放哪儿？”夏淳于没好气道。

叶佳瑶四下看了看，把他的衣服抱到对面的罗汉床上：“就先放这吧！家里多了口人，这些家什有点不够用，淳于，你再去弄个柜子回来吧！”

怎么听她的口气，好像他才是多出来的人？夏淳于走过去开柜子，把她的衣服扔出来，真是无法无天了，居然敢喧宾夺主，鸠占鹊巢。

“喂喂，你干什么？你要跟一个女人抢柜子吗？说出去不怕被人笑话吗？你是男人，有点气量好不好？”叶佳瑶抢回她的衣服，重新放进柜子里。

夏淳于彻底服气，人一旦不要脸了，天都怕，算了算了，好男不跟女斗。他气冲冲地甩袖而去。

叶佳瑶在身后喊：“淳于，早点回来哦，晚上我给你做好吃的。”那个“于”字，她故意卷着舌头，拖着长音，听起来就像蠢……驴……

夏淳于扭头瞪了眼房门，这日子没法过了。气走了夏淳于，叶佳瑶得意地比了个剪刀手，开心地哼起了歌。

三当家心情不好，山寨里的土匪就又遭殃了。本来说好了今天不操练了，一个个睡觉的睡觉，赌骰子的赌骰子，惬意得很，却被一阵紧促的号角声活生生地打断。

等他们一个个屁滚尿流地赶到演武场，只见三当家手持一把令旗站在场中央。谁都知道，三当家手拿令旗，就说明今天要演练的是阵法，而且要实打实地对练，也就是说，不是把别人揍趴下，就是自己被别人揍趴下。顿时，大家觉得天光暗淡，两眼发黑，腿脚发软。一下午的操练，场中的每一个人都是鼻青脸肿，嘴上不敢叫，心里已经哀嚎不止。

好不容易盼到吃晚饭的点，宋七又来叫吃饭：“三当家，嫂子叫您回去吃饭……”大家激动得快哭了，嫂子终于来领人了。

谁知三当家好像没听见似的，大声道：“一字长蛇阵。”那令旗挥得虎虎生风，众土匪没命地跑位，心里直骂娘。

宋七愣在那，想起嫂子的交代，便硬着头皮又喊了一声：“三当家，嫂子说您要是再不回去，她亲自来叫啦……”

夏淳于面瘫的脸上终于有了变化，想到她卷着舌头喊他的名字，如果她上这来喊上一嗓子，估计全山寨的人背后都要叫他蠢驴了。有生以来，夏淳于头一遭生出那么点嫌弃自己名字的心思。

彭五上前笑眯眯地说：“三当家，您看天色也不早了，嫂子还等着您，要不……”

夏淳于沉着脸，把令旗收了，交给彭五。

彭五拿起令旗一挥：“解散。”

大家顿时东倒西歪，伸长舌头跟条狗似的直喘气，哎呀妈呀，再这样下去会不会被折腾死啊！

宋七很识趣地一句话也不多说，跟在三当家的身后直笑，心想，还是嫂子的法子管用，这不，三当家乖乖地就回去了。

夏淳于也是一路无语，不能再纵容她了，他算是看明白了，她绝对不是个简单的货色，扮猪吃老虎，他让一步，她就进两步，给她三分颜色，她就敢开染坊，之前她还把自己说得那么可怜，依他看，她那后娘根本不是她的对手。

十五 松花蛋

晚饭的伙食是白粥配肉饼。白粥熬得黏稠软烂，肉饼用的是鲜猪肉加大葱，还有从姜婶家拿的腌生菜，三寸大小一个，用油煎得两面微黄，咬上一口，满口鲜香。

本来夏淳于还有些嫌弃这顿晚饭太简单，但这肉饼的味道真的很不错，白粥清香中透着微微的甜，那是稻米自带的甜味，一看就是用文火炖了好久的。

“你们尽管吃，锅里还有呢！”叶佳瑶十足一个女主人的样，笑呵呵地招呼大家多吃点。

宋七小声道：“本来嫂子让我去厨房弄点菜回来，老于头小气得很，说是给大当家准备的鸡都已经让咱们拎了来，不肯给了，所以，嫂子只好用做狮子头剩下的五花肉烙饼吃。”

夏淳于理解地点点头：“算了，寨子里几千兄弟要吃饭，老于头也不容易。”

彭五说：“上次打劫冯村弄回来的牛羊鸡猪都吃的差不多了，看样子又得下山一趟了。”

叶佳瑶又上了一盘子肉饼，对宋七说：“晚些你送几个给姜叔姜婶尝尝。”

宋七欣然应和：“好嘞！”

叶佳瑶征求夏淳于的意思："要不要也拿几个给大哥二哥尝尝？"

夏淳于漠然道："彭五，待会儿你送去。"

吃过晚饭，宋七和彭五都去送肉饼了，叶佳瑶在厨房收拾，夏淳于回屋去准备拿衣服去附近的湖里凫水。

一进屋却是怔了一下，屋子里窗明几净，原本摆在多宝阁上的花瓶现摆在了桌上，里面插了几枝红艳艳的映山红，床上的大红床单换成了素色的，灰色的帐子也换成了白色，靠墙的半圆几上放置着一盆兰花，有了花草的点缀，整个房间显得生机盎然，耳目一新。

夏淳于出身侯门，身边从不缺伺候的人，屋子里总是打扫得干干净净，不缺各色名贵花草。自打上山后，他自己不会做，都是叫宋七和彭五打扫，两个大老粗也就是随便糊弄一下，他虽不满意也没办法，只能将就。

突然屋子变成了他一直想要的模样，这让夏淳于心里的怒气弱了几分。她虽然有诸多的缺点，但还是有可取之处，比如，做得一手好菜，不像一般千金小姐那么娇生惯养，料理家务也是一把好手。难道她说的是真的？在家里备受冷遇刁难，所以什么事情都得自己干？

榻上放着一套他的换洗衣服，其他衣物却是不见了。夏淳于打开柜子，没有，又去开箱子，看到自己的衣物被叠放得整整齐齐装在里头。夏淳于眼底浮起一抹暖意，连他自己都不知道。

叶佳瑶躲在厨房门口探头张望，她知道今天把他气坏了，吃饭的时候，他也是摆着一张臭脸，看都不看她一眼。敌进我退，敌退我进，这是战术，也是夫妻间的相处之道。嗯，假夫妻也是夫妻。希望他看到自己的用心后能消消气。

见到门开了，叶佳瑶忙闪身，装作忙碌。夏淳于拿着衣物路过厨房的时候，看到她忙碌的身影，不由得驻足，踟蹰了下道："我去凫水了。"

叶佳瑶回头嫣然一笑："下水之前做点热身运动，不然容易抽筋。"

"你会凫水？"夏淳于问道。

叶佳瑶心说：我曾经还是校游泳队的呢，你说会不会？说不定比你还快。不过她可不能说真话，在古代，千金大小姐游泳会让人觉得不可思议。

"我可不会，但我弟会，我弟每次下水前，我听护院师傅都是这么交代的。"叶佳瑶笑道。

哦，原来如此，夏淳于释疑，自顾出门去。

叶佳瑶在身后喊："淳于……早点回来。"这次叶佳瑶没有卷着舌头，喊得极为自然，就像妻子殷切的叮咛，有那么一瞬，夏淳于觉得，多了这么个人好像也不是坏事。

宋七回来的时候，手里多了一篮子鸭蛋："嫂子，这是姜婶给的，新鲜的鸭蛋。"

叶佳瑶接了过去，说："姜婶也太客气了。"

宋七道："是啊，不过嫂子，三当家不喜欢吃鸭蛋，嫌腥味太重。"

其实叶佳瑶也不怎么喜欢吃鸭蛋，虽然鸭蛋是好东西，富含蛋白质、脂肪、钙、磷、铁、钠等多种营养成分，具有滋阴润肺的功效，在现代，土鸭蛋都不太好找。

"那……做成咸鸭蛋？"叶佳瑶征询道。

宋七摇头："三当家也不爱吃。"

"那松花蛋呢？"

宋七茫然："松花蛋是什么蛋？"

叶佳瑶想起来了，松花蛋是明代才出现的，这个时空虽然不是她认知中的朝代，但从衣着等各方面来看，应该跟宋代差不多，想必还没有出现松花蛋。好吧，那就做松花蛋，如果他不喜欢吃，可以拿来送人，总有人喜欢的。

"宋七，你能弄到草木灰和石灰不？"

宋七说："这个简单。"

"那好，明天你帮我弄些回来。"

宋七欣然答应，心里好奇，嫂子又要弄什么好吃的了？

不一会儿，彭五也回来了，说大当家和二当家都说肉饼很好吃，下次嫂子再做的话，一定要给他们多做几个。

叶佳瑶笑道："没问题，你跟大当家二当家说，什么时候想吃了，说一声，我就给他们做。"

身在狼窝，不仅要跟淳于搞好关系，也要巴结好大当家和二当家，万一她和淳于闹翻了，还能有人帮她说说话。不就是弄点吃的嘛，小意思。

十六 你一定输

宋七一早就去厨房搜刮食材，还弄来了叶佳瑶要的石灰和草木灰。小苏打和茶叶现成就有，还缺松柏枝、麦秸和黄丹粉，叶佳瑶又叫宋七去弄，自己把后院一只泡菜坛子滚出来洗干净。反正鸭蛋也不是很多，一只坛子够用了。

等宋七把材料都找了来，叶佳瑶开始煮料，放入食盐、茶叶、松柏枝。另找了一只小水缸，按照配方放入石灰、草木灰、黄丹粉，把煮好的汤水灌进去。

“宋七，你来搅拌，一定要搅匀了，小心别沾到石灰。”

宋七欣然接过木棍搅拌起来：“嫂子，这松花蛋好吃吗？”

叶佳瑶往泡菜坛子里撒麦秸，笑道：“到时候你就知道了。”

撒好麦秸，再铺鸭蛋，鸭蛋一个一个横着放入缸中，排放整齐，最上面用剩下的松柏枝卡住，免得待会儿汤水灌进去后鸭蛋浮起来。做好这些准备工作，那边的汤水也凉了。

“宋七，你把汤水倒进去，要小心点，沿着缸壁慢慢倒。”叶佳瑶吩咐道。如今宋七俨然成了她的好帮手，他似乎都没什么事要做，一天到晚就听她的吩咐。

最后一步是密封，叶佳瑶把坛口用包了黄泥的布塞严实了。

“好了，等上一个半月就可以开坛子了。”叶佳瑶拍拍手，大功告成。虽然这是她第一次做松花蛋，但她很有信心一定会成功。

宋七乐呵呵地抱了坛子去阴凉处放置，又跑回来笑嘻嘻地问："嫂子，您还有别的吩咐吗？"

叶佳瑶瞥了他一眼："你要是有事你就去。"

宋七不好意思地挠挠头："昨晚和兄弟们赌了个通宵，我想去打个盹儿。"

叶佳瑶咧嘴一笑："赢了还是输了？"

宋七眉开眼笑："赢了不少，约了今晚继续。"

"不少是多少？"叶佳瑶不怀好意地问。

宋七手掌翻了一翻："我十两，彭五比我还多。"

叶佳瑶倒抽一口凉气。她身上连一个铜板都没有，将来要跑路的话，总得有几个盘缠，没钱寸步难行啊！

"宋七，我们来玩一局石头剪刀布好不好？"叶佳瑶笑得越发灿烂，"如果我赢了，你给我二两银子；如果你赢了，我除了给你二两银子，还做猪肚鸡给你吃。猪肚鸡很好吃的哦，绝对的美味……这样好了，就算你输了，我也做给你吃。"叶佳瑶深知宋七是个吃货，用美食来诱惑他。

宋七咽了口口水，"石头剪刀布？是不是就是锤子剪子布？"

叶佳瑶忙点头："没错，咱们一局定胜负，如何？"

宋七一咬牙："来。"

"石头剪刀布……"

"哈哈，我赢了，钱拿来拿来……"叶佳瑶欢呼雀跃，她曾读过一个心理学家写的文章，说男人玩石头剪刀布，第一局总是爱出石头，她和老爹玩过，屡试不爽，没想到在宋七这里也奏效。

宋七懊恼着，自己干吗要出锤子呢？一锤子砸下去，二两银子就没了。懊恼归懊恼，但他还是愿赌服输，再说，对方是嫂子，只得乖乖掏出银子。

叶佳瑶喜滋滋地把银子揣进袖兜里，安慰道："改天你打到野猪，就做猪肚鸡给你吃。"她心想，得找个机会如法炮制，从彭五那儿赢点银子，这可是她来到这个世界的第一笔财富，咱不能嫌少，要积少成多。

吃过午饭，夏淳于回房歇息，宋七看着彭五被嫂子留下帮忙，就知道彭五在劫难逃，很想跟彭五说千万别出锤子，转念一想，凭啥让彭五占便宜？便不吱声了，坐在院子里等着看彭五的笑话。果然，不一会儿，彭五一脸郁闷地走出来。

宋七乐了，小声问道："你的钱被嫂子弄去了？"

彭五讶然："你偷听了？"

宋七手一摊："我也被嫂子赢了，锤子剪子布，一局定胜负，我猜你一定出了锤子。"

彭五瞠目："这你也知道？"

宋七拍拍他的肩膀，摇头叹息："因为我出的也是锤子，你说为什么我们要出锤子呢？"

彭五陷入沉思，是啊，为什么呢？

厨房里传出欢快的歌声，宋七和彭五齐齐掏耳朵，很有默契地回房去。

听到叶佳瑶哼哼着歌回来，歪在榻上的夏淳于闭着眼睛懒懒道："好吵。"

叶佳瑶闭上嘴，偷偷摸摸地把银子藏到柜子里去，这是她的私房钱，要藏好。夏淳于睁开一只眼瞧见了，她做贼似的，藏什么好东西？

"去给我倒杯茶。"

"不是睡觉了吗？还喝茶。"叶佳瑶嘟哝着去给他倒水。

"我要龙井。"

叶佳瑶撇了撇嘴，要求还真多，不过，谁让人家是大爷呢，叶佳瑶只好去厨房拿热水。她一出门，夏淳于就起身去开衣柜，伸手摸了摸，摸出一把碎银子。她哪来的？夏淳于把银子装进了自己兜里，跟个没事人一样躺回榻上。

"淳于，茶来了。"

夏淳于起身端了茶杯去书房。叶佳瑶站在后面张望了一下，见他又拿出地图来研究，便蹑手蹑脚地去开衣柜，刚才她想了想，还是把银子藏到床底下去比较好。

咦？银子呢？叶佳瑶摸来摸去摸不到，她明明记得就藏在这里的。坏了，肯定是被他发现了，要不要去讨回来呢？为什么不讨？叶佳瑶理直气壮去要钱了。

"淳于，你是不是拿了我放在衣柜里的东西？"叶佳瑶尽量轻柔地询问。

夏淳于眉毛也不抬一下，淡淡地道："什么东西？"

"银子。"

"你哪来的银子？"

“我……我赢来的。”叶佳瑶略有些底气不足。

夏淳于终于抬眼看她：“那你说说，你是怎么赢来的？”

“就是石头剪刀布啊，你别小看这个简单的游戏，小游戏中蕴含大智慧，不信的话，我们也来一局，输了你把银子还我，赢了就归你。”叶佳瑶悲愤地说，这已经是她最大的让步了。

“我干吗要跟你玩这个？”夏淳于继续看他的地图。

叶佳瑶一屁股坐下来，哀怨地说：“我在家时，本该每月有三两银子的月例，可后娘总是找理由克扣，一会儿说这个月入不敷出，一会儿说怕我给下人谋了去，或者干脆就说忘了，下个月一起给什么的，却从来没补过。我也不好意思为了几两银子跟她去吵。妹妹做新衣添首饰也都没我的份。外祖母给我捎了好东西来，也到不了我的手……

“十二岁那年我生了一场大病，爹在婺州府任职，后娘也不给我请大夫，大冬天里，烧得人都糊涂了，奶娘给我做冷敷，又怕湿气入体病得更厉害，只好到院子里把自己冻冰了回来抱着我给我退热，整整一夜，来来回回地折腾。

“也许老天爷可怜我们，天亮后，我终于不烧了，但奶娘从此落下病根，一到变天的时候就全身关节发痛……我听说虎皮做的护膝最保暖，一直想给奶娘买一副，但是要好多钱，我的钱就是存不够，就一直拖啊拖。去年奶娘荣养了，后娘跟打发叫花子似的打发了她，我想多给她点银子，让她安度晚年也不能够，这次嫁到山东来，本以为苦日子到头了，谁知道又被劫到山上……这辈子，也就只有奶娘对我最好了。”

叶佳瑶很少去搜索原主的记忆，因为那些记忆并不是快乐的，她这个人天性乐观，不喜欢记着苦哈哈的往事，现在为了打动他，就好好地回忆了一番，越说越心酸，本来存钱只是为了逃离做准备，但现在说着说着，她觉得将来有能力的话，一定要替原主好好报答奶娘。

夏淳于怔住，已经不止一次听她提起她那个可恶的后娘，她果真过得如此凄惨？看她那难过的样子，倒不像是在蒙他。

叶佳瑶沉浸在不堪的回忆中，忽然，她想到一件事，后娘一直那么抠，从不曾善待她，为何这次给她置办这么丰厚的嫁妆？不仅把外祖家给的添妆都给了她，还拿出自己的私房钱给她，这说不通啊！为了讨好魏家？不至于吧！为何送亲队伍就她一人被劫持，财物什么的都没有损失？这里头会不会有什么猫腻？

叶佳瑶想到这个疑问，把要钱的事也给抛到了脑后，默默起身回到卧室，坐在榻上继续苦思，如果她能去魏家看看，说不定就能解开所有疑团了。

夏淳于看她默不作声地走了，反倒有些不安起来。他把钱拿走，并不是小气抠门，而是她要用钱，完全不用偷偷摸摸，可以大方地跟他要。

夏淳于想了想，把地图收起来，放入柜子里锁好，跟了过去，把银子放在她面前的矮几上，说："银子还你，以后要用银子直接问我。"

叶佳瑶耷拉着脑袋垂头丧气道："算了，我想，我这辈子是见不到奶娘了，还要这些银子做什么？"

看她这样，夏淳于很不习惯，安慰道："以后的事谁知道呢！先拿着吧！万一机会来了，你又没钱，岂不是遗憾？"

叶佳瑶故意犹豫良久，才把银子收了起来。

夏淳于冷哼一声，警告道："不许再跟别人玩什么石头剪刀布。"

"哦！"叶佳瑶乖乖点头，旋即又问，"那跟你玩行不行？"

夏淳于眼角抽搐了一下："我没那么无聊。"

叶佳瑶皱鼻子："你是怕输吧？"

夏淳于不屑地斜了她一眼："我会输？"

叶佳瑶嘿嘿一笑："我保证你一定输。"

夏淳于被激起了好胜心："我要是赢了如何？"

叶佳瑶想了想道："你要是赢了，晚上我帮你按摩，如何？"

夏淳于脑海里浮现出一幅画面，他倚在榻上看书，她跪在一旁，用她那柔若无骨的小手替他捏腿捶背。嗯，这赌注有点意思。

片刻后，某人捧着银子笑得在榻上打滚，某人一脸乌云出门去了。

"老三，老三……"二当家迎面走来。

夏淳于迎上前去："二哥。"

"老三，我正要去找你，咱们派去新义的探子回来了，不过，伤得很重，上不了山了，大哥让咱们马上下山去一趟。"二当家说。

十七 秘密

吃过晚饭，宋七和彭五也都不在，院子里空荡荡的，叶佳瑶有些害怕，早早躲进房里，门窗紧闭。

长夜漫漫无心睡眠，叶佳瑶准备找本书来看看。昨天淳于下了禁令，没他的允许不许进书房。不过，他今晚下山去了，她也只是来找本书，不会乱翻乱动。

书架上总共十几本书，都是些高深莫测的兵法，叶佳瑶翻了翻看不懂，又放回去。对了，地图，想逃走，就得有地图，不然两眼一抹黑，跑哪儿去都不知道。叶佳瑶开始找地图，找来找去找不到，最后目光落在加了锁的柜子上，估计是锁在里面了。

叶佳瑶气馁，往椅子上一坐，随手拿起一个笔筒来玩，这个竹子做的笔筒很精致，雕着精美的十二生肖，栩栩如生。叶佳瑶转来转去，也不知碰到了哪里，咔嚓一声，底座和筒身竟然分开来，露出一张叠成细小方块的纸。

突发的状况让叶佳瑶慌了神，她可不想发现人家的秘密，秘密这种东西，有时候是会要人命的，现在她担心的是要怎样才能把笔筒还原，不然她就死定了。怎么办？叶佳瑶拼来凑去的，根本弄不回去。

完了完了，这下真的完了。叶佳瑶急得直揪头发，早知道就不进来。呆了半晌，叶佳瑶还是按捺不住好奇心打开了小纸片。

这不是黑风岗的地图吗？盘龙岭、烟霞湖，明哨暗哨都有标明，有一个地方还特别标注了一个“密”字，从聚义厅到黑风岗的后山，一条粗黑的线弯弯曲曲。是密道？

这算是黑风岗的最高机密了吧！叶佳瑶的小心脏怦怦直跳，忙拿了笔和纸，将这幅地图描了下来。能不能逃出生天，兴许就靠这张图了。不过，叶佳瑶没工夫高兴，怎样让笔筒复原才是当务之急，要不然她敢肯定这张地图自己永远也没机会用。

叶佳瑶把小纸条折回去，放回到底座的凹槽里，抱着笔筒，端了烛台回到卧室，今晚就算不睡觉也要想办法把笔筒恢复原样。

彭五居然早早就回来了，在外面喊了一嗓子：“嫂子还没睡啊？”

叶佳瑶吓得手一抖，笔筒掉床上，忙应声：“睡不着，我看书。”

彭五哦了一声，叶佳瑶竖着耳朵，听到他回了东厢，这才继续研究。谁说现代人聪明，古人才是最有智慧的，这机关设计得多精巧，她摸了一个多时辰愣是搞不定。叶佳瑶头昏脑涨。

“嫂子，还没睡？”外头又响起彭五的声音。

叶佳瑶怕彭五疑心，装作迷糊道：“睡……睡了。”

过了一会儿，彭五说：“嫂子小心火烛。”

“知道了，我一个人怕黑。”

外头再没了声音，叶佳瑶心想，这会儿脑子浑，也许睡一觉，脑子清楚了就能行，便抱着笔筒先打个盹。也不知过了多久，听到砰砰的敲门声。“开门，叶瑾萱，开门……”

是淳于，淳于回来了，叶佳瑶一个激灵，惊醒过来，睁开眼一看，天亮了。叶佳瑶看着还抱在怀里的笔筒欲哭无泪，这回死定了。她赶紧应声：“你等会儿我穿衣服。”

叶佳瑶赤着脚跑到书房，把笔筒放回原处，插上毛笔，从表面看不出什么问题，这才跑去开门。

“怎么这么久？”夏淳于不悦地蹙眉。

叶佳瑶弱弱道：“穿衣服不要时间的？”

“呀，你身上这些是血吗？淳于，你受伤了吗？伤到哪儿了？”叶佳瑶看到夏淳于衣服上触目惊心的血迹，不由得惊呼起来。

夏淳于抬脚进屋，面无表情地说：“不是我的血，是别人的。”

她紧张的神色，让夏淳于生出一种暖心的感觉，一路上大家见到他都是一副畏惧的神色，没有一个人想到要关心一下他。

“你……你杀人了？”叶佳瑶知道他是土匪，干的就是打家劫舍、杀人放火的事，但亲眼看到他身上染了别人的血，而且是这么多，太过惊悚。

夏淳于去开箱，拿出一身干净的衣裳，满不在乎地说：“我不杀人，就是被别人杀，怎么，你想当寡妇？”

叶佳瑶忙摇头，心想，土匪这职业太危险了。

“还不快去打盆水来？”夏淳于看她傻愣愣站在那，不由吩咐道。他洗了把脸，换了身干净的衣服，说：“我现在要去大当家那，你自己再睡会儿。”说罢便走了。

叶佳瑶目送他出门，看到东厢的房门打开，彭五走了出来，和淳于嘀咕了几句，跟着淳于一道走了。

叶佳瑶关上房门，跑回书房，淳于去大当家那一时半会儿回不来，老天保佑，让她在淳于回来之前修好笔筒。

昨晚烛光昏黄，看不清楚，今天叶佳瑶细细观察，终于发现生肖中那个龙头的一只眼珠子似乎有点不一样，叶佳瑶拿了根针，对准那只眼睛戳了一下，咔嚓，只见筒身底部弹出三个小小的凸起，正好可以卡住底座的凹槽，叶佳瑶大喜，对接上去，一旋，底座稳稳地卡上。成了，叶佳瑶抹了把汗，长出了一口气，以后再也不敢乱动他的东西了。

物归原位，其实她也想不起来这个笔筒原是怎么放的，淳于把这么重要的东西藏在这里，摆放什么的一定有讲究，有些细节别人发现不了，但淳于自己肯定是清楚的。叶佳瑶又特意拿了抹布把书房擦拭得干干净净，这样即便淳于发现笔筒被人动过，追问起来，她也好有个借口。

每天准备食材是宋七的任务，要做什么吃，叶佳瑶没有决定权，宋七从厨房搜刮到什么就做什么。

今天宋七拿到的食材少得可怜，除了一条鲤鱼，其他都是蔬菜，好在风肉和羊肉还有。叶佳瑶决定做个焖羊肉、红烧鲤鱼、爆炒地三鲜，外加糖醋莲藕。

宋七给她打下手，择豇豆，一边择一边说："我刚才去厨房，听到寨里的人在传，说二当家和三当家这趟下山遇上埋伏了，二当家挂了彩。"

"那二当家伤得重不？"叶佳瑶问道，其实别人伤不伤，她才不关心，淳于是她的靠山，只要淳于没事就好，她看他换衣服，身上连个蚊子咬的包包都没有。

"挺严重的吧！不过我也不是很清楚，等三当家回来就知道了。"宋七说。

淳于没有回来，彭五却是回来报信了，说三当家要带人下山，他也要跟去，午饭就不吃了。叶佳瑶正准备杀鱼，闻言把鱼扔回水盆里养着。

"都快午饭了，你不吃点再下山？"叶佳瑶问。

彭五道："不了，二当家还在山下，大当家和三当家不放心，得赶紧把人弄回来。"

"彭五，到底咋回事？怎么就中埋伏了呢？谁干的？官兵？"宋七问道。

彭五义愤填膺道："除了新义的无影箭，还有谁能伤到二当家？还是放冷箭的，他娘的，这场子要是不找回来，咱们黑风岗的弟兄还有什么脸在江湖上混？不说了，我得先走了。"彭五烦躁地挥挥手走了。

叶佳瑶趁机打探消息："新义不是一个小镇吗？又不是土匪窝，咱们怎么会跟他们结梁子？"

宋七道："嫂子您不知道，新义虽说是个镇，但跟土匪窝也差不离，整个镇子的人大都姓冯，由盖天虎冯朝林统领，手下聚集了一大帮高手，像什么无影箭冯冲、霹雳神拳杜恒等，他们欺行霸市，黑吃黑，干过的坏事可不比咱黑风岗少。"

"那朝廷不剿他们？"

宋七嗤鼻道："他们新义是既当婊子又立牌坊，官府那边巴得紧呢！"

"那咱们黑风岗跟新义比起来，谁势力更强？"

宋七自豪地说："那当然是咱们黑风岗更厉害，尤其是三当家来了以后，跟新义的几次小规模冲突，都是咱们黑风岗占便宜，这次二当家受伤应该是个意外。嫂子，豇豆择好了，这土豆还要削吗？"宋七问。

叶佳瑶心不在焉地说："算了，中午就咱俩，炒个豇豆将就一下。"

宋七失望地皱鼻子，三当家不在，伙食质量直线下降。

彭五也没说他们什么时候能回来，到了做晚饭的点，宋七去断龙石处等消息，叶佳瑶把所有食材准备就绪，也在等。天都黑了，才见宋七气喘吁吁地跑回来："三当家他们回来了。"

叶佳瑶问了声："三当家有没有受伤？"

宋七摇头道："没留意。"

叶佳瑶瞪了他一眼："还不快去生火。"

这边热水刚烧好，淳于和彭五回来了。叶佳瑶迎上前说："你要不要先洗个澡？热水都准备好了，晚饭很快就能做好。"

夏淳于一脸疲惫，点点头。等夏淳于洗过澡，香喷喷的饭菜也摆上了桌。

"你午饭吃过吗？"叶佳瑶边给他装饭，边问。

夏淳于漠然道："路上吃了个馒头。"

"那一定饿坏了，赶紧吃，彭五，你也吃。"叶佳瑶招呼道。

夏淳于吃着热乎乎香喷喷的饭菜，所有疲惫一扫而空，自打上山后，第一次他对这个小院有了家的感觉。

十八　被怀疑

宋七在一旁问东问西，彭五边吃边回答，叶佳瑶静静听着，总算知道了个大概。黑风岗派去新义镇的卧底偷听到朝廷特使和冯朝林的密谈，双方准备联手攻打黑风岗，并且他们已经安插人进入黑风岗，到时候里应外合，一举歼灭……

卧底没听到更多机密就被人发现了，仗着一身本领逃出了新义，却是受了重伤，躲在黑风岗在山下的一个据点里。二当家和淳于赶去，正好新义的人也找上门来，双方打起来，卧底被射杀，二当家被射伤。最后还是淳于大发神威，重创对方无影箭，带着受伤的二当家杀开一条血路逃了出来。

“山上有朝廷的人，不能吧？”宋七惊讶道。

彭五瞄了眼吃饭的三当家，说：“大当家说了，后上山的都有嫌疑。”

叶佳瑶心头一阵跳，她知道淳于是半年前上山的，淳于会是朝廷派来的卧底吗？

“后上山的人多了去了，这大半年来山寨来了多少弟兄，怎么查？”宋七道。

“我怎么知道。”彭五扒了口饭含糊道。

夏淳于放下碗筷，起身回房。叶佳瑶愣了一下，追了上去，只见夏淳于坐在书案前怔怔出神。

叶佳瑶走进去小声地问：“淳于，要喝茶吗？”

夏淳于静静地瞅了她一会儿，看得叶佳瑶心里毛毛的，好吧！她承认她是做贼心虚，所以殷勤了一点。

“大当家在怀疑我。”他突然开口道。

叶佳瑶一怔，支吾道：“不，不可能吧！要不是你，二当家就没命了，你若是朝廷派来的人，干吗还要救他。”叶佳瑶嘴上这么说，心里却希望他是卧底，像他这样一表人才、武艺超群，当土匪实在太可惜了。

“也许大当家会认为，我这么做就是博取他的信任。”夏淳于一脸冷漠。

“是不是大当家说什么了？”叶佳瑶不安地问。一旦失去了大当家信任，他在黑风岗岌岌可危，她是他的人，他们是一条绳上的蚂蚱。

夏淳于沉默着，叶佳瑶舔了舔有些发干的唇，安慰道：“你别多想，出了这种事，大当家有所怀疑也是正常。”

“大当家知道我是为什么上山的，这辈子，我最痛恨的就是朝廷，我家一百三十余口，就因为莫须有的罪名，被满门抄斩，我侥幸逃脱，被一路追杀，从江南到齐鲁，最终不得已上山落草，大当家说我什么，我都能接受，唯独这点不行。”夏淳于目光变得冷冽，原来他也是个苦逼的人，果然每个土匪背后都有一段让人唏嘘的故事。叶佳瑶不知道该说什么，默默去给他倒了杯茶，只听他又叹了口气：“算了，现在只希望二当家没事，事情总会有水落石出的一天。”

叶佳瑶点头，看他眼眶下泛着一圈青色，这两天一夜，他来回奔波，又经历了激烈的战斗，肯定累坏了，便道：“今晚早点休息吧！”

叶佳瑶一出去，夏淳于的面色便沉下来，桌上的笔筒，还有书架上的书，之前生出的暖意荡然无存。这书房里的所有物件都不是随意摆放的，有一丁点改变他都看得出来。别的倒也罢了，但这个笔筒……

夏淳于拿起笔筒打开机关，底座分开来，那张小纸片还在，旋即合上。也许是他多心了，看这书房纤尘不染，说不定是她打扫的时候移动了一下。现在他的处境艰难，不得不更加谨慎，赫连煊那边也暂时不能联系了。夏淳于烦躁地闭上眼睛，一定要想办法获取大当家信任。二当家伤得严重，短期内无法恢复，这次的危机也是他掌握大权的机会。

晚上，叶佳瑶翻来覆去睡不着。

“淳于，你睡了吗？”

“嗯……睡了。”

睡了还能应声？“淳于，你说我明天起帮二当家做饭好不好？”叶佳瑶问。

夏淳于呼吸一滞，爬起来，摸到火石点了油灯，眯着眼打量她：“为什么？”

叶佳瑶弱弱道：“二当家不是受伤了吗？吃东西总得讲究些。”

“你这么好心？”夏淳于嗤鼻道，怀疑她的居心。

“你这是什么口气，我这么做还不是为了你吗？”叶佳瑶悻悻道。

夏淳于失笑：“为了我？”

“为了你也就是为了我自己，不管大当家是不是怀疑你，咱们力所能及为他们做点事，心意到了就好。”叶佳瑶说道。

夏淳于想了想：“随便你。”旋即熄了灯。

黑暗中叶佳瑶翻了个白眼，开始琢磨明天给二当家做什么吃的好。其实，她讨好二当家还有个小心思，她被劫持一事有很多疑点，希望能从二当家那打探到有用的消息。

上山后，叶佳瑶头一次和淳于一道起床。

“淳于，你每天起这么早都做什么？”叶佳瑶睡眼惺忪，打着哈欠。

“我去山上转转。”夏淳于已经穿好衣服，拿了挂在墙上的弓箭出门去。

叶佳瑶收拾整齐去厨房。米是昨晚就浸泡起来的，加水和小苏打上锅用文火炖，这样炖出来的粥特别的黏稠，还有一股子清香，易消化，给病人吃是最好不过的了，可惜没红枣，不然，扔几颗进去，还有活血补气的功效。面也是昨晚就醒好的，正巧宋七起来了，叶佳瑶把和面的任务交给宋七，今天她要自己去找食材。

宋七道：“嫂子，您还是让彭五陪您去，要不然老于头那厮小气得很。”每次他去都是靠抢的，老于头拿他没办法，不过嫂子脸皮薄，可能干不出这事。

彭五闻言，欣然道：“嫂子，我陪您去。”

老于头现在最烦的人就是宋七，每回来总是不由分说地把最好的食材给抢走，没想到，比宋七更讨厌的家伙还在后头。

叶佳瑶在厨房转了一圈，完全不顾老于头防贼一样的目光，指了指猪肝，彭五就装到篮子里去。

老于头急道："那是给二当家留的。"

叶佳瑶笑道："我就是做给二当家吃的。"

老于头不高兴道："二当家饭食一向都是我做的，啥时候交给你了？"

叶佳瑶不以为然："现在是非常时期，二当家得吃好点，你那大锅菜能做出什么好吃的来？"

"三夫人，别以为你会做俩小菜就了不起了，老于头可是大厨出身，你比得了吗？"一位大婶嗤鼻道。正是先前故意把炉火浇灭的那位大婶。

姜婶一旁说："三夫人做的菜可不比酒楼里的大厨差。"

"姜婶，别以为我不知道你们一家想巴结三当家，你进过酒楼么？你有那命吗？"大婶呛道。

姜婶气红了脸，双手叉腰，脖子一梗，粗声粗气道："吴婶，你嘴巴放干净点，别以为老娘不敢揍你。"

"来啊来啊，有本事你揍啊，老娘还怕你不成？"吴婶不甘示弱。两位大婶摩拳擦掌眼看着就要动起手来。

叶佳瑶可不想姜婶为了她跟别人打架，喝道："行了行了，吵什么吵？大家都是为了二当家，都是自家兄弟姐妹，有什么好吵的。"

姜婶和吴婶瞪着对方，冷哼一声，这才不情愿地分开来。

老于头道："三夫人，不是我老于头小气，山寨每日的伙食配给都是有规定的，几千兄弟要吃饭，厚了这头就薄了那头，先前你们要拿多少就拿多少，我也没话好说，但如今，大当家吩咐了，放下断龙石，没有大当家命令，谁都不得下山，不下山就没了补给，大家都得勒紧裤腰带过日子。以后，你们就只能拿自己那一份，多的，半两也不行。至于二当家饭食，没有大当家吩咐，我老于头也不敢交给别人去做。"

叶佳瑶语塞，老于头说得在情在理，她看看彭五，彭五一脸为难地点点头，小声说："还是先请示下大当家吧！"

想讨好下二当家，居然这么麻烦。叶佳瑶脸皮再厚也得讲一个理字，于是，这天的食材只领到了几个土豆、几节新鲜的藕、两只番茄、两把豇豆，还有一斤五花肉。

叶佳瑶郁闷地看着篮子里的菜，这怎么够吃？家里三个大胃王呢！

彭五说："这次放下断龙石，不知道什么时候才能开启，可能要过一段苦日子了，不过，这也不算什么，山上多的是飞禽走兽，到时候，我和宋七上山去打猎，弄点野味打打牙祭。"

叶佳瑶怏怏地叹了口气，也只好这样了。

十九　我属兔

回到小院，宋七看到嫂子亲自出马拿回来的成果，当即嚷嚷道："就说吧，老于头那厮欺软怕硬，我亲自去。"

叶佳瑶悻悻道："算了，少点就少点吧！说不定以后会更少，连粥都喝不上，别说吃菜了。"

彭五说："你就别添乱了，断龙石已经放下，有阵子不能下山了。"

宋七惊讶："真的？"

彭五叹了口气，把菜篮子提进厨房。

肉太少了，叶佳瑶原本准备做猪肉包子，现在只能半荤半素，做成白菜猪肉馅。宋七手劲大，面团揉得又匀又透，叶佳瑶把面团分成大小均匀的面挤，擀成厚薄均匀的面皮，放入馅料，熟练地捏成十八个均匀的褶子，煞是好看。

"嫂子，还有您不会做的东西吗？"宋七叹为观止，嫂子做出来的东西都那么精致，色香味形俱全。

叶佳瑶笑道："我没你想得那么厉害，这些都是家常的，做多了就会了。"

宋七道："家常的能做这么好才难得。"

夏淳于走了进来，把两只兔子扔在地上："宋七，你杀一下。"

“三当家，您这兔子猎得太及时了，今天正好缺荤菜。”宋七乐呵呵道。他提了兔子满意地说：“还真肥。”就要去杀。

叶佳瑶忙叫住他：“哎，别杀。”

两只兔子都被淳于射中了腿，受了伤，叶佳瑶是属兔的，对兔子有种特别的感情，这么萌又乖巧的动物，谁不喜欢呢？

宋七道：“干吗不杀？”

叶佳瑶理直气壮道：“我属兔，不许吃兔子。”

宋七愕然，还有这种理由？

“那我还属鸡呢，不照样吃鸡？”

“不一样，反正不许。”叶佳瑶手上沾满面粉不好动手，吩咐道，“你帮忙把箭取出来，撒点金疮药包扎一下，不许弄死了，不然我找你算账。”

宋七无语，只好听命行事，帮兔子疗伤。

吃早饭的时候，夏淳于没见到叶佳瑶，便问宋七。宋七说嫂子在后院喂兔子。

夏淳于眉头一拧：“喂兔子？不是让你杀了吗？”

宋七怏怏道：“嫂子不让，说她属兔，不许吃兔子肉。”

夏淳于嘴角抽了抽，看着包子馅里的猪肉，心说，还好她不属猪，不然猪肉都没得吃了。

“待会儿我也上山看看，前几天做的陷阱，不知道有没有猎物中招，要是能抓到野猪就好了。”宋七道。

“嗯，抓到野猪我就给你做猪肚鸡吃。”叶佳瑶从外面走进来。

提到猪肚鸡，宋七的脑袋就耷拉下来，彭五终究忍不住了，问道：“嫂子，您怎么知道我们会出锤子？”

叶佳瑶摊手：“我怎么知道你们会出锤子，只能说我运气好呗，要么是你们故意让着我的？”

夏淳于淡淡扫了她一眼，你就装吧，当时你可是自信满满的模样，这里头肯定有什么诀窍。叶佳瑶才不会告诉他们这是某位心理学家的研究成果，而且这游戏她只玩一次，绝对不会给他们翻盘的机会。

“彭五，你待会儿把早饭给二当家送去。”叶佳瑶道。

彭五看看三当家，夏淳于默许了，昨晚他想了想，这么做也没什么坏处。于是，彭五欣然领命，提了食盒去二当家那。

叶佳瑶坐下来吃饭，宋七问道："嫂子，那两只兔子你准备养着？"

"不养，等它们伤好了就放回山里去。"叶佳瑶道，她怕把兔子养死了。

夏淳于面无表情地说："最近一阵子，恐怕上山打猎的人会越来越多。"

叶佳瑶愣了一下，是哦，寨子里补给不够，肯定会有人上山打猎，两只小兔圆滚滚胖乎乎这么肥美这么可爱，肯定难逃魔爪。

"那我还是养着吧！淳于，我可以养它们吗？"叶佳瑶不清楚淳于是不是喜欢小动物，这里毕竟是他的地盘，还是征求下他的意见为好。

夏淳于漠然道："随便。"反正又不用他养。

叶佳瑶笑眯眯地说："淳于，你真好。"

夏淳于和宋七齐齐打了个哆嗦，暗暗抖落鸡皮疙瘩。

说话间彭五回来了，说二当家喝了粥，倒是老于头送的猪肝汤，碰都没碰过。

叶佳瑶幸灾乐祸，颇有几分得意："一大早做猪肝汤，谁吃得下。"

那老于头光会做菜有什么用？做菜要考虑到吃菜人的口味，要根据吃菜人的身体状况，根据季节的变化，进行搭配烹饪，做得再好吃，不对味，不合适都是白搭。

彭五笑道："我跟二当家说了嫂子想给他做饭，二当家说他还想吃嫂子做的肉饼。"

叶佳瑶开心道："行啊，晚饭就给他做。"说着，叶佳瑶还得意地朝夏淳于看看。

夏淳于低眉只做没看见，心里腹诽：这女人也太没庄重样了。同时又有些纳闷，二当家标准的山东汉子，居然也吃得惯她做的南方口味的饭菜？

这个还算温馨的早晨很快就被一场清洗行动给破坏了。大当家下令，凡一年内上山的人都要接受调查，宋七就是第一拨被请去问话的人。

面对前来找宋七的、大当家身边的亲信，夏淳于什么都没说，只是脸色有些难看，宋七隐藏得极深，按说不可能怀疑到宋七头上，这么做，多半是冲着他来的。

彭五安慰地拍拍宋七的肩膀：“宋七，没事，大当家也就是了解下情况，你如实说就好了。”

宋七挺着胸，昂着脖：“老子有什么好怕的，老子又不是卧底。”

宋七跟人走了，夏淳于把碗一搁，说：“彭五，走，我们去演武场。”

叶佳瑶想到昨晚淳于说的话心里就直发毛，宋七是淳于的人，大当家首先拿宋七开刀，难道真的是冲着淳于来的？

宋七去了一个多时辰才回来，一脸阴郁。叶佳瑶关切道：“怎么样？大当家没怀疑你吧？”

宋七愤愤道：“气死人，我差点跟他们打起来。”

叶佳瑶眼里的宋七是个乐天派，成天笑呵呵，一副没心没肺的样子，还是头一次见他这么生气。

“你跟他们置什么气，他们也是奉命行事。”叶佳瑶劝道。

“我就是受不了他们拿我当贼似的盘问。”宋七瓮声瓮气道。

“行了，放你回来就是信得过你，别气了。”叶佳瑶安慰道。她心里想，大当家这样能查出卧底来吗？有哪个卧底会承认自己是卧底，除非有确凿的证据，这样搞，只会弄得人人自危，看来这个大当家也没啥水平。

叶佳瑶想得没错，一连几天的排查审问，寨子里有两百多人都在大当家那挂了号，却是连个卧底的影子都没瞧见，反倒怨声载道，有人甚至嚷嚷着此处不留人自有留人处，要下山，夏淳于发威把这些人都关了起来，于是再没人敢嚷嚷。

只是这样一来，大家就把夏淳于给怨上了，叶佳瑶隐约能猜中淳于的心思，这个时候站出来，替大当家挡枪，顶住压力比说什么都有用。

让彭五送了两天饭菜后，叶佳瑶开始自己送饭了。“二哥，今天好点没？看您气色还不错。”叶佳瑶笑眯眯地捧了一盅鸽子汤来到二当家住处。

二当家皮厚肉糙，被羽箭射了个对穿，胸口又挨了一刀，刚救回山上那会儿听说都快死了，没几天工夫就缓过来了。

“二哥，这是我特意为您炖的鸽子汤，对伤口的愈合很有好处。”

二当家笑道：“真是麻烦弟妹了。”

“有什么麻烦的，举手之劳而已，二哥您这一受伤，大哥和淳于嘴上不说，心里都急得要命，淳于睡觉都不安宁，昨天我就提了那么一句，说喝鸽子汤有利于伤口的愈合，他天不亮就上山去打野鸽子，转了老半天，还真被他找到两只。”叶佳瑶貌似有口无心地念叨起来，“他这个人吧，一天到晚就知道绷着个脸，也不会说好听的，跟个没嘴的葫芦似的，什么都放在心里，还好，总算是摸到一点他的脾气，要不然得被他气死。”

“二弟是这样的人，面冷心热，弟妹你多担待一些。”二当家打着哈哈。

“不想担待也得担待了，谁让我跟了他呢，这都是一个人的命，没办法，哎……二哥，您慢慢吃，我先回了。”叶佳瑶不急于套近乎，这种事得慢慢来。叶佳瑶刚出门就看到大当家背着手，低着头往这边走来。

二十　不要面子

“大哥。”叶佳瑶笑眯眯地迎上前去。

大当家抬头：“原来是弟妹啊！又给你二哥送好吃的来了？”

“嗯，我看二哥气色好多了。”

大当家的笑是不达眼底的笑，透着些许疏离，让别人猜不透他在想什么。有道是相由心生，对这种多疑的人，叶佳瑶完全无好感。不过人家是山大王，淳于都得看他脸色行事，她作为下属的下属，就更得巴结。

“大哥，您怎么长热疮了，得吃点凉的，正好我炖了冬瓜排骨汤，大哥过来吃啊！”叶佳瑶热情地邀请。大当家这几天可能烦心事比较多，着急上火，人中上长了颗大大的热疮。

大当家摸了摸鼻子底下的热疮，笑了笑：“不了，待会儿还有事，改天再来尝尝弟妹的手艺。”

叶佳瑶说：“那我让彭五给您送去，正好我那还有金银花茶，一并给您送去。”不等大当家拒绝，叶佳瑶便福了一礼告辞了。

大当家若有所思地看着叶佳瑶远去的背影，心想这个女人不简单。他进到屋里，二当家正津津有味地啃着鸽子腿，见大当家来了，忙要放下。

大当家摆摆手："你吃。"

"老大，你要不要来点，弟妹做的汤很好喝，那叫一个香。"二当家献宝道。

"不了，你自己吃。"大当家对美食向来不怎么热衷。

"弟妹这个人你怎么看？"大当家问道。

二当家愣愣道："我觉得挺好的，性子开朗，又会做菜，关键人还漂亮，早知道当初就不给老三了，我自个儿留着。"二当家深表遗憾。

大当家沉吟道："就是因为太好，总觉得有什么不对劲，刚来的时候还要死要活的。"

二当家酸溜溜地说："兴许人家以为要给咱们做压寨夫人呢，一看老三那模样，哪还会不乐意。山上的女人，哪个不是见了老三就两眼发直，连母鸡见了老三都咯咯咯叫得特别欢。"

大当家皱了下眉头，不过确实如此。

"彭五跟了他这么久，也没发现什么异常。"大当家甚为苦恼，不得不承认，老三是个人才，如果这人靠得住，黑风岗将是如虎添翼。可他就是不放心，说不出为什么，可能是一种直觉。山寨里，他只信得过最早跟他的那批人。

二当家小声问道："派去查老三底细的人还没回来？"

大当家摇摇头："我想，应该快了。现在我最担心的是，如果老三真是朝廷派来的卧底，那咱们的处境可就不妙了。"大当家很矛盾，既惜才，又有顾忌，老三还是有很多支持者的，如果没有确凿的证据就处置他，会寒了弟兄们的心。

"我觉得可能性不大，这次老三可是冒死把我救出来的，当时的情形，我都绝望了，让老三自个跑，可老三愣是拉着我杀出一条血路。他若是卧底，任我死了岂不更好？在那种情况下，我若死了，你也不能说他什么不是？"二当家看着手中的鸽子腿，想着刚才弟妹说的话，再回想当日浴血奋战的情形，心中的天平已经倾向老三。

大当家点点头："这点，我是很感激他的。"

二当家问道："其他人呢？这几天就没查出可疑的人来？"

大当家叹了口气："难！没有真凭实据，不好下定论，现在寨子里已经怨声载道。"

"他娘的，要是能再打探到点消息就好了，也不用这么费劲。"二当家嘟哝着说。

“不过我有后招，你就安心养伤吧。”大当家起身道。

叶佳瑶回到小院，正巧夏淳于和彭五也回来了。

“你们稍等，我炒两菜就可以开饭了。”叶佳瑶放下食盒，卷起衣袖进厨房。刚往炉灶里添了两根柴火，就听到夏淳于的怒吼：“叶瑾萱……”

叶佳瑶头皮炸了一下，猛地想起来中午她把两只兔子抱屋里玩，就给关在屋子里了。

“宋七，你帮忙看着点火。”叶佳瑶赶紧回屋，只见夏淳于站在床前，盯着床上的兔子脸色发黑。

“对不起，对不起，我这就把它们抱出去。”

夏淳于火道：“谁允许你把它们弄到屋子里来的？你自己看看，这床还能睡吗？”

叶佳瑶往床上一看，欲哭无泪，乖乖兔宝宝，你们怎么能在床上拉粑粑呢？“别生气，别生气，大宝、二宝不懂事，我会好好教育它们的。”叶佳瑶把兔子抱了起来，板着脸教训道：“都跟你们说了，不许爬床上去，怎么这么不听话呢？想我炖了你们吗？”

夏淳于瞠目，大宝、二宝？我看你才是活宝。夏淳于气呼呼地说：“你跟它们讲道理，它们听得懂人话吗？再有下次，我就把它们扔给老于头。”

“兔爸爸的话听见没，再有下次，我可保不住你们了。”叶佳瑶把兔子抱出去。

夏淳于脚下一个踉跄，他什么时候成了兔爸爸？

“叶瑾萱，你自己要做兔妈妈别扯上我。”夏淳于几乎是用吼的，兔爸爸这种称呼，他绝对无法容忍，比叫蠢驴还让他不能接受。

“知道了，知道了，大小宝别怕啊，兔爸爸不喜欢你们，我喜欢你们，但是你们一定要乖，听见没？”叶佳瑶摸摸兔宝宝的耳朵，柔声说道。

夏淳于差点一口血喷出来，这个女人总要时不时搞出点事情来让他上火。

叶佳瑶手脚麻利地换了床单，对夏淳于说：“淳于，姜婶送的金银花茶我拿去送给大哥行不行？刚才我去给二哥送鸽子汤遇见大哥了，他嘴巴上长了好大一颗热疮，金银花能清热解毒。”叶佳瑶最会转移话题。

夏淳于哼哼道："你倒是贴心。"

"哎，没办法，谁让你不是老大呢！人在屋檐下，不得不低头。"叶佳瑶撇了撇嘴。

夏淳于斜了她一眼，讥讽道："你也知道人在屋檐下，不得不低头？我看你都快上房揭瓦了。"

叶佳瑶嘿嘿一笑："没你说得这么夸张吧！不就是兔宝宝拉了泡屎吗？又不是我拉的。"

夏淳于满头黑线，她可真是什么话都敢说啊，也不考虑一下听的人受不受得了。

"咳咳，我的意思是，不是我让它们拉的。"叶佳瑶笑嘻嘻地说。她已经找到对付淳于的办法，每回他一生气，她就跟他东拉西扯，笑脸迎人，他就没辙。

"我去做饭啦！"叶佳瑶拿了桌上的金银花茶欢快地走了。

夏淳于朝她的背影翻了个白眼，在心里给出个评价：脸皮堪比城墙厚。他靠在榻上低头翻书，脑海里却不自觉浮现她可爱的模样。夏淳于烦躁地合上书本，完蛋了，跟这个女人处久了，他的脑子也有点问题了。

叶佳瑶麻利地炒好菜，那边冬瓜排骨汤也炖好了，先盛了一碗出来，装进食盒。

"彭五，彭五……"

彭五应声跑进来："嫂子，有什么吩咐？"

"你把这个给大当家送去，我已经跟大当家说过了。"叶佳瑶把食盒和金银花茶交给彭五。

"快去快回啊，等你吃饭。"

宋七酸溜溜地问："嫂子，为啥每回给大当家、二当家送吃食就让彭五跑腿？怎么不让我去呢？"

这个问题……叶佳瑶想了想，是有些奇怪，为什么呢？可能是觉得彭五办事牢靠一点？又觉得他好像跟大当家他们熟悉一点。

"你想得还真多，为啥你不想想每次我就叫你给我打下手，从不叫彭五呢？我都没想明白，你想明白了告诉我一声啊！"叶佳瑶挑眉道，她才不会为这种无聊的事情伤脑筋。

宋七郁闷，怎么还让我自己想了？我哪知道你心里怎么想的。

叶佳瑶摆好饭菜碗筷，走到门口嗲嗲地喊：“淳于……吃饭啦……”

夏淳于立刻放下书来到厨房，不知道的还以为他饿疯了，等吃等急了，其实他是有苦说不出，如果等她喊第二声，那舌头就开始卷起来，而且喊得更大声。夏淳于懊恼，自己居然沦落到被一个女人随叫随到。本该是她对他唯命是从的，现在全然颠倒。什么警告威胁，对她完全无效，跟他装可爱、装可怜，这辈子他还没遇见过比她更难缠的人。总结起来一句话，他是死要面子，她是死不要面子，还能有什么办法？

二十一 你是不是喜欢我

现在的食材是按人头分配的，叶佳瑶也懒得去拿了，姜婶每天都会给她送过来。

“昨天您说要给二当家包饺子，老于头特意多给了一斤猪肉和三斤面粉，现在食物越来越少了，连最后一头猪都杀了。”姜婶叹道。

叶佳瑶是不用担心这些问题，淳于每天都能打到猎物，山上还开辟了好大一块地种植各种蔬菜，而且，烟霞湖里鱼虾肥美，宋七有时候会去湖里抓几尾鱼，他们的伙食还是一如既往的保质保量。

“面粉上次拿的还有多，中午你和姜叔也过来吃，我多做几个。”叶佳瑶笑道。

姜婶笑眯了眼：“那敢情好，可是中午厨房那边还得帮忙，不然也能帮您打打下手。”

“不用了，我自己一个人能搞定。”叶佳瑶笑道，不就是多花点时间么，现在她最不缺的就是时间了。

送走姜婶，叶佳瑶就准备包饺子。自己院子里就有四个人，给二当家送了，当然也要送一份给大当家尝尝。听说大当家最喜欢吃饺子，再加上姜婶夫妻，就是八个人了，可能包三百个都还不够。

叶佳瑶计算了一下，又加了三大勺面粉进去，打了两个鸡蛋，加入鸡蛋可以使面的韧性更佳。调好水，控制好面的软硬程度，就等着宋七来揉面，自己动手剁饺子馅。

根据大家的喜好，叶佳瑶打算准备三种馅料。二当家要吃猪肉韭菜馅的，淳于喜欢吃香菇白菜肉馅的，她自己喜欢茭白猪肉馅。至于其他人，爱吃啥吃啥。饺子好不好吃全在馅料的味道鲜不鲜美，这个时代的猪肉，是原生态的，没有污染过，都不需要过水焯，把肉剁成细细的肉末，加入各种调料就行了。白菜切碎后加少许盐腌一会儿，再把杀出来的水控掉，这样的白菜煮熟后特别柔软，口感更好。韭菜就不必杀水了，本来易熟，一杀水就全蔫了。茭白切成细丁后则须下锅翻炒至七成熟，香菇也用油爆出香味……

做好这些，叶佳瑶去唤宋七揉面。叶佳瑶又去煎了几个鸡蛋剁碎了，把蔬菜馅和肉馅拌匀了，沾了点在筷子上尝了尝，味道刚刚好。

这时，夏淳于回来了。“你赶紧揉啊，我去瞧瞧他在干什么？”叶佳瑶吩咐一声宋七，擦了手去正房。

夏淳于坐在书房里有一下没一下转着手里的笔筒，似乎在想什么事。

“淳于，今天怎么这么早回来？彭五呢？没跟你一起？”叶佳瑶问道。

夏淳于淡淡扫了她一眼，说：“这几日油水少了，一个个饿着肚子，还练什么练。”

叶佳瑶蹙眉道：“如果一直找不到奸细，断龙石就一直不开启了吗？”

夏淳于眉梢一挑：“谁知道大当家心里怎么想的。冯朝林和朝廷勾结，攻打山寨是势在必行，眼下正是要加紧储备物资的时候，搞得大家连饭都吃不饱了，还抓什么奸细，弄得人心涣散。”

他还真以为一块断龙石就能挡住官兵的进攻？以为人家的火炮运不上来？夏淳于心里想着，嘴角勾起一抹冷笑。

叶佳瑶心里也很矛盾。虽说这是土匪窝，可土匪窝里也有好人，比如姜叔、姜婶，比如宋七，他们都是被迫上山，也没干过什么坏事。而且，还有一些人是和她一样被劫持上山，在这里做苦力，这些人都是无辜的。官兵要是攻上来，能放过这些人包括她吗？

“那你跟大当家说说呀！”叶佳瑶道。

夏淳于冷笑：“说什么？这会儿他看谁都像奸细，我才不去讨这个没趣。”

说得也是，大当家怀疑淳于的话，淳于说什么都没用，反倒会被认为别有居心。

“那……一旦山寨被攻破，你怎么办？我又该怎么办？你会管我吗？”叶佳瑶忐忑地问。

夏淳于斜睨着她，清澈的眼眸不带一点情绪：“官兵攻上来，你不就得救了吗？说不定官兵要砍我脑袋，你还可以补上一刀。”

叶佳瑶莫名感到愤怒：“你怎么这样说话？”她从没想过要他死，她只想平安离开而已。

“哦？那要怎么说？你该不会是喜欢上我了？”夏淳于眸底漾起一抹似是而非的笑意。

这个问题叶佳瑶没办法回答，说是，那是骗人，还会招来他的嗤笑；说不是，就是得罪他。她的心里突然一阵悲凉，他明明知道密道在哪儿，就算官兵攻上来，他也可以全身而退，但他会给她一个承诺吗？她只能沉下脸扭头就走。

夏淳于本是跟她开玩笑，他怎么可能丢下她不管，包括山寨里一些无辜的人，他都要想办法保全。谁知道她居然走了。这是生气了？还是说，她根本就不喜欢他。想到这种可能性，夏淳于心里一阵烦躁。算了，不勉强她，等事情完结，她爱上哪就上哪，他还省得心烦。

叶佳瑶气鼓鼓地回到厨房。宋七看她脸色不好，本想安慰她几句，又怕被三当家听见，只好继续揉面团。叶佳瑶推开他，抢过面团就使劲揉了起来，心里一边痛骂：臭驴、死驴、混蛋……老娘才不会求你，没你我也能活得好好的。

二十二　给脸不要脸

叶佳瑶包好了饺子，下锅煮熟，配好蘸料，让彭五先给二当家和大当家送去，然后再煮淳于那份。她还在生气，懒得去叫他，宋七得了这个拍马屁的机会，乐颠颠地跑去叫三当家来吃水饺。本来每次都是叶佳瑶扯着嗓子喊他吃饭，今天换成宋七来叫，夏淳于还有些不习惯。

叶佳瑶把饺子装盘就搁在灶台上，宋七端了出去。“三当家，您瞧嫂子包的饺子多好看，味道更好，白菜猪肉馅的，您趁热吃。”

夏淳于刚要下筷，抬头看看那女人，依然在灶台旁忙碌着，即便转过身来也不朝他这边看一下，摆明了一副不搭理人的架势。真是小心眼，他又没说什么，犯得着生气吗?

盘子里水饺码得整整齐齐，每个饺子大小均匀，都是六个褶子，圆滚滚的，像半个小包子，饺子皮晶莹剔透，依稀可以看见里面香菇和猪肉的颜色，十分诱人。咬一口，馅料里渗出鲜美的汤汁，满嘴流油。白菜爽口，猪肉鲜香，咸甜适宜，地道的江南风味。夏淳于真心赞叹，似乎一经她的手，什么普通食材都能变成绝佳的美味。

“你也来吃。”夏淳于头一遭主动叫她吃饭。

叶佳瑶只装没听见，继续忙活。夏淳于不满地皱眉，这女人也太矫情了。

宋七嘿嘿打圆场："待会儿姜叔和姜婶也过来吃饺子，嫂子还在做他们那份。"

夏淳于只好埋头继续吃水饺。

"三当家，三当家，出大事了……"彭五慌里慌张地跑进来。

夏淳于一派从容淡定，说："把舌头捋直了说话。"

彭五是山西人，平时说话就有点卷舌头，一着急就卷得更厉害了。"三当家，奸细抓到了，大当家正在审问，让您赶紧过去。"

夏淳于一个饺子正塞进嘴里，愣了一下，含糊道："真的？是谁？"

"是七营的一个兄弟叫童贺祥。"

夏淳于放下筷子，嘴里还嚼着饺子，起身道："走，去看看。"

宋七道："我也去。"

有热闹看还不看？一下子，大家走了个干净，叶佳瑶气得翻白眼，等他们回来饺子都凉了，热过的饺子没有刚出锅的好吃，她这半天不是白忙活了吗？不过转念一想，如果真的抓到了奸细，就意味着淳于的嫌疑可以洗清，断龙石也可以重新开启，相比起来，一盘饺子不算什么。

没多久，姜叔和姜婶来了。

"三当家呢？"姜叔四下里看了看，问道。

叶佳瑶撇嘴道："吃到一半，说是抓到奸细了，大当家让他过去。"

姜叔的神情有些古怪，似乎感到意外："抓到了？"

"说是这么说，这几天也不知抓了几个，没一个承认的，最后都不了了之，这个估计也是乌龙。"叶佳瑶不以为然。

姜叔讪讪一笑："说得也是。"

"不管他们，咱们吃咱们的，姜叔姜婶，你们吃茭白肉馅的吗？"叶佳瑶问道。韭菜的被彭五预定了，宋七和淳于都要吃白菜肉馅的，剩下的就只有茭白肉馅的了。

姜叔道："我啥都行，三夫人做啥都好吃。"

姜婶笑呵呵地说："那是，比起三夫人的手艺，老于头做的那些只能称猪食了。"

上次姜婶为了给三夫人争气，把老于头和厨房里那几个大婶给得罪了，老于头对她鼻子不是鼻子、眼不是眼的，相处得很不愉快，要不是她腰圆膀粗力气大，人又彪悍，不知要吃多少亏。

叶佳瑶笑道："老于头的卤味做得还是不错的。"

"那也比不过您。"姜婶道。

淳于他们去了一个多时辰才回来，叶佳瑶歪在榻上闭目养神，听见他们回来了，就起来去给他们弄吃的。这是她的工作，即便心里再不情愿，也要把工作做好，尤其是碰上这么个不靠谱的蠢驴。

彭五的那份还没下锅，就煮了给他吃，淳于和宋七的已经凉了，叶佳瑶就帮他们做煎饺。三人围坐在饭桌前，继续讨论奸细的事。

"真没想到，童贺祥居然承认了。"宋七感慨，"真看不出来啊！"

彭五道："他偷溜下山被抓住还有什么好狡辩的。大当家还没动刑呢！"

"可是大当家说只要他如实招认就饶他一命，结果，被当场斩杀。"宋七嘟哝道，这算是诱供吧！

"三当家，您怎么看？"彭五问道。

夏淳于沉吟良久："希望是他，这样山寨的危机就能解除了。"

没有人比他更清楚童贺祥是不是奸细，可他居然招认了。大当家斩杀童贺祥时，童贺祥眼中那不可置信的神情，好像在责备大当家说话不算话，他是真的傻吗？傻到以为承认是奸细还能活命吗？会不会是大当家先前就跟他商量好了，所以，童贺祥临死才会那么惊讶与不甘？这会不会是大当家设下的圈套？让真正的奸细以为危机已经解除，进而放松警惕有所行动？这不是没有可能的，不然的话，大当家应该顺藤摸瓜，审问有没有同党、跟朝廷那边是如何联系。然而，大当家都没细问就把人给杀了。

"大当家都昭告全山寨了，还能有假？"彭五说。

夏淳于叹了口气："我在担心冯朝林和朝廷很快就会采取行动了。"

叶佳瑶一直竖着耳朵在听，噗……锅里的水沸腾了，溢了出来。叶佳瑶忙打开锅盖，把水饺捞出来。

"彭五，你的水饺好了。"

彭五看了眼三当家，三当家都还没吃上，他怎么可以先吃，便道："嫂子，我不饿，您先给三当家做。”

叶佳瑶随便他吃不吃，往煎锅里加了一小勺水，盖上锅盖焖一会儿，油光橙黄、香气四溢的煎饺出锅了。

“都好了，你们自己来拿。”叶佳瑶解下围裙，走出厨房的时候还不忘叮嘱一句，“吃好了把厨房收拾干净。”老娘要开始调教你们这些大老爷们了，想吃饭就得老实点干活。

三个大男人面面相觑。彭五是一头雾水，今天嫂子好像不太对头。宋七是知道个大概。只有夏淳于心知肚明，她的脸色是甩给他看的。

“我去拿，我去拿。”宋七怕三当家要发作，三当家脸黑得都快滴出水来了。

到这个点才吃午饭，大家都已经饿得前胸贴后背了，就觉得饺子特别好吃，尤其是煎饺，表皮酥黄，口感特别香，三人狼吞虎咽，吃到拍肚皮。

宋七和彭五自觉收拾桌子，夏淳于回屋去，边走边想，是不是要哄哄她？可是，他又没错，女人就是难商量。

他还没想好怎么办，就看到叶佳瑶正抱了大宝、二宝在榻上玩，不由皱眉头：“不是说了不许把它们抱进来的吗？”

叶佳瑶翻了个白眼不理他，她就是故意的，反正她心情不好，他也别想舒坦。

“你赶紧把它们抱走。”夏淳于看她无动于衷，不耐烦地吼道。

两只小兔被吼得哆嗦了一下，不安地看着夏淳于。叶佳瑶摸摸大宝、二宝，柔声说：“乖，别怕，他就是嗓门大，不会把你们怎么样的。”

“叶瑾萱……”夏淳于忍无可忍，她越来越放肆了，把他的话当耳旁风么？

“干吗叫这么大声？人家又不是聋子！”叶佳瑶白了他一眼。

“原来你不是聋子啊，我说的话你没听见吗？”夏淳于黑着脸道。

“听见了，但是我为什么要听你的？你对我很好吗？在你眼里，我不就是个煮饭婆、洗衣妇？既然你不把我当回事，就别对我要求这么高了。”叶佳瑶面无表情地说道。

夏淳于为之气结：“你别给脸不要脸啊！”

这句话触到了叶佳瑶的逆鳞，今天不发飙都不行了。她昂着下巴瞅着他，冷冷一笑：“你给我脸了吗？就这张臭脸？谁喜欢谁拿去，姑奶奶不稀罕。”

"叶瑾萱，我的忍耐是有限度的。"夏淳于咬牙切齿，这个女人胡搅蛮缠还没个完了。

"我的忍耐也是有限度的，你不想忍了，我还忍不下去了呢！怎么着，赶我走还是掐死我啊，你来啊，来啊……"叶佳瑶不甘示弱地梗直了脖子，把下巴抬得更高。要么不吵，要吵就一定要吵出气势来，彻底压倒。反正将来也不指望他，趁着这次他理亏，好好出口恶气。

二十三 尴尬的事

“叶瑾萱，你不要无理取闹啊！”夏淳于怒道。

“谁无理取闹？你才无理取闹。人家对你这么好，一心一意伺候你，你就这样对人家，不是吼就是骂，一个不顺眼就是各种威胁，这世上怎么会有你这样的人！你的心是石头做的吗？怎么捂都捂不热的吗……呜呜……”叶佳瑶边骂边哭，这回可不是假哭，想到自己悲催的穿越人生，她是真的泪流满面。

女人的眼泪，男人的魔咒。看她哭得稀里哗啦，夏淳于心头的火气都给浇灭了。

宋七和彭五躲在门外偷听，“要不要进去劝劝？”彭五无声口语。

“等等再说。”宋七道。这会儿嫂子正发飙，看三当家怎么招架，这可是千载难逢的好戏啊，怎么好进去打搅呢？等嫂子招架不住再说。

“你嗓门轻点行不行？不知道的还以为我怎么你了，不就让你别把兔子弄进来吗？上次它们把屎拉在床上你忘了？”夏淳于避重就轻。

“你别给我扯这些没用的，今天你把话给我说清楚，你到底当我是什么？”叶佳瑶飙泪喊道，今天非得让他摆个态度出来。

夏淳于头皮发麻，女人发疯太可怕，不行，还是遁走吧！“我没空陪你发疯，寨子里还有一大堆事要办。”夏淳于掉头就走。

想跑？叶佳瑶气得肚子疼，什么问题都没解决就这么让他走掉的话，她不白折腾了吗？叶佳瑶追上去扯住他：“你不用走，这是你的地盘，我走。”

门外宋七和彭五对视一眼，暗道不好，宋七急中生智，抽出腰间匕首插入两个门环中。

叶佳瑶发作起来力气大得出奇，夏淳于一个不备居然被她推得一个趔趄，还没回过神来，叶佳瑶已经冲到门边去开门了。这门怎么打不开呢？

“你疯够了没？”夏淳于怕她出去丢人，从背后一把抱住她，将她拖进里屋。她现在情绪不稳定，谁知道她会干出什么事来，到时候还不得他来收拾残局，真是败给她了。

“你放开我，让我出去，我不要待在这里了，我忍无可忍了，我再也不想见到你了，你个混蛋，都不管我死活了，我也不要再理你了……”叶佳瑶对他又踢又打。

可怜的大宝、二宝吓得都躲到床榻底下去了，瑟瑟发抖。宋七和彭五也是缩着脖子，这动静似乎有点大啊！

夏淳于挨了她好几脚，虽然不是很痛，但这个样子真的很狼狈。不由得加快脚步，将她扔到床上，自己也扑了上去，抓住她乱挥的手，将她死死摁住：“够了，不要再疯了。”

叶佳瑶情绪起来了，根本停不下来，手脚被摁住动不了，她就用嘴咬，也不挑地方下嘴，凑到哪儿是哪儿，结果一口咬在夏淳于的鼻子上。

“啊啊啊……你个疯女人赶紧松开。”夏淳于叫起来。痛还是其次，万一鼻子被咬破了，他怎么出去见人？

“嗯嗯……”意思是就不松。

“蠢女人，我有说不管你吗？是你自己没耐心，不听人把话说完就生气，现在还发疯。”夏淳于不得不面对现实了，急声说道。

是吗？叶佳瑶愣了下，旋即咬得更狠。“我不信。”

亏得夏淳于能听懂她含糊不清的言语，说：“我骗你干吗？赶紧松嘴。”

“你发誓……”

夏淳于头大如斗，可鼻子在人嘴里，为了不毁容，为了还能有脸走出这个门，不得不妥协了。“好好，你先松开，不然我怎么发誓？”

叶佳瑶才不上当，好不容易占了上风，不达目的绝不松嘴。

“你先发誓……”

“好，我发誓，不会不管你。”夏淳于敷衍地说。

“你不诚心。”

要求还真多，夏淳于深吸一口气，努力克制情绪，耐着性子道：“我发誓，不会不管你。”

“你要说，如果你违背誓言，一辈子没老婆。”叶佳瑶得寸进尺，这是性命攸关的事，必须较真。

夏淳于咬牙道：“叶瑾萱，真的够了啊。”

“发誓。”

“好，我要是违背誓言，就一辈子没老婆。”夏淳于无奈妥协，心里郁闷得不行，又不能真的跟她撕破脸，现在很多事情都还不明朗，不能再节外生枝，只能先忍了。

门外的宋七和彭五掩嘴偷笑，三当家终于还是妥协了啊！宋七小心翼翼地抽出插在门环上的匕首，两人轻手轻脚地撤退。

叶佳瑶这才松嘴，夏淳于立马捂着鼻子跑到镜子前查看伤情，只见鼻头上一圈牙印，鼻头被咬得通红。“叶瑾萱，你太过分了。”

叶佳瑶瞅着他，一抽一抽地小声哭泣，刚才一怒之下，下嘴好像是狠了点，那牙印估计一时半会儿消不掉。他这个人是死要面子的，连二当家遭埋伏受了重伤，他也要先回来换掉血衣再去报信，平日里穿衣都要先把褶皱捋平了再出门，这下肯定气爆了。

“君子动口不动手，再说，是你自己凑上来的……”叶佳瑶辩解道。

夏淳于气笑了，原来君子动口不动手是这意思？他读了十几年的书，今天才算真正明白这句话的意思。“君子动口不动手是吧？行，爷也做一回君子。”夏淳于作势要扑过来。

叶佳瑶忙往床里躲，伸出一只胳膊：“那让你咬回去好了。”

夏淳于正要下嘴，叶佳瑶却是捂着肚子在床上打滚：“哎哟，肚子好痛。”

“别给我装肚子疼，老实把胳膊伸过来。”夏淳于无动于衷道。

“疼，真的好疼。”叶佳瑶没装，是真疼，肠子好像打结了，一阵一阵抽筋似的疼，从来没有这么疼过。

夏淳于终于发现不对了，她的脸色苍白如纸，额头上密密都是汗，若是有内功的人是可以通过控制自己的内息达到这种效果，但普通人根本不可能做得到。

“怎么回事？怎么突然就疼起来了？吃坏肚子了？”夏淳于不由得心慌起来。

叶佳瑶痛得已经说不出话来，虚弱地摇摇头，不可能是吃坏肚子，中午的水饺都是煮熟的，而且她做的饭菜都是很卫生的……

“你先忍着点，我去请柳先生。”夏淳于完全忘了自己鼻子上明显的牙印，立刻打算出门去找大夫。

叶佳瑶痛得一身冷汗，两眼发黑，这到底是什么毛病？阑尾炎肯定不是，痛的地方不对，叶佳瑶悲催地想，万一真得了什么病，这个时代怕是不太好治。突然，她身下涌出一股热流，这种熟悉的感觉让她发窘，该不会是……

她努力拉住夏淳于的袖子，示意他头低下来点，夏淳于不解地低下头来。

叶佳瑶极小声地说：“我得的不是病。”

“什么？你要我？”夏淳于叫嚷起来。

“嘘……你小声点，先听我说完。”叶佳瑶忙去捂他的嘴，看到他红红的鼻子，想到他刚才那么心急火燎，突然觉得有些羞愧。

“其实，我是……我是……来月信了。”叶佳瑶声音轻得跟蚊子咬似的。

“什么？来什么？”夏淳于没听清楚，皱着眉头问道。

“就是……女人每个月都会来的那个……”

夏淳于愣愣地看着她，片刻后可能是想到了什么，脸顿时涨红了起来，默默地走了出去。

一会儿，姜婶来给她准备了各种东西，还煮了碗红糖姜茶。

这天夜里，叶佳瑶肚子难受睡不着，各种不舒服。

“干吗还不睡？”夏淳于迷迷糊糊地问。她这样动来动去，他也睡得不踏实。

“你睡吧，别管我。”叶佳瑶瓮声瓮气道，男人是不会理解女人的痛苦的。耳边又传来轻微的鼻鼾声，还真是说睡就睡，叶佳瑶郁闷地揉着肚子，揉了一会儿手就酸了。

蓦地，他贴了上来，一只大手伸进了她的里衣，覆在她的肚子上，轻轻地揉着。叶佳瑶僵住，他的手掌温热，熨帖着小腹，慢慢升起一股暖意，那种不适的感觉渐渐淡了去。

“好点了吗？”他的声音透着困倦，在她耳边呢喃着。

“嗯……”叶佳瑶点点头，往他怀里蹭了蹭，贴着他宽厚的胸膛，特别有安全感。闭上眼睛，不一会儿就进入了梦乡。

夏淳于见她终于睡着了，想把手抽回来，犹豫了片刻，还是继续抱着她，万一动了她又醒了，他也没得睡。不过，她的身体柔软纤细，还有一股子淡淡的幽香，抱着很是舒服。这女人不发疯的时候，乖乖的模样还是挺可爱的。夏淳于在心里叹了口气，将来她要是知道了他的真实身份会怎么样？

夜阑静寂，这样宁静安详的日子很快就要结束了。

二十四 勒紧裤腰带

断龙石开启，黑风岗第一天派了两支队伍下山，收获甚微，因为眼下并非秋收季节。第二天派出七队人马到更远的村镇搜刮粮草财物，然而，七队人马只回来四队，空手不说，一个个还挂了彩，狼狈不堪。山寨立即召开紧急会议，连还在养伤的二当家也参加了。

姜婶来帮忙洗衣服，神情少有的凝重。“吴婶的男人没了，要不是我们拉着，她就一头撞死了。”姜婶感叹，她和吴婶虽然不太对付，可人家现在这么惨，那些个小恩怨就不提了。

叶佳瑶不寒而栗，自她上山来，虽然也有憋屈的时候，但总的来说小日子过得还是挺不错的。总觉得还有很多时间可以慢慢寻找机会逃走，然而这场突变，让她感受到强烈的危机。

她没有把握官兵攻破山寨后会不会听她解释，即便解释了，恐怕也没人相信。淳于分析得对，她被黑风岗劫持的消息要是传出去，损害的是叶魏两家的声誉，所以叶魏两家肯定会将消息压下来，并想办法补救。即使她说自己是叶家大小姐、魏家的儿媳妇，也没人会相信她。她的身份只会是黑风岗三当家的压寨夫人。

“我看，这次咱们山寨挺悬的。”姜婶不住摇头。

“姜婶，如果山寨被攻破，你说咱们能活命吗？”叶佳瑶担心地问。

姜婶苦笑道：“若是官兵攻上来，咱们这些女人或许还能活命，但若是新义的人攻上来就难说了，他们的人比咱们寨子里的人还狠……”

“算了，不说这些，我相信三当家会保护我们的。”叶佳瑶底气不足地说道。

正说着，淳于他们回来了。

“三当家，那我稍微准备一下就出发了。”彭五抱拳道。

夏淳于面色凝重地点点头：“自己小心点。”

叶佳瑶跟着淳于进屋，问：“彭五要去哪儿？”

“下山。”夏淳于言简意赅地回答，径直到书房拿出地图摊开来研究。

“这么晚了还下山？山下不是还有埋伏吗？”叶佳瑶关心道。

夏淳于很不耐烦地瞪了她一眼：“你能不能别打扰我？”

叶佳瑶悻悻地哼了一声，扭头去找宋七。宋七正送彭五出门，把自己的匕首给彭五：“这匕首是我家传的，锋利无比，你带上，回来再还我。”

彭五把匕首插在腰间，拍拍宋七的肩膀：“谢了，兄弟。”

送走彭五，叶家瑶问宋七：“情况是不是很糟糕？”

宋七挠挠头皮：“是有点麻烦，官府和新义的人好像已经在山下驻扎，附近的村民一看到我们的人就跑去通风报信，粮食抢不到的话，咱们就得困死在山上了。”

叶佳瑶心头一沉，那是真的挺麻烦的。这一晚，淳于和宋七到处巡逻，加强防御，直到后半夜淳于才回来睡觉。危机来临，叶佳瑶觉得身体的不适都消失了，第二天起了个大早，亲自去厨房领食材。

今天的配给比昨天更少，只有两斤米、一斤面、一节藕、两根丝瓜、三个鸡蛋，叶佳瑶知道现在物资紧张，但还不至于紧张到要喝粥的程度吧？老于头是不是弄错了，她屋子里可是有好几个人呐！

老于头说：“两个鸡蛋是给二当家的，大当家吩咐了，从今儿起，除了养伤的二当家，其余人，包括他自已，伙食全减半，大家要勒紧裤腰带过日子。”

叶佳瑶没奈何，拿了配给回到小院，开始炖粥，这么点米，也只能是喝粥了。面粉加入老面做了些馒头，包子已经吃不起了。好在姜叔送来姜婶做的霉豆腐，宋七和淳于每人一碗稀饭、两个馒头，一顿早饭算是将就下来。

本以为淳于会吃不惯，谁知淳于一点反应都没有，看到叶佳瑶光喝稀饭不吃馒头，便问："一共做了几个馒头？你怎么不吃？"

叶佳瑶笑道："我现在还不想吃，你们吃吧，锅里还有呢，我待会儿再吃。"

夏淳于这才啃了第二个馒头。"宋七，走了。"夏淳于吃饱出门去，宋七忙喝光稀饭跟叶佳瑶挥了挥手，追了上去。

叶佳瑶细嚼慢咽吃完早饭，数了数锅里的馒头，还有八个，一共才做了十二个，她不吃，宋七和淳于一人六个，如果彭五回来了，一个人就只能分到四个了。他们是男人，要出大力气的，就算吃不好，也要尽量吃饱。

收拾好碗筷，叶佳瑶从后院摘了一株垂盆草带在身上，然后提了篮子去找姜婶，别的事她做不了，找点吃的应该还是可以做到的。

"姜婶，我想上山挖点野菜。"她一个人不敢上山，想拉姜婶去壮壮胆。

姜婶说："正好，赵婶她们也要去挖野菜，一起走吧！"

于是，叶佳瑶和姜婶又凑了几位大婶一起上山。

"这山上有很多陷阱，你们小心点。"赵婶比较有经验，一路上带着众人避开陷阱、铁夹子什么的。

"其实都有做标记，只要大家留神就是。"赵婶指着一片铺着枯草的地面，又指着边上插着的一根树枝说道。

"而且，每个陷阱是谁挖的都有记号，这样就不会出现大家争抢猎物的事情。"姜婶小声对叶佳瑶说。

叶佳瑶一阵后怕，刚才她差点就踏上去了，本以为上山最可怕的是遇到蛇，结果还要提防陷阱。幸好她跟着大婶们，要不然死在山上都没人知道。

关于野菜，叶佳瑶只认得野葱、荠菜、蒲公英、马齿苋以及蕨菜，在姜婶的指点下，又认识了播娘蒿，其嫩芽用来炒鸡蛋很美味；菖蒲，可以炖汤；大苦荬，有清凉解毒的作用；还有红苋，凉拌最爽口……

"不要一口气都挖光了，留下根，过几天又会长出来。"姜婶道。

"嗯！"叶佳瑶兴奋地挖着野菜，这满山遍野的野菜啊，还有满山遍野的小动物，这黑风岗简直就是一座聚宝盆啊！叶佳瑶原本还很担心会活活饿死，现在她一点也不担心了。没多久大家就满载而归了。

叶佳瑶特意摘了播娘蒿、菖蒲和红苋，一个用来炒鸡蛋，一个做凉拌菜，菖蒲加点风肉炖汤，这样便多出了三个菜。叶佳瑶欢欣鼓舞，决定以后每天都去摘野菜。做好午饭，叶佳瑶等了好一会儿，淳于和宋七才回来。

“今天怎么回来得这么迟，菜都凉了，要不我去热热？”叶佳瑶道。

夏淳于摆摆手：“没事，随便吃点，待会儿还要出门。”

两人坐下来，叶佳瑶去装粥和馒头。

夏淳于看着桌上的菜，不由皱眉，这不是野菜吗？昨天大当家刚下令要勒紧裤腰带过日子，今天就吃上野菜了？

“这些野菜谁送来的？”夏淳于问。

叶佳瑶颇为自豪地说：“是我上山去摘的。”

夏淳于蓦然沉下脸来，吼道：“谁让你上山了，山上有多危险你知不知道？”

哟，这么关心她呀！叶佳瑶头一回觉得他的怒吼充满了人情味，笑嘻嘻地说：“我和姜婶、赵婶她们一块去的，不会有危险。”

夏淳于这才缓和了脸色，冷冰冰地说：“怎么不危险？你们一群娘们，万一碰上野猪或者野狼，跑又跑不动，打又不会打，还不是死路一条？以后不许去了。”

宋七附和道：“是啊嫂子，以后我每天抽空上一趟山弄点吃的回来，您就别去了。”

“干什么呀？我们又不走远，就在附近山上，能有什么危险？”叶佳瑶抗议，她才不要做混吃等死的废物。

二十五　心慌了

彭五下山已经三天了，一点消息也没传回来，山上的气氛越来越凝重。

叶佳瑶去采摘野菜，站在高处远眺，发现岗哨比以前多了很多。

“姜婶，你说官兵会不会从水路攻上来？”叶佳瑶指着山脚下一望无际的烟霞湖问道。

她这段时间好好研究了从笔筒里那张小纸片上描下的地图，加上这几天上山观察，已经对黑风岗的地形和岗哨的设立有了大致了解，不过，她有一点困惑，为什么官兵一定要从盘龙岭进攻，而不选择烟霞湖呢？大战船浩浩荡荡开进来还不是一举就能拿下黑风岗？

姜婶笑道：“你没瞧见临湖的一面是峭壁吗？只有一条小道通向烟霞湖，那里可是有重兵把守，前年官兵围剿就是从湖上来的，都是无功而返，不知道多少官兵葬身湖底。再说了，沿途都是岗哨，官兵的船只要一靠近，我们马上就能发现做好迎战准备。”

“那，他们要是凫水过来偷袭呢？”

姜婶愣了愣：“人少应该可以，但多了怕是不行，问题是，一小部分人攻上来又有什么用？除非个个都跟三当家那样是高手，可以以一挡百。”

淳于有那么厉害吗？以一挡百？叶佳瑶望着波光粼粼的湖面，心想着，攻进来不容易，那逃出去呢？按她的游泳水平，叼一根芦苇应该能无声无息地潜出去，不过，搞不清楚这湖有多大，她现在的这副小身板明显没有前世健壮，别游到一半淹死了。

摘了野菜，叶佳瑶又割了一些草回去，大宝、二宝越来越能吃了。下山的时候，叶佳瑶听到急促的号角声响起，又看到很多人朝聚义厅那边跑。

“出什么事了？”叶佳瑶一头雾水。

姜婶脸色大变：“这是有敌人来犯的讯号。”

“啊？他们开始攻打山寨了？”叶佳瑶紧张起来。

叶佳瑶赶紧回家，宋七也跑了回来：“嫂子，三当家带人去盘龙岭了。”

“是官兵开始攻打了？”叶佳瑶心惊胆战地问。

宋七点头：“已经在山下扎营了，前方岗哨都能看见他们的营地，乌压压的一大片，少说有好几万人。”

“那……不是放下断龙石就没事了吗？”

“这次可能不行，听下山打探消息的人逃回来说，官府这次搬来了火炮。”

“下山打探消息的人呢？彭五回来了吗？”叶佳瑶突然想到这个问题。

宋七好像难以启齿，欲言又止。叶佳瑶的心不住往下沉，该不会彭五也出事了吧？

“你倒是说啊！”叶佳瑶催道。

宋七牙一咬，心一横，懊恼地说：“别提了，原来彭五才是奸细。”

叶佳瑶大为震惊：“不、不可能吧！他怎么会是奸细？大当家那么信任他。”

“知人知面不知心，谁想得到？可这是事实，逃回来的人说，亲眼看到他被朝廷的大官给请了去，而且还是客客气气地请。”

叶佳瑶无语了，原来奸细还真的出在他们这个小院。“那……大当家没有怀疑三当家吧？”叶佳瑶首先想到的是淳于的安危。

宋七摇头道：“那还不至于，彭五原是大当家身边的人，是大当家派他到三当家身边的。而且，这次也是大当家派他下山，跟三当家有什么关系？”

叶佳瑶抚了抚心口，松了口气，这就好。

“对了，三当家让我回来拿东西，我马上就要走，可能这两天都不会回来了。”宋七说着就去正房。

叶佳瑶想了想，把锅里剩下的馒头全部拿出来，往里面夹上咸菜，刚打包好，宋七也都准备妥当了，说：“嫂子，三当家让您这几天不要外出，尽量待在家里，让您放心，他不会丢下您不管的。”

叶佳瑶心情复杂，淳于这个时候还记得他的承诺，让她有些感动。她把包袱往宋七手里一塞：“这些干粮先带着，将就着吃，如果你明天有时间就回来一趟，我再给你们做。”

宋七点头道：“那我走了，嫂子保重。”

叶佳瑶急声道：“你们也要注意安全……”宋七走了，她依然呆呆站在原地，突然心就空了，没想到这一天这么快就来临，她上山来不到一个月，却已经对这里滋生一种别样的感情，时而霸道时而温柔的淳于，听话的受气包、小跟班宋七，话不多却很细心的彭五，大大咧咧、热心肠的姜婶……如果他们死了的话，她会很难过。

大宝、二宝跳到她的脚边，叶佳瑶蹲下来抱起大宝，揉揉二宝，感伤地说：“你们的兔爸爸去打仗了，虽然他有时候很凶，蛮不讲理，但他也有对我好的时候，我不想他出事，你们和我一起为他祈祷好不好？”

夏淳于站在盘龙岭的制高点往山下眺望，底下旌旗如林，赫连煊应该是亲自来了。看到宋七的那把匕首，赫连煊如约开始围山。大当家和彭五一定想不到，他会用这种方式传递消息。然后配合他演一出款待彭五的戏码，让山寨的人误以为彭五才是奸细。

虽然彭五对他唯命是从，但他明白，彭五真正效忠的人只有大当家，不把彭五解决掉，他的行动会受到很大的制约。接下来赫连煊会派使者前来劝降，到时候他找机会把地图送出去，只要切断了大当家白崇业的后路，就可以大胆进攻了。

“三当家，这是嫂子让我捎给您的。”宋七上来，把一个包袱递给夏淳于，夏淳于接过来的时候，手心里多了一张纸片。

夏淳于捏住纸片面无表情地问：“有没有把我的话传给她。”

“小的都说了，嫂子让您当心点。”宋七道。

夏淳于打开包袱，里面是八个夹了咸菜的馒头。这几天，总看她喝粥都不见她吃别的东西，每次问她，她都说锅里还有，今天出门的时候，他特意去掀开锅盖看了，总共只剩八个，加上早上他和宋七吃掉的四个，就是十二个，说明这些天，她都是靠喝粥度日，把馒头鸡蛋都留给他们吃了。如果她真是大当家派来的人，怕是做不到这一点吧！叶瑾萱……夏淳于在心里默念这个名字，仿佛有一道暖流自心间淌过。

叶佳瑶一空下来就忍不住东想西想，越想心就越慌，干脆找点事情来做。她先把院子里里外外打扫一遍，把床单被褥都拿出来晒，又爬上爬下擦拭家具。在擦拭书桌的时候，她发现笔筒被人动过了。

她特意观察过，淳于书房里的东西总是摆在固定的位置，不会有丝毫偏差，那么……是宋七动了笔筒？宋七说淳于让他回来拿东西，难道就是拿这个？叶佳瑶拿起笔筒，在龙眼睛上一摁，旋开底座，果然，小纸片不在了。也许是要打仗了，需要这张图，所以淳于特意让宋七回来取。叶佳瑶也没太在意，把底座装回去。

直到屋里屋外都打扫得窗明几净，叶佳瑶又开始做饭，虽然淳于和宋七不回来吃饭了，但她还是要给二当家送饭的。想到送饭她又忍不住想到彭五，他怎么就成了奸细了呢？果然是隐藏得极深。他会不会带兵攻打山寨？如果是他亲自来，也许会看在她给他做过那么多好吃的的分上，放她一条生路。

算了，先别想这些了，听姜婶说过，朝廷派兵围剿山寨也不是一次两次了，这一次说不定也能度过危机。

叶佳瑶给二当家做了一碗肉丝面，面是手擀的，下锅煮到七分熟，马上出锅用冷水冲凉，热胀冷缩，面条会变得更加柔韧有筋道。汤汁是另外做的，五花肉爆香，加入青菜、香菇和西红柿翻炒，冲入滚沸的开水，再下一撮咸菜提味。再把冷处理的面放进去滚上一滚就可以出锅了，最后撒上点葱花，香气扑鼻。

叶佳瑶提着食盒去二当家那，进到院子里，二当家养的大黑狗正趴在墙角晒太阳，看到有人进来，警惕地竖起了耳朵，见是叶佳瑶旋即又耷拉下去，继续懒懒地晒太阳。

本来二当家屋外还有人守着，今天却是没人，想必大家都在忙着守卫。叶佳瑶正要推门进去，听见里头传来大当家的声音：“让老三在这守着，我先派人把你送出去……”

▲二十六 圈套▼

“那怎么行？大哥，咱们起过誓，有福同享有难同当，我不走，要死大家一起死。”二当家道。

“谁说要死了？”大当家喝道，又缓和了口气说，“这次怕是守不住了，断龙石再坚固也挡不住火炮的攻击，再加上彭五的背叛，他是知道密道所在的，若不赶紧转移，出口被堵死，我们一个都跑不掉。黑风岗丢了，咱们大不了重回青龙岗，以待来日东山再起。”

二当家愤恨道：“咱们怀疑这个怀疑那个，就是没想到怀疑彭五，我就想不通了，咱们又没亏待他，他怎么能叛变了呢？”

大当家叹气道：“人心难测。”

“这个臭小子，要是让我抓住他，非把他大卸八块不可。”二当家怒骂。

“好了，这件事以后再说，你赶紧准备一下，今天就离开。”大当家道。

“那老三呢？”二当家问。

“老二，你我才是真正的兄弟，至于老三……咱们不可能把全山寨的人都带走，总得有人在这里坐镇，不然咱们谁都走不掉。老三，他就自求多福吧！”

叶佳瑶听得怒从心底起，你们之前一直怀疑淳于，眼看山寨要守不住了，却只管自己逃命，让淳于给你们断后。愤怒归愤怒，但叶佳瑶还是清楚自己现在的处境，要是让大当家发现她偷听，她就完蛋了，便轻手轻脚退回院门口，然后大声喊道："二哥，二哥……"

大当家从屋里走出来，依然是皮笑肉不笑阴阳怪气的神情，说："是弟妹啊！"

"大哥，您也在！我给二哥送饭来了。"叶佳瑶笑眯眯地迎上前。

大当家微微一哂："给我吧，正好我还要跟你二哥谈点事。"

"行，那就麻烦大哥了。"叶佳瑶把食盒交给大当家，走了两步她又回头，"大哥……"

大当家地挑眉："弟妹还有什么事？"

叶佳瑶踌躇道："听宋七说，淳于去守盘龙岭了，他……会不会有危险？"

大当家微笑道："断龙石坚不可摧，没这么容易攻上来。"

叶佳瑶拍拍胸口，像是松了口气，笑道："那我就放心了。"

目送叶佳瑶离去，大当家嘴角勾出一抹阴冷笑意。

离开二当家住处，叶佳瑶快步去找姜婶，虽然她在山上也认识了一些人，但真正信得过的只有姜婶夫妻，她得把大当家和二当家要跑路的消息传递给淳于，让淳于早做准备。

姜婶听说后，大惊失色："当真？"

叶佳瑶认真地点头："我听得真真切切，你赶紧想办法通知三当家吧！不然我们大家都完蛋了。"

姜婶忙道："我这就去找我家老头子。"

叶佳瑶又道："这件事先别声张出去，只要悄悄告诉三当家，让三当家拿主意，免得引起麻烦。"

姜婶郑重点头："我晓得。"

夏淳于正在部署作战计划，听到姜叔找他，不由心头一凛，姜叔是他上山后发展起来的自己人，他已经吩咐过姜叔，守着断龙石机关，等他的命令，现在姜叔却跑来，莫非是出了什么大事？当下屏退左右，请姜叔进来。

姜叔小声把叶佳瑶听到的消息转述给夏淳于。夏淳于蹙着眉头犹豫不决，一再告诉自己要冷静，眼下是关键时刻，一步错将满盘皆输，任何决定都要慎之又慎。

二当家屋外一直都有人把守，他们能允许瑶瑶偷听？除非当时院子里没有人，这不是太可疑了吗？大当家和二当家谈这么机密的事，门外却没人把守，且就选在瑶瑶送饭的时间，是故意让瑶瑶听见，还是真的疏忽了？如果这是一个圈套，他冒冒失失地赶去拦截，岂不是暴露了他知道密道所在，从而暴露自己的身份？

但万一这消息是真的，让大当家和二当家逃了出去，他这大半年的辛苦不就白费了？斩草要除根！不如……把大当家要逃跑的消息散布出去，这是一个制造混乱的好机会。只是，怎样才能把消息传给赫连煊，来个里应外合？夏淳于的脑子动得飞快。

正在此时，外面有喽啰来报，说朝廷派人来了。夏淳于蓦然欣喜，真是天助我也！

叶佳瑶惶惶不安，在院子里踱来踱去。姜婶有没有找到姜叔？姜叔有没有把消息传给淳于？淳于又会怎样应对？再不快点，大当家和二当家就要跑了，群龙无首，山寨肯定会乱套。要真这样，淳于还不如带领一众弟兄投降，只是……淳于那么痛恨朝廷，他会答应投降吗？

不行，不行，她得做点什么。

叶佳瑶想了想，决定再去二当家那，看能不能拖住二当家，为淳于争取点时间。来到二当家住处，二当家果然不在了，叶佳瑶知道密道的入口就在聚义厅，便往聚义厅赶。

到了聚义厅附近，远远地她看到了宋七，叶佳瑶刚想喊住宋七，有人从背后捂住她的嘴，将她拖了过去。那人力气大得出奇，叶佳瑶根本无法挣扎，甚至都不知道对方是谁，就这样被拖进了一间房里。叶佳瑶被推了一个趔趄，险些摔倒。

“弟妹，你鬼鬼祟祟跑到聚义厅来做什么？是不是怕哥哥我丢下你不管了？”猥琐的声音响起。

叶佳瑶抬头一看，可不正是二当家吗？他两眼正贼溜溜地在她身上打转。

叶佳瑶强作镇定，讪讪一笑：“二哥，原来是你啊，刚才吓死我了。”

“见到二哥就安心啦！你来得正好，跟二哥一起走吧！二哥会疼你的。”二当家过来要抱叶佳瑶。

叶佳瑶闪身躲开，心中既恼怒又害怕，脸上却还笑着说："二哥，您没喝酒吧，怎么尽说胡话，我可是您的弟妹。"

二当家狞笑道："你本来就是我看中的，你家人本来就是把你送给我的，让你跟老三，不过是为了试探试探老三，现在不需要了，你自然要回到我身边。"

叶佳瑶闻言如五雷轰顶："你……你说什么？什么叫我家人把我送给你？"

二当家很是同情地摇了摇头说："弟妹啊，你已经无家可归了，老三也不是你的良人，你就乖乖从了我。"

叶佳瑶颤声道："你……你把话说清楚。"

二当家刚要开口，房门被推开，大当家冷着脸走进来："老二，都什么时候了，你还有心思在这里调戏女人。"

二当家讪然道："大哥，外头的事怎么样了？"

大当家阴恻恻地盯着叶佳瑶，说："这个女人不能留了。"

叶佳瑶心头大震，这是怎么了？要杀人灭口吗？难道他们已经知道她偷听的事了？

"大哥，何必呢，不过是个女人，把她捆起来，等事情过后再做决定好了。"二当家显然舍不得杀叶佳瑶。

"你知道什么？老三没入套，现在朝廷的使臣上山来了，事情越发棘手，这件事绝不能让老三知道。"大当家说道。

叶佳瑶蓦然醒悟，原来他们是故意让她偷听的，这是一个圈套，为了设计淳于。具体细节她还无法猜到，但有一点是可以确定了，他们为了不让这个阴谋戳穿，要把她给灭了。

二当家不舍地看了看叶佳瑶，还是放不下。便说："对老三，咱们终究还是不放心，不如趁此机会将他……"二当家做了个抹脖子的手势。

大当家犹豫着。

叶佳瑶大气也不敢出，生怕自己说错一句话就没命。

"那就交给你了，动作快点。"大当家丢下这句话走了。

二当家拿来根绳子把叶佳瑶捆起来，说："老三俊是俊，但俊能当饭吃？实话告诉你，大哥不相信彭五是奸细，这多半是老三的阴谋，可惜抓不到他的把柄，不管老三有没有问题，大哥都不会再留他，你就先在这里待着，等哥把事情结束了，咱们好好过日子。”

呸，谁要跟你过日子。“疼，疼……二哥，您轻点。”叶佳瑶故意双手撑开些，这样绳子间能留下一丝空隙。

“二哥，您说话要算话，我还不想死，您可一定要保护我。”叶佳瑶期期艾艾地撒娇。

二当家被她软绵绵娇滴滴的声音、可怜兮兮的小眼神弄得神魂颠倒，下手不由得就轻了些，想必她也逃不走。

“你乖乖的，二哥疼你。”二当家在她香滑柔嫩的面颊上摸了一把，本还想亲上一口，却听大当家在外面催促了，只得悻悻作罢，挥手在叶佳瑶脖子上砍了一掌，叶佳瑶只觉得脖子一疼，眼前发黑，昏了过去。

二十七　不需要演戏了

也不知过了多久，叶佳瑶悠悠醒来，周遭一片昏暗，外头炮火声、喊杀声震天，发生了什么事？这么快官兵就攻上来了吗？这次太大意了，居然中了计，险些丢掉小命，还连累了淳于，幸好淳于没上当，不然她一辈子都良心不安。不过，淳于还是很危险，大当家自始至终都在利用淳于。

叶佳瑶拼命挣扎，多亏当时留了一手，二当家绑得不是很严实，但还是抠掉了一层皮才挣脱。叶佳瑶顾不得疼痛，扒着门缝朝外张望，外头一个人也没有，门却锁着。

这锁她砸不开，怎么办？叶佳瑶摸黑到窗户，用力一推，居然推开了。叶佳瑶大喜，爬上窗户，往下一跳。呲……裙子不知挂到了哪里，撕破了。叶佳瑶索性把破了的下摆撕掉，逃命要紧。

到处都是火光，四处都是奔逃的人。叶佳瑶不知道该去哪儿。“这位兄弟，现在是什么情况，大当家、二当家还有三当家呢？”叶佳瑶抓住一个人询问。

“我哪知道，现在都乱成一锅粥了。”那人甩开叶佳瑶跑了。

叶佳瑶又去问别人，问了好几个，终于问到了有关淳于的消息。

“具体情况我们也不清楚，只听说大当家要弃了兄弟自己逃命，三当家不答应，打起来了。”一个土匪挠头苦恼地说。

“妈的，现在都不知道谁打谁，大家还是赶紧逃命。”另一个土匪说。

“逃，逃哪去？”叶佳瑶茫然地问。他们知道密道吗？

“上山啊，黑风岗这么大，总能躲上一阵子。”土匪说。

叶佳瑶犹疑了片刻，说：“你们赶紧去聚义堂找密道，那里有通往山外的密道。”

“你怎么知道？”土匪们表示怀疑。

叶佳瑶说：“我偷听了大当家和二当家谈话，他们打算自己从密道逃走，抛下兄弟们不管了。”

听到这消息，大家义愤填膺，纷纷谴责大当家和二当家的不义行径。“原来传言是真的，妈的，大当家太不讲义气了。”“就是，亏得大家拼死拼活替他卖命……”

“先别顾着骂人，赶紧逃命吧！”叶佳瑶道。

“三夫人，大概一炷香之前我在厨房那边看到过三当家。”有个土匪说。

叶佳瑶欣喜不已，说了声大家保重，便往厨房那边跑去。淳于出现在那里，说不定是回小院找她的。

“大家仔细搜，不要放过任何一个贼寇。”前方传来官兵的声音。

叶佳瑶连忙闪到一旁，怎么办？这会儿她冲出去求救，官兵应该不会杀她。可是淳于怎么办？他若是被官兵发现就危险了。叶佳瑶犹豫再三，还是决定先找到淳于再说。

忽然，她看到一个熟悉的身影，是淳于……叶佳瑶心都要跳出胸膛了，正要冲出去警告淳于小心官兵，却听见淳于说：“只要有人投降，一律不许杀害，先看管起来。”

为首的官兵大声应诺：“是。”

什么情况，官兵居然听从淳于的号令，难道说，淳于才是朝廷派来的卧底？叶佳瑶的脑子有那么一瞬蒙了。难道说，之前他告诉她的都是假的？好吧，她可以理解他深入虎穴的各种艰辛，骗她也是正常。那么，她不用跑了，有淳于罩着，她安全了。

叶佳瑶满心欢喜，淳于不是土匪是卧底，他的形象顿时变得高大起来。这是古代版的无间道啊！叶佳瑶刚想现身，只见宋七又跑了来。

“世子爷，没找到嫂子。”

光线太暗，夏淳于又是侧脸，所以叶佳瑶看不清他面上的神情，只听他冷冷地说：“什么嫂子，胡叫什么？现在不需要演戏，我警告你，别再让我听到这两个字。”

叶佳瑶仿佛被人兜头兜脸泼了一盆冰水。世子，他是世子，身份不是一般的尊贵啊！不需要演戏了，这么说，他对她的好都是在演戏。叶佳瑶生生把伸出去的脚收回来，望着那道颀长挺拔的身影，先前的兴奋、担心、自责全都不见了，心底像是裂了一条缝，呼啦啦的冷风直灌进来，在空荡荡的心里肆虐。

她告诉自己不要伤心，原本就没想过要和他怎么样，他是土匪也好，是世子也罢，都和她没关系了。虽然因为她的大意险些害了他，但终究没害成呀，她不欠他什么，他也不欠她的。但是，被人甩和甩别人的感受还是很不一样啊！

“发现盛武了，在演武场那边。”有官兵来报，盛武是二当家的名字。

夏淳于立刻带人赶了过去。等人都走光了，叶佳瑶才慢吞吞地从阴影处走出来，慢慢回到小院。院门大敞着，院子里还有几具尸体，都是山寨的弟兄，叶佳瑶一向很怕死人，但这会儿也没心情怕了。

她小声地喊：“大宝，二宝……你们在哪？妈妈来接你们了……”淳于不管她了，他的承诺最终还是成了一句空话，可她不能食言，不能丢下大宝、二宝。

前前后后找遍了都没找到大宝、二宝。叶佳瑶很伤心，连大宝、二宝也弃她而去了吗？也好，她现在自保都困难，还怎么照顾大宝、二宝。沮丧了一阵，叶佳瑶擦掉眼泪，去卧室的床底摸出她的私房钱藏好。她要自力更生，想办法离开这儿。

她小心翼翼地摸了出去，遇到有官兵就躲起来或是干脆躺到死人边装死，倒是有惊无险地躲了过去。

“你这个老虔婆，去死。”前面突然传来厉喝。

叶佳瑶心头一紧，是二当家的声音，不是说发现他在演武场吗？怎么会在这？

“啊……”一声惨叫响起。

叶佳瑶头皮一炸，拔腿往前跑。“住手。”只见赵婶已经被砍倒在地，二当家挥舞着大刀正要朝姜婶砍去，叶佳瑶连忙急喝。

二当家见是叶佳瑶，眼中的杀气收敛了些："你来得正好。"

"你放了她们，我跟你走，或者你拿我当人质。"叶佳瑶也不知哪来的胆量，上前说道。还偷偷给姜婶使眼色，让她赶紧走。姜婶扶起受伤的赵婶，想走又担心叶佳瑶的安危。

叶佳瑶走过去，挡在姜婶和二当家之间，瞪眼说："还站在这儿干什么？你也想挨一刀吗？快滚。"

姜婶知道叶佳瑶是为了救她，自己留下来也无济于事，还是赶快找到三当家，让三当家来救人。

二当家不想放姜婶走，万一她四处嚷嚷，暴露了他的行踪就糟糕了。叶佳瑶拉着二当家转移他的注意力："二哥，你说的密道呢？赶紧带我一起走。"

二当家郁闷道："现在聚义厅外都是官兵，还怎么进密道。他娘的，大哥果然没猜错，老三就是个奸细。"

"我刚才从那边过来，差点就跟他碰上了，我们赶紧走吧，不然，等他搜过来就不好了。"叶佳瑶用手一指，这是在给姜婶指明方向。

二当家怀疑地看着叶佳瑶："你见到老三，怎么还会出现在这里？"

叶佳瑶做出悲痛的样子："我见到他了，他没见到我。我现在才知道他是什么世子爷，听到他跟底下人说，找到我就地解决，可能他是不希望我再出现在他面前，不想让人知道他曾经在山寨成过亲。"此话半真半假，但她心里是真的难过，所以，黯然的神情不需要伪装。

二当家愤愤咬牙："都说土匪狠，我看他们官家才是最无情的，叶小姐，你不用难过，等咱们逃出生天，哥一定好好疼你，把你当成宝。"

叶佳瑶见姜婶走远了，暗暗松了口气。"密道已经被官兵把守，那咱们还怎么逃？"叶佳瑶留下来还有一个目的，她想要探听她被劫的事。之前他提到她是被自己的亲人出卖的。这个人，其实她已经猜到是谁，只是想得到证实。

二当家拉了她往前走："密道走不通，还有别的路，跟着哥，哥保证带你出去。"

叶佳瑶被他带到了烟霞湖边的悬崖上。"底下有小船，我们坐船走。"二当家说。

“二哥，你告诉我，是叶家的谁跟你联系的？”叶佳瑶问道，她才不要跟他走，他是官兵缉拿的要犯，跟他一块逃只会死得更快。

“等上了船再说……”二当家声音戛然而止，双眼睁得比铜铃还圆，那眼里有难以置信的恐惧。然后他慢慢低下头，看着一根贯胸而出的羽箭。

叶佳瑶扭头朝后面望去，只见火光点点，一队官兵包围上来。

“放箭，一个都不要放过。”官兵叫嚣着。

嗖嗖……疾矢呼啸而来。

临死的二当家猛地拉了叶佳瑶一把，把她护在身后，而自己被射成了刺猬。

“快……逃……”二当家用最后的力气推开叶佳瑶，吐出两个字。

叶佳瑶身后就是悬崖，被他这一推，踉跄后退，一脚踩空，直直坠落下去。耳旁是呼呼风声，叶佳瑶脑袋一片空白，身体却是本能做出了调整。双手伸直交叉，护住头部两侧，让身体垂直倒降，如同跳水时入水的动作。

噗……叶佳瑶沉入冰冷的黑暗中。

二十八 追悔莫及

战斗一直持续到天亮才结束，官兵大获全胜，从密道逃走的大当家在出口处被堵住，抓了起来，二当家还不知去向。白崇业落网，投降的匪众足有千余人，其他冥顽不灵、宁死不降的全部斩杀。臭名昭著的黑风岗彻底瓦解，不复存在。只是，一直没发现瑶瑶的踪迹。

宋七带了弟兄们把死人堆都翻了个遍也没找到。瑶瑶就像风一般消失得无影无踪。面对巨大的胜利，夏淳于一点也高兴不起来，找不到瑶瑶，心里空落落的，整个人都不好了。

“难道就没人见过她吗?”夏淳于沉郁地问。

宋七说：“抓到了二当家身边的黎铁，他说出事之前，嫂……叶小姐被二当家给绑了，关在聚义厅边上的小屋子里。不过属下赶过去的时候，屋子里只剩下一根绳子，绳子上还有血迹，窗户是开着的，叶小姐肯定是跳窗逃走了。”

夏淳于听到血迹两个字，一颗心狠狠揪了起来。二当家肯定是发现瑶瑶偷听才抓了她，这是白崇业的阴谋，连他都差点上当受骗，更何况是瑶瑶。

“在聚义厅落网的匪众中有人说，叶小姐告诉他们聚义厅有密道，他们才跑来聚义厅的。”

"之后……就没有叶小姐的消息了。"宋七的声音低了下去，因为世子爷的脸色越发阴郁了。

"世子爷，外面有个姓姜的大婶求见。"一个侍卫进来传话。

姜婶？夏淳于忙道："请她进来。"

姜婶昨晚逃脱后，忙着照顾受伤的赵婶，把赵婶安置妥当后才来找三当家禀告三夫人的消息，可她不知道三当家在哪儿，问了好多官兵，官兵都不搭理她。她只得又去找老伴，老伴带着官兵去密道追大当家了，所以，一直耽搁到现在才找到三当家。

"三当家……"终于见到三当家，姜婶激动极了。

宋七笑道："姜婶，该称世子爷了。"

"是是，瞧我这笨嘴，世子爷莫要见怪才是。"姜婶讪笑着。

夏淳于不以为意："姜婶，你有没有见过瑶瑶。"

姜婶讶然："世子爷还没找到三夫人吗？那可糟了。"

夏淳于心头一沉："此话怎讲？"

姜婶把昨夜她和赵婶遇到二当家，差点被二当家砍杀，后来叶佳瑶出现救了她们，自己成了二当家人质的经过详细说了一遍。

"我和赵婶按着三夫人指的方向来找世子爷，可惜没找着，倒是碰上几个官兵，我跟他们说了，山寨的二当家在那边，他们当时就追了过去，我还以为三夫人已经得救了……三夫人都是为了救我，不然也不会被二当家劫持，都是我害的三夫人……"姜婶想到叶佳瑶的好处，伤心地哭了起来。

夏淳于眉头拧成一个川字："瑶瑶说见过我，还给你指明了我的所在？"

姜婶点头。

"她指的是哪个方向？"夏淳于问。

姜婶哽咽着说："演武场。"

夏淳于和宋七面面相觑，昨夜他的确是到过演武场，后来发现那人并不是盛武就离开了。瑶瑶怎么会知道，难道她真的见过他？是什么时候？既然见到了为什么不跟他打招呼？难道她是想趁乱自己逃？

"对了，我想起来了，三夫人还说过，您是世子爷，不要她了什么的。"姜婶当时很害怕，也没听仔细。

呃！他什么时候说过这样的话？真是莫名其妙。

宋七突然想到了什么，踟蹰道："世子爷，莫非那时叶小姐也在小院附近。"当时世子爷好像说了演戏什么的。

夏淳于脸色发黑，若真是那时候……可是，她不是一向脸皮很厚的吗？什么时候变得这么有自知之明了？宋七同情地看着世子爷，世子爷就是嘴硬，明明很关心嫂子的。

"淳于……"一位丰神俊朗、玉冠华服的男子走了进来。

"王爷。"夏淳于迎上去拱手施礼。

赫连氏乃是当朝唯一的异姓王，赫连煊是赫连王族中的翘楚，弱冠之年便承袭了爵位。他与夏淳于私交甚笃，这次两人联手一明一暗，铲除了作恶多端的黑风岗，立下大功一件。

"二当家盛武的尸体被人发现了。"赫连煊道。

"在哪儿？"夏淳于心头一凛，盛武已经死了，那瑶瑶呢？

"抬到外面了，被射成了刺猬，当时官兵不知道他是盛武就没在意，清理的时候发现的。"

夏淳于疾步往外走，宋七和姜婶也跟了去。院子里趴着一具尸体，背上插着十几支箭，夏淳于上前查看。

"的确是盛武，人是在哪儿发现的？"夏淳于心情沉重。

一位武将上前回话："就在烟霞湖边的悬崖上。"

"是谁射杀的？赶紧把这个人找出来。"夏淳于吼起来，他心里有很不好的预感，昨夜那么混乱，天又黑，瑶瑶当时若是和盛武在一起，恐怕凶多吉少。

这名武将闻言挺起了胸膛，下巴高高抬起，眼底闪烁着骄傲的光芒，大声道："回世子爷，是末将射杀的。"当时他不知道射死的是黑风岗的二当家，要不然早就把尸体给扛回来了，这可是大功一件。

夏淳于死死瞪着他："当时有没有人和盛武在一起？"

这名武将还没有意识到自己厄运临头了，想了想说："好像有个女的。"

夏淳于呼吸都快停顿了，艰难地从齿缝中蹦出两个字："人呢？"

武将终于发觉世子爷脸色不对了，那凶狠的眼神像要吃人一样，一时间竟不知该怎么回答。

赫连煊喝道："世子爷问你话，还不快回？"

"好像……掉落悬崖了……"

夏淳于一把揪起他的衣领，将他整个人都提了起来："你说什么？"

武将惊恐道："当时天色太暗，末将看他们想跑，就下令放箭，那女的有没有中箭不清楚，但是等我们的人上前，那女的已经不见了。末将也是猜测，并未亲眼看到她掉下去。"

夏淳于整个人都懵住了，在悬崖边，又是一阵乱射，连盛武都被射成了刺猬，瑶瑶还能幸免吗？连具尸首都没留下，这个人就这样没了，前几日还咬着他的鼻子逼他起誓，不许丢下她不管。前儿个夜里睡觉还被她在睡梦中踹了一脚。昨日她还让宋七给他送馒头，一幕幕如同走马灯在他脑海里不停转……她如花的笑颜，她装可怜的样子，每一个神情都像刻在他的脑海里，那么清晰。

赫连煊不知道发生了什么事情，但看夏淳于的反应，猜到个大概，想必那女人是淳于很在乎的人。

"世子爷……"宋七心里也很难过，已经没有悬念了，这个他叫了不到一个月嫂子、天天给他们做好吃的的叶小姐，已经不在了。

姜婶也是愣了好一会儿，才哇地大哭出声："三夫人……是我害了你呀……"

赫连煊皱眉，三夫人？淳于的妻子？

筋疲力尽的叶佳瑶用尽最后一丝力气爬上岸，往草地上一躺，再也起不来了。

要不是老娘水性好，游一程、漂一段的，就得淹死在湖里了。

躺了好一会儿，身上的湿衣服都快被太阳晒干、被山风吹干了，叶佳瑶才缓过劲来，抬手摸摸胸口，还好，她的私房钱还在。她费力坐起来，四下里看了看，不远处是片林子。昨晚她一直往北游，如果方向没搞错的话，她现在已经离开黑风岗的地界了，继续往北走，就能到达济南府。她的逃跑计划成功后，首先要去的地方就是济南府，她得去魏家探探情况。

站在湖边，她最后望了眼巍峨的群山，黑风岗，永别了……淳于，世子爷，虽然咱们不得已做了一场假夫妻，你也确实很讨人厌，不过咱们以后都不会再见了，所有好的坏的，都忘了吧，只当做了一场梦。还有姜婶、宋七，山寨里所有对她有善意的人，希望你们没事，从此过上平静的日子。

告别仪式结束，叶佳瑶整理了下头发和衣服，头也不回地朝北面的林子走去。而就在叶佳瑶遥望黑风岗的时候，夏淳于也在烟霞湖的悬崖边默默地缅怀。缅怀那个突兀地闯进他的生活，曾经被他误以为是白崇业派来的眼线的女人。为此，他一度没怎么给过她好脸色，常常骂她凶她，现在他很内疚，很后悔。

她也是个可怜人，在家被后娘亏待，出嫁被土匪劫持，莫名其妙成了他的女人，如今葬身悬崖，尸首都无处寻找。

瑶瑶……他在心里默念着这个名字，她一直要求他这样叫她，然而他一次都没有叫过。瑶瑶……我那么说，不是不管你的意思，为什么你不能一如既往地无赖一点、凶悍一点？为什么你不跳出来，指着我的鼻子骂蠢驴……

有什么东西几乎控制不住就要从眼睛里涌出来了，夏淳于望着无边无际的湖面，低低地说：“瑶瑶，大宝、二宝我带走了，我会替你好好照顾它们。”

二十九　明白了

三天后，清晨。叶佳瑶一身土布灰衣，俨然一个清秀的农家小子混在等候入城的人群中。这身破旧的灰衣是她花了一百个铜子，从一个农户家里买来的，贵是贵了点，但出门在外，这样的打扮安全又方便。

卯时一到，城门缓缓开启，人群如潮涌进了城内。街上已经有好些店铺开门营业了，早点摊前最热闹，灌汤包子、窝窝头、炸油条、烙大饼，还有筋道的拉面……香气四溢，吆喝声此起彼伏。

叶佳瑶花四个铜子要了两个大肉包，又花了一个铜子要了碗汤，吃了个饱，开始打听济南府魏家所在。魏府没费什么力就找到了，但她不能贸然去打听，免得让人生疑，便在后门转悠，寻找合适的机会。

没多久，叶佳瑶看见一个大婶挎着菜篮子从后门出来，看样子是要去集市买菜。大户人家一般都是定点采购食材，每日会有人送菜上门，但有时候主人会指定吃什么，那就得临时去买。

叶佳瑶远远地跟着，看能不能找个机会跟她套近乎。这位大婶到了集市，直奔一个水货摊位，也不问价钱，称了三斤河虾、两只蟹，又买了两尾鲈鱼，然后去了集市边上一个熟食铺子里，等出来时，篮子已经装得满满的，提着甚是费力。叶佳瑶晃荡晃荡走到她身边，然后装作不小心蹭了她一下。

“作死啊，有没有长眼睛的？走路也不看着点。”大婶瞪着眼睛破口大骂。

叶佳瑶连忙腆着笑脸作揖赔罪。“大姐，真不好意思，刚才只顾着找人没留神，小子给您赔罪，姐您心宽气量大，今年三十明年十八。”

大婶还是头一次听到这么新鲜的词，觉得有趣，再看这小子生得眉清目秀，很是俊俏，不由得气消了大半。男人对美女总是特别宽容，女人对帅哥亦是如此。

“你这小兄弟也太莽撞了，要是撞坏了我的菜，你拿什么陪哦！”大婶缓和口气道。

叶佳瑶连连作揖：“大姐说得是，是小子失礼了，大姐，没撞疼您吧？”

大婶捋了捋裙摆：“算了算了，以后小心着点。”

“是是是……”

大婶转身要走，叶佳瑶踌躇了片刻，追了上去：“大姐，看您这篮子挺沉的，要不我帮您拎吧，算是赔罪。”

大婶已经气消了，摆摆手：“不用不用。”

“没事儿的姐，我本来是来找同村的伙伴，不过没找着，估计已经回去了，我帮您把篮子提回家再回村去。”叶佳瑶不由分说抢过她手里的篮子。“大姐，您家住哪儿？”叶佳瑶笑嘻嘻地问。

大婶见她这么热心便由着她，回去还有好长一段路，今天出门来忘带个下手，真要叫她一路拎回去，手都要拎断了，有人愿意帮忙，她乐得轻松。

“魏府。”大婶说。

叶佳瑶讶然：“是魏知府府上吗？”

“对，就是魏知府府上。”

叶佳瑶立马露出一副崇拜的谄媚神情：“哎呀，我今天可是撞到贵人了，大姐，我就说您这气派，您这胸襟，一看就是与众不同，原来是知府大人府上的。大姐，您太厉害了，大户人家出来的就是不一样。”

大婶笑嗔道：“你这小子油嘴滑舌的，我怎么就跟别人不一样了？”

叶佳瑶一本正经地说：“当然不一样，大姐，您只要往人堆里一站，什么也不用说，什么也不用做，那气势立马显出高低来。”

大婶被她哄得开心，两人一路说笑，不觉就到了魏府。

叶佳瑶把菜篮子还给大婶："姐，我就送您到这了。"

大婶看她累得满头大汗，便说："要不进来喝口水吧！"

叶佳瑶憨笑着："倒是有些口渴，只是……我还从没进过这样大的宅子，不太敢进去。"

大婶失笑："这有什么，进来吧，喝口水再走。"

"哎！"叶佳瑶爽快地应声，又抢过篮子，"我来拎。"

叶佳瑶猜得没错，这大婶就是在厨房干活的，要不然哪能这般油光满面，估计平时没少偷吃好东西。

"哎呦喂，桂嫂，你打哪拐来这么个俊俏的后生。"厨房里干活的一帮大婶见到叶佳瑶，纷纷说道。

桂嫂笑说："打集市上拐来的，不小心撞了我一下，非要帮我把菜拎回来当作赔罪。"

叶佳瑶笑呵呵地放下篮子说："姐姐们好，我来讨杯水喝。"

桂嫂道："你等着，我给你去倒水。"

叶佳瑶四下张望，一副乡巴佬没见过世面的神情，啧啧道："乖乖，大户人家就是不一样，连个厨房都比我家大。"

"喂，小兄弟，你哪儿人啊，听你的口音可不像本地的。"一位大婶问道。

"哦，我们家原是扬州的，早些年过来山东做点小买卖，可惜亏了本，这不，打算过阵子回扬州去。"叶佳瑶故意提到扬州。

"哎呦，那可真巧了，我们家大少奶奶也是扬州人。"桂嫂端了碗茶过来。

叶佳瑶惊讶地说："是吗？你们家大少奶奶是扬州哪里的？来济南多少年了？"

桂嫂说："哪有好几年，上个月刚嫁过来的。"

"就是扬州城里的，同知大人的千金呢，跟我家少爷是门当户对、天作之合，只可惜脾气太……"另一位大婶说到一半，做了个很无奈的表情，没往下说。

叶佳瑶暗暗心惊，上个月嫁过来，怎么可能？难道说，魏家随便找了个来顶包？

正说着，有人进来，清脆的嗓音透着几分傲慢："桂嫂，大少奶奶要的河虾和螃蟹可买到了？”

叶佳瑶听这声音转头一看，差点没把水喷出来，这不是二妹叶瑾蓉身边的丫头夏荷吗？

桂嫂忙上前答话：“买到了，新新鲜鲜，活蹦乱跳的。”

“那好，今天中午做个熟炝虾仁，点心做蟹黄包，可得做精细了。”夏荷交代完转身走人，都不曾往叶佳瑶这边瞟上一眼。

桂嫂等夏荷出门，朝门口呸了一口，嘴里不知道嘀咕什么，看样子很不喜欢她。

“姐，这人是谁啊？好大的气派。”叶佳瑶问。

桂嫂翻了个白眼，悻悻道：“还能有谁？大少奶奶身边的大丫头。”

“原来是个丫头啊，我还以为是正经八百的主子呢。”叶佳瑶嘿嘿笑道，心里却是无法平静。夏荷是瑾蓉身边最得意的贴身丫鬟，熟炝虾仁也是瑾蓉最喜欢吃的一道菜，毫无疑问，现在这府里的大少奶奶就是叶瑾蓉。上个月进的门……那就只有一种可能性，瑾蓉是尾随她而来的。二当家说了，她是被自家人坑害的，瑾蓉偷偷跟来，早就做好了取代她的打算。

“哎，你们谁会做熟炝虾仁？”桂嫂问大家。

有人撇嘴道：“咱又没学过做淮扬菜，谁知道怎么做。”

又有人说：“那个蟹黄包，咱们都做了好几回了，回回都被嫌弃，入乡随俗都不懂，嘴这么刁，胃这么娇，她怎么不陪嫁个厨子过来，尽折腾咱们。”

“哎，有什么办法呢？人家是大少爷心尖尖上的肉，捧在手心里的宝，咱们是下人，下人只有听命挨骂的份。”

叶佳瑶心想，这件事不能这么轻易算了，走着瞧。但看桂婶她们可怜，她动了恻隐之心，今天多亏了桂嫂带她进来，就当还桂嫂一个人情，便说：“要不？让我来试试？我爹以前在酒楼帮过厨，我小时候也常在酒楼里混，熟炝虾仁却是见过怎么做的。”

桂嫂眼睛一亮，旋即又黯淡下去，闷闷道：“方法我们也会，可就是做不出大少奶奶要的那种味儿，你估计也不行。”

叶佳瑶笑道：“别忘了，我也是扬州人，最熟悉扬州人的口味，放心，我保准让大少奶奶满意。”

“要不就让他试试，反正咱们做砸也不是一两回了。”一个大婶建议道。

叶佳瑶撸了衣袖开始动手，先把河虾洗净放入开水里烫两三分钟，然后把虾仁剥出来装盘。装盘有讲究，要摆出整齐漂亮的形状，淮扬菜精细，色香味形，缺一不可。等把剥好的虾仁一圈圈摆放整齐，叶佳瑶开始调卤，锅中倒入麻油，等油香飘起来，加入酱油、糖和菱粉进行调制，酱油不宜太少，少了色不够亮，多了也不行，焦黑影响美观，这分量拿捏很要紧。但这些对叶佳瑶而言，根本不成问题，信手拈来。

“小子，看你可不像是生手。”桂嫂在一旁暗暗称奇，这小子的手艺比她还好。

叶佳瑶随口道：“平日里在家也做饭，没办法，我娘身体不好。”

说话间，卤汁调好了，叶佳瑶用勺子均匀地浇在铺好的虾仁上，发出嗤嗤的声响，一盘鲜香嫩滑的熟炝虾仁完成了。

三十 将错就错

叶佳瑶帮忙做好菜就告辞了，她可不敢在这里久留，要是让瑾蓉知道她没死还找上门来，又不知道要下什么毒手。

她从后门的巷子里出来，正好一队人马簇拥着一顶轿子从面前经过，叶佳瑶差点就冲撞上去，她忙退到墙边。

官家出行好大的派头。等队伍过去，街道恢复熙攘，叶佳瑶混入人群，很快消失。

轿子来到魏府大门前停了下来，侍卫上前："大人，魏府到了。"

夏淳于掀开轿帘下了轿，抬头看着大门上的匾额，"魏府"两个大字在日光下熠熠生辉。原本处理完这边的事就要回去，但他觉得有必要来一趟魏府。

二当家盛武身边的黎铁招认，瑶瑶被劫持上山是有人出了三千两银子请黑风岗做这趟买卖，这个人是谁不难猜测。谁能从这场见不得人的交易中获取利益？如果魏家查不到，就回扬州查，瑶瑶已经不在了，他能为她做的也只有这件事了。

魏知府得到消息，颇为惊讶，忙不迭出门相迎。"不知云麾使大人光临，有失远迎，恕罪恕罪。"魏知府的态度热情中略带点谦卑，虽然知府和云麾使的官阶都是四品，然而一个是京官，属鸾仪卫，在皇上身边当差；一个是外官，掌一方政务，这其中的高低尊卑不言而喻。而且这位云麾使是靖安侯世子，身份又比旁人尊贵些，他自然不敢托大。

夏淳于淡淡一笑："路过此地，特来拜访，叨扰了。"

"何来叨扰之说，云麾使驾临，蓬荜生辉，求之不得。"魏知府哈哈笑道。

两人寒暄着往里走。请夏淳于落座后，魏知府小声吩咐下人去准备酒菜："备什么酒菜请大少奶奶拿个主意，云麾使大人是金陵人氏。"

夏淳于耳力极好，这话一字不落入了耳。心中惊疑，大少奶奶原来应该是瑶瑶，来之前他预料魏家无非有两种策略应对新娘被劫，一是不动声色，找个顶包的照常进行婚礼；二是不动声色，只当叶家不曾送亲过来。不过第二种策略实施起来有点难度，正常情况下，新娘还有两日的路程就可以到达济南府，喜帖什么的肯定早就送出去了，突然取消令人生疑。所以，第一种策略的可能性比较大。但是他没料到顶包之人也会是南方人，不然魏知府不会让这位大少奶奶拿主意。

魏知府吩咐了下人，回头问道："大人来济南可是有公干？"

夏淳于心说：自然是公干，老子在黑风岗上待了大半年呢！虽然这事属于机密，但如今大功告成，也就不必隐瞒了，顺便也可以试探一下魏知府，便道："此番为了黑风岗而来。"

魏知府眼中果然闪过一抹异色，旋即道："赫连王爷大发神威，一举端掉了黑风岗，功在社稷，令人敬佩。"

"这是自然，圣上远在金陵，却是时时为鲁地匪祸猖獗而忧心，几次派兵围剿皆无功而返，此番赫连王爷亲自出马，总算解了圣上心头之忧。"夏淳于提起圣上，神情无比恭肃。

"那是那是，不知赫连王爷什么时候来济南？下官定要代山东百姓好好谢谢王爷。"魏知府笑容谄媚，赫连王爷是一尊不得了的大佛，如果能趁此机会结交，实乃大幸，故而越发谦卑起来。

夏淳于微微一哂："王爷已经押着黑风岗匪首先行回京复命，大人的心意，我会代为转达。"

魏知府露出遗憾的神色，不过转念一想，能与云麾使搞好关系也不错。魏知府虽在济南，却知道这位云麾使是京城公侯子弟中的翘楚，前途不可限量。他的长子魏流江要去金陵参加会试，若能一举得中，最好能在京城谋个职位，要是交上云麾使这个朋友，助益良多。便道："如此多谢大人了，不知大人能在济南逗留几日，也好让下官尽尽地主之谊？

夏淳于笑了笑，先不忙着回答魏知府的问题，而是四下里看了看，道："一路进来，见府上喜气洋洋，可是办喜事了？"

魏知府笑道："长子上月刚刚完婚。"

夏淳于假装意外地说："早知道就该送上一份贺礼才是。"

魏知府大笑起来："大人客气了。"

"应该的，应该的，只是出门在外身边也没几样拿得出手的东西，待我回京再补上。"夏淳于又问，"不知娶的是哪家的千金？"

"是本官的世交扬州同知叶大人的千金，指腹为婚。"

夏淳于不动声色道："可是叶家大小姐？"

魏知府暗暗心惊："大人如何得知？"

夏淳于淡然一笑："实不相瞒，今日我是受人所托，特意登门求证一件事。"

魏知府心里七上八下，"不知是何事，大人请讲？"

夏淳于端起茶盏慢悠悠地呷了一口说："这次攻破黑风岗，遇见一女子，自称叶家大小姐、魏家未过门的儿媳。"

魏知府脑子里轰的一下，头皮一阵发麻，叶家大小姐、魏家的正牌儿媳在送亲的路上被黑风岗的土匪劫持，这事传出去，魏家的颜面无存。幸亏叶家二小姐随行，替姐出嫁，解了两家危机。本以为这件事可以瞒天过海，谁知黑风岗这么快被端掉，且云麾使还见到了叶大小姐，这会儿还上门来求证。只是事已成定局，便是错也要错下去。

魏知府硬着头皮，讪笑道："大人说笑了，叶大小姐上月已经与犬子完婚，难道我们还能认错了人不成？定是什么女匪为了脱罪诓骗大人。"

"果真不是？"夏淳于嘴角勾起一抹不易察觉的冷笑。

魏知府点头："此事绝无可能。"

夏淳于笑了笑道："既然不是便好，我也不甚相信，若真是魏家未过门的儿媳被人劫持，大人岂能无动于衷？"

魏知府背上冷汗涔涔，脸上依旧义正词严道："那是那是，若真有此事，下官岂能善罢甘休。此女太可恶，居然编造这种谎言毁我魏家清誉，还请大人把此女交与本官，本官要查问清楚。"他心想着先把人弄到魏家来，不能让她在外面胡说八道。

夏淳于心中恼怒，他早就猜到魏家不会承认，只是没想到态度会如此决绝，莫说瑶瑶现在不在了，便是在他也断不会把人交出来，让你们杀人灭口吗？在你们眼里名誉大过人命，可瑶瑶有什么过错？

"大人所提要求，恕在下无法应承。"夏淳于忍着怒意道。

魏知府心头一凛："大人，事关魏家声誉……"

夏淳于抬手道："大人多虑了，实是那女子已经死于乱战之中，本官也是谨慎起见，故而前来一问。"

魏知府暗暗松了口气，虽然心里有些遗憾，毕竟那孩子在襁褓中时，他还抱过，但比起眼下的窘境，还是这样最好。一个在土匪窝中待过的女子，贞洁已失，还有何面目存活世上？只能怪她自己命薄。

下人来传话，说是午饭准备好了。"略备薄酒不成敬意。"魏知府客气道。

夏淳于抱拳道："大人客气了，只是在下还有要务在身，不便久留，既然事情已经弄清楚了，在下便告辞了。"他才不屑跟这种虚伪狠毒之人一道吃饭，会消化不良。

"大人要走也不急在这一时半刻……"魏知府挽留道。

"后会有期。"夏淳于匆匆告辞，已经没有留下的必要了。要弄清如今在魏府的叶大小姐到底是谁，有的是办法，等他彻查清楚，定要为瑶瑶讨一个公道。

送走夏淳于，魏知府便命人把魏流江叫去了书房。

"适才云麾使大人来访，提到了叶家大小姐，声称在黑风岗见过她。"

魏流江大惊："爹，这可如何是好？"

魏知府面色沉冷，抬手道："不必惊慌，相信此事叶家与魏家的立场是一致的，况且那叶瑾萱已经死于非命，死无对证，不会再兴波澜，只是……瑾蓉那儿，你得仔细吩咐了，不得露出马脚。"

魏流江抹了把虚汗，说："儿子晓得，蓉蓉一直很小心。"

魏知府沉吟道："在济南府自是无碍，关键日后到了金陵，你们要小心应对。”

魏流江说：“就是瑾萱外祖家有些麻烦。”

“这事儿让你岳丈自个儿头疼去。”魏知府心中烦躁，谁也不希望出这种事，但既然出了，也只能将错就错了。

三十一 贵公子

济南城东边有一个大湖，但在这个时空，它的名称不叫大明湖，而是莲子湖，因湖上遍植莲花得名。但不管叫什么，景致依然绝美，正所谓：四面荷花三面柳，一城春色半城湖。叶佳瑶想，好不容易来了，就到湖边走走。

今日晴光潋滟，湖水澄碧，杨柳荫浓，暖风拂面，只可惜满湖荷花未到盛开时节，见不到十里荷塘的壮观景色。湖上有不少人泛舟徜徉，看着甚是惬意。码头只剩下一条小船，叶佳瑶问了问价格，租一条小船居然要两百个铜子。

叶佳瑶不由得捂紧了钱袋，她的家当可不多，“船家，能便宜点不?”叶佳瑶跟船家商量。

船家斜着眼将她打量一番，不耐烦地说：“要租就租，不租走远点，别挡着我做生意。”

叶佳瑶厚着脸皮问：“那船家，我可不可以找人合租?”

船家看都不看她一眼：“起价两百铜子没得商量，多一人加一百。”

“船家，去湖心岛……”一位衣着华贵的少年走过来，也不问价钱，直接就要登船。

船家立马笑脸迎人：“客官小心脚下滑。”

“哎，这船是我先租的，你不能抢啊！”叶佳瑶眼看最后一条船也没了，忙拉住少年。

少年回过头来微微眯起一双细长的凤眼，看了叶佳瑶一眼，嫌弃地甩开她的手：“你先租的？那你怎么不上船啊？”

船家怕生意被这个穷小子搅黄了，忙道：“谁说我的船租给你了？你租得起吗？”

叶佳瑶就看不得这种势利眼，不争馒头争口气，今天还就跟你杠上了。“谁说我租不起？睁大你的眼睛好好瞧瞧。”叶佳瑶摸出一把碎银子在船家眼前晃了晃。

船家压根瞧不上这点碎银子，租给他顶多两百铜子租金，要是租给那位贵公子，说不定还有打赏。“两百个铜子都要磨叽半天，舍不得花钱就站在岸边看看得了，这位公子，您请。”船家对贵公子点头哈腰。

叶佳瑶拦在前头，双手叉腰，气势汹汹道：“你这个船家怎么做生意的？凡事都要讲个先来后到，我又没说不租，难道你船上写着不许讨价还价，不许人家犹豫吗？还是见人家衣服穿得比我好，看起来比我有钱？你这叫势利眼。”

船家愣住，这年头，做生意讲个和气生财，要是穷小子硬要跟他过不去还真麻烦。“算了算了，你们搭个伙，一起上船。”

贵公子不屑道：“我喜欢一个人，这样好了，谁出的价高船租给谁。”

船家喜不自胜：“那敢情好。”

叶佳瑶好不容易唬住了船家，这臭小子又出幺蛾子，有钱了不起啊？叶佳瑶故意凑到贵公子身上嗅了嗅：“怎么这么臭？”

贵公子顿时恼了：“你说什么？”

叶佳瑶翻了个白眼：“我说你满身铜臭味，长得倒是挺帅气的，说出来的话怎么像那种脑满肠肥、肚子里只有油水没墨水的人呢？”

“你小子，知道小爷是谁不？你胆够肥。”贵公子脸都涨红了。

叶佳瑶不以为然，施施然地上了船：“我管你是谁，反正这船我租了，我还不想跟人同船呢！一个人多惬意啊。”她心想，听他一口吴侬腔，也就是个外地人，老娘反正游完湖就走人，怕什么！

“船家，开船。”

贵公子傻眼，船就这么被抢走了？“喂，一起就一起，船钱一人一半。”贵公子飞身跳上船，稳稳落在叶佳瑶身边。

船身一阵摇晃，叶佳瑶还没坐下，一个站立不稳，慌乱中扯住了贵公子的衣袖。呲……只听见一声裂帛声，贵公子肩膀的衣服被撕开了一个口子。“松手，你个臭小子，衣服都被你撕破了。”贵公子大为光火，用力甩开叶佳瑶。

“谁让你突然跳上来，你当这里是陆地啊！”叶佳瑶紧紧扯着他的衣袖，两人纠缠一处，小船摇晃得越发厉害。

“喂喂喂，你们不要这样，船要翻了。”船家急道。

呲……又是一声，叶佳瑶拽着一只袖子跌坐在船上。贵公子看着自己残缺了的衣裳，脸都绿了。叶佳瑶也是愣住，这料子看着挺不错，怎么这么不牢，一撕就破，真是中看不中用。

“还……还给你。”叶佳瑶爬起来，拍拍屁股，把袖子还给贵公子。

贵公子接过袖子就狠狠扔进了水里，咬牙切齿地瞪着叶佳瑶：“你自己说怎么办？这可是上好的杭绸云水碧，一百两一匹都买不到。”

叶佳瑶撇了撇嘴，呛声道：“你还好意思问我怎么办？要不是你冒冒失失地跳上来，我至于扯住你吗？我不扯住你我掉水里怎么办？淹死了怎么办？你赔得起吗？”

船家怕两人吵起来要下船，赶紧摇橹，撑离河岸。

贵公子看这小子一副不服你来咬我的无赖样，简直七窍生烟，今天出门没看黄历，遇上瘟神了。

“喂，说好了一人一半船钱啊！”叶佳瑶才不管他生不生气，生气也是他自找的，先把船钱敲定下来才是正经事。

贵公子愤愤地哼了一声，又狠狠瞪了叶佳瑶一眼，坐下来不理她。

这段插曲丝毫不能影响叶佳瑶游览美景的心情，反正破的不是她的衣服，而且还省下五十个铜子，干吗不开心呢？

“哇，好多鱼，还有金色的鲤鱼……哇，水鸟，船家，这叫什么鸟？”叶佳瑶兴奋地咋咋呼呼。

船家摇着撸，懒懒道：“是白鹭。”

“一行白鹭上青天的白鹭吗？真是漂亮啊……”叶佳瑶感慨着，终于见到了诗句中的白鹭了。

贵公子鄙夷地斜了叶佳瑶一眼，看着就是个无赖，还学文人念诗句，真会装。

“哎，船家，我听说，这湖有四奇，青蛙不鸣、蛇踪难寻、久旱不落、久雨不涨，后三者我知道为什么，但青蛙不鸣是怎么回事呢？”叶佳瑶问。

船家不信道：“我在湖上讨生活二十多年了，都还不知道咋回事，你倒是说来听听为啥蛇踪难寻、久旱不落、久雨不涨？”

叶佳瑶得意道：“我告诉你有什么好处？解一个谜，你少收我五十个铜子如何？”

船家识趣地闭嘴，好奇怎能跟真金白银相比。但是一旁生闷气的贵公子却是被勾起了好奇心。

“你说、说得有理，你的船钱我出。”

叶佳瑶顿时觉得这少年还是有几分可爱的，换做蠢驴那厮，绝对不会这么容易就上套。

“到了岛上你再请我吃一顿，我就告诉你。”叶佳瑶得寸进尺，听说这岛上还有几种特色美食，景区的东西总是特别贵，囊中羞涩，她要省着点花。

贵公子气闷道：“你先说。”

叶佳瑶嘿嘿一笑：“你看湖上的鸟儿，是不是特别多？”

贵公子挑眉：“这有什么关系？”

叶佳瑶道：“怎么没关系，你不知道很多鸟并不单单是以水里的鱼为食，也会捕捉虫蛇吗？这里鸟类特别多，虫蛇自然难以生存。”

贵公子蹙眉一琢磨，不太情愿地说：“算你说得有理。”

叶佳瑶一撇嘴：“本来就是这样。”老娘前世可是特意做过大明湖旅游攻略的，关于这里的景点、风土人情、美食文化以及典故传说都有所了解。

“那久雨不涨、久旱不落又如何解释？”贵公子好奇问道。

叶佳瑶卖关子：“这个解释起来就比较深奥了，不知道你听不听得懂。”

贵公子嗤鼻道：“别是你吹牛的吧？”

叶佳瑶皱了皱鼻子，解释道：“久雨不涨，那是因为这个湖的出水口甚多，再多的水也能及时排出去。至于久旱不落，是因为这湖底是一片质地细密的火成岩，湖水很难渗漏下去。能听懂吗？”

贵公子讪讪道："谁知道你是不是胡诌。"

叶佳瑶哼了一声："爱信不信，一般人是不会懂这些的。"

"船家，他说得对不对？"贵公子去问船家。

船家茫然道："好像有点道理。"

那个火成岩是什么东西他不知道，但看这穷小子说得挺像那么回事，船家还是决定相信穷小子。

"怎么样？怎么样？船钱你付，请我吃好吃的。"叶佳瑶笑嘻嘻道。

贵公子翻了个白眼，他现在正在发愁，穿一身破衣服怎么登岛游玩？

三十二 钱丢了

“船家，岛上有绸缎庄或是成衣铺吗？”贵公子问。

船家道：“这些倒没有，不过岛上有位大善人办了个救助站，平常有人游湖落了水，可以去他那换身衣裳什么的。”

船靠岸后，贵公子就直奔船家说的救助站去了，叶佳瑶紧跟着他，她的美食计划可就落在他身上了。

一炷香后，贵公子变成了平民小子，一身土黄色的短打布衣，因为他个高腿长，裤子短了一大截，变成了九分裤，模样甚是滑稽，叶佳瑶看了忍不住想笑。

贵公子无比嫌弃，郁闷道：“什么救助站，就这么一身破烂衣裳居然要二两银子。”

叶佳瑶幸灾乐祸道：“谁让你穿一身云水碧来着，不敲你有钱人的竹杠敲谁？”现在想想自己这一身才一百个铜子，太便宜了，顿觉心理平衡了。

“都是你，要不是你撕坏了我的衣服，我至于穿这个吗？”贵公子抱怨道，他家马夫穿得都比这个好。

叶佳瑶嗤鼻道：“你一大男人怎得这般小肚鸡肠，一点屁事说来说去，不嫌烦吗？你们这些公子哥就是娇气，一点小事就觉得天塌了，万一哪天家里靠不住了，我看你怎么办。”叶佳瑶老气横秋地教训他，这小子虽然个子比她高许多，但脸上稚气未脱，胡子都还没长齐，年纪肯定比她小，她自然而然就摆出了姐姐的派头。“男子汉大丈夫要能屈能伸，穿个土布衣服怎么了，就活不成了？天底下还有很多人，连布衣都还穿不上呢，一家人就一条裤子。跟他们比起来，你已经幸运得不得了了，就别再唧唧歪歪了。”

贵公子头一回听说这种情况，觉得很不可思议：“一家人就一条裤子，那怎么穿啊？”

叶佳瑶挑眉道：“怎么穿？需要出门的人穿呗，没得穿的就躲被窝里。”

“你肯定是胡诌的。”贵公子完全无法想象那种情形。

叶佳瑶讥诮道：“那是你去过的地方少，没见过世面。你没见过的不等于不存在。”

贵公子好看的丹凤眼又眯了起来，不服气道：“说得好像你见过多少世面似的，看你的年纪跟我也差不多，能有多少见识？”

叶佳瑶撇嘴：“富贵窝里的东西肯定没你见识得多，但穷人家的事，我肯定比你了解。”

两人说着来到了一座八角重檐，轩昂古雅的亭子里，叶佳瑶抬头看那亭子上写着“历下亭”三个字，一种历史的厚重感油然而生，想当年老杜曾在此与北海太守李邕宴饮，留下传颂千古的诗句：海佑此亭古，济南名士多。不晓得，这个时空还有没有老杜。

站在亭中远眺又是另一番景致，湖面开阔，莲叶田田，绿柳环绕。“此处风景倒是极好，比起秦淮河也不差。”贵公子不再纠结衣服的事情了，赞美道。果然山水能陶冶人的情操，令人胸怀开阔。

“你是金陵人氏？”叶佳瑶问。

贵公子眉梢一挑：“你知道秦淮河？”

叶佳瑶不以为然道：“我还去过呢！”不过是在另一个时空。

“你还去过哪些地方？”贵公子淡淡问道。

“多了，天南地北。”叶佳瑶道。

贵公子轻嗤一声：“你才多大年纪？还天南地北，吹牛呢你。”

叶佳瑶悻悻道：“不信拉倒。”

“买冰糖莲子羹哦，香甜可口的冰糖莲子羹，五个铜子一碗，清凉又解渴哦……”不远处传来叫卖声。

叶佳瑶喜上眉梢，这里出产的莲子颗大粒圆，饱满肉厚，色白鲜嫩，特别好吃。“走走，说好了请我吃好吃的，咱们去吃冰糖莲子羹。”叶佳瑶拉着贵公子出了历下亭。

在路边找到了卖冰糖莲子的小摊，叶佳瑶道：“大娘，来两碗冰糖莲子羹。”

大娘乐呵呵地给盛了两碗。贵公子捧着碗有些不知所措，难道要站在路边吃？

“快吃啊！这可是美味，这里的莲子只有金华府的武义宣莲可以比，别的地方吃不到。”叶佳瑶已经开动，入口只觉口颊留香，果然名不虚传。虽然只是一碗普普通通的冰糖莲子羹，但是要做得好，也是很讲究的，一般店里买的干瘪瘪、黄兮兮的莲子，就算做得再精致，味道也出不来，一定要选优质的莲子，去了里面的苦芯，用水浸泡一夜，再加冰糖银耳枸杞什么的，用文火慢慢熬，熬到肉酥绵烂才好吃。

贵公子看他吃得津津有味，不由咽了口口水，小小地抿了一口，甜而不腻，清香爽口，正好他又渴了，觉得特别好吃，不比王府里的厨子做得差。

叶佳瑶看他一小口一小口，跟个女人似的，便道：“这里又没人认识你，干吗还老端着架子，学我，要大口大口地喝才痛快。”

贵公子左右看了看，果然没人在注意他，便舀了一大口。爽！痛快！“是挺不错的。”贵公子嘿嘿笑道，露出两个深深的酒窝。叶佳瑶看得一愣神，男人有酒窝，笑起来好销魂。两人很快干掉了一碗莲子羹。

叶佳瑶放下碗，抹了抹嘴：“你付钱。”

贵公子去摸钱袋，一摸，愣住了，左摸摸，右摸摸，上摸摸，下摸摸。

“怎么了？”

贵公子一脸茫然：“我的钱袋不见了，之前还在的。”

“是不是刚才换衣服忘了拿钱袋？”

贵公子皱着眉头回想：“有可能。”

“哎，我说你们喝了我的莲子羹赶紧付钱啊，不能吃白食，我老婆子也是小本经营。”卖莲子羹的大娘见他们钱袋子丢了，怕不给钱，便催促道。

贵公子不好意思道："你先垫上，回头我找着钱袋再还你。"

叶佳瑶心想，钱袋丢了还能找回来吗？她可从没遇到过这种好事，真倒霉，本来还想找个人请客，现在变成她掏钱。她可怜的荷包啊，越发扁了。虽然不太情愿，但叶佳瑶还是付了十个铜子。

两人一路寻回去，到了救助站，贵公子问伙计："我先前丢掉的衣服呢？"

"不知道，你自己到旧衣堆里翻翻。"伙计指着一个篓子态度冷淡。

贵公子这会儿也不嫌脏嫌乱了，弯下腰在篓子里翻找。

叶佳瑶抱着双臂倚在柜台上看，料定了他找不到，他买这身土布衣裳掏钱的时候，她见过他的钱袋子，里面有金叶子还有银票，这样一笔巨额财产，谁捡了去不得乐开花，还能还给你？

贵公子把篓子翻了个底朝天，也没找到他原先的衣服。"不是说都扔在这了吗？怎么没有了？"贵公子问伙计。

伙计道："我哪知道，这店里的人进进出出都是来找衣服的，你那身料子还不错，兴许已经被人捡走了。"

叶佳瑶在观察伙计的神色，看他一副坦荡的神情，也不能随便说人家拿了钱袋。

"那你有没有看到我的钱袋子，兴许换衣裳的时候落在你们店里了。"贵公子还不死心。

伙计不悦道："你这是什么意思？我们藏了你的钱袋？我们可是救助站，专门就是做好事的，我们能拿你的钱袋子？"

"我问问不行啊？你横什么横？还专门做好事，一件破衣服都这么贵，我看你这里就是土匪窝，专门抢钱来着。"贵公子呛了回去。

"什么？你说我们这是土匪窝？"伙计一捋袖子，扯开嗓门大声喊道，"兄弟们，有人上门找茬。"

顿时有几个伙计掀帘子从后堂走出来，一个个摩拳擦掌，气势汹汹："谁啊，谁找茬？"

叶佳瑶见情况不对，上前道："各位稍安毋躁，我这位兄弟刚才换过衣服后钱袋子不见了，心里着急，回来问问，他也没说什么，就问你们见着没，这很正常吧！你们没见着就没见着，犯不着说人家找茬不是？本来你们也是做好事，这样一来，倒显得你们心虚似的，这位伙计，我说你的火气也太大了，维护店里的声誉固然重要，但处理不得方，不是给你们掌柜的脸上抹黑吗？”

那伙计满脸通红，指着贵公子说：“是他说的，说我们这里是土匪窝。”

叶佳瑶道：“他什么时候说这种话了？我在一旁可是听得清清楚楚，你别仗着人多欺负人啊！你知道他是谁吗？说出来能把你们吓尿。”

叶佳瑶趁着他们愣神之际拉着贵公子就走：“走，咱们不跟他们一般见识，钱丢了就丢了，没什么大不了的。”

贵公子被她拖了出去，一出门便甩开了她的手：“你干吗拦着我？就他们那几个草包能奈我何？小爷一拳一个。”

叶佳瑶瞪直了眼，骂道：“你有没有脑子啊，好汉不吃眼前亏懂不懂？再说了，你有证据证明钱袋子在店里吗？万一把店砸了又找不到钱袋子，就算你有理也变没理了。”

三十三 我只认识你

“难道就这么算了？”贵公子懊恼道。

叶佳瑶看见那伙计出门来，警惕地盯着他们，便拉了贵公子先离开再说。“我仔细回想了一下，似乎你换了衣裳后，那钱袋就没带在身上了。而且，那伙计之前态度多好，哄着你掏银子买衣裳，见咱们回去就爱理不理，你一提钱袋子他就翻脸，不得不让人怀疑。”叶佳瑶分析道。

“我就是这么想的。”贵公子愤愤道，“不行，爷咽不下这口窝囊气。”说着他就要往回走。

叶佳瑶死死拉住他：“你能不能别这么冲动？果然是嘴上没毛，办事不牢。”

“你说我什么？”贵公子声音拔高了一个八度，丹凤眼也睁得滚圆。

“我说你做事不经大脑。”叶佳瑶吼回去，老娘可是在真正的土匪窝里待过的，还怕你凶？

“那你说怎么办？”贵公子气闷道。

“怎么办？没凭没据的，能怎么办？只能自认倒霉。”叶佳瑶道，强龙难压地头蛇没听说过吗？

“哎，你在济南有没有亲戚，或者朋友什么的？”叶佳瑶问道。

贵公子没好气道：“爷是逃……爷是自个儿出来游玩的，没亲戚。”虽然他改口快，但叶佳瑶还是抓住了重点。敢情这家伙是青春期叛逆逃家的孩子。

“那丢了钱怎么回金陵？我说你就是太不老道了，出门在外，钱财什么的不能放在一处，要分开放，丢了一份还有一份，我真怀疑你是怎么从金陵到济南的。”叶佳瑶毫不客气地数落他。

“还不都是你，要不是你抢我的船，要不是你撕坏了我的衣裳，我也不至于落到这般窘境。”贵公子又开始追根溯源。

“哟哟哟，你怎么不说如果你不逃家，不来济南就什么事也没有了？爷还请你喝了一碗冰糖莲子羹，待会儿还要替你付船钱，你要再啰里吧嗦，信不信爷扔下你不管？”叶佳瑶威胁道。

贵公子的气焰立马湮灭，嘟哝着说：“我不管，反正这事你也有责任。”

叶佳瑶火大，还赖上老娘了？“算了算了，懒得跟你计较，本来开开心心来游湖，现在什么兴致都没了，回去回去，送你回岸上咱们分道扬镳。”叶佳瑶悻悻地说着，拔腿就走人。

贵公子连忙跟上来：“就送我回岸上可不行，没了银子，我接下来怎么过啊！吃什么？住哪里？”

“这是你自己的事，别问我。”叶佳瑶头也不回地说。

“你也有责任啊！我不问你问谁？”贵公子亦步亦趋地跟在叶佳瑶身后。

叶佳瑶顿住脚步，贵公子连忙急刹车，差点撞上。“我明明白白地告诉你，我是个穷光蛋，靠到处要饭偶尔打打零工混日子的，你确定要跟着我？”

贵公子将叶佳瑶从头到脚又从脚到头扫了一遍，笑了起来：“要饭的还来游湖？你骗谁啊？”

叶佳瑶耸耸肩，爱信不信。老娘自个儿都快养不活了，还管你？两人径直去码头，登上了回去的船。船家嘿嘿笑道：“客官怎不多玩一会儿。”

“一点也不好玩。”叶佳瑶悻悻道。

“非常不好玩。”贵公子附和道。

船家满头黑线，说不好玩的还是头一遭听见。回到岸上，叶佳瑶付了三百个铜子，心痛肉痛，心想着要怎样才能摆脱这个家伙。

“哎，你家在哪？”贵公子也是防着叶佳瑶甩掉他，紧紧跟着。

“没家。”

“那你住哪儿？”

“睡大街。”

“别骗人了，咱们晚饭吃什么？我饿了。”

“没钱。”

“别这么小气，等我回金陵一定加倍还你。”

“兄弟，我是真穷，来游湖纯粹穷开心，你还是想想办法找别人，别跟着我了。”叶佳瑶快哭了，怎么就被缠上了呢？

“我要是有办法就不会跟着你了，你放心，用掉多少银子，回金陵后我十倍还你。”贵公子信誓旦旦道。

“百倍也没用啊，我身上统共就这么点银子，我自己都养不活呢！”叶佳瑶哭丧着脸说，为了证明自己是真穷，把兜底都给翻了出来，“喏，你看，加起来还不到二两，这是我全部家当了。”

贵公子道：“你说过的，银子要分开放。”

叶佳瑶差点喷出一口老血，记性能不能别这么好？她不管他了，闷着头走得飞快。身后的人也走得飞快，她慢，他也慢；她快，他也快。等回到城里，天色渐渐暗了，叶佳瑶买不起好吃的，只能买几个馒头，讨点酱菜将就一下。

“咱们就吃这个？”贵公子很不可思议。

“不是咱们，是我，没你的份。”叶佳瑶没好气道，狠狠咬了一口白馒头，剜了他一眼。

贵公子手脚飞快地抢了个馒头去，还很嫌弃地说：“就没见过比你更抠门的。”

叶佳瑶真想一脚踹过去，你吃着老娘的还敢说老娘抠门？一边啃着馒头，叶佳瑶一边开始找旅店，今天是不能出城了，不然就只能睡在凉亭里，先住一晚，明天买点干粮再启程。找来找去，腿都快走断了，叶佳瑶才找到最便宜的大通铺，五个铜子一个铺位。叶佳瑶付了一个铺位的钱往里走，贵公子跟进来被店小二拦住。

“客官，要住店先交钱。”

贵公子指指叶佳瑶：“我是跟他一起的。”

叶佳瑶忙说：“我不认识他。”

店小二不由分说把贵公子赶了出去。

“喂，你不能这样啊，咱们是一起的……”贵公子在外头叫嚷。

叶佳瑶懒得理他，来到比柴房好不了多少的通铺间，找了个最边上的铺位和衣躺下。一个通铺要住十几个人，房间里都是些粗鄙的汉子，抠脚的抠脚，抠鼻的抠鼻，弥漫着各种难闻的气味。

叶佳瑶皱了皱鼻子，安慰自己，这样总比睡凉亭要好。可是，心里总是不安，那个家伙也不知道走了没，看他就是个没有出门经验的毛头，身上又没钱，在异乡客地也没个认识的人，就这样丢下他，好像有点说不过去。可是，想做好事也得有点资本才是，自己哪有能力救济别人？

轰隆隆……外面闷雷滚滚。不一会儿下起大雨来，落在屋顶的青瓦上，跟撒豆子似的。叶佳瑶内心越发煎熬，人都有落难的时候，落难的时候多希望有人能伸手帮上一把，哪怕是一个避风的屋檐，哪怕是一个馒头一碗水，算了算了，反正她也要去金陵，路上还能有个伴。

叶佳瑶爬起来，心想，如果他还在，如果他不怕跟着她吃苦，就带上他吧！

铺门已经关了，叶佳瑶好言求着小二开门。小二极不情愿道：“外面下这么大雨，你还要出去？”

叶佳瑶讪讪道：“其实那人是我朋友，我们吵了一架，现在想想，觉得挺无聊的，我去看看他还在不在。”

小二这才把门打开。叶佳瑶探头出去，就看见大高个缩在屋檐下，神情呆滞地看着大雨，说不出的可怜与落寞。

“喂，还缩在那里干吗？进来。”叶佳瑶冲他喊道。

贵公子扭头面无表情地看了她一眼，站在那动也不动。呃，还拽上了。叶佳瑶只好出去拉他，细雨斜斜地飘在身上，有点凉。

“进去吧！”

他低着头，雨水顺着他轮廓分明的额头鼻梁滴下来，可怜兮兮的模样，看得叶佳瑶心酸，越发觉得自己刚才的行为有些无耻。她正要说些什么，他蓦然抬头，乌黑的眼眸蕴藏着愤怒，他吼道：“为什么说不认识我？我在这里只认识你一个。”

叶佳瑶被吓了一跳，愣了一会儿才吼回去：“你凶什么，你认识我，我叫什么名字你知道吗?”

他答不上来，眼底的愤怒慢慢转为委屈，气势也弱了下去。

就是个没成熟的毛头小子，叶佳瑶没好气道：“我叫瑾尧，尧舜的尧，你呢？说真名啊，不然丢下你不管。”

他低低道：“我叫赫连景，景色的景。”赫连这个姓氏可不多，如果是真名，到了金陵随便一打听就能打听得到。

叶佳瑶道：“我先丑话说前头，我是真穷，不过我也正好要去金陵，如果你不怕跟着我吃苦受罪，咱们就作伴一起去金陵，如果你敢嫌三嫌四就趁早滚蛋。”

赫连景连忙点头。

叶佳瑶没好气道：“进来。”

赫连景屁颠屁颠地跟了上去。叶佳瑶又交了五个铜子要了个通铺。回到通铺间，一进屋，里面的臭味差点没把赫连景熏晕过去，可是一想到自己现在是虎落平阳，身无分文，身上也没有能证明自己身份的物件，要不忍耐些，就只能站在屋檐下过夜，便硬生生地忍住了。

“你睡这里。”叶佳瑶指指自己旁边的位置。

赫连景不想跟那些粗鄙的汉子靠在一块儿，便道：“你睡里面，我睡外头。”

叶佳瑶凶巴巴道：“让你睡哪儿就睡哪儿，啰嗦什么?”

赫连景只好乖乖地爬到里侧，和衣躺下。

三十四　你得听我的

叶佳瑶把赫连小子的衣服摊平了挂在椅子的靠背上，然后挨着赫连景躺下。

“你怎么不脱衣服？你的衣服也湿了。”赫连景伸出一根手指头，戳了戳叶佳瑶肩膀，那里有一片水渍。

“睡你的觉，别管我。”叶佳瑶拍掉他的手，转过身去睡觉，心想，带着这个家伙也是麻烦，别被他看穿了她是女的才好。

赫连景冲她的背影吐舌头做鬼脸，臭小子，让你凶，等你知道小爷的真实身份，看你不跪在我面前。这次出门实在不顺，大哥来山东剿匪，他本想跟着，可娘不答应，好不容易溜出来，昨日才到，却发现大哥已经把土匪窝给端了，押着匪首回金陵复命去了，没赶上趟。他不想就这么回去，所以才跑来济南玩，没想到第一天就遇上这种倒霉事，搞得这般狼狈。

平日里，也就大哥偶尔会凶他几句，旁的人，谁敢在他面前喘口大气？今日却被这小子呼来喝去，当孙子似的骂，还把他丢在大街上淋雨……活了十六年，什么时候这般窝囊过？这一切都是拜他所赐。所以，小爷忍人所不能忍，等回到金陵，嘿嘿，咱们走着瞧。

边上的汉子呼噜打得震天响，赫连景捂住耳朵往叶佳瑶身边挪了挪，埋头在她的肩窝，一股淡淡的幽香萦绕鼻息，在这个充斥着各种臭味的空间，这缕幽香就如一缕清新的空气，让他的呼吸终于变得不那么痛苦了。赫连景就那么贴着她，慢慢地进入了梦乡。

天刚蒙蒙亮，大通铺里的人就起来了，叶佳瑶被吵醒，想要转身，却发现动不了了，自己正被某个呼呼大睡的家伙给抱着。叶佳瑶狠狠掐了把搭在她胸前的大手。

“啊……什么东西，有虫子咬我。”赫连景睡得正香，吃痛之下呼啦掀开被子跳起来。

叶佳瑶坐起来，慢条斯理地说：“起床了。”

赫连景揉着手臂，只见手臂上红了一大片，困惑地嘟哝：“到底是什么东西咬得这么狠？”

叶佳瑶把他的衣服扔过去：“一个大男人碰到点小事就叽歪个不停，你烦不烦？”

赫连景委屈地皱鼻子，让他一个小王爷睡这种破地方，还被不知名的虫子咬，还不许他研究一下，抱怨两句，这厮也太霸道了，比他大哥还凶。

出了旅店，叶佳瑶上街置办干粮和一些生活必需品，统共花了六百个铜子不到。路过一家鞋店，叶佳瑶看到招牌上写着十个铜子一双，便拉了赫连景过去，叫他抬起脚，拿了双布鞋比了比，跟卖鞋的说：“就这双了。”

赫连景拿着布鞋不肯换：“我自己的鞋子挺舒服的，干吗要换，这个底这么粗糙会膈应的。”

叶佳瑶郁闷地都不想说话了，一身短打布衣的装扮，那裤子还是九分裤，脚下穿一双青色缎面的高档鞋子算咋回事？不知道的还以为这鞋子是他偷来的。

“你换不换？”叶佳瑶瞪眼，懒得跟他讨论关于服饰搭配的深奥问题。

赫连景敢怒不敢言，明明自己的鞋子舒服为什么一定要他换掉，见不得人家穿得比他好还是怎么？“我换，换还不成吗？一天到晚凶巴巴，小心讨不到媳妇。”赫连景嘟哝着换了布鞋。

叶佳瑶心里哼哼，我讨什么媳妇，我就爱凶巴巴。叶佳瑶把他的缎面鞋子收起来：“走了，出城。”

赫连景走了几步，觉得这布鞋很合脚还挺舒服，心情又好了起来，三两步追上叶佳瑶。“尧……瑾尧……”

叶佳瑶皱眉，是她名字太难听的缘故吗？怎么听他叫起来这么别扭？“叫瑾兄，我是瑾兄，你是景小弟。”叶佳瑶拽拽道。

赫连景嗤鼻：“你个头还没我高呢，再说看你年纪也不比我大，凭什么你是兄，我就是小弟？”

叶佳瑶摆摆手：“这跟身高年龄无关，我比你能干，你就得听我的。”

赫连景很有意见：“你怎么就确定比我能干了？充其量你也就比我多几两银子而已。”

叶佳瑶咧嘴假笑：“你没听说过吗？有钱的就是老大，不服气？不服气你别跟着我啊！”

赫连景深呼吸，告诫自己稍安毋躁、稍安毋躁。“行，你说的，有钱的就是老大，现在你是老大。”赫连景心说：等到了金陵，咱就是老大了。

叶佳瑶才不会上他的当，笑眯眯地瞅着他：“一日老大，终身老大，小景景，做人要知道感恩。”

赫连景差点没把吃下去的早饭吐出来，这都什么跟什么，小景景？连娘都不会叫得这么恶心。出了城，两人一直往南走，晚上就宿在一间破庙里，赫连景被蚊子咬得满头包，反观瑾兄，依然皮肤白皙光滑，连个红点点都没有，赫连景安慰自己，肯定是他的血比较珍贵稀罕，蚊子也是识货的。

第二天，到达了新义镇。叶佳瑶有些好奇地打量这座小镇，这就是大当家一心想要端掉的镇子。除了人多一点，热闹一点，看不出有什么特别之处。

“这里我来过，镇中的广场上还吊着几具尸首呢，听说是黑风岗的土匪。”赫连景说道，终于找到机会显示自己不是一无所知。

叶佳瑶心头一凛：“是吗？我们去看看。”说不定还有她认识的人呢！

赫连景有些意外，他不害怕？那场面可是有些瘆人。

“走啊！”叶佳瑶催促。

广场中央竖着十几根杆子，每根杆子上都吊着一具尸体，叶佳瑶一眼就认出了最中间吊得最高的那一具，正是二当家盛武。

“哎，咱们今天是不是吃点好的，昨天吃了一天馒头，嘴里都快淡出鸟来了。”赫连景追上去。

"吃吃吃，你就知道吃，这才刚开始呢，你就受不了了，说不定改明儿连馒头都吃不上，看你怎么办？娇气，矫情。"叶佳瑶心情不好，说话也不客气。

赫连景郁闷道："小气就小气呗！扯这么一大堆干吗？"

叶佳瑶一刻也不想在此逗留，买了点盐就继续上路。赫连景困惑不解，买盐干吗？蘸馒头吃？

两人刚离开广场，夏淳于和冯朝林就来了。夏淳于瞅了眼杆子上的尸首，说："都放下吧！天气热，味儿不好闻。"

冯朝林示意手下，立刻有人上前去解开绳子。

"黑风岗余众都安置妥当了？"夏淳于问。

冯朝林道："要离开的都放他们离去，愿意留下的，都做了妥善安置。"

夏淳于点点头："这次新义做出了正确的选择，朝廷必定会论功行赏，希望冯兄继续高举仁义大旗，多行善举，造福乡里，他日你们冯氏必定会成为一方望族，福荫子孙。"这同时也是在告诫冯朝林，不要步了白崇业的后路。冯朝林这人亦正亦邪，不给他念点紧箍咒，指不定哪天他野心膨胀。

冯朝林郑重道："大人的教诲，冯某铭记于心。"

两个手下抬着盛武的尸身从夏淳于面前经过，夏淳于想到瑶瑶就是被盛武劫持才会殒命，恨意陡生，冷声道："把他丢到乱葬岗喂野狗。"事情已经过去好几天了，他还是常想起她，一想到心里就难过，也许是因为再也见不到了，无法挽回了，才会那么遗憾；也许就是因为再也没有也许了，才会感到心痛。

宋七跑过来："世子，一切准备就绪。"

夏淳于抬眼时，已经掩去眼底黯然的神色，对冯朝林说："就此别过，后会有期。"

叶佳瑶在集市买了一瓶子花椒，又看中边上的陶罐，赫连景看得心里绝望，难道以后就吃盐蘸馒头、馒头夹花椒么？身后传来马蹄声，赫连景下意识扭头，只见一英武非凡的男子骑着一匹纯白色的高头大马从他身边经过。这不是靖安侯世子夏淳于吗？

三十五 叫花鸟

赫连景张了张口，却没有喊出声，要是让淳于哥看到他这副狼狈模样肯定要训斥他，只一犹豫，淳于哥骑着马儿已经走远了。赫连景又开始后悔，刚才只要喊一嗓子，就可以摆脱现在的窘境，不用再跟着这个凶巴巴的臭小子。

“看什么呢？东西拿着。”叶佳瑶把一只陶罐塞进赫连景手里。

赫连景怏怏地收回目光，算了，自己跑出来却要淳于哥将他领回去，这也太逊了点。

“走吧，希望今天能找户农家歇脚，不然又得住破庙。”叶佳瑶推了他一把。

“我们为什么不走水路？难道真的要用两条腿走回金陵吗？”赫连景瓮声瓮气道。

叶佳瑶怔愣住：“有京杭大运河吗？”

赫连景挑眉道：“什么京杭大运河，反正我就是坐船来的。”

叶佳瑶眼睛发亮：“你坐船坐到哪里？”

“济宁。”

叶佳瑶窃喜，妈呀，太好了，这可不就是京杭运河吗？不然怎么可能从金陵一路坐船到济宁，原来这个时空也开凿了运河，不知是哪位圣明之君的壮举？可是……为什么她从扬州过来走的却是陆路呢？想不通。

“你也知道要到济宁坐船了，啰嗦什么？”叶佳瑶故意凶巴巴地瞪他。

离开新义，两人一直往西南走，路过一村庄，叶佳瑶看见村旁的野地里有几只老母鸡在那散步，不由得咽了口口水，的确如小景景所言，好几天没开荤了，要是能弄只鸡来做叫花鸡吃那就美了。小景景也盯着老母鸡两眼冒绿光。

偷不偷呢？叶佳瑶在纠结。很想弄只来祭祭五脏庙，可是偷鸡摸狗的事不能干，人家老乡养几只鸡也不容易，说不定还指望着老母鸡下蛋换几个铜子过日子，咱不能断了人家生计。

叶佳瑶摸摸肚子，告诉肚子里的馋虫，咱再缺油水也要坚持原则。这个时候叶佳瑶就忍不住想起蠢驴来，那家伙武艺非凡，每次上山，不是飞禽就是走兽，从不落空，要是同行的是蠢驴就不用怕饿肚子了。

“小景景，你会打猎吗？”叶佳瑶希冀着问。

赫连景已经被她的称呼恶心坏了，嘴角一扯：“打猎？那是小爷强项。”

叶佳瑶翻白眼：“吹牛皮，你打一个我看看。”

赫连景两手一摊：“你倒是给我一把弓箭啊，给我弓箭，我保证手到擒来。”

“废话，我上哪给你弄弓箭。”

赫连景四下里看看，看见不远处的一棵枣树上歇着两只鸟儿，便从地上摸了一个小石子，嘿嘿一笑：“你看着。”赫连景瞄准小鸟，手中石子激射出去，啾……两只小鸟受了惊，扇着翅膀扑棱棱地飞走了。

叶佳瑶嗤鼻：“你这是打鸟呢还是惊鸟呢？”

赫连景讪讪地摸了摸肚子：“饿得没力气，不然一打准着。”

“没水平就没水平，找什么借口。”叶佳瑶白了他一眼，其实她也肚子饿，但是就那么点干粮，得省着点吃。叶佳瑶到村子里讨了壶水，两人继续上路。

赫连景老想着一雪前耻，手里抓了一把石子，一路上见到鸟就打，可就是打不中。

叶佳瑶都看不下去了：“不是肚子饿么，省着点力气吧！”

赫连景闷闷地哼了一声，又瞄准了一只鸟。咚……“哈哈，打中了。”赫连景看到鸟儿掉下树来，高兴地手舞足蹈，乐颠颠地跑过去将鸟儿捡起来。

“大尧尧，我打中了，咱们有肉吃了。”

叶佳瑶差点没一个跟头栽倒，什么时候改称大尧尧了？

“你再叫一声试试！”叶佳瑶没胡子吹只能干瞪眼。

赫连景见她抓狂，越发开心：“你不也叫我小景景吗？我叫小景景，你叫大尧尧，这才公平。”

“公平你个头，信不信我连鸟屁股都不给你留。”叶佳瑶想挠死他。

赫连景跟她熟了，知道她也是虚张声势，看着凶巴巴，其实并没有那么可怕，笑嘻嘻道：“你把鸟翅膀留一只给我就行。”

生气归生气，解决温饱最要紧，这只鸟儿挺肥，叶佳瑶准备用做叫花鸡的方法做一只叫花鸟。正好路边有口小水塘，塘里种着荷花，叶佳瑶叫小景景去摘几张荷叶回来，自己蹲在水塘边把鸟毛去掉，内脏去掉。

赫连景摘了荷叶回来，好奇地问：“荷叶拿来当碗吗？”

叶佳瑶懒得搭理他，吩咐他去挖坑。她自己从包袱里取出调料，在鸟身上抹了点盐、五香粉，又在肚子里也抹了一遍，撒上花椒，再用荷叶包好，就着水塘的水和了点泥巴，本来应该用绍兴黄酒来和泥，这样烤出来的鸟肉会更香，但条件不允许，有肉吃就不错了，没那么多讲究。

“大尧尧，坑挖好了。”赫连景很兴奋，三下五除二就刨出一个大坑。

叶佳瑶走过去看，嫌弃道：“你确定这坑不是给你自己挖的？”一只小鸟而已，这坑挖得都够做烤猪了。

赫连景嘟哝道：“你又没说挖多大。”

叶佳瑶白了他一眼：“去捡点柴火来。”

赫连景又乐颠颠去捡柴火，在野外做东西吃，他还从没有过这样的经历，就算他和大哥、淳于哥他们出去打猎，也有厨子跟去做饭，所以，感觉特别新鲜有趣。

“喂，你别扛棵树回来，捡一些枯枝就好。”叶佳瑶怕这个四体不勤五谷不分的毛头小子把路边的树给拔了，赶紧交代一声。

等赫连景回来，叶佳瑶把用泥巴封好的鸟埋进土里，开始生火。在黑风岗生了差不多一个月的炉火，现在的叶佳瑶对火石的运用已经相当娴熟，三两下就把火给生起来。

赫连景看着很是新奇，又有些怀疑：“这样能行吗？裹了泥巴还埋在土里，不是很脏吗？”

叶佳瑶把多余的荷叶垫在屁股下，嘴里叼了根狗尾巴草，说：“不知道多美味呢！待会儿你别流口水。”

赫连景挨着她坐下，笑嘻嘻地奉承道：“你会的还挺多，之前我还真以为咱们得去要饭了。”

叶佳瑶脑袋一歪，拽拽地说：“那是，爷这么多年走南闯北，没点本事能行吗？”

赫连景撇嘴：“又开始吹牛了。”

“哎，小景景，你家里是干吗的？当官，还是做生意？”叶佳瑶问道。

赫连景心说，说出来吓死你，便谦虚道：“小官，也做点小生意。”

叶佳瑶不信：“能穿一百多两银子一匹的云水碧会是当小官做小生意的人吗？”

赫连景卖关子：“到了金陵你就知道了。”

“不想说拉倒。”反正她也没说实话，扯平。

烤了差不多一个小时，叶佳瑶拿了根木棍把泥包给挖出来。外面的一层泥已经烤裂，用木棍一敲就碎开，拆开荷叶，焖在里面的肉香气四溢。

“哇，好香。”赫连景不住地咽口水，伸手就要去拿。

“小心烫。”叶佳瑶拍掉他的手，用小刀小心翼翼地撕了一只鸟腿给他，“尝尝。”

赫连景咬了一口，只觉肉质酥软，肉香里混着荷叶的清香，很特别很诱人，虽然只抹了点盐和五香粉，还有花椒，但更能品味出鸟肉原本鲜香的味道，十分美味，比他家厨子做的烤全羊还要好吃。

叶佳瑶是第一次用这么原始的方法做叫花鸟，不过，似乎这种土法子做出来的叫花鸟口感更加独特，用荷叶和泥巴双重包裹，尽可能减少水份的蒸发，防止香味的弥散。简单的调料，最大限度保留了食材的原汁原味。怎一个香字了得！

“好吃好吃，大尧尧，你太厉害了。”赫连景吃得赞不绝口。

“叫瑾兄，下回做更好吃的给你吃，不然……嘿嘿！”叶佳瑶扬了扬手里的叫花鸟，眯着笑眼威胁道。

在美食的诱惑下，赫连景很不争气地打消了要把便宜占回来的决心，甘愿做个乖乖小景景。两人风卷残云般一下干掉了一只鸟，皆是意犹未尽。

“没关系，以后我每天打几只鸟来，或者其他什么的。”赫连景抹着嘴信心满满地说。

叶佳瑶深表怀疑：“我看你也就是瞎猫碰上一只死老鼠，还每天打几只，我可不做这样的美梦。”

“哎，你别不信啊，以前我都是用弓箭的，用石子打还是头一回，有点手生而已，等我适应了，还不是手到擒来。”赫连景最怕被人小瞧。

叶佳瑶烦不胜烦，挥挥手道：“行了行了，算你厉害行不？我是怕你牛皮吹大了，闪了舌头，帮你兜着点，你还不领情。”

两人收拾收拾继续赶路，天色渐渐暗了，叶佳瑶估算着这一天走了多少路程，可能二十里都还不到。这种速度，猴年马月才能到济宁？

“我走不动了，渴死了。”赫连景从没吃过这样的苦头，脚底都起泡了，一屁股坐在路边，脱了鞋子在那揉脚。

叶佳瑶看看四周，这个前不着村后不着店的地方，连个破凉亭都没有，不适合休息，便道：“说你娇气你还不承认，快起来，我可不想在野外过夜。”

赫连景眼睛盯着前方，眸底闪烁着兴奋的光芒，对叶佳瑶的讥讽催促充耳不闻。叶佳瑶顺着他的视线望去，原来是一片西瓜地。四目交汇，两人异口同声道：“你去……”

三十六 倒霉的小景

两人都想吃西瓜，却谁也不想去干那偷瓜的勾当，相持不下，叶佳瑶提出了处理争端最佳的办法。

“剪刀石头布，一局定胜负。”

叶佳瑶笑得无比奸诈：“小景景，你要出什么？”

赫连景把手藏在身后警惕地盯着她，反问道：“你出什么？”

叶佳瑶笑呵呵：“我出剪刀。”

赫连景琢磨开来，他一定是在说谎，这是要骗我出布？还是骗我出拳头？算了，我也出剪刀，大不了平局。

“开始啦，不许耍赖哦。”叶佳瑶的神情很是邪恶。她已经不满足于依靠心理医生的结论，她要提升战斗力，玩一玩更高层次的心理游戏。

“我看你才像想要赖的。”赫连景嗤鼻道。

“剪刀、石头、布……”

两人一起出手，叶佳瑶看见他手上的大剪刀，哈哈大笑，果然小景景是个纯洁的孩子，太听话了。

赫连景张口结舌，面红耳赤：“你赖皮，你不是说你出剪刀的吗？为什么又出拳头?”

叶佳瑶摸了摸他的额头：“小景景，你没发烧吧？还是太傻太天真？这叫战术懂不懂？声东击西懂不懂？乖，赶紧去捧个西瓜来，回头哥教你怎么玩剪刀石头布。”

赫连景十分郁闷，在这家伙面前真是一点便宜都讨不到。叶佳瑶抱着双臂乐呵呵地看着小景景做贼似的蹑手蹑脚钻进西瓜地里，偷鸡她有心理负担，偷西瓜可是一点负担也没有，还觉得挺好玩，反正这么多西瓜，少一两个没什么大不了。

赫连景有点下不去手，这手一伸出去，他可就真的沦落为偷瓜贼了，况且，这西瓜还没成熟，估计也不甜。他扭头期期艾艾地看叶佳瑶。叶佳瑶朝他昂下巴，示意他动作快点。赫连景只好硬着头皮，寻了个最大的西瓜扯下来。

“汪，汪汪……”也不知从哪儿钻出一条大黑狗，狂奔而来冲着赫连景狂吠。赫连景做贼心虚，吓得脸都白了，抱着西瓜慌不择路地跑。

叶佳瑶也被这突发状况吓到，居然放了条大狗在这守着。叶佳瑶拼命朝赫连景招手，压着嗓子喊：“快上来，这边。”

可是狗堵着赫连景的路，天色又昏暗，赫连景在田埂上没命奔逃，扑通，一脚踩空掉进了农家埋在田边的粪缸里。

叶佳瑶一眨眼就见不到小景景的踪影了，心说：臭小子，溜得还真快。旋即，叶佳瑶就发现了不对劲，那只大狗停下来，冲着黑暗处吠个不停。叶佳瑶不敢走过去，见那大狗吠了一阵走掉了，这才小心翼翼地摸过去。远远看见一个人慢吞吞地爬上田埂，夜风吹来一股天然有机肥的味道。叶佳瑶忐忑上前，不可置信地看着一身屎的小景景。

一个时辰后，叶佳瑶坐在河边，昂头望着满天繁星，耳边是哗啦啦的水声。“小景景，你洗好没？都快洗了一个时辰了。”

赫连景悲愤地瞪了眼岸上那个赏星赏月的家伙，继续用力搓啊搓。他以为丢了钱被扔在大街上、跟一帮粗鄙不堪的汉子睡一个大通铺、餐餐啃馒头混得跟个叫花子没啥区别已经是他十六年人生中最窘迫、最落魄的光景了，谁知道没有最惨只有更惨。这小子难道是个瘟神吗？自打遇见他，就一路倒霉，倒大霉，倒血霉。

“小景景，别洗了，差不多就得了。”叶佳瑶一边拍着蚊子一边说。真奇怪，和小景景在一起，她几乎感觉不到蚊子，现在小景景不在，蚊子都来找她了，原来蚊子也会饥不择食。

赫连景不理她，继续搓啊搓，怎么搓都觉得还是很脏。

“小心水里有蛇有蚂蟥，钻到不该钻的地方里去。”叶佳瑶吓唬他。

赫连景被她一说，不禁觉得浑身痒痒，有虫子在爬似的，连忙爬上岸。衣服叶佳瑶已经帮他烤干了，赫连景穿好衣服，怏怏地走过来。

叶佳瑶看他哀怨的小眼神，安慰道：“还好那个粪缸不是大号的，不然你的头也要埋进去了，没事没事，洗干净了就好。”

赫连景愤怒地吼道：“还不都是你，要不是你，我能这么惨吗？”

叶佳瑶无辜道：“小景景，你的心情我能理解，但咱得讲道理不是？偷西瓜是咱们的共识，玩石头剪刀布也不是我强迫你的，要怪只能怪那条狗，要不，咱回去把那狗捉了炖狗肉吃？”

“要去你自己去，我是绝对不要再回到那个地方。”赫连景气呼呼地走人。那是他的梦魇之地，死也不要再踏足，现在他最恨两样东西，一是西瓜，二是狗，刚才洗澡的时候他就发誓，这辈子再也不吃西瓜，以后王府里不许养狗。

叶佳瑶爬起来追上去，劝道：“好了好了，不生气了，反正又没别人看到，你不说，我不说，谁知道呢？”

她这话倒是提醒了赫连景，对啊，这件事绝对不能让第三人知道，不然他还活不活了。赫连景停下脚步，转过身来，幽幽地盯着叶佳瑶。

叶佳瑶从他眼中察觉出一丝危险的信号，立马意识到自己刚才的话犯了某人的忌讳，忙举起右手：“你放心，我发誓绝对不会说出去的。”

赫连景眼中的戾气渐渐隐了去，转而是浓浓的沮丧，低着头往前走。今晚又宿在凉亭里，还好是夏天，住凉亭，四面透风倒也凉快。

叶佳瑶给了他一个大馒头，赫连景没胃口，吃不下。“吃点吧，明天我给你做好吃的。”叶佳瑶把馒头塞到他嘴边，赫连景这才勉强接过去咬了几口。

半夜里，又下起雨来，叶佳瑶冻醒过来，见他靠着柱子蜷缩着身子，睡梦中还蹙着眉头，便挨过去些，让他的脑袋枕在她肩膀上。

晨曦初透，早起的鸟儿停在凉亭的栏杆上，叽叽喳喳叫得欢。赫连景睁开眼，神情有些恍惚，这些天都是如此，一觉醒来，总有一种不知身在何方的茫然。缓了缓神，才发现自己枕在她的肩头，很奇怪，她身上总有一股子很好闻的淡淡的幽香，特别让人心安的味道。

近距离看她，她的肌肤在晨曦的清辉中，显得越发白皙柔嫩，几乎可以看见那隐藏在肌肤下细微的血管，她的五官长得很精致，睫毛很长，卷翘着，偶尔会轻微颤动，她的鼻子小巧挺秀，唇色是好看的淡粉色，看着便让人生出想要咬上一口的冲动……赫连景窘迫地转开眼。

这一刻，他不仅一点也不讨厌身边这个男人，甚至还冒出一些不可思议的念头。赫连景连忙甩头，想要甩掉脑子里荒唐可笑的念头。这个穷酸小子，脾气还那么暴躁，老是骂他，这种人，即便她是女的，他也不会喜欢的。

雨是大自然的馈赠，滋润着万物，也滋生出一些美味的食材，比如各种菌类。叶佳瑶在黑风岗那段日子跟随着姜婶赵婶她们去挖野菜，也学会了辨识菌类，哪些是有毒的，哪些是可以食用的，没费什么力气就摘到了一些草菇，洗干净了扔进陶罐里，放了点盐，生火煮。不一会儿水开了，咕咚咕咚地冒气泡，一股子草菇的清香散发开来。

“原来你买这个罐子是用来煮东西吃的。”赫连景闻着香味凑上前来。

叶佳瑶拿出一块大饼一点一点撕碎，说：“自然是用来煮东西的，难道还整一口大锅？你背啊？不过，现在想想弄口大锅也不错，起码下雨天还能罩在头上挡雨。”叶佳瑶仰望灰蒙蒙的天，有些忧愁，她都忘了准备雨伞。

赫连景噗嗤笑出声来，这位瑾兄还真逗。

三十七 好运来

吃过草菇汤泡大饼，赫连景的心情总算有了好转，两人继续上路。走到半道又下起雨来，豆大的雨滴打在脸上生疼。

“那边有棵大树，我们去树底下避避雨。”赫连景眯着丹凤眼指着前方一棵樟树说道。

“你傻呀，下雨天躲树底下，想遭雷劈吗？”话刚落音，天空中响起一声闷雷。两人相觑一眼，老天爷长耳朵？

赫连景咬了咬牙，脱下衣裳。

“你干吗？”

赫连景用衣裳撑在两人头顶，嘿嘿一笑：“这样就淋不到了。”

叶佳瑶看他赤裸着上身，衣服大半都遮在她头上，他自己半边身子淌着雨水，还笑得那么灿烂，不觉有些动容，这家伙虽然什么也不会，还挺矫情，不过却是单纯可爱，被她呼来喝去也不会生气，关键时刻还挺有男子汉的担当。

“快走吧！”叶佳瑶跟他靠近了些，两人头碰头在雨中奔跑起来。

夏天的雨，来得快去得也快。雨后，碧蓝清澄的天空中出现两道彩虹。赫连景兴奋地嚷嚷：“快看，双彩虹，我听说看到双彩虹，会有好运气。”他现在迫切希望快点转运，赶紧结束这倒霉的日子。

叶佳瑶微微震撼，双彩虹这样的异象，她还是第一次见到，美呆了。“你说我许个愿，会灵验吗？”

赫连景嘿嘿笑道：“管它灵不灵，先许了再说。”说着，自己双手合十，闭上眼睛开始许愿：美丽的彩虹仙子，请保佑我和瑾兄平安回到金陵……

叶佳瑶学着他的样，对着彩虹许下心愿：彩虹仙子，我虽然是个平凡人，但我有个大心愿，希望将来能开一家金陵最有名、生意最红火的酒楼，每天数钱数到手抽筋，当然我也不全是为了赚钱，还要弘扬中华美食文化……

赫连景许完心愿睁开眼，见瑾兄还在虔诚许愿，双目微阖，卷翘的睫毛上沾着细碎的水珠，从额头到鼻尖再到下巴那完美的曲线……无一处不吸引他的视线。他一直觉得淳于哥很帅，但瑾兄跟淳于哥比起来毫不逊色，他们是两种完全不同的美，淳于哥的俊美是透着英气与阳刚，而瑾兄……怎么形容呢？赫连景在心里斟酌了下用词，他不凶巴巴的时候应该是柔美的，好似流水，好似舒云……

叶佳瑶睁开眼的时候，就看到小景景痴痴望着她，一双狭长的凤眼，水汽氤氲，流光潋滟。“怎么了？我脸上有东西？”叶佳瑶困惑地摸了摸脸颊。

赫连景脸上泛起可疑的红晕，伸手在她额头上摸了一下，掩饰内心的窘迫，说：“有点脏东西，现在没了。”

叶佳瑶笑嘻嘻道：“哎，小景景，你许了什么愿望？”

赫连景耸肩道：“愿望是不能说出来的，不然就不灵验了。”他可不想横生枝节。

“我才不信呢！”叶佳瑶撇嘴说。

“那你许的是什么愿望？”赫连景好奇问道。

叶佳瑶眯眼一笑：“我啊，我希望将来能变成有钱人，然后吃遍天下美食。”

赫连景笑了起来：“这么简单的愿望？”那他就能帮她实现。

“对你们有钱人来说，这是再小不过的愿望了，但对于我们穷人来说，混餐温饱都不容易。”叶佳瑶老气横秋地说。

赫连景对她的话深信不疑，这几天跟着她，不就老饿肚子吗？想到她之前过的都是这种有一顿没一顿、风餐露宿的日子，不免生出几分同情。

“瑾兄，你的愿望一定会实现的。”赫连景郑重说道。只要能回到金陵，他一定带他去尝遍金陵的美食，让他过上无忧无虑的生活。

叶佳瑶斜斜地瞅着他，琢磨着他话里的意思，他是要报答她吗？到时候能给她多少银子呢？几十两，还是几百两？开一家酒楼应该要很多钱吧！没个几千两根本拿不下来。算了算了，本来带着他也没图他报答什么，纯粹是做件好事，送个迷途的孩子回家而已，自己的幸福生活还是要靠自己去争取。

“哎，你别不信啊，这点能力我还是有的。”赫连景误以为她不相信自己，连忙保证。

叶佳瑶挥挥手：“能到金陵再说吧！”当务之急是找个地方生个火，先把身上的衣服烤干，这样湿哒哒贴在身上会生病的。

叮铃叮铃……前方传来一阵铃声，抬眼望去，只见一人牵着一头毛驴，毛驴上还坐着个人，正朝这边走来。“快点快点，晚宴之前必须找到厨子。”毛驴上那人催促道。

牵毛驴的下人说：“赵家庄离这还远着呢？走得再快，晚宴之前也赶不回去啊。”

“那有什么办法，谁知道老明头突然病了，少东家办喜事，必须请最好的厨子，否则没法交差。”毛驴上的人郁郁说道。

叶佳瑶听到厨子二字眼睛就发亮，笑眯眯地迎上前去，拱手作揖：“请问，两位是去找厨子吗？”

毛驴上的人打量着落汤鸡似的叶佳瑶，捋了把胡须道：“正是。”

叶佳瑶道：“刚才我听你们说你们少东家要办喜事在找厨子，我曾经在济南府望仙楼做过厨子，不知能否帮到你们。”

叶佳瑶信口胡诌，望仙楼她去都没去过，但不止一次听宋七说起，宋七每次提望仙楼都是一脸向往、嘴角流涎的模样，可见是非常有名的，便借这个名头用一用。

赶毛驴的下人喜道：“李管家，这可真巧了，咱们正找厨子，路上就碰着一个。”

李管家怀疑地问：“你果真在望仙楼做过厨子？”因为这小哥看起来太年轻。望仙楼大名鼎鼎，出入的都是济南府最有权势最有钱的人，他们东家早年去过一次，回来后还总是对那里的美食念念不忘。

叶佳瑶怕牛皮吹破掉，谦虚道："不是大厨，是帮厨，不过，会做的菜也不少。"

赫连景困惑地看着叶佳瑶，他什么时候又成了望仙楼的厨子了？

李管家大喜："望仙楼出来的，哪怕是个帮厨也是厉害的，不过，你这是要去哪儿？"

叶佳瑶淡淡一笑，回头指着赫连景："这不，家里出了点状况，我爹让我弟来叫我回去。"

"听你的口音可不像是本地人。"李管家慎重起见，还是要多问几句。

"管家好耳力，在下是金陵人氏，来山东学厨艺好几年了，还是改不了口音。"叶佳瑶道。

李管家还在犹豫，叶佳瑶道："在下是看你们挺着急的，所以才前来询问，如果不需要帮忙，那在下和小弟就要继续赶路了。"

李管家忙道："我们原先请好的厨子不巧病了，本打算去赵家庄请那边的厨子，不过，可能时间来不及，小哥能帮忙是最好不过了，若是能顺利开席，宴席结束后，我们东家定会重谢小哥。"

叶佳瑶摆摆手："谢不谢的无所谓，我爹常常告诫我，能帮就帮，多做一件好事便是多积一份功德。"

她不趁着别人着急讨价还价，这让李管家心生好感，下了驴拱手道："那就麻烦小哥了，不知小哥如何称呼。"

"在下也姓李，叫李尧，那是我小弟，李景。"叶佳瑶故意扯个跟管家一样的姓，这样更容易拉近距离。一旁的赫连景嘴角抽搐，你改你自己的，干吗把我的姓也改了？

李管家一听是同姓，对叶佳瑶越发亲近起来，还要把毛驴让给叶佳瑶骑，叶佳瑶坚决不肯，李管家上了年岁，哪能抢老人家的坐骑，尊老爱幼是美德。

于是，一行四人往李家庄而去。叶佳瑶和赫连景跟在后头，叶佳瑶眉开眼笑，小声地跟赫连景说："你说得没错，看见双虹有好运，这不……好运马上就来了。"

赫连景却是担心地问："你果真是望仙楼的厨子？"

叶佳瑶做了个嘘声的手势，看了眼前面的李管家，压低了嗓音告诫道："可不许说漏嘴了，记得叫我哥。”

赫连景腹诽：哥你个头，随时都想占人家便宜，怎么看都是我比较像哥。

“这可是去做婚宴，你行不行啊？”赫连景一点不觉得这是好运，婚宴是非常重要的宴席，万一搞砸了，不被人打死才怪。

叶佳瑶拽拽地挑着眉梢：“小弟，别担心，哥今天露两手给你瞧瞧。”小时候，她老爹还不是五星级酒店业绩厨师的时候，常被请去做婚宴，老妈去打下手，她就跟着去吃，见得多了，自然熟悉那一套，不外乎做几道大件，取几个吉祥如意的名儿，讨个喜庆，这种事，绝对难不倒她。

赫连景看她自信满满的样子，想到叫花鸟、草菇汤，她都能用最简单的材料做出最美味的食物，不由得信了几分，看来，今天能吃上一顿好的了。

三十八 露两手

走了差不多四五里路就看见一个村庄，有几百户人家的规模，也算是个大村子了。“这儿是李家庄，村子里的人大多姓李，我们东家是村子里的财主老爷，做药材生意的，哦，对了，跟金陵那边也有生意往来，李小哥，若是这次婚宴办得好，你可以跟我们家的商队一起回金陵。”李管家说道。

“真的？”叶佳瑶大喜过望，若是能跟着李家的商队，那一路上就不用这么辛苦了。

赫连景的眼睛也亮了起来，然后希冀地看向叶佳瑶，好似在说：瑾兄，这回全看你的本事了。

李家张灯结彩，有不少宾客已经登门，李管家先带叶佳瑶和赫连景去换了身干净的衣裳，可怜的小景景终于不用再穿九分裤了。

厨房里十几个婆子在忙活，食材早已经准备好，就等厨子来做。叶佳瑶要来原先的厨子老明头拟定的菜单看了看，没什么大问题，鸡鸭鱼肉她都会做，只是这些个菜名普通了点、俗气了些，便问李管家要了笔和纸，重新拟了张菜单。把全鸡改成凤鸣祥和，把烤鸭改成双味鸭卷取名比翼双飞，把山珍海味全家福改成高朋满座，加了道芹菜百合炒虾仁取名百年好合，诸如此类。

赫连景在一旁看得目瞪口呆，这家伙惯会投机取巧，就不知道做出来的东西对不对得起这些好听的名儿。

“李管家，麻烦你把这菜单拿去给你们东家审议，若是可以，我便照着做了。”叶佳瑶把拟好的菜单交给李管家。

李管家乐呵呵地走了，不一会儿回来，笑眯眯道：“我们东家说了，这份菜单拟得极好极好，他非常满意，请李小哥照着做。”说着，李管家还拿出两封红包，“这是我们东家赏您的。”

叶佳瑶推却道：“这宴席都还没做呢，我怎好要你们东家的赏？”

李管家道：“我们东家说了，光看这菜单就知道小哥是行家，错不了，小哥拿着吧，讨个吉利。”

叶佳瑶这才不好意思地收下，转手交给赫连景。赫连景拿着红包，对叶佳瑶佩服得五体投地。菜单通过了，赏钱拿了，叶佳瑶系上围裙开始动手。

先取一只杀好的斤半重的母鸡，这个分量的母鸡不论用什么做法都好吃，肉质不是太嫩也不会太老。叶佳瑶熟练地把全鸡去骨，这又让赫连景震撼了一把，这熟练的刀工可不是吹牛皮能吹出来的。

剔除了骨架的鸡，软趴趴的，叶佳瑶将调好的佐料用毛刷，将鸡里里外外都刷了一遍，然后取来剥好的板栗和煮熟的鹌鹑蛋放入剩下的调料中，搅拌均匀，留下十颗板栗仁装盘用，其余的全塞进鸡肚子里，塞得鼓鼓囊囊，取多子多孙之意。再将鸡脖子打结，放入蒸屉中蒸四十到五十分钟。

“小景，你帮着看时间。”叶佳瑶交给他一个任务，省得他没事做。关键是她对古代的时间换算还有些生疏，就交给古人去办好了。

赫连景搬了张椅子，端端正正坐在一旁，专注地盯着蒸屉，他也拿了赏银，总得做些什么。叶佳瑶瞧他一本正经的样子就想笑，真是个单纯的孩子。

一道菜准备就绪，叶佳瑶开始做比翼双飞。将虾肉剁碎，拌上葱花，调好味儿，鸭子是现成烤好了的，片下鸭皮，修成长方形，鸡蛋打成液摊出厚薄均匀的蛋皮，同样修成长方形。再将虾蓉卷入其中，沾点蛋液，眼下没有面包糠，只好用松脆的杏仁碎片滚上一滚，然后下锅炸。

这道菜的特点是外酥里嫩，双卷双味儿，香脆爽口。但对于看官而言，亮点在于叶佳瑶的拼花手艺。西红柿去了里面的瓤，削成两厘米左右宽的细条子，在盘中摆出一朵盛放的花朵，又用青黄瓜皮削成细丝，摆出叶子的造型，红花绿叶，配上炸得金黄、码得整整齐齐的双卷，一道精致的双味鸭卷就完成了。

厨房里帮忙的婆子们看得两眼发直，啧啧赞叹，到底是济南府大酒楼来的厨子，这手艺真不是盖的，不仅讲究味儿，还好看，让人看着就要流口水。

叶佳瑶手脚麻利，炒、煎、烹、炸、蒸、煮、闷、煨、雕花拼盘十八般武艺齐上阵，十道菜齐开动，统筹安排，忙而不乱，井然有序，一气呵成。

赫连景眼珠子都快转不过来了，瑾兄做菜时的架势和气场，仿佛整个人都在发光，他就是这里的王，掌控着一切，一双妙手化腐朽为神奇。这厨艺便是说自己是望仙楼的大厨也没人敢质疑。赫连景不由得萌生出一个念头，等回到金陵，就让瑾兄到王府当大厨，专门给他做饭，那就两全其美了。

李管家进来查看，看到一盘盘精美到令人都不忍下嘴的菜肴，忍不住咂舌，再看这位小哥时眼神都不一样了。乖乖，这厨艺，把这一带最有名的老明头甩出几条街都数不清。他不禁暗暗庆幸，自个儿今天可算是找对了人。

吉时一到，宴席摆开，外头高朋满座、锣鼓喧天，叶佳瑶和赫连景还有帮厨的婆子们就在厨房里用餐。赫连景这才享用到叶佳瑶精心烹饪的美食。

凤鸣祥和，那鸡肉包着板栗和鹌鹑蛋经过长时间的蒸焖，充分汲取了板栗的香味，而板栗又吸收了鸡肉的汁液，栗香浓郁，肉烂香醇。

百年好合，芹菜的爽口，百合的清甜，虾仁的鲜滑，融合出独特的风味。

高朋满座，汇集了海参、鲍鱼、鱼唇、鱼肚以及鲜笋冬菇，怎一个鲜字了得。

“瑾……”赫连景刚一开口就被叶佳瑶瞪了一眼，忙改口道，“哥，多年不见，你的厨艺越来越好了。”

叶佳瑶咧嘴一笑：“那是当然，师傅常夸我有做菜的天赋，不管什么菜，只要看上那么一眼，就能寻摸个八九不离十。”

赫连景学她翻白眼，心说：瞧你嘚瑟的样，就不能谦虚一点，含蓄一点吗？也不怕人笑话。但他转眼看那些婆子，她们一点没有想笑话的意思，而是一脸崇拜地看着瑾兄。赫连景快快地又翻了个白眼，一群没见识的婆子。

叶佳瑶给他夹了个鹌鹑蛋：“多吃点，这个很营养的，你正是长个的时候。”完全是一副大哥关怀小弟的态度，引得那些婆子不禁崇拜，更有把这个后生骗回家去做女婿的冲动。

赫连景也给她夹了个蛋，趁机揶揄一把："哥，你也多吃，你看你，当了几年厨子，颠勺颠得都不长个，不知道的还以为你是我弟呢！"

叶佳瑶不以为然："小景，做人呢，学点本事最要紧，有一技傍身走哪都有饭吃，不然，光长个不长本事，咱可没有那些富家纨绔的命。"

婆子们纷纷点头，赞成叶佳瑶的说法。赫连景又抑郁了，左右都说不过她，连嘴上便宜都讨不到。

不一会儿，李管家又折回来，笑逐颜开，拱手道："李小哥好手艺，宾客个个赞不绝口，说从来没吃到过这么好的宴席，东家老爷高兴得很，说是等婚礼结束后要见见两位。"

叶佳瑶谦虚地还礼："大家满意就好。"她偷偷朝赫连景挑眉挤眼，似在说：瞧，哥厉害吧！

赫连景面无表情地转开眼去，心底哼哼：让你美……

晚宴结束后，李财主特意请了叶佳瑶两人过去，口头感谢外加重金酬谢，整整十两银子。十两银子，搁在以前，赫连景是眼皮都不会抬一下的，现在不是特殊时期么，他们都快穷疯了，十两银子就变得弥足珍贵，他开心得都合不拢嘴了。

叶佳瑶嫌弃地白了他一眼，小景景，虽然你的酒窝很好看，但是嘴角都快咧到耳朵根了，这样很丢人知道不？好歹你也是金银窝里出来的，不就是十两银子么？至于这样吗？

"听管家说，你们要去金陵，正好，我的商队三天后要去扬州一带，你们就在我这先住上几日，一起出发吧！"李财主发出邀请。

叶佳瑶道："那敢情好，一路上在下还可以为商队做饭。"做人呢，要尽最大限度体现自己的价值，不能老想着占人家便宜，勤快的人走哪儿都会受欢迎。

这一晚，两人终于可以睡舒舒服服的大床了。可叶佳瑶却开始烦恼，因为她跟人家介绍她和小景景是兄弟，于是，人家只给安排了一个房间，房间里只有一张床。

虽然她和小景景也算同过床了，但那是大通铺，一个铺上睡着十几人，不一样。现在要她和小景景同床共枕，孤男寡女的，这个……不仅仅是有点心理障碍，还有露馅的风险。

赫连景看见大床便张开手脚往床上一躺，感慨道："天天睡破庙睡凉亭，我都快忘了睡大床是什么滋味了。"

叶佳瑶愁容满面地看着他在床上翻滚，心道：我也想滚上一滚啊！

三十九　吃货而已

叶佳瑶去洗漱回来，赫连景已经抱着枕头迷糊上了。

“喂，起来洗漱了，洗洗再睡。”叶佳瑶推了他一下。

“不要吵我，我要睡觉……”赫连景拍掉她的手，转个身继续睡。

“喂，你要当臭虫吗？快起来。”叶佳瑶抽掉他怀里的枕头。

赫连景被她吵得没办法，只好慢吞吞地爬起来，眼睛还睁不开，踉踉跄跄摸去净房。

叶佳瑶把配八仙桌的四张长条凳子拼在一起，拼成一张简易床，拿了个枕头，一床薄毯子半垫半盖。大功告成，叶佳瑶躺在简易床上长舒了一口气。这床虽然硬了点，还有些高低不平，但是，比起睡破庙凉亭已经好很多，也没有大通铺里的难闻气味。先将就一晚上，看明天能不能问李管家要张躺椅或是草席什么的。

赫连景洗漱回来，见叶佳瑶躺在长条凳子上睡觉，纳闷道：“你干吗有床不睡睡凳子。”

叶佳瑶哼哼道：“我不习惯跟人睡一床。”

“大通铺里你还不是跟那么多人睡一床吗？”赫连景问。

“真啰嗦，要不，你来睡凳子，我睡床。”叶佳瑶瞪了他一眼。

赫连景坐在床沿看着他蜷缩在凳子上，心里很不是滋味。虽然他整天凶巴巴，还老以欺负他为乐，但是看得出来，他还是很照顾他的，有吃的总是先让给他，就算睡在破庙里，也把干净干燥的地方让给他睡。今天他忙了一晚上，看他做菜行云流水一气呵成，好像很轻松的样子，但他不傻，那些只做做帮手的婆子都喊腰酸胳膊疼，他的活是最重的，不累才怪。想到这，赫连景说：“你睡床上来。”

叶佳瑶不耐烦道：“都说了，我不习惯跟人……”

“我睡凳子你睡床。”赫连景说。

叶佳瑶愣了一下，他肯主动把床让给她，令她有些意外。他是娇生惯养的富家公子，一路上总是嫌这嫌那，如今也学会为别人考虑了，这是好事，人不经历磨难，永远不会成长。就好像她一样，不得不面对种种挑战，抱怨有用吗？没用。消沉有用吗？只会死得更快。所以她一直很努力，努力活着，努力想要活得更好，就算全世界都抛弃了她，她也不会放弃自己。

“拉倒吧，就你那大高个，睡相又不好，别半夜里掉下来，赶紧睡了。”叶佳瑶嘴上没好声气，但心里却是暖暖的。

赫连景闷闷地躺下来，侧着身看着那道瘦削的背影，隔得那么远，都闻不到他身上淡淡的幽香，那种令他安心又温暖的气息，令他很是渴望。他知道自己并不是个好相处的人，就像他说的，他很矫情，性子傲脾气臭，只是在王府里，人人都迁就他，他觉得那是理所当然，从未像现在这样觉得不安愧疚。

这几天的经历，比他十六年来经历过的都要多，从没想过，在湖上偶然遇见的一个人会对他产生这么大的影响。他们差不多年纪，但他在他面前就像个无知的孩童，什么都不懂，什么都不会，被人阿谀奉承惯了，总觉得自己很了不起，第一次意识到自己居然这么无能，要是没有他，他可能真得去要饭了。

大尧尧，等到了金陵，我一定会兑现我的承诺，让你过上好日子，不用再四处颠沛流离。赫连景默默在心里重复着他的承诺，抬手对着烛台一挥，烛火跳动了几下，灭了。

不到三天，叶佳瑶在李财主家混得如鱼得水，上至李老太太下至看门大爷的大黄狗都很喜欢她。赫连景总结了下叶佳瑶之所以这么受欢迎的原因，首先，她有一副好皮囊，笑起来人畜无害。第二，她很热情很热心，见谁都打招呼，人又勤快。第四天，李家的商队如期出发。

叶佳瑶和赫连景坐在大板车的草药包上，虽然交通工具简陋了些，但是终于不用走路了，叶佳瑶很满足，心情好得不得了。不用再为觅不到食物而苦恼，不用再为今晚住哪儿发愁，旅程变得轻松而有趣。

两天后，商队到了济宁，改走水路。船是顺风顺水，一日几百里。叶佳瑶算算路程，这种速度，十几天就能到金陵了。眼看着就要到扬州，叶佳瑶纠结起来，要不要在扬州下船，回叶家去看看？

继母看到她会不会吓得眼珠子都掉下来？这场偷梁换柱的戏码，老爹知不知情？不过，就算老爹知道了，相信老爹也不会为她讨公道，说不定还帮着继母和二妹，为了叶魏两家的声誉而对她不利。叶佳瑶想来想去，打消了这个冒险的念头。

那么……去外祖家？外祖母最疼她，一定会为她做主的。再转念一想，叶佳瑶又摇头，年初的时候外祖家来人，说外祖母身体不好，要是让外祖母知道她最心疼的外孙女被人欺负成这样还不得气死，还是别去给她老人家添堵了。

"喂，在想什么？"赫连景来到甲板上，看到叶佳瑶坐在船头发愣，便挨过来询问。

叶佳瑶淡淡扫了他一眼，臭小子，怎么跟那头蠢驴一个德性，老是喂喂喂。

"在想午饭吃什么。"叶佳瑶懒懒回答。

赫连景笑道："我就奇怪了，你说你不是厨子，怎么会做这么多菜。"

叶佳瑶挑着眉梢道："这有什么好奇怪的，你哥我是天才，悟性好懂不懂？就好像你们学琴棋书画，学骑射，同一个师傅教，有些人很快就能掌握其中的技巧，融会贯通，有些人就怎么也学不好，你就是属于那种没啥悟性的人，所以才会觉得奇怪。"

赫连景啧啧道："夸你两句，你就飘到天上去了，我看你也就是一个吃货，整天就知道琢磨吃的而已。"

叶佳瑶一咧嘴，皮笑肉不笑道："恭喜你，还没笨到无药可救，兴趣是最好的老师，是动力的源泉，只有当你对一件事感兴趣了，你才会全神贯注、全情投入地去做，做到最好，所以不管做什么，用心最重要。"

“我看你不仅可以当个厨子，还能去当先生了。”赫连景讪讪撇嘴。

叶佳瑶自嘲地笑了笑，这些可都是金玉良言，可惜以前她不懂，老师每每唠叨，她都烦不胜烦，现在才深有体会。如果当初她能听进去，多学些本事，或许现在就能多一条路。

李茂从船舱里出来，对叶佳瑶喊道：“李小哥，待会儿就到扬州了，我们要上岸送货，你和景小弟要不要上岸玩玩？”

赫连景兴奋道：“咱们上岸去玩玩吧！扬州我来过，知道好多好玩的地方，我带你去啊！”

叶佳瑶嘴角抽了抽，你只是来过，老娘前世今生都是在这里长大的好不好，谁带谁玩啊？

“好啊，我们也上岸。”叶佳瑶冲李茂大声回道。

船徐徐靠了岸，李茂指挥大家把一部分货物搬运上岸，他们要送药材去扬州最大的药铺济仁堂。叶佳瑶叫上赫连景也去帮忙。

“没事儿，李小哥，你们去玩吧！船要在码头停靠一宿，今天晚饭你也不用做了，大家要上岸去喝点酒。”李茂笑呵呵地说。

也就是说，今天他们自由了，放假了。于是赫连景欢喜地拉着叶佳瑶上岸去。

四十 偶遇

扬州城最大的客栈悦来居的天字一号房里，夏淳于喝着清茶，听宋七汇报打听回来的消息。“属下已经打听清楚了，叶家有三姐妹，一个兄弟，大小姐叫叶瑾萱今年十七,二小姐叫叶瑾蓉今年十六,三少爷叶仲元今年十四，还有位四小姐叶瑾芳才十二岁，那叶夫人原是偏房，叶同知的原配去世后才抬了做夫人的。如今，叶大小姐和叶二小姐都不在府里，叶家很平静，好像什么事儿都没发生，下人们都说叶大小姐嫁去济南魏家了，叶二小姐的行踪却说不清楚，反正不在府里就是了。属下又去了已经离府回乡下的叶大小姐的奶娘苏氏家，叶大小姐在家时的确过得有些艰难。”

夏淳于放下茶盏，背着手走到窗前，蹙眉远眺，从这里望出去可以看到运河上白帆如林，正是……一江春水东流去，万点白帆逐浪来。然而眼前的繁华景象却掩不去心底的悲戚与荒凉。

所有信息汇集在一起，迷雾散尽，真相浮出，叶瑾萱上了黑风岗，而叶二小姐李代桃僵成了魏府的大少奶奶。瑶瑶没有骗他。

不敢去想，瑶瑶离开时是怎样的心情，她说……淳于，我会好好待你的。于是她毫无怨言，每天帮他做饭洗衣，像个快乐而忙碌的小妇人。她说……淳于，你不能丢下我不管。得到他的承诺，她面上还是委屈，眼底却漾着狡黠的笑意。只可惜那时他不懂，她把他当成人生的救赎，而他只因对她有所怀疑，碍于自己高贵的身份，一再将她辜负。最后只留下遗憾与愧疚，像针扎在心里，拔不出来，每每念及便是尖锐的刺痛。

宋七同情地看着世子爷落寞的背影，嫂子是个好女子，相信每个和她相处过的人都很难忘记她，到现在他还对嫂子许诺过他的猪肚鸡念念不忘，以后却是没机会吃了。

“你没告诉苏氏瑶瑶的真实状况吧？”夏淳于问道。

宋七道：“属下没敢如实相告，只说叶大小姐在济南过得很好，很挂念她，托属下前去看她，苏氏很高兴，说叶大小姐终于苦尽甘来了。”

夏淳于的眉头拧得更紧，说：“你再去一趟，给苏氏送一百两银子去，别忘了再买一副虎皮护膝。”他不知道她还有哪些心愿，独独这一件是听她说起过的。

扬州，一座如诗如画的城市，不过，赫连景和叶佳瑶心思相同，景可以慢慢赏，先喂饱肚子里的馋虫再说。运河边便是繁华的美食街，南来北往的人们来此都会停泊靠岸，尝一尝这里地道的美食，赏一赏此地优美的景色。

两人进了一家普通茶楼，赫连景熟门熟路地点了三丁包、翡翠烧卖和千层油糕，介绍道：“这叫点心三绝，喝茶必备佳品，就是不知道这里的点心做出来味儿正不正，福满楼的点心那是绝对的美味，可惜太贵，现在咱们吃不起，以后我带你去吃。”

叶佳瑶笑笑，并不走心地说：“好啊！”

福满楼的点心的确是扬州城里最正宗也是最贵的，瑾蓉就很喜欢吃，时不时让人去买，还到她面前炫耀，而她还是十岁那年外祖父送她回扬州时带她去吃过一回。

点心很快端上来，赫连景兴奋地搓手，拿起筷子就先夹了一个三丁包细细品味起来，面上流露出无比满足的神情。

叶佳瑶也尝了一个，面皮还算柔软筋道，馅料的确是鸡丁肉丁和笋丁，只是鸡肉不够鲜香，似乎是用炖过高汤、鲜味都被榨干了的鸡肉做的，肉丁太肥，不是选用最嫩的五花肉，笋丁偏老，能吃出渣来。叶佳瑶在心里给了个两星半的评价。

再尝千层油糕，正宗的千层油糕大约有二十来层，一层糕夹一层糖油，层层相叠又层层相分，柔韧异常，甜糯适度，但这里的千层糕都粘在一块儿了，也太甜了些。只能给个两星的评价。

至于翡翠烧卖，倒是有意外的惊喜，面皮薄如纸，透出里面韭菜的翠绿颜色，从外形上看的确对得起“翡翠”二字，里面的虾仁也够鲜嫩，叶佳瑶给出四星的评价。

“好吃好吃，真好吃，太想念扬州美食的味道了。”赫连景那叫一个心满意足。

叶佳瑶同情地看着他，可怜的小景景，过了几天苦日子，对美食的要求直线下降，就这东西，搁以前，他恐怕会扔掉喂狗。算了，不打击他了，人饥饿的时候自然什么都觉得好吃。

“喜欢吃就多吃点。”叶佳瑶把点心推到赫连景面前。

赫连景感动不已，大尧尧就是刀子嘴豆腐心，有什么好吃的都先想着他。“你也吃啊！我一个人吃不完这么多。”赫连景忍痛割爱，大尧尧对他这么好，他也不能太自私。

叶佳瑶失笑：“统共三个三丁包，四只千层油糕，六个翡翠烧卖，搁平时还不够你塞牙缝，少跟我客套了，我是肚子不饿，不太想吃。”

为了不影响小景景的食欲，关键是本着不能浪费粮食的原则，叶佳瑶就不说她是嫌难吃才不要吃的。赫连景这才把剩下的都席卷了。

吃过点心，两人继续去找好吃的，看到路边有浇糖人的，叶佳掏了三个铜钱，转到一只凤，赫连景也来凑热闹，却转到一只他深恶痛绝的狗，坚决不肯要，最后换了一只兔。浇糖人的师傅熟练地在案板上浇出展翅飞翔的凤凰和一只小小的兔子。叶佳瑶得意地拿着她的大大的凤凰跟赫连景的小兔子比了比，哈哈大笑。赫连景无比郁闷，同样是三个铜钱，她就转了个这么大的，他只得了个小的。不过转念一想，反正不是他掏钱，便释然了。

两人吃着糖人继续逛，赫连景对街边的套圈游戏产生了兴趣，跃跃欲试，叶佳瑶摸了一把铜钱给他：“玩去吧！”

“你不去？”赫连景问道。

叶佳瑶朝另一个方向昂了昂下巴："我要去捏个面人。"

赫连景对捏面人不感兴趣，说不定大尧尧会让面人师傅照着他的模样捏，便说："那你待会儿过来找我。"

"一个铜子一个圈，爱套什么套什么，套中就归你啦，来来，套圈啦……"摆摊的大叔吆喝道。

赫连景挤到最前面，见之前的人连扔了五个圈啥也没套中，不由得嗤鼻。"给我五个圈。"赫连景爽快地摸了五个铜钱拿到五个竹圈，瞄准了一个胖乎乎的瓷娃娃，大尧尧用一个乌漆抹黑的破陶罐装铜钱，实在太难看了，连着铜钱都不那么可爱了，他给她套个漂亮的让她装铜钱。

"嗖……"竹圈稳稳套住了瓷娃娃，围观的人大声喝彩，赫连景心里也是得意，小爷这一路练石子打小鸟，准头大大提高。接着赫连景又套了几样小东西，简直百发百中，摆摊的大叔脸都黑了，不情愿地把东西给赫连景，怏怏道："小哥好准头，我这也是小本经营，小哥见好就收吧！"

想要的东西赫连景都套来了，剩下的也不感兴趣，大尧尧老是教育他，做人做事要给别人留三分余地，便抱了战利品兴高采烈地去找叶佳瑶。

"尧尧，尧尧……"赫连景挤出人群扯着嗓子喊。

叶佳瑶听见了，回过头来，看见赫连景抱了一堆东西冲她喊，看来收获不小，正要回应，却看见一个人直直朝赫连景走过去，叶佳瑶下意识地连忙转头。蠢驴怎么会在这里出现？应该不是她眼花了吧！

赫连景正要朝叶佳瑶那边走去，一个高大的身影像一堵墙似的拦在了他面前。赫连景定睛一看，顿时呆了，结结巴巴地说："淳……淳于哥？"

夏淳于心情烦躁便来运河边走走，忽然听见有人叫尧尧，对这个名字，他特别敏感，那一瞬，心跳都漏了一拍，循声望来，却意外地发现了赫连景。

四十一 景小王爷

“小景？真的是你，你怎么会在这儿？”夏淳于讶异地问，再看赫连景一身土布灰衣，老百姓的穿戴打扮，原本白皙的皮肤晒成了古铜色，恍然道，“你从家里溜出来的？”

赫连王府的这位小王爷是个颇让人头疼的主，爱凑热闹，什么事都喜欢插一脚，前年赫连煊去闽南驱逐水寇，他就从家里溜出去，幸好没出城就被人给抓了回来。这次赫连煊到山东剿匪，估计他又想跑去山东，说不定他已经去过山东了，不然，怎么会是这副落魄潦倒的模样。也不知这一路上遭了多少罪，赫连王府肯定已经鸡飞狗跳了。

赫连景目光闪烁，估算着从淳于哥手底下逃脱的可能性有多大。夏淳于一眼看穿他心里的小九九，他的右脚刚一迈出，夏淳于就封住了他的去路。

“想去哪儿，跟我回金陵。”

赫连景哭丧着脸道：“不行啊，淳于哥，我跟我朋友一起来的，不能丢下他不管啊！”

夏淳于脸色一沉：“你又把哪家的兔崽子给拐出来了？”

“我哪里拐别人了，是我差点被人拐了，多亏瑾尧兄解救了我，一路带我回来的。”赫连景嗫喏道，生怕淳于哥误会大尧尧是坏人。

夏淳于挑眉，默念着……瑾尧兄？尧尧？是男的？

“你刚才叫的就是这位朋友？”

“是啊！他就在那边，我去叫他啊。”赫连景说着就要开溜。

夏淳于一把抓住他的手臂：“一起去。”他决不能让小景从他眼皮底下溜掉。

赫连景没奈何，在淳于哥面前他可不敢放肆，逃又逃不掉，只好乖乖带着淳于哥去找叶佳瑶。

“咦？人呢？刚才明明在这的。”来到捏面人的小摊前，没看到叶佳瑶，四周也没人，赫连景莫名紧张起来，问捏面人的师傅：“刚才过来捏面人的小哥呢？”

捏面人的师傅手里还忙活着，头也不抬地说：“那位小哥说，有人找他的话，就说他突然肚子痛，先走了。”

这是什么意思？之前还好好的，怎么就肚子痛了？难道是点心吃坏了？可他吃了那么多都没事。赫连景担心地说：“淳于哥，我朋友好像不太舒服，我得去找他。”

夏淳于看他不像是装的，问道：“你们住哪儿？”

赫连景本来还想和大尧尧一路玩回去的，但现在知道遇到淳于哥是逃不走了，便老老实实往码头那边一指：“我们坐船来的，船就停在码头上。”

夏淳于想了想，示意身后的侍卫过来，吩咐道：“你们跟着景小王爷，等他找到朋友，直接带他上船。记住，如果跟丢了景小王爷，你们也不用回来了。”

两个侍卫大声应诺，从这一刻开始，他们的视线会一直粘在景小王爷身上。

叶佳瑶等他们都离开了，才从不远处的巷子里钻出来。真没想到小景景认识蠢驴，还很怕蠢驴的样子，这个世界说大也大，说小也小，难得在扬州逛个街也能碰到蠢驴，真是太神奇了。这说明他们很有缘分？呸呸，这是孽缘的缘，她才不要跟他有什么瓜葛。

“小哥，面人捏好了你还要不要？”面人师傅问道。

叶佳瑶掏了两个铜钱给他，拿了面人去追小景景。看样子小景景是要跟蠢驴走了，相伴一路总得告别一下，好在蠢驴往另一个方向去了，不然连告别的机会都没有。

赫连景回到船上，大声叫尧尧，里里外外找了一遍，没人，大尧尧没回来，李茂他们也不在船上。赫连景心急如焚，尧尧到底去哪儿了？

“船家，船家，有没有见着我哥？”赫连景跑去问船家。

船家朝岸上一努嘴：“那不是你哥吗？”

叶佳瑶一到码头就故意捂住肚子，慢慢吞吞地挪，赫连景见了忙跑过来扶她：“你怎么了？好好的怎么肚子疼？”

叶佳瑶虚弱地摆摆手：“别提了，可能是那千层油糕太甜，我吃不了太甜的东西，一吃就闹肚子。”

“现在怎么样？要不要请个大夫？”赫连景关切道，反正现在有淳于哥，可以问淳于哥要钱。

“不用，现在已经好多了，歇会儿就没事了”叶佳瑶看他是真急了，心里暖暖的。

赫连景扶她进船舱坐下，一边给她倒水，一边抱怨：“知道自己不能吃太甜的东西怎不早说，你可以不吃的呀！”

叶佳瑶撇了撇嘴：“我哪知道那么甜，都咬过了，不能浪费粮食啊！”

赫连景悻悻道：“还不照样都浪费了。”

“快说说，你去套圈都有什么收获？”叶佳瑶转移话题。

赫连景想到自己的战利品，乐呵呵地去拿了来，献宝似的说：“你看，瓷娃娃给你装铜钱。”

叶佳瑶见那瓷娃娃肥胖可爱很是喜欢，嘴上却嫌弃道：“女孩子才喜欢这种娃娃。”

赫连景略有些失望，愤愤地说：“怎样也比你那个破罐子强，我特意套来给你的，你要不要？”

叶佳瑶一把夺过来抱在怀里：“要，可是花了我五个铜钱的，当然要。”

赫连景嚷嚷着：“那也要有本事才套得着，你以为很容易啊！”

叶佳瑶笑着，心里却是酸酸涩涩，很不是滋味。小景景要走了，这个可恶的可怜的可爱的小家伙，一路上给她添了不少麻烦，也给她带来了许多欢乐，在她那么失意的时候，幸亏有他作伴。

“这个给你，可是照着我的模样捏的哦。”叶佳瑶把自己的小面人给他。

赫连景一看那小面人，哈哈大笑：“大尧尧，你这是什么怪手势，太逗了。”

说着，赫连景还学着叶佳瑶的样子在耳边比了个剪刀手。细长的凤眼弯着，露出洁白整齐的牙齿和深深的酒窝，笑得那么阳光灿烂，而她，也许再看不到这样灿烂的笑容了。

叶佳瑶翻了个白眼，嗤鼻道："傻兮兮的，学不像就别学。"

赫连景开心地收起面人，对她说："尧尧，我刚才碰到了我哥的朋友，他会带咱们回金陵。"

咱们？叶佳瑶愣了下，忙摇头："我不能跟你走。"

赫连景讶异："为什么？"

叶佳瑶绞尽脑汁找借口："因为……因为……因为我答应了李财主，会给商队做饭，不能说话不算数，我要是走了，以后李茂他们吃什么呀？做事要有始有终。"

"那怎么办？"赫连景愁苦起来，淳于哥是绝对不会答应他继续留下的，他不想和大尧尧分开。

叶佳瑶道："要不，你跟你哥的朋友先走，我和李茂他们一道，到了金陵我去找你呀！"

赫连景闷闷不乐良久，随后抬眼望着叶佳瑶，快快道："你保证会来找我？"

"那是当然，你还欠我银子呢，说好了到金陵加倍还我的，你不会赖账吧？"叶佳瑶揶揄道。

赫连景脖子一梗："我是那种人吗？"只是，他说出了真实身份，她还敢来找他吗？

"景小王爷，时辰不早了。"夏淳于的侍卫在外头催促。

叶佳瑶愣住，景小王爷？她知道他是富家子弟，穿一百多两银子一匹的云水碧，可她万万没想到他是个小王爷，天啊，这个世界怎么了？在土匪窝里能碰到世子爷，路边还能捡到小王爷，是她运气太好，还是这里世子王爷太多了？

看他惊愕的表情，显然是吓到了，赫连景局促不安地解释："那个……那个……我是想着到了金陵才告诉你的。"

叶佳瑶还处在震惊中没缓过神。小王爷跟着她住大通铺，睡破庙凉亭，和她一起偷西瓜，还掉粪缸……好吧，她和世子爷做过夫妻，和小王爷共过患难，真是别样精彩的人生。只是刺激过头，让她有点吃不消。

“景小王爷……”外头又在催。

赫连景吼道：“催什么催，催命啊！”

外头没了声音。

赫连景扶着叶佳瑶的手臂，认真道：“尧尧，我实话告诉你，我是赫连王府的小王爷。你答应过我的，一定会来找我，到时候，你来，只要报我的名字就行。我也答应过你，要带你去尝遍金陵的美食，你不许食言，咱们都不许食言，你说过说话要算话。”

赫连景莫名地紧张，他看到了他眼底的退缩，看到了疏离，这让他很难受。他在金陵有很多朋友，但他知道，那些人之所以和他交朋友，巴结他奉承他，都是因为他的身份，而大尧尧什么都不知情，只当他是普通的富家子弟，虽然对他很凶，但是，有吃的，他必定先给他；有好东西，他必定先想着他；床给他睡，自己睡凳子；伞给他遮，自己淋雨。从来没有人对他这样好，萍水相逢，共了一路患难。

如果可以，他希望可以和他一直走下去，天南地北，去过欢脱恣意的人生，而不是待在王府里做那个无趣的小王爷，周遭都是带着虚伪面具的人。一念至此，自己也是愣住，他以为自己喜欢和他在一起，不过是因为他这个人很有趣，直到要分开，才发现原因没有那么简单。

四十二　告别

叶佳瑶看他急得额头都出汗了，心有不忍，哂笑道："你急什么？还没见过有人这么希望债主找上门的，我这么穷，不找你要账，我怎么过日子啊？行了，我记住了，赫连王府是吧！我会去找你的。"

赫连景听他这么说，暗暗松了口气，不过，他还是不放心，伸出一只手，要与他击掌为誓。叶佳瑶爽快地拍了他一掌，手心隐隐发疼。

"你快走吧，别让人久等。"叶佳瑶捶了他肩膀一拳。

赫连景突然有种想要拥抱他的冲动，然后他便真的这么做了。突兀而来的拥抱，让叶佳瑶整个人都僵掉。

"大尧尧，你一定要来。"抱着他，在他耳边说完这一句，赫连景掉头就走，他怕他再停留片刻，会很不争气地哭出来。怎么这么难受？蓦然心就空了，像风筝断了线，像叶子离了枝，像孩童丢了他最珍爱的宝贝，像那晚站在屋檐下望着夜雨时一般茫然无措。

站在码头回望船头，叶佳瑶在向他挥手，赫连景也挥了挥手，低低地呢喃着："大尧尧，你若不来，我不知道该上哪儿找你，所以，你一定要来啊……"

叶佳瑶直到他走远，看不见了才木然地回到船舱，抱着他送的瓷娃娃，仰头望着舱顶的木板，她怕她一低头，眼泪就会掉下来。

小景景走了，她又变成一个人。

从黑风岗死里逃生的时候她都没有想要流泪，因为那时她很生气也很失望，所以，她不要哭，不要为那个家伙流眼泪。但现在，她好想哭，可爱的小景景，真的像她的小弟弟，跟他斗嘴都是那么欢乐，他陪她度过了最难熬的时光。是不是所有她在乎的人，最后都会离她而去……

直到眼泪流进了心底，确定再不会溢出眼眶，叶佳瑶把破罐子拿出来，把里面的铜钱一枚一枚取出，一枚一枚地放进瓷娃娃的肚子里。她省吃俭用也存了一些钱，本来是想到金陵后给小景景买一身稍微好一点的衣服，再送他回家，免得他家人看到他那么潦倒会心疼。现在……都用不上了。

夜晚的运河，江水在冰冷的银月和缥缈闪烁的繁星的照耀下，泛着粼粼波光，远处那一片渔火终究消失在视线里。

赫连景坐在船尾，手里拿着叶佳瑶送给他的面人，望着茫茫的夜。大尧尧现在在做什么呢？

夏淳于听说小景已经在船尾呆坐好久了，便出来看看。“还在想你那朋友呢？”夏淳于慢慢踱了过去。

赫连景情绪低落，不想理人。

夏淳于嘴角一牵，轻哂道：“这么担心你朋友，为什么又不让我送银子给他，这样你也就不欠他人情了。”

赫连景闷闷道：“不能给，给了他就不会来找我了。”

夏淳于闲闲地道：“能和你景小王爷攀上交情，多少人求之不得，指不定他心里有多高兴，放心，他一定会来找你的。”

赫连景生气道：“大尧尧不是那样的人，他不一样。”

夏淳于好奇地笑：“哦？怎么不一样？人心隔肚皮，谁能看得清？”

赫连景孩子气地说：“大尧尧就是不一样，我知道。”

你知道？你就是个长不大的孩子，单纯又任性，最好骗了。落难之时，有人给你个馒头就觉得人家好得不行。夏淳于讥讽道：“溜出去一趟倒是长本事了，还能识人了，你怎么不想想你这么溜出来，你娘会不会着急，你哥会不会生气？”

赫连景不服气地说：“为什么我哥十四岁就能出征，你也十六岁就有差事做了，我却要每天闲在家里。”

“那还不是因为你不能让人放心？你看你，出趟远门，钱也被人顺走，还差点回不来，都快混成要饭的了，你就这点本事还想做什么？”夏淳于数落他。小景就像他小弟弟，所以夏淳于说话也不客气。

赫连景涨红了脸，辩解道：“不经一事不长一智，难道你们一开始就做得很好吗？”

夏淳于眉梢一挑，反问他：“你说呢？”

赫连景蔫了下来，他也没觉得自己有多差劲，比他差劲的王公子弟多了去，但是跟大哥和淳于哥比起来，他的确差远了，就连大尧尧也比他强太多。

“什么时候你哥和你娘觉得你成熟了，能独当一面了，自然会给你安排差事，至于怎样才算成熟稳重，我想，你有了这一趟经历应该有所领悟。最起码，该有男人的责任和担当，不要总让别人替你操心。”夏淳于拍拍他的肩膀语重心长道。

夏淳于回到船舱，宋七担心道：“小王爷还不肯进来？”

夏淳于摆摆手：“没事儿，让他自己待着，吹吹风，醒醒脑。”

宋七心说：已经吹了很久了，再吹就该吹傻了。

运河上的夜风微凉，船桨划水发出有节奏的哗哗声，夏淳于的一番话像一颗石子投入赫连景的心湖，思绪如浪花激荡。男人的责任与担当。是啊！谁都当他是孩子，家里人如此，外人如此，便是大尧尧也总说他是毛头小子。原因终究是在他自己身上，遇事不够冷静，行事不够沉稳，心气高本事无，如何能让人信服？

他抬眼望向静谧的河岸，一双眼眸格外清亮，透着几分坚毅与决然。不，他不要再做这样的自己，他要变得强大起来，不是跟在别人身后，靠着别人存活，他要做顶天立地的景小王爷，而不是混吃等死的纨绔。

六天后的清晨，一艘双桅船缓缓驶入金陵货运码头，船一靠岸，就上来一队官兵，要找一个叫瑾尧的人。半个时辰后，赫连景骑马来到码头，登上了船。

李茂低着头，不住哆嗦。他一小老百姓，本本分分的生意人，什么时候见过这么大的阵仗，又不清楚到底犯了啥事，那个李小哥看着也不像是坏人，怎么还惊动了王爷呢？

赫连景挥手示意官兵们退下。“李茂，你不用害怕，我只是来找瑾尧，瑾尧呢?"

他就担心大尧尧不会来找他,幸好淳于哥教了他一个法子,估算着日程,在各码头派了人守着,只要李家的商船一靠岸,就把船控制起来,这样大尧尧就跑不掉了。得到消息,他立马赶了过来,谁知还是落了空。

这声音好熟悉,不是李小哥的小弟吗?李茂疑惑地抬眼,看了一眼,又看一眼,顿时目瞪口呆。乖乖,这位锦衣华服、面如冠玉的少年王爷还真是那位景小弟。

震惊过后,李茂倒是松了口气,本来他还以为李小哥是什么朝廷要犯,吓坏了,现在看来不是那么回事。

"回……回王爷,李小哥他在镇江就下船了。"李茂不敢造次,小心翼翼地回话。

赫连景急声道:"他有说去哪儿吗?"

"小的问过,李小哥说他在镇江要办点事,然后可能会去江西。"

赫连景懵了,这还上哪儿找人去?

此时,叶佳瑶正躺在一辆牛车上,慢悠悠地朝金陵而来。她不是要躲着小景景,实在是因为小景景跟蠢驴认识,她不想见蠢驴。为了保险起见,所以她在镇江就下了船,改走陆路。

"小哥,前面不远就是金陵城了,老头我就不进城了。"赶车的老大爷说道。

叶佳瑶一咕噜爬起来,跳下牛车,拍掉身上粘着的稻草。

"大爷,谢谢您啊!"叶佳瑶摸出几个铜钱要给老大爷,牛车也是车,坐车就得给车钱。

老大爷说什么也不肯要。叶佳瑶只好再三道谢,背起包袱踏上了进城的官道。

叶佳瑶早就想好了,到金陵后先找份工作安顿下来,复仇的事慢慢筹划,正所谓君子报仇十年不晚,她是很有耐心的。

找什么工作呢?自然是当厨子,这是她的特长。人可以穿破衣,住破房,但不能饿肚子,所以,厨师这份职业到哪儿都能干。金陵城亦是座美食天堂,酒楼多得数不清。叶佳瑶很兴奋,有种鱼入大海、广阔天地任我遨游的壮志情怀。可是逛了大半天，问了好多家酒楼，都说不招人。

叶佳瑶很郁闷，暂时找不到工作，叶佳瑶只好先去找住的地方，她身上钱不多，但撑个几天还是没问题的。可是，这里的客栈怎么都这么贵？连那种毫不起眼的小客栈最便宜的地字号房间都要一百个铜钱一晚。叶佳瑶忧愁了，理想很丰满、现实很骨感就是她此刻的真实写照。

四十三　多管闲事

叶佳瑶咬牙交了一百个铜子要了间地字号的房间。终于有了独立的房间，不用再混在男人堆里，叶佳瑶脱了衣裳，解了裹胸，舒舒服服地洗了个澡，换了身干净的衣服，便出去觅食。

走到大堂见几个客人和店小二在吵架。“这么难吃的东西还要这么贵，你们开的是黑店啊？”其中一位年轻的汉子把筷子拍在桌上，桌上的碗碟都震了起来。

店小二道：“跟你们说了，今天厨子不在，做不出好吃的，是你们自己非要在这里吃，怪谁啊？”

“那也不能随便糊弄人啊，你自己看，这青菜都炒焦了，豆角咸得要死，还有这……这是红烧肉吗？猪油渣还差不多……”胖乎乎的客人很是气愤。

“不好意思，不管好吃难吃，反正你们已经吃了，就得交钱，四个菜一个汤，总共一两银子，拿来。”店小二伸手要钱。

“要钱没有，这店我们也不住了，走。”几个客人拎了行李就要走人。

“哎……你们不能走，还有房钱没交呢，你们要是不交钱我可就报官了。”店小二上前拦住。

“你去报啊，我们还正想找个说理的地方呢！什么破店，被褥是脏的，茶水是凉的，饭菜是喂猪的，交钱，我交你大爷。”客人也很嚣张。

叶佳瑶觉得这几位客人是故意赖账，饭菜难吃是事实，但房间还算干净，茶水也是烫的，刚才她要洗澡，小二还特意送了两壶热水过来，服务也还算周到的。

她便去问吓得缩在柜台后的账房先生。“老先生，他们在店里住了多久？”

账房先生道：“他们都住了大半个月了，要了两间人字号的房间，只交了二两银子的押金，如今还欠着六两银子呢！”

“那你们掌柜呢？”叶佳瑶看这店里就只有账房先生和店小二。

“掌柜的不在，掌柜要是在，他们也没法子赖账了，他们就是瞅准了掌柜不在。”账房先生鄙夷道。

叶佳瑶点点头，心底冷笑，见过吃霸王餐的，还没见过住霸王店的。那边已经推搡起来，眼看着就要干架了，客栈里的其他客人听见动静都跑出来看热闹，客栈外也有人围上来。

叶佳瑶上前劝架，笑眯眯地说：“几位大哥，有话好好说，别动气，怒伤肝，对身体不好，来来，咱们到里边说话。”

年轻的汉子见冒出来个样貌清秀的小哥管闲事，他们故意找茬吵架就是想要走人，谁还要到里面去说话，便凶巴巴道：“你谁啊？关你什么事？”

叶佳瑶施施然道：“我也是住店的，刚才听你们说这是黑店，便想问问清楚，如果是黑店，我可不敢住了。”

店小二急了：“客官，你别听他们胡说，我们客栈虽然小，可服务周到，明码标价，童叟无欺，街坊邻居都可以作证。”

“你们就是开黑店的。”胖子嚷嚷。

“就是黑店，就是黑店。”两位充当配角的客人附和。

店小二气得脸色发青：“我看你们是想赖账。”

“你说什么？说我们想赖账？”年轻的汉子一把抓住店小二的脖领，双目瞪得滚圆。

叶佳瑶施施然道：“你们说这里是黑店，总得拿出个说法，也好让我们这些住店的知晓知晓，免得步你们的后尘吃了亏，大家说是不是？”

看热闹的人纷纷应和叶佳瑶。店小二气极，这位小哥看着眉清目秀斯斯文文，竟然是根搅屎棍，真是看走眼了。几个闹事的本来就是找个由头，你真让他拿个说法，他哪里拿得出，只好信口雌黄。

“这店有多差劲我就不说了，住在这店里的客人都清楚，问题是，我们还丢东西了，我们的房间只有小二进去过，肯定是他偷的。”胖子气呼呼地说。

店小二怒道：“谁偷你东西了？你哪只眼睛看到我偷你们东西了？”

叶佳瑶道：“丢东西的事呢？没有真凭实据，咱也不好说什么，便是到了官府，没有确凿的证据，也不能随便给人定罪不是？至于你们说这店差劲，我就纳闷了，既然觉得这么差劲，你们怎么还能住上大半个月呢？这金陵城里客栈多的是呀！”

四位客人面面相觑，一时答不上来。众人心领神会，俱是偷笑。

“能住这么久，说明你们还是喜欢这家客栈的，我呢，是今天刚住进来，住的是地字号房，最低等的，但被褥松软干净，茶水冷热皆有，小二热情周到，价钱么……应该还算公道吧！”

店里的其他客人纷纷点头，认为叶佳瑶说得在理。

“不过呢，刚才我也看到了，饭菜的确差强人意，但小二哥事先也说明了，今天厨子不在，做的难吃情有可原。说来说去，都是误会一场，我看这样吧！我帮你们重做一份，算我请客，几位大哥吃完了，把余下的房钱结了再走，如何？”叶佳瑶见好就收，给他们台阶下。

“杜掌柜是个大好人，开客栈这么多年，有口皆碑的。”

“人家也是小本经营不容易，有什么误会大家说清楚就好了。”

街坊邻居出来说公道话。

“算了算了，大家和气生财。”有人劝道。

四位客人看这情形再闹下去就是自己理亏了，本来就是心虚，便顺杆子往下爬，虽然对叶佳瑶恨得牙痒痒，却只能说：“看在你的分上，这件事就这么算了，但这店我们是决计不住了。”

叶佳瑶道：“行，那你们先把房钱结了，我去给你们做饭。”说着挽起袖子问店小二：“厨房在哪？”

店小二指指后堂：“在后面的小院左手边。”

一场纷争就这样消于无形，四位客人走掉后，叶佳瑶拿出一两银子交给账房，小二在一旁讪讪道："这怎么好意思？"之前他还误会小哥是搅屎棍。

叶佳瑶道："说好了我请客的。"把银子放在柜台上便回屋了。

一两银子，对她而言不是小数目，但她叶佳瑶也从不做亏本生意，有时候，吃亏是福。看着吧，出去一两银子，回来的可不止是一两。

第二天，叶佳瑶起了个大早，今天还有很重要的任务，找工作。刚要开门，却响起了敲门声，店小二在外头道："小哥，小哥起来了吗？"

叶佳瑶打开门："小二哥，找我有事？"

店小二嘿嘿笑道："小哥，我们掌柜想见见你呐！"

"你们掌柜回来啦？"

"回了，昨晚就回了，不过回得晚就没敢打扰小哥。"

叶佳瑶跟着店小二去见掌柜，掌柜是个四十开外的中年人，矮矮胖胖，笑起来像个弥勒佛，见到叶佳瑶更是笑得连眼睛也找不到了。

"李小哥，昨日的事儿多亏了你，真是太感谢了。"杜掌柜连连拱手道谢。

叶佳瑶还礼，笑道："举手之劳而已，掌柜客气了。"

"那几个徽州来的客人我早就看出他们不对头，结果真的趁我昨天不在找茬想溜。小杨都告诉我了，是小哥三言两语堵得那几个客人说不上话，还乖乖把房钱结了。我老杜是个有恩必报的人，李小哥，这两银子你拿回去，不能让你帮了忙还破费。"杜掌柜把银子还给叶佳瑶。

叶佳瑶拒不肯收，杜掌柜硬塞到她手里。

"拿着拿着，不然可不让你住店了。"杜掌柜笑呵呵地威胁道。

叶佳瑶这才收了银子。

杜掌柜问道："李小哥来金陵是做何营生？"

"以前在山东当厨子，想来金陵找个事做，昨儿刚到，这不，正要出去找活计呢。"叶佳瑶如实道。

杜掌柜一听，讶然道："你是厨子？"

"是啊，学了几年，会做几个菜。"

杜掌柜来了兴趣："淮扬菜会做么？"

"会啊！淮扬菜是我拿手的。"叶佳瑶暗喜，杜掌柜这么问，是不是有意招她做厨子？

杜掌柜一拍柜台，哈哈大笑，直着脖子喊："二娘，二娘……"

一位妇人掀了竹帘出来："什么事儿?"

杜掌柜道："二娘，这事儿你说巧不巧，大舅子那酒楼正缺个厨子，咱们店里就来了个厨子，这位就是昨天帮咱们客栈解围的李小哥，是个厨子，擅长淮扬菜。"

妇人带着一丝怀疑的神色打量叶佳瑶："这么年轻的厨子?"

叶佳瑶见这妇人手上还沾着鱼鳞，猜想她便是这客栈的老板娘兼厨娘，机会来临的时候就不能谦虚，叶佳瑶笑微微道："大嫂要是信不过我，可以考考我。"

杜掌柜道："你中午不是还要过去酒楼帮忙吗?带他过去让你哥瞧瞧，若是满意，也就不用四处找人了。"杜掌柜本就是个热心人，叶佳瑶又帮过他的忙，自然极力撮合此事。

妇人犹豫了一下，说："行，我带他过去，不过我哥那人你也晓得，一般的厨子看不上眼，李小哥，成不成就看你自己了。"

叶佳瑶连忙道谢。所以说，多做好事总没错，善有善报，这不?机会就来了。

四十四　天上居

黎二娘领着叶佳瑶去见她哥，也就是酒楼的老板。这座酒楼就在秦淮河边，地段极好。三层的小楼，雕梁画栋，飞檐斗拱，招牌更霸气，名叫“天上居”。

老板正在看菜单，吩咐手下：“食材一定要新鲜的，挑好的，那帮王公子弟可比不得旁人，一个个嘴刁得很。”

“是。”手下接过菜单下去干活。

黎二娘唤了声：“大哥。”

“妹子来了。”他见妹子身后还跟了个年轻的后生，便问道，“今天妹夫不陪你过来？”

黎二娘笑道：“给你带来个厨子，今天让他给我打下手，也做个几道菜，你要是觉得满意，就用着。”

叶佳瑶上前行礼：“黎掌柜，在下姓李，单名一个尧。”

黎掌柜看他年纪轻不由得皱起眉头，哪有这么年轻的厨子？不过，既然是二妹带来的，总得给二妹一个面子，反正只是试试，又不一定要留下。便道：“那你就试试吧！不过我丑话说在前头，我们天上居在金陵也是有头有脸的，对大厨的要求很高。”

叶佳瑶表示理解，一家酒楼要运营成功包括多种因素，但最为核心的还是菜肴。菜肴美不美味，留不留得住客人？菜肴有没有特色，能不能在强手如林的金陵饮食界打出名头？这才是关键。所以，不论哪家酒楼，对大厨都是极为重视的，不惜重金招揽，有名气的大厨等于是酒楼的第二块招牌。

叶佳瑶不敢说自己就是最厉害的，山外有山，人外有人，更何况，她才到金陵，对这边的情况还不大了解，只能说："多谢黎掌柜给在下这个机会，在下一定会努力。"

黎掌柜也没有多余的话，黎二娘就带着叶佳瑶去厨房。厨房在酒楼后方的院子里，叶佳瑶进去后不禁被眼前的情景震撼到。十余米长的工作台，十余个帮厨在处理各色食材，笃笃笃的切菜声此起彼伏，不同的节奏混合在一起。再往里是一溜炉灶，大灶小灶十几个，炉火通红，大灶的蒸锅上冒着白雾，小灶上炖着各种高汤，整个厨房香气弥漫。

黎二娘一到，大家纷纷跟她打招呼。黎二娘点了个头，就算回礼了，麻溜地挽起衣袖，系上围裙，又递了一条围裙给叶佳瑶，叶佳瑶连忙系上。

"你最拿手的是什么菜？"黎二娘把一份酒楼的菜单递给她。

叶佳瑶看了一遍菜单，上面的菜，做法她都知道，但有一些还没有尝试过。今天是面试是考核，二娘让她自己选题，已经是格外关照了，她势必要拿出看家本领，争取一次过关。

"文思豆腐、蟹黄狮子头还有爆乌花。"叶佳瑶说道。

她选这三个菜有讲究，首先，今天是以考核为主，不可能让她做很多菜，三道，不算多也不算少。其次，这三道都是淮扬菜的招牌菜，文思豆腐可以展现她的刀工，蟹黄狮子头能体现调味的技巧，而爆乌花要求的是对火候的掌控，三道菜足以体现厨艺的水准。

黎二娘神情淡淡："那这三道菜就交给你了，现在就动手。"

刚才叶佳瑶经过工作台的时候，观察了下帮厨的刀工，水平相当高，起码学了五年以上，但她也不弱。

叶佳瑶净了手取了一块嫩豆腐，一入手便感觉这里的嫩豆腐不但柔嫩，还更柔韧，类似于鸡蛋豆腐，十分适合用来做文思豆腐羹。

帮厨们一看这架势就知道这位小哥今天是来试手的，原先的牛大厨被香溢楼挖走了，黎掌柜正为此事头疼，好在黎掌柜有个精通厨艺的妹子，过来救两天场。大家都很好奇，天上居的大厨最后会由谁来接替。大家都暂时停下手中的活过来围观。

叶佳瑶深吸一口气，抛除所有杂念，敛定心神，果断下刀。笃笃笃，刀刃与菜墩碰触，发出细碎而清脆的声音，连绵不绝。

大家看她手速挺快，但切出来的效果如何，得看豆腐入水打散后是什么样子，细丝是否完整均匀，能细到什么程度，这才是判断刀工是否过硬的标准。

笃笃声一停顿，黎二娘就把一碗凉白开放在叶佳瑶面前。叶佳瑶小心翼翼用刀身抹了切好的豆腐放入凉白开中。拿一根筷子轻轻拨开来。

周围发出倒抽冷气的声音。乖乖，细如发丝一般只是一种形容，形容刀工精细，丝如细缕，但此刻，展现在大家眼前的豆腐丝，长短粗细均匀，果真细如发丝。大家不由得在心中暗赞一声“厉害”，要知道，只要其中有一刀偏了分毫，就不可能有这样的效果。

黎二娘眼底也掠过一抹惊诧，李小哥的刀工大大超出她的预料，不得不承认，比她要强。

叶佳瑶的神经依然紧绷，事还没完，接下来是笋丝。豆腐柔软易碎难切，而笋爽脆更容易断，要切得和豆腐丝一样粗细更难，所以，接下来的都不容易。等所有食材切丝完毕，叶佳瑶后背已经透汗，不过总算是挺过来了。

靖安侯府里，夏淳于屋里的大丫鬟乔汐来请示今天中午吃什么。

吃什么？这个问题，以前夏淳于是非常讲究的，但现在他好像一点提不起兴趣，懒懒道：“随便。”

得到这两个字的指示，乔汐并不感到意外，世子爷回府也有七八天了，每次问他想吃点什么，得到的回答都是“随便”。世子爷要随便，下人可不敢随便，于是乔汐按着世子爷以前的口味吩咐厨房，但世子爷每次都是随便吃点就放下碗筷。

这让一干下人很是担心，不知道是不是世子爷的身体出了状况，此事还惊动了夏淳于的母亲，特地请了御医前来为夏淳于诊脉，把夏淳于弄得哭笑不得。

午饭送过来，清蒸鲥鱼、黄焖栗子鸡、无锡酱排骨、红烧狮子头，以及三丝燕菜羹。夏淳于看着精致的菜肴，尤其是那道狮子头，便又想起瑶瑶做的菜。不知道是不是心理作用，他总觉得谁做的都没有瑶瑶做的好吃，是瑶瑶把他的胃养刁了，养娇了，还是因为他只贪恋她的味道。

看世子爷举筷久久不下，乔汐眼中满是担忧之色。世子爷这趟回来，瘦了好多，沉默寡言的，好像心事很重的样子。

"世子爷……"宋七端了个碗笑嘻嘻地走进来。

夏淳于鼻子嗅了嗅，蹙眉道："你拿的什么？这么臭？"

宋七嘿嘿一笑，把碗放在了世子爷面前："世子爷，这是从山上带回来的松花蛋，叶小姐腌的，说是四十五天便可以吃了，小的差点都给忘了。"

夏淳于眉梢一挑，意外道："她做的？这么臭，你确定能吃？"

这松花蛋不仅闻着臭，还难看，黑乎乎，黄兮兮，半透明，上面还有白色如雪花状的花纹，没见过这么奇怪的蛋。

宋七道："小的也没尝过，但听叶小姐说，这松花蛋是好东西，能清热消炎，静心养神，还很好吃。"

夏淳于看着这蛋的个头，问道："是鸭蛋做的？"

"是啊，还是姜婶送的鸭蛋，叶小姐听说世子爷不爱吃鸭蛋，所以就把鸭蛋腌成了松花蛋。"

"既然知道我不吃鸭蛋，你还拿来？"夏淳于漠然道。

宋七撇嘴，自打叶小姐没了，世子爷就没有好好吃过一顿饭，吃什么都不香，今天他突然想起这松花蛋，连忙拿过来给世子爷尝尝，谁知被嫌弃了。

"小的这就拿走。"宋七快快道。

"放着吧！"夏淳于面无表情地说道。他以为这辈子再也吃不到瑶瑶做的东西了，没想到她还给他留了松花蛋。是瑶瑶做的，再难吃也要吃啊！

夏淳于用筷子把蛋夹碎，沾了点蘸料，抿了一小口，不由得怔住了。这东西闻着臭，看着丑，吃起来却是鲜香滑口，很特别的味道。夏淳于就着两个蛋，居然把一碗饭都吃完了，似乎还有些意犹未尽。

"这蛋有多少个？"夏淳于问。

宋七想了想："大概有二三十个。"

夏淳于叹息，只有二三十个，没多久就吃完了，吃完就没了。

“以后，每天早上来一个，配饭不合适，还是配稀饭比较适合。”

“哎，那小的把蛋都交给厨房。”宋七乐呵呵地说。

乔汐心中好奇，那位叶小姐是什么人？怎么她做的这么臭的东西，世子爷还吃得津津有味？

“对了世子爷，永安侯世子今天在天上居摆宴席，请您赴宴，这是请柬。”宋七这会儿才想起正事，从怀里摸出一张帖子。

夏淳于意兴阑珊，这阵子各种庆功宴让他疲惫不堪，便道：“就说我身体不适，回了吧！”

四十五　一等帮厨

夏淳于刚到书房，外头有人来报："景小王爷来了。"

夏淳于一阵头疼，这位小祖宗还有完没完？难得一日沐休，也不让人安生。

"淳于哥，淳于哥……"不等夏淳于传话，赫连景便冲了进来。

"淳于哥，你得帮我再想想办法，我派去的人几乎快把镇江都翻过来了，还是没有找到人。"赫连景说着，一屁股坐了下来，一副你要是不帮我想办法，我就不走了的无赖架势。

夏淳于瞥了他一眼，慢悠悠道："看来人家是有心躲你，那还怎么找？除非让官府张贴画像，悬赏寻人，你又怕动静闹得太大惹闲话，这事我可没办法。"

赫连景无比沮丧，找不到大尧尧，他整个人都不好了。

"真的只能这样吗？"赫连景快快地问。

夏淳于蹙眉："我就好奇了，那个大尧尧到底有什么能耐，让你对他这么念念不忘，又不是女人……"

"你胡说什么呢？我……我只是欠着别人的情觉得难受。"赫连景嚷嚷起来。

夏淳于看他垂头丧气的模样，有点于心不忍，问道："当初你和那位瑾尧兄遇上，他的确是说要来金陵？"

“是啊。”

“那他有没有说来金陵做什么？”

夏淳于认为，如果瑾尧确实有事需要来金陵，不可能辗转千里之后又放弃，说不定他根本没有去江西，还是悄悄地来了金陵。

赫连景想了又想，气馁道：“他没说。”他心里很后悔，为什么当初不多问几句，也不至于现在像只无头苍蝇一样。

夏淳于又问：“如果他想要在一个地方生存，他最可能找什么差事？”

这个问题，赫连景早就想过了，大尧尧厨艺不凡，他想要谋生，肯定是去做厨子，所以，他派去镇江的人，重点寻找的就是大小酒楼饭馆，却是一无所获。

“应该是当厨子，他很会做菜的，我们这次之所以能搭上李家的商船，也是因为他帮李家做了一场婚宴。”

夏淳于眸光一凛，很会做菜？瑾尧……瑾萱……瑶瑶……他不由自主把这两个人重叠起来。心突然跳得厉害，扑通扑通，如同胸口藏了一面鼓，可能吗？可能吗？

“你确定瑾尧是男的？”夏淳于紧张地问。

赫连景失笑：“他当然是男的，我们这一路同吃同睡，他要是个女的，我能看不出来？除非我眼睛瞎掉了。”

夏淳于苦笑了下，是他太敏感了，瑶瑶怎么可能还活着？在乱箭之下又掉落悬崖，底下是深深的湖水，她一个女人又不会凫水……虽然他很不愿意接受，但事实就是事实。瑶瑶已经不在了。

“我给你两个建议，第一，假设瑾尧没有去江西而是来了金陵，你可以在金陵各大酒楼饭馆暗中寻访，必须是暗中，他既然有心躲你，如果惊动了他，难保他不会再次溜掉。第二，假设瑾尧真的去了江西，你可以去找赵启轩帮忙，他姐夫是赣州指挥同知。”夏淳于说道，他口中的赵启轩是永安侯世子，是他们的好朋友。

赫连景细细琢磨这番话，眉眼渐渐舒展开来，欢喜道：“我这就去找赵启轩。”起身一拱手，急匆匆地走了。

夏淳于摇头失笑，就没见过小景对一件事这么上心，希望他能找到瑾尧。他自己心里又是一阵黯然，起码小景还有希望，而他已经没有希望了。

天上居里，黎掌柜尝过了面前的三道菜后，点头道："地道，不错。"

黎二娘道："我觉得你可以留下他，他的刀工，我可以说，整个金陵城能出其左右的不会超过三人，火候的掌控也很好。关键是他做菜很有想法，能别出心裁。比如，他把狮子头里的莲藕换成了新鲜的荸荠，把淀粉换成了藕粉，使得这道狮子头吃起来，既有荸荠的爽脆又有莲藕的清香，别具风味。在高手如云的金陵，大家的厨艺难分伯仲的情况下，就看谁能推陈出新。这一点，我相信他会做得很好。"

黎掌柜对叶佳瑶的厨艺是相当满意，但总觉得叶佳瑶太过年轻，能担得起大厨的重任吗？

黎二娘明白大哥的顾虑，说："李尧是个不可多得的人才，年轻是他的劣势，也是他的优势，好好培养，假以时日，定是个名动金陵的大厨。或者，你可以让他先试一段时间，我自个儿客栈也忙得很，不可能每天过来。"

黎掌柜看看那三道菜，思来想去，最终决定下来："先签他做帮厨，暂代大厨，如果，他表现出色，再重用不迟。"

大厨一职太过重要，关乎酒楼的生存，不得不谨慎，他说好不算数，得客人认可才行。尤其他这里大多是老客户，都是冲着牛大厨来的，吃惯了牛大厨的手艺，换一个人能不能适应，现在谁也不敢说。

"今晚你还得留下，有贵客订了两桌酒席，让李尧露两手，你帮忙盯着点。"黎掌柜道。

叶佳瑶在楼下紧张地等待，虽然她认为自己今天的表现足够好，但她不知道原先的大厨是怎么个水准，无从比较。黎二娘上去已经好久了，让她越来越没信心。

终于，黎二娘下楼来。

叶佳瑶忙迎上前："大嫂，怎么样？"

黎二娘微然一笑："恭喜你，黎掌柜决定留你做帮厨。"

叶佳瑶大喜，太激动人心了。虽然只是个帮厨，但能进这样的大酒楼当帮厨也是难得的机会。

"待会儿钱管事会找你，你若有什么要求也可以提出来。"黎二娘说道。

"嗯，我会好好干的，多谢大嫂。"叶佳瑶开心地点头。

稍做休息，钱管事就把叶佳瑶叫了去。“一等帮厨的月薪是八两银子，二等是五两，三等是三两，杂工是一两，酒楼目前只有一位一等帮厨，你是第二个……”钱管事说道。

满意满意太满意了，居然混到了一等帮厨，叶佳瑶开心得都不知道说什么好了。

“契约是五年一签，酒楼包吃住，住宿是四人一间，如果没有意见，就摁手印吧！”

叶佳瑶听到五年犹豫起来，太长了，她可不想一辈子当厨子，她的目标是自己开酒店做老板。

“能不能不签五年？我不能离家这么久。”叶佳瑶弱弱地问。

钱管事道：“最低是三年，三年以下，任何酒楼都不会签。”

三年，说长不长，说短不短，勉强可以接受，依她的能力，三年时间足以在金陵站稳脚跟，打响名头，为将来的发展奠定基础。

“行，三年就三年，我签。”叶佳瑶点头道。

“那……钱管事，如果我不住在酒楼，能不能给点住宿补贴？多少都行。”叶佳瑶腆着笑脸问。福利要靠自己争取，争到多少算多少。

四人一间，都是男的，短期还能凑合，长时间的话就太不方便了，杜掌柜的客栈离此不是很远，走路的话半个小时就能到，如果她在客栈长期包房，应该会有优惠的，八两银子的月薪，吃又不用钱，足够她稍微改善一下生活。

四十六 我能行

中午的生意已经结束，晚饭还没到时间，趁着这个空当，叶佳瑶准备回趟客栈，先把住宿的事给敲定下来。黎掌柜真是个好人，竟然给了她一两银子的住宿补贴，大大缓解了她的经济压力。

叶佳瑶前脚刚走，赫连景和赵启轩就策马来到酒楼。赵启轩翻身下马，把马鞭交给迎客的小二。

“听说牛大厨被香溢楼挖了去，也不知这新来的大厨做得怎么样，我这人就爱尝鲜。”赵启轩说。两人说着话进了酒楼，钱管事听说永安侯世子和景小王爷来了，忙不迭出来迎接。

“世子爷，小王爷，楼上雅座请。”

赵启轩摆手，随便就在大堂的椅子上坐下：“晚上的宴席，我还要添几个菜。把菜单拿来，让小王爷点。”

“哎！”钱管事忙叫伙计送来菜单，双手呈上。

“赫连景，你随便点，别跟我客气。”赵启轩这人，为人大方豪爽、热心仗义，加上这厮又会做生意，腰缠万贯，所以在金陵颇有人缘。

赫连景看着上头那些直白的菜名，不禁又想起大尧尧拟的菜单，什么凤鸣祥和、比翼双飞、百年好合……如果这份菜单让大尧尧来起，说不定她会把鸳鸯雪花卷取成“只羡鸳鸯不羡仙”，把酿杂烩取成“福满堂”。搞噱头，那是大尧尧的专长。

“别的就不用了，点一个双味鸭卷，再来个荷包鸡吧！”赫连景合上菜单还给钱管事。

赵启轩挑眉道：“这也太少了，钱管事，再来个鲤跃龙门、檀扇鸭掌。”

钱管事笑眯眯地记下：“世子爷，还需要什么？”

赵启轩道：“先这些，不够再添。哎，钱管事，牛大厨走了，你们这里现在谁掌厨？”

钱管事神秘兮兮地说：“我们从外地请了个大厨，今晚宴席会由他掌勺，世子爷是头一个尝鲜，若是觉得好，还请多关照。”

赵启轩呵呵一笑：“爷就喜欢尝鲜，你告诉他，今晚的宴席若是让我满意，爷给他打赏。”

钱管事道：“那大厨的手艺不是小的自夸，绝对比牛大厨还牛。”

“比牛大厨还牛？钱掌柜，你可别吹牛。”赵启轩的好奇心被勾了起来，牛大厨在金陵绝对是能排得上号的大厨，要不然，香溢楼也不会出高价挖人。

“小的哪敢在世子爷面前吹牛，吹出来的牛皮，世子爷您都不用动手，吹口气儿，那牛皮就得破。好不好，世子爷您说了算。”钱管事腆着笑脸说。

赫连景已经完成了点菜的任务便道：“启轩，我得先回了，府里还有事，我晚上再过来。”

赵启轩忙拉住他：“别走啊，你能有啥事？一无官二无职，府里的事也轮不上你说话，走走，陪我去游湖，画舫我都准备好了，还请了畅春楼新来的头牌，弹得一手好琵琶，咱们游湖听曲儿去。”说着，不由分说地拽了赫连景去。

来福客栈里。

杜掌柜见叶佳瑶回来了，关心地问：“咋样？成了吗？”

叶佳瑶眯着笑眼：“成了，一等帮厨。”

杜掌柜哈哈大笑，拍着叶佳瑶的肩膀：“李小哥，不赖啊！天上居的一等帮厨，再混个一两年，混个大厨没问题。”

叶佳瑶被他拍得半边身子矮了下去，暗暗龇牙：杜胖子好大的手劲。“承大哥吉言，改天请大哥喝酒。”叶佳瑶笑道。亲热地叫起了大哥，想在人家这里住下去，必须先搞好关系。

“干吗改天，今天老哥我请你喝。”杜掌柜豪气地拍胸脯。

叶佳瑶讪笑道：“今天可不行，待会儿还要回酒楼，晚上有重要的客人，黎掌柜让我露两手。”

“这是正事，不能耽误了。”杜掌柜正色道，心下讶然，李小哥一去，大舅子就把重要客人交给他，可见对这位李小哥不是一般的重视。

“嗯，我会好好干的，不然怎么对得起大哥大嫂的引荐。”叶佳瑶诚恳地说。她是真心感谢，她很清楚，如果没有黎二娘这层关系，即便她的厨艺再好，也没有一去哪家酒楼就给一等帮厨的待遇，一等帮厨再往上就是大厨了。普通人要混到她这个位置，起码得付出好几年的努力。

“李小哥，你这么说就客气了，你自己要是没几分真本事，就是老哥我也不能把这么重要的差事交给你。”杜掌柜笑道。

叶佳瑶嘿嘿笑：“大哥，有件事，我想跟您商量一下。”

“什么事，你说，只要老哥帮得上忙，绝不推辞。”杜掌柜道。

“是这样，我想在客栈长期包一间房，不知道，您这做不做包房的生意？”

“做啊，怎么不做，我们这，住一个月以上都会给打个八折，三个月以上七折，李小哥准备住多久？”

叶佳瑶想了想：“那就先包三个月。”

“行，那老哥给你打个三折，你爱住多久住多久。”杜掌柜爽快道。

叶佳瑶愣了下，本以为老杜能给她打个对折，结果老杜直接给了三折，这……这不等于让她白住吗？

“那怎么好意思，要不然，就给个五折吧！”叶佳瑶不好意思道。她老爹常常教育她，不要老想着占人家便宜，天底下没有免费的午餐。

“有什么不好意思？反正我这客栈有空余的房间，空着也是空着，李小哥很对我的脾气，你住这儿，老哥还多个喝酒聊天的伴。”杜掌柜打心眼里喜欢这个后生，他开客栈见惯了各式各样的人，像李小哥这样热心帮忙又不计报酬，懂得感恩、知道进退的年轻人还真是少见。总之一句话，他乐意。

叶佳瑶犹豫片刻，说：“那就多谢大哥了。”大不了以后有空的时候，帮店里干点活，充当替补小二，算是交房租。

住宿的事就这么愉快地决定了，叶佳瑶赶回天上居，开始准备今晚的宴席。

黎二娘把今晚的菜单给她看：“你看看，有哪些不会的就交给我。”

叶佳瑶一看菜单就知道今晚来的非富即贵，这场宴席对酒楼对她都很重要，如果做得好，就是打响了头一炮。不过刚才进来，她感到厨房里的伙计看她的眼神有些两样，很明显的不服气。

大家的心情她能理解，她是黎二娘带来的，又这么年轻，一来就越过了这么多人，爬到他们头上去了，他们心里不服很正常。所以，她也需要这个机会证明自己。如果连两桌酒席都做不下来，又有什么资格当一等帮厨？

“大嫂，还是全部我来做吧！我能行。”叶佳瑶道。

黎二娘将信将疑，这里面有几道是大菜，工序复杂，要求也特别高，他真的会做？

“今晚的客人很重要，不能有任何闪失，你真的能行？”

叶佳瑶笑了笑：“大嫂若是不放心，就帮我看着点吧！”

黎二娘还是犹豫，叶佳瑶是她引荐来的，她也希望他能一举成名，但她更希望他能稳扎稳打。不过，既然他这么坚决，就让他试试。

“行，那今晚就交给你了。”

叶佳瑶在心里给自己加油鼓劲：叶佳瑶，你一定行的。她把今晚所需要准备的食材都安排下去，谁切菜，谁修鱼，谁管烤鸭，谁负责高汤，她安排得井然有序。黎二娘见他如此，心安了些。

叶佳瑶自己拿了一堆红白萝卜黄瓜西红柿也开始干活。

大家觉得纳闷，这位小哥把活都派给别人做，自己在那倒腾一堆萝卜，算怎么回事？不过，当叶佳瑶把手里的萝卜变成一朵朵栩栩如生的萝卜花、白玉兔、红毛绿羽的鹦鹉时，大家心里的抱怨都变成了惊叹。

四十七 双脆卷

叶佳瑶专注地雕着手里的萝卜，许久没玩，有些生疏，手感不是很好，不过，试雕了一朵花后，很快就找回了感觉。

“你还会这个？”黎二娘惊讶道。

叶佳瑶笑了笑：“以前学过。”

二等帮厨刘其胜用手肘捅了捅边上的一等帮厨钟祥，小声道：“祥哥，这家伙惯会卖弄。”

钟祥目光冷然，闷闷地哼了一声。不得不承认这个李尧是个强劲的对手，但他不认为自己就比李尧弱，他所缺少的只是机会，他当了四年学徒、六年帮厨，从最低等一直爬到今天这个位置，凭的是真才实学，凭的是十年如一日的努力。好不容易盼到牛大厨走了，他以为机会终于来了，可黎掌柜依然不肯重用他，反倒来了个李尧。

李尧一来便签了个一等帮厨，与他平起平坐不说，现在又把这样重要的酒席交给李尧，这意味着什么，傻子都能看得出来。难道他就是一辈子当帮厨的命吗？钟祥暗恨，看这小子能做出什么花来。

叶佳瑶雕好了装盘要用的配饰，让人把今晚要用的菜盘子一字摆开，根据不同的菜肴选择不同形状、大小的菜盘，腰盘、圆盘、方盘、扇形盘……然后开始拼花。

色香味形，形排在最后，但叶佳瑶认为，色和形应该摆在一起，放在最前面，其次才是香和味。因为客人首先看到的是菜肴的颜色和形状，一道菜的颜色搭配外形包装，让客人看了便能产生食欲，是成功的第一步。

从看到菜单的那一刻，菜单就不仅仅是书写在纸上的菜名，而是一道道成型的菜肴，什么菜用什么盘，搭配什么配饰，都已经装在脑海里。今晚一共八道凉菜，十八道热菜。二十六个盘子二十六种搭配，无一重复。

黎二娘现在还不知道哪个盘装哪个菜，但看这些配饰，图案精美，花样新奇，已是赞叹不已，这个李尧当真心思玲珑。配饰，在淮扬菜中运用频繁，因为淮扬菜讲究的就是精细，选材精细，做工精细，搭配美观。但她还没见过哪位大厨做出来的配饰，是如此精美。

凉菜的食材都已准备好，叶佳瑶首先来摆冷盘。

鸭舌摆放整齐，用粽叶包卷，十香卤牛肉摆放成弯月形，缀以红萝卜雕花，蜜汁山药，撒几颗枸杞，再用香菜和紫甘蓝点缀……拍黄瓜被她改成了黄瓜卷，把黄瓜刨成薄片，生菜切丝，包卷其中，用葱、蒜、香菜末、辣椒丁、鱼露、青柠檬汁等调成汁，浇在上头。

卖相是极好，但这毕竟不是客人点的，黎二娘不放心，尝了一个黄瓜卷。只觉格外清香，松脆爽口，还有柠檬汁的酸甜。

“这叫什么菜？”黎二娘从未见过，便问道。

叶佳瑶笑道：“双脆卷，怎么样？还行吗？”

黎二娘微笑点头：“以后天上居可以多一道招牌冷菜了。”

众人哗然，能被称之为招牌菜，便是最高的褒奖，做菜不容易，创新更难，要创出招牌菜难上加难，乖乖，这小哥了不得。

叶佳瑶小小地心虚，其实这是一道泰式凉拌黄瓜卷，她稍微改良了一下，使其变得更适合南方人的口味而已。

“这样下去，说不定他会成为天上居的大厨。”刘其胜酸溜溜地说。

钟祥讥讽道：“你以为大厨是这么容易当的？不过是惯会投机取巧而已。”他嘴上是这么说，心里更堵得慌，李尧表现得越出色，对他的威胁就越大。

“小陆，叫伙计上菜。”黎二娘吩咐道。

厨房里紧张而有序地忙碌着，那边客人也陆陆续续到来。

“不是说今天是给靖安侯世子庆功的么？怎么夏淳于还不来？”有人问道。

赵启轩哈哈一笑：“所谓庆功宴不过是找个由头，请大家聚一聚，我不借着淳于哥的名头，大家能来的这么齐吗？”

夏淳于本就是金陵豪门子弟中的翘楚，这次卧底黑风岗大半年，与赫连王爷里应外合，一举歼灭了贼寇，立下大功，从四品云麾使升为三品一等侍卫，备受圣上赏识，更是成为大家热捧的对象，谁都想巴结。

正主没来，大家虽然有些失望，但赵启轩很会搞气氛，不一会儿，场面就热闹起来。大家胡天海地聊了起来。赫连景被赵启轩拖着游了一下午的秦淮河，听曲儿听得昏昏欲睡，完全不在状态，有人跟他搭讪，也只是有一下没一下地哼哼几声。

伙计来上菜。八道冷盘围着圆桌摆开。赵启轩不由眼前一亮，扇子一收，轻点着左手掌心。

“伙计，这些冷盘也是新来的厨子做的？”

伙计笑呵呵地回道：“回世子爷，是新来的厨子做的。”

赵启轩夹了个双脆卷尝了尝，啧啧道：“不错不错，这叫什么？爷似乎没点这道菜。”

伙计道：“这叫双脆卷，是本店的新菜式，新厨子特意做了让世子爷、各位爷尝尝鲜。”

大家纷纷动筷尝鲜，赫连景却是没兴趣，做得再好吃也没大尧尧的好。

“果然双脆。”

“这味道很特别啊，酸酸甜甜。”

“好吃……”

众人纷纷点赞。

赵启轩道：“爷吃了这么多年大酒楼，总算见到点新鲜玩意儿了，赏！”说着大方地摸出一锭银子放在伙计的托盘上：“给新厨子，等下热菜上来，若是爷满意，再赏。”

这下可把黎掌柜给惊动了，说实在的，今晚他一直悬着心，牛大厨被撬走后，天上居的生意一落千丈。好不容易来个世子爷，这批客人要是抓住，相信会是个很好的转机。把酒席交给李尧，多少有点兵行险招的意思，刚才的凉菜他也看了，摆盘的形式很新颖，还有两道他没见过的菜式，卖相不错，就不知道味道如何，所以很是忐忑。现在，里面的打赏出来了，黎掌柜心中大石落下一半，不过重头戏还在后面。

伙计回到厨房，笑眯眯地把赏银端到叶佳瑶面前："恭喜尧哥，这是世子爷的赏。"

顿时大家眼冒绿光，这位世子爷出手阔绰是有名的，每回来都会打赏，有时候是给门口的小二，有时候是给包房内负责上菜斟酒的小二，但从没给厨子打过赏，牛大厨都没得过赏，李尧今天刚来就得赏了。这意味着什么？意味着认可，还不是一般的认可。原本心里还存着那么点不服气的帮厨都开始琢磨着：是不是要去跟李尧套套近乎？

叶佳瑶埋头做双味鸭卷，看也不看赏银，说："这是大家的功劳，去兑了碎银子，大家分了吧！"

伙计愣住，这锭银子可是足足有五两，说分了就分了？他犹豫地看向黎二娘，黎二娘微微颔首。

"哎！"伙计乐呵呵地拿了赏银出去兑换。

叶佳瑶大声道："大家加把劲好好干，以后得了赏银，人人都有份。"顿时，大家的积极性都被调动起来，剁菜声更加密集了。

黎二娘欣慰一笑，看来，不用她担心了。李尧会做菜更会做人，居功不自傲，有赏大家分，不似那些有名气的大厨，鼻孔朝天，骄傲得很。

热菜陆续呈上来，一道道好像精美的手工艺品，令人大开眼界，看着就眼馋，尝一口，那味儿更美。大家都说好吃，赫连景勉强拿起筷子，夹了爆炒鳝丝，入口嫩滑，鲜香无比，不由得连夹了三夹。果然是好啊，不比大尧尧做的差。

"双味鸭卷……"伙计唱报菜名，将菜呈上来。

赫连景下意识望去，顿时怔住。西红柿丝拼成的芙蓉花开，黄瓜丝摆成的绿叶，怎么这么眼熟？新来的厨子，新来的厨子……他仿佛想到了什么，抬头问伙计："你们新来的厨子多大年纪了？"

伙计笑道："年纪是不大，但功夫了得，怎样？几位爷还满意吗？"

赵启轩道："待会儿菜上齐了，请他过来见一见，给诸位爷敬杯酒。"

赫连景还想多问几句，伙计已经下去了。他满脑子都是疑问，可能吗？可能吗？心里好似有千百只蚂蚁在爬，恨不得现在就冲进厨房去看个究竟，又觉得这样做太过唐突。反正待会儿厨子会来敬酒，那就暂且忍一忍。

四十八 踏破铁鞋无觅处

黎掌柜亲自到厨房视察。看叶佳瑶在那忙，就没走过去，问黎二娘："都做好了么？"

黎二娘道："最后一道菜了。"

"客人们怎么说？"黎二娘问。

黎掌柜笑道："世子爷让李尧菜上齐后过去敬一杯。"

"这么说，成了。"

黎掌柜点头："成了。"

最后一道鲤跃龙门出锅，黎掌柜凑上前一看，不由皱眉："鲤跃龙门怎么是这样做的？"

这是一道自北方传过来的菜式，本来食材用的是实实在在的大红鲤鱼，然而，叶佳瑶用的却是虾，虾身用猪肉泥和虾仁揉了生粉包裹着，背部和身体左右侧各插了两片胡萝卜做的鱼鳍，眼睛上点了两颗青豆，虾尾自然卷翘，看起来像一尾尾在水中游曳的小金鱼，从四面八方游来，盘中央一条萝卜薄片卷成的盛放的牡丹花，整道菜看起来赏心悦目。只是，这样的做法，完全颠覆了大家原先对这道菜的认知，能行吗？

叶佳瑶笑道："新厨师，新做法，今晚的酒席已经有三道鱼，再来一道就过了。"这个点菜的家伙也不知道怎么点的，三道鱼已经够多了，他还给点了四道，干脆叫全鱼宴算了。

正在喝酒的赵启轩突然鼻子一酸，打了个响亮的喷嚏。赫连景一直在数着菜，加上冷盘都二十五道菜了，到底上完没有？

"伙计，把菜单拿来。"赫连景道。

赵启轩忙说："拿菜单来，让景小王爷再点几个。"

赫连景忍住翻白眼的冲动，小爷只是想看看你小子到底点了多少菜，还有完没完了。

伙计忙送上菜单。"小爷不是要点菜，把我们点的菜单拿过来。"赫连景不耐烦道。正说着，上菜的又来了。

"鲤跃龙门，各位爷，菜上齐了，请慢慢享用。"清脆的唱报声如珠玉落盘，在赫连景听来，那简直就是天籁。

赫连景猛然转身，见到了那张日思夜想、折磨了他多日的熟悉面孔。是大尧尧，果然是大尧尧。这叫什么？踏破铁鞋无觅处，得来全不费工夫。

叶佳瑶也看见他了，一张阳光灿烂的笑容，两个深深的酒窝。能不能不这么走运？我刚找到工作，头一天上班，这就被抓住了？来上菜之前她还特意问过在场的都是哪些人，那伙计居然没告诉她有小景景。

看到大尧尧目瞪口呆的样子，赫连景心头那叫一个心花怒放，躲，让你躲，连老天都帮着小爷，你还能躲到哪里去？要不是淳于哥指点，他哪会来找赵启轩，不找赵启轩就不会来吃饭，不来吃饭就见不到大尧尧。所以说，冥冥之中自有天意。哈哈哈……赫连景心中呐喊狂笑。

"这叫鲤跃龙门？伙计，你确定？"有人提出质疑。

赫连景立马道："怎么不是鲤跃龙门，没看见这些小鲤鱼吗？多可爱，看着就有食欲。"

赵启轩觉得这道菜做得挺有意思，便对叶佳瑶说："你给解释解释。"

叶佳瑶回过神来，说："这是时新的做法，虾象征着大富大贵，大吉大利，这是最后一道菜，意取富贵圆满、宾主共欢。"

"好，说得好。"赵启轩拊掌，这位伙计太会说话了，长得又那么俊俏，赵启轩对他颇有好感。

“爷先尝一个，若是好吃，爷有赏。”赵启轩说道。肉泥和虾仁做成的虾身味道鲜美，柔嫩富有弹性，且少油不腻。赵启轩赞道：“既美观又美味，没得挑，今天算是来对了。”旋即摸出一块碎银子给叶佳瑶：“伙计能说会道，这是赏你的，去把做菜的厨子叫来。”

叶佳瑶讪笑道：“我便是做菜的厨子。”

众人眼珠子差点掉下来，先前那位伙计说，厨子还年轻，可也不能这么个年轻法，他才几岁，十六还是十七？就有这等不凡的厨艺？问题是还长得这么眉清目秀，给他换身衣裳的话，说他是哪家的贵公子绝对没人会怀疑。

只有赫连景看笑话似的看着大家，小子们傻眼了吧！这可是我家大尧尧，你们以为是那种腰圆肚鼓、面泛油光的厨子吗？

赵启轩干咳两声，端起酒杯呷了一口：“太意外了，爷得喝口酒定定神、压压惊。你叫什么名字？”

“在下李尧。”叶佳瑶硬着头皮道。

赫连景愣了一下，大尧尧到底哪个是真名？旋即释然，大尧尧可能是为了躲他才不用真名的。不管他叫什么，反正都是他的大尧尧。赫连景用胳膊肘捅了一下赵启轩：“你说的打赏呢？吃得这般尽兴，你准备打赏多少？赵大财主？”

赫连景知道大尧尧缺钱，趁机帮他讹赵启轩。赵启轩以大方阔绰闻名，被赫连景这么一激，当即豪气道：“千金难买爷尽兴。小绍，取一百两银票来赏给这位小哥。”

这下轮到叶佳瑶傻眼，不会吧，小的一年收入也只有一百两，头一天上班就赚了一年的工钱，小的心脏受不了啊！小费给个一二两就足够了。

赫连景凑热闹：“既然你这么大方，我也不能小气，来小爷也打赏一百两。”

叶佳瑶的小心脏猛地抽了下，真受不了了，小景景，你能不掺合吗？

“那个……各位爷，你们能光临天上居就是天上居最大的荣幸，爷今天满意尽兴便是对我们最大的褒奖了，打赏什么的真不用，爷要是喜欢在下做的菜，还请多多光临。”叶佳瑶谦卑地说。

黎掌柜躲在门外听壁脚，心中暗叹，李小哥这话说得好说得妙，这才是真正把酒楼利益放在第一位，要是换成别人，肯定乐呵呵拿了赏银，别的一概不管了。此人值得好好栽培。

赵启轩哈哈大笑："李尧是吧！你实在是个妙人，爷喜欢，就冲你说的这番话，爷以后请客就认准你们天上居，认准你这位大厨了。"

叶佳瑶讪笑："多谢这位爷抬举，在下还有好些拿手菜，保准爷没吃过，等爷下次过来，在下做给爷尝尝。"

"我也来，我也来。"赫连景生怕没自己的份，嚷嚷起来。

叶佳瑶碍着这么多人，不好教训他，只好笑眯眯地瞪着他。这样的眼神，赫连景再熟悉不过了，当即讪讪住了嘴。不过他心里却是高兴得很，这些天以为再也找不到大尧尧了，再也听不见他骂他，看不到他瞪他，别提有多懊恼，现在大尧尧好好站在他面前，就是被他踹两脚他也高兴。

赵启轩说过的话就是铁板上的钉，说了打赏就一定要赏，最后叶佳瑶还是收下了一百两银子。

"世子爷这般抬举你，李小哥，你也总该有所表示吧！"穆侍郎家的公子穆秦楚噙着一丝坏笑说道。

"就是就是，这酒起码得敬三杯。"众人起哄。

赫连景当即就沉下脸来。叶佳瑶就知道这小子沉不住气，要发脾气了，这要是闹起来，对天上居不利，对她也不是好事，便道："这位爷说得是，在下初来乍到，以后还要靠各位爷多多捧场，在下先敬世子爷三杯，在下干了，世子爷随意。"

跟叶佳瑶进来的伙计，连忙上酒。叶佳瑶豪气地连干三杯。

赵启轩对叶佳瑶竖起了大拇指，本来以他的身份，是压根看不上什么厨子，打赏也只是摆摆阔气，图个高兴，但这会儿却是真的生了想要结交的心思。赫连景看大尧尧一杯接一杯地喝，他的小心肝都要跳出来了，大尧尧能行吗？会不会醉啊？

叶佳瑶三杯干完，倒转酒杯，滴酒不剩。又道："以后也请诸位爷多多关照，在下也敬诸位爷三杯。"

"三杯怎么够，起码一人一杯嘛！"穆秦楚施施然道。

没等赫连景发火，赵启轩开口了："穆秦楚，你是不是先把刚才欠下的那碗酒喝了？还有上回你输了一顿酒席……"

穆秦楚头皮发麻，忙打马虎眼："三杯就三杯，李小哥，可要满杯哦！"

叶佳瑶笑笑，示意伙计倒酒。

赫连景看着那满满的酒，心里就揪得慌，脱口而出："我来……"

叶佳瑶忙打断他："景小王爷也要喝一杯？"眼神中又透出警告之意。

赫连景闷闷地说："我也来一杯，满上。"

外头的黎掌柜已经笑得满脸褶子了，好家伙，会做菜，会说话，还会喝酒，那头老牛走得好啊，老牛要是不走，他上哪找这么个人才啊！哈哈，天上居又要大火了。

四十九　跟踪

散席后，赵启轩又做东请大家夜游秦淮河，赫连景摆摆手："我已经游了一下午，再游就要吐了，你们去，我回家了。"

赵启轩看他的确对游湖兴致不高，也就不勉强他，说："你拜托的事放心，只要那人在江西，我姐夫一准儿给你找出来。"

说到这事，赫连景道："我刚才想过了，还是不去找了。"

赵启轩讶然："为什么不找了？"

赫连景心说：已经找着了所以不找呗！但话不能这么说，便道："也许他是诓我的，并没有去江西，还是算了。"

叶佳瑶六杯状元红下肚，当时没觉得有什么不适，等回到厨房就开始上头了。本来她的酒量不错，白酒一斤打底，啤酒七八瓶都行，黄酒喝得少，但半斤八两的也没问题，问题是她晚饭还没吃，空着肚子又连喝六杯就有点撑不住。

黎掌柜对这个新招来的帮厨是一千个满意一万个满意，见叶佳瑶脸色不太好，就说："二妹，你和李尧先回去，李尧，明天你不用很早过来，赶得上做午饭就行。"

黎二娘道："那行，不过明天我就不过来了，客栈里焦头烂额的。"

黎掌柜歉意道："这几天辛苦你了，你们客栈的损失都由天上居补上。"

"损失倒没什么损失，就是有也不能叫你补，自家兄弟姐妹帮忙是应该的，没事儿，我先走了。"黎二娘莞尔道。

"叫老关送你们回去。"黎掌柜叫小陆去让老关备马车。

叶佳瑶又累又晕，也就不矫情了，把一百两银票给黎掌柜："掌柜，麻烦兑开了，给大伙分一分。"

黎掌柜道："这是世子爷赏你的，你自己留着。"

叶佳瑶笑笑："我一个人可忙不过来，是大家的功劳。"

黎掌柜踟蹰片刻道："那好，我给你兑开，拿出三成大家分。"

即便如此数目也相当可观了，酒楼里李尧不算还有七位帮厨、三位杂工，上上下下的伙计加起来足有二十几人，每个人可以分到一两多，要知道，杂工的月钱就只有一两，足够了。

叶佳瑶大方不假，但是一百两银子都分掉还是有点肉疼，她现在可是贫困户，虽说还不到靠别人救济的地步，也是捉襟见肘的，黎掌柜这么分派正合她心意，便说："掌柜安排就是。"

黎掌柜对李尧这么关怀体恤，让其他人都很羡慕，已经没有悬念了，这个李尧很快就会接掌大厨一职。大多数人是没有意见，相反还挺希望李尧来当大厨，李尧平易近人还出手大方，不像以前的牛大厨，做不好责任是他们的，做得好功劳都是他自己的，动则呵斥、打骂……李尧口口声声大家的功劳，还把赏银分给大家，就这一点，牛大厨跟他比，连个脚趾头都比不上。

但钟祥不这么想，在他看来，李尧是靠着关系进来的，李尧给大家派赏银是为了笼络人心，如果没有李尧，也许今日出风头的就是他。所以，李尧是他前进道路上的绊脚石，是他眼里的沙、肉中的刺，必须除之而后快。

走出天上居，叶佳瑶没看到赫连景有些意外，依她对小景景的了解，他那急脾气，肯定会在外面等着她，抓着她质问。算了，也许是她把自己想的太重要了。小景景已经回到王府，用不着她了。

叶佳瑶让黎二娘上车，自己跟着马车走。她现在是男子装扮，虽说黎二娘已是大婶的年纪，但身量依然苗条，风韵犹存，为了二娘的名誉，还是该避嫌。

黎二娘说："你可以和老关同坐。"

“不了，我想走几步吹吹风，散散酒气，反正也不远。”叶佳瑶婉拒道。

马车慢悠悠地滚动起来，在青石铺就的路上发出咯吱咯吱的声响，在空旷的街道上回响。远处飘来悦耳的丝竹声，秦淮河上灯影如星，一艘艘华丽的画舫静静地飘在绚烂的灯河中，十里秦淮，灯影桨声，迤逦繁华的画面此时就展现在眼前。

等老娘有钱了，也去包一艘画舫，请金陵最漂亮的姑娘游上一游，潇洒一回。叶佳瑶心里发着宏愿，蓦然想起一件事，顿时倍感纠结。小景景已经知道她在天上居了，会不会把蠢驴给招了来？这是完全有可能的事情。

她躲来躲去的还不就是为了躲那头蠢驴。但她已经签了约，总不能违约吧？她还有大计划要实施，总不能为了蠢驴连仇也不报了吧？怕什么呢？叶佳瑶挺起胸膛，给自己增添几分气势，难不成蠢驴还会把她强抢回去？他不都说了，不用再演戏，说不定见到她也当作不认识。

叶佳瑶郁郁不平想着这些糟心的事，丝毫没发现有个人一直不远不近地跟着。赫连景这回学了个乖，没有贸贸然就去找他，他要先摸清他的所有情况，然后做好万全的准备，以防他再度无声地消失。一路跟到了来福客栈，赫连景在外头等了好一会儿，没见大尧尧出来，看来，这就是他的落脚点了。

小二出来关店门，赫连景忙向他招手。

小二走出来：“客官，您有什么事？”

赫连景将他拉到一边，小声问：“客栈里是不是住着一位叫李尧的小哥？”

小二道：“是啊，怎么啦？”

赫连景叹息着说：“他是我一个远方亲戚，父母双亡，来金陵谋生。我本让他住我家，给他安排个好差事，可他生怕给我添麻烦，宁可跑来住客栈，给他银子他也不肯收，哎，真不知该拿他怎么办才好。”

小二听说赫连景是李小哥的亲戚，便放松了戒备：“李小哥人挺好，一来就帮了我们掌柜大忙，我们掌柜挺喜欢他的，这会儿我们老板娘正给他做面吃呢！”

赫连景一阵心疼，大尧尧忙活了一晚上，现在才吃面，都该饿坏了。旋即摸出几颗碎银子塞到小二手上：“他一个人住在外头，我委实不放心，小二哥，麻烦你多照应他，不过千万别让他知道，不然，他又觉得欠了我的情。”

小二不好意思，要把银子还给赫连景：“您不说我也会照应的，他是我们这儿的客人。”

“收着收着，以后，他有什么事情，不论大事小事，烦请你告诉我，我会每天派人来找你打听，如果他要离开，第一时间通知我，我在赫连王府当差，你上王府找我，就说找小景，我不会亏待你的。”

小二暗暗心惊，原来李小哥这位亲戚在赫连王府当差，肃然起敬，道：“那行，这事儿我应下了。”

赫连景郑重其事叮嘱道：“千万别让他知晓了。”

小二笑道：“不会，我办事，您放心。”

“哦，对了，我听说他在天上居谋了份差事。”

“是啊！李小哥厨艺了不得，一去就签了一等帮厨。”

“哦，那你知道他签了几年？”

“李小哥跟我们掌柜说这事的时候，我听到那么一耳朵，好像是签了三年。”

小二自发自觉道：“他在我们客栈定的是三个月的包房，地字号，我们掌柜还给他打了三折。”

赫连景听到大尧尧住地字号又是心疼，地字号是最差的客房了，得想个法子让大尧尧住得好一点才行。

叶佳瑶走了一路，酒气也散了，人没那么难受了，吃着二娘下的面，倍感心满意足。二娘的手艺真不赖，普普通通的西红柿鸡蛋面被她做得特别有滋味。

“大嫂的厨艺这么好，大哥您怎不也开家酒楼，比开客栈赚钱啊？”叶佳瑶边吃边问。

杜掌柜道：“开酒楼哪有那么容易，再说也累人，你大嫂她身子不是很好，受不得累。”

叶佳瑶讶然，难怪二娘看起来那么瘦。“大哥，您孩子呢？怎么没瞧见？”

杜掌柜神色怅然，长叹一息：“没了，十岁上生了一场大病，没救回来。”

叶佳瑶一口面含在嘴里，差点呛着，真想打自己嘴巴，一不留心戳到人家痛处了。“不，不好意思啊，我……”

杜掌柜摆摆手：“没事儿，别让你嫂子听见就是，她听不得，一听就难受，一难受就犯病。”

叶佳瑶重重点头，打死她也不提这茬了。

小二从外头进来，杜掌柜蹙眉道：“叫你关个店门，你上哪儿了？”

小二支吾道：“刚才有个客人想住店，问了下价，嫌贵走了。”

杜掌柜发牢骚：“就这还嫌贵，也不去打听打听，满金陵城就数我这来福客栈价钱最公道了，哎，这年头，做啥生意都难。”

五十 捧场

昨天累得像死狗，不过胜在年轻，睡一觉，精神头又回来了，叶佳瑶起了个大早，先帮小二扫地擦桌椅，再去厨房帮二娘做早饭。等二娘和小二起来干活，大堂已经扫得纤尘不染，桌椅摆放得整整齐齐，擦得锃光瓦亮，厨房里已经飘出馒头与包子的香气。

“李尧，以后你可别这样了，你是客人，怎好让你做事？”二娘相当不好意思。

“大嫂，反正我已经起来了，闲着也是闲着。”叶佳瑶往炉灶里添柴火。

“闲着养养神也好，天上居的活可不轻松。”二娘道。

叶佳瑶笑呵呵：“没事，咱年轻。”吃过早饭，叶佳瑶就去酒楼了。

钱管事见到叶佳瑶，满面堆笑：“李小哥，怎么来得这么早？掌柜的都让您好好歇歇，晚点来。”

叶佳瑶偏了下脑袋，确定自己没听错，钱管事用的是尊称“您”。也就一晚上而已，变化这么大。“想早点过来做几个新菜式，让掌柜瞧瞧行不行。”

“小哥要做新菜啊，那太好了，掌柜的要稍微晚点过来。哎，小哥，这是您的银票，我给您换了小面值的，其余三十两都分派下去了。帮厨是二两，杂工伙计一人八百个铜子，看门的和老关五百铜子。”钱管事没好意思说自己也拿了二两。

“行，你们分派就好。”反正大家都知道赏银是她给的，分派是酒楼分派的，分的不均怪不着她。

叶佳瑶收好银票，往厨房去，一路上大家都热情地跟她打招呼。“尧哥……”

天上居里除了两位门口的小二年纪比她小，其余人都比她大，一个个叫她尧哥，当真很不习惯。

“你们叫我小尧或者小李就好了。”叶佳瑶谦虚道。

“咱们这可是靠厨艺说话的，谁厨艺最好谁就是老大，大家说，是不是？”二等帮厨邓海川笑道。其实他心里最想说的是，谁能给他们钱谁就是老大。昨天他们得了二两半赏银，足足半个月的工钱。他在天上居也干了四五年了，头一回碰到这种好事。

“是，尧哥。”大家齐声道。

叶佳瑶嘴角抽了抽，玩笑道：“拜托各位千万别这么叫，小弟我风华正茂都被你们叫老了。”

众人哈哈大笑，厨房里许久没有这么轻松愉快的气氛了。蓦地，笑声戛然而止，大家的视线都投向了门口。叶佳瑶回头，只见钟祥冷着脸走进来，身后还跟着刘其胜。钟祥径直朝她走来，那冰冷的脸散发着低压，厨房里的热度都给降了下来。叶佳瑶感觉到明显的敌意，不用多想，就知道这敌意因何而起。不过，放在明面上的不愉快总比当面笑背后捅刀的好。

钟祥手里攥着二两半银钱，啪地放在叶佳瑶身边的工作台上，然后转身，拿了自己的围裙系上，帽子戴上，准备开工。

叶佳瑶撇了撇嘴，把银子收起来。这家伙挺傲啊，有钱也不要。叶佳瑶也不急着去找他，而是招手把邓海川叫出去。“海川兄弟，祥哥他这是怎么了？”

邓海川说：“这还用说吗？祥哥在这里做了七年了，去年才混到一等帮厨，您一来就是一等了，他心里多少有点别扭，不过祥哥他人挺好的，过阵子就没事儿了。”

是吗？叶佳瑶可不这么觉得，这种事情要靠自己想开是不太可能的。“那祥哥擅长做什么菜？”

“祥哥的厨艺还是挺全面的，要说哪样比较出色，应该还是面点吧！不过他没什么机会表现，之前的牛大厨自己有带面点师来，牛大厨一走，把面点师也带走了，这几天的面点都是祥哥在做，可惜昨晚那帮客人没点。”邓海川也是实话实说，李尧没来之前，祥哥可不是这样的。

听得出邓海川对钟祥的维护，叶佳瑶笑了笑：“那是他的优势，我做面点可不行，看看有没有机会跟他合作。”

叶佳瑶又摸出二两银子连同钟祥还给她的二两半塞给邓海川：“晚上收工后，你帮忙弄两坛好酒，就说祥哥请弟兄们的，喝完再说。”估计钟祥知道后，脸都要绿了，先试探一下。

邓海川犹豫了一下，说：“行，那你晚上来不来？”

叶佳瑶摆摆手：“我住外头不方便，改天再跟你们聚。”

夏淳于昨夜在宫中当值，一直等到皇上下朝，见没什么吩咐，这才下值回府。刚到府里，下人就来报：“景小王爷在外书房等候。”

夏淳于心说：昨天不是刚来过，怎么又来了。“小景。”夏淳于步入书房。

赫连景昨天回府后就派了贴身小厮平安去来福客栈盯着，兴奋得一夜没睡好觉，早上平安来报，大尧尧已经去天上居了，他就琢磨着要请淳于哥去天上居吃饭。一来是去捧大尧尧的场；二来，能这么顺利找到大尧尧，淳于哥功不可没，得好好谢谢淳于哥；三来，淳于哥一直对他这般坚持要找大尧尧无法理解，他要让淳于哥见识见识，大尧尧是多么与众不同。

“淳于哥。”赫连景欢快地迎上去。

夏淳于蹙眉瞅着他，这小子每次来都是愁眉苦脸，今天怎么满脸开花了？

“有什么好事这么开心，找到你的瑾尧兄了？”夏淳于施施然坐下来，丫鬟随即奉上茶。

“淳于哥，您猜对了，我找到大尧尧了。”赫连景笑得合不拢嘴。

夏淳于一口茶差点喷出来，他不过是随意调侃一下，谁知还真说中了。

“淳于哥，您真是料事如神，大尧尧果然来了金陵，昨天您不是让我去找赵启轩吗？他给您办庆功宴您没去，我被他给拽了去。结果，淳于哥，无巧不成书，那大尧尧就在天上居当厨子。”赫连景满心喜悦无处说，一股脑儿都兜了出来。

夏淳于想说，你不要大尧尧、大尧尧的叫好吗？知不知道瑶瑶这两字是爷心头的伤，嘴上却说："那是真巧了。"

赫连景笑嘻嘻凑上来："淳于哥，中午咱们去天上居吃饭好不好？我请客，得谢谢您不是？"

夏淳于斜了他一眼："你想去捧场吧？"

赫连景嘿嘿一笑："大尧尧做的菜很好吃。"

"你还是找别人去吧，中午我已经答应了你哥，去香溢楼。"夏淳于道。别人请吃饭他可以推辞，但赫连煊相请必须去，况且回京后，还没跟赫连煊好好聚一聚。

"你们去香溢楼干吗？那老牛鼻子能做出什么好菜？干脆都去天上居好了，淳于哥，保证不会让您失望的。"赫连景极力推荐。

"算了，你哥都准备好了，下次再说。"

五十一　为什么骗我

叶佳瑶早上做了几道新式菜肴，黎掌柜尝过后，命人写进菜单里。

小陆进来禀报："掌柜，景小王爷又来了，在芙蕖阁，点了名要尧哥过去。"

叶佳瑶悻悻撇嘴，这小子，终于还是来了，耐心真是越来越好了。

赫连景打从进了这楼，就心神不宁，为了掩饰自己的紧张，他端起茶来喝，一喝一大口，那茶是刚泡的，用的是滚沸的水，赫连景被烫得跳起来，茶水都洒在了身上。

"这……这茶是谁泡的，是要烫死爷吗？"

在包房内服侍的小陆忙上前为小王爷擦拭，吓得声音都打着颤："小王爷息怒。"

"起开……"赫连景烦躁地推开小陆，

"是是是，小的这就给小王爷重新上茶。"

咚咚……有人敲门。赫连景连忙坐好，清了清嗓子："进来。"

叶佳瑶推门进来，见小陆正蹲在地上收拾茶杯茶叶，小景景则是正襟危坐，胸前还有一片水渍。

"这是怎么了？小陆，你怎么伺候客人的？"叶佳瑶不管谁对谁错，先责问小陆，顾客不能得罪，再说，她还不知道小景景是不是来找她算账的。

小陆有苦说不出，却不敢辩解。

赫连景道："跟他没关系，是我自己不小心洒了。"

"赶紧给小王爷换杯茶。"叶佳瑶给小陆递了个眼色，小陆低头出去。

叶佳瑶这才拱手施礼："李尧见过小王爷。"

"免礼免礼，昨天你说还有别的拿手好菜，我特意来尝尝。"赫连景说。

叶佳瑶笑说："鸡鸭鱼肉鲍参雁翅虾蟹鲜蔬，小王爷随便点。"

"我想吃叫花鸟。"赫连景道。

叶佳瑶皮笑肉不笑："在下有改良版的叫花鸡，小王爷要尝尝吗？"

"改良的不要，就要叫花鸟，必须原汁原味。"赫连景坚持。叫花鸟是大尧尧给他做的第一道菜，食材还是他千辛万苦打来的，记忆犹新，怀念得很。

果然是来找茬的，要做这道菜，老娘还得去挖土。"行，小王爷要吃什么，在下就做什么。"叶佳瑶妥协道，有机会再跟你算账。

"我还要草菇汤泡大饼。"赫连景又道。

叶佳瑶真心想拍死他，那是老娘在野外捡的草菇好不好，这里是酒楼，有冬菇平菇金针菇猴头菇就是没有你要的草菇。叶佳瑶笑着磨牙："草菇没有，换香菇成不？"

赫连景想了想："那也要做得小爷我满意才行。"

"行，那小王爷稍等，在下这就去做。"叶佳瑶拱手告退。

回到厨房，叶佳瑶叫三等帮厨崔东朋："东朋，你去找点黄泥来。"

崔东朋茫然："尧哥，要黄泥做什么？"

叶佳瑶愤愤地说："做叫花鸟。"

大家皆愣住，叫花鸟，没听过这菜名啊。

"海川，去弄只鸽子来，祥哥，烦请烙个大饼，别的料不用加，一小撮细盐就行，白面烙大饼。"

叶佳瑶挽起衣袖，准备开动。

钟祥道："我没空，你只要伺候两位爷就行，我可得做好几桌菜。"

他很怀疑叶佳瑶让他做这种没水准的东西是想要砸他的招牌，再说，他凭什么听他的吩咐，掌柜又没宣布他李尧就是大厨了。

叶佳瑶点点头，行，你拽。“谁会烙大饼？”你不做，总有人做。

三等帮厨蒋有礼想要出声，被钟祥一记冷眼瞪回去。气氛变得有些尴尬。

叶佳瑶看在眼里，想想还是算了，不为难蒋有礼，便拿了团醒好的老面自己做。将面团擀成片状，撒上一小撮细盐再擀，倒上点黄油对开，再把面皮卷起来，做成饼剂子。她一边做一边腹诽：臭小子，你是想告诉我那一路的艰辛你都记得，还是故意来找茬？

叶佳瑶做了小景要的蘑菇汤、叫花鸡，又做了时蔬三鲜、凉拌木耳、猪肚鸡、翅丝甘蓝，亲自上菜。

黎掌柜在楼梯口等着她。“李尧啊，待会儿你就陪小王爷喝两杯，厨房里你先不用忙了。”

叶佳瑶一愣，黎掌柜可不觉得这有什么不妥，这是多大的荣幸啊，陪小王爷用饭，想想都激动得泪流满面。

“快去吧，别让小王爷久等了。”黎掌柜笑呵呵地催促。

好吧，就一个小景景没啥好怕的，叶佳瑶斗志昂扬地走进芙蕖阁。“小王爷，您要的菜来了。”叶佳瑶将菜摆上桌。她拿起一个小锤子，敲开黄泥包裹着的叫花鸽子，一阵肉香伴着荷香扑面而来。可小景景没反应，只是呆呆地坐着，叶佳瑶有些摸不着头脑，小孩又在闹什么情绪？

她撕了一条鸽子腿放到他碗里：“不是嚷嚷着要吃叫花鸟吗？保准原汁原味，尝尝吧！”

赫连景闻着这香味，又想起第一次打到一只鸟儿，自己开心得跟什么似的，还欢快地跳进荷塘摘荷叶，奋力地刨坑，然后好奇地趴在地上看大尧尧做叫花鸟。他出生在富贵窝，从小到大要什么有什么，从未尝过挨饿的滋味，没试过睡在破庙凉亭被蚊子咬得满头包，没经历过苦难，不知道这世上原来有那么多人生活不易。

所以，那只好不容易得来的叫花鸟，是他这辈子吃过的最最美味的东西，那香味融进了骨子里，两人坐在土堆上狼吞虎咽抢食的场景也一并融进了他的脑海，再也挥之不去。

此刻他只是默默地吃着，回想着往事，也不管大尧尧还站在一旁。叶佳瑶耐着性子看着他面无表情、慢条斯理地一口叫花鸟，一口蘑菇汤，完全当她不存在，心说：小孩还会玩深沉了，有长进。

赫连景吃完了一整只鸽子半碗汤，这才拿了毛巾擦手拭嘴，细长的凤眼斜挑着看叶佳瑶："为什么说话不算话？"

终于开始质问了啊！叶佳瑶否认道："没有啊，没说话不算话。"

赫连景眼底浮起一丝恼怒："你答应过一定会来找我的，我们还击掌为誓。"

叶佳瑶振振有词地说："我是会去找你啊，不过是晚一点，我想等我先找到事做，安定下来再去找你，谁知道这么巧就先碰上了。"反正当时又没说一到金陵就要去找他。

"你骗人，那你为什么在镇江下船？你知不知道我在码头守了几天，等到李茂的船来了，船上却没有你，你知道我当时是什么心情吗？好，你在镇江下船，我就去镇江找你，你知不知道我的人都快把镇江翻过来了，可依然不见你的踪影，你知道我又是什么心情吗？就在昨天，我还拜托了赵启轩，让他姐夫在江西寻你，大尧尧，你怎么可以说话不算话，直到现在还来狡辩，我最讨厌说话不算话的人。"赫连景的情绪终于爆发了。他牵肠挂肚，他却一副无所谓的样子，他快要气炸了。

叶佳瑶想骂人，凶什么凶！仗着自己是小王爷了不起吗？可是，看他凶巴巴地骂完人，自己的眼睛倒是先湿了，泛着泪光无比委屈的样子，好像刚刚挨了骂的人是他一样，搞得她想发火又发不出来。

"小王爷，你想太多了，我去镇江是有点事要办，至于说去江西，本来是真要去的，但后来想想还是算了，金陵乃是繁华之地，找工作应该比较容易。再说，跟你还有约呢，虽然我不太肯定你是不是还记着这份约定，但我不是个说话不算话的人啊！

"来金陵的路上我还病了两天，躺在一间破庙里痛得死去活来，前儿个夜里才到的金陵，是来福客栈的掌柜介绍我来天上居，昨天早上刚过来应聘的，这些你可以去问来福客栈的杜掌柜，问这里的黎掌柜，我可有半句谎话？"叶佳瑶心平气和地说。

赫连景听到他在路上病了两天，什么气都消了，只有心疼，他到底得了什么病？回头请个御医来给他瞧瞧才是。

看他面色缓和下来，叶佳瑶又说："小景景，说实话，如果你只是一般的富家子弟，我肯定就到你家去蹭吃蹭喝了。但你是小王爷，对于我们这种平民老百姓来说，你是高不可攀的，这让我很犹豫、很纠结，不知道该不该去找你。等我在金陵混出点名堂，到时候可以作为老朋友去见你，而不是上门求你施舍一碗饭、一杯羹，我不想被人看不起。小景景，你能明白我的心情吗？”

赫连景感动得几乎要落泪，以前大尧尧每次喊他小景景，他都很有意见，现在听来，倍感亲切。大尧尧没有忘了他，大尧尧躲着他只是怕被看轻。

赫连景忙站起来，帮叶佳瑶拉开椅子：“大尧尧，你坐。”叶佳瑶被他摁坐下来。赫连景把菜全推到他面前：“饿了吧？快点吃。”

这么殷勤？不生气了？这么好哄？“你吃吧，我不饿，这些是专门为你做的。”叶佳瑶客气道。

“你吃你吃，我已经饱了，再说，我想吃你做的菜，可以常来啊，每天都来。”赫连景笑道。

叶佳瑶头皮发麻，还每天来？这里的菜价可不便宜，偶尔来几次就行了。叶佳瑶觉得有必要好好跟他谈谈：“那个……小景景，你听我说，你家是有钱，可有钱也不是这么个花法，天天上酒楼，别人看着还以为你有多游手好闲，男子汉大丈夫应该有所作为，上报国家，下惠黎民。反正我在这签了三年，你偶尔过来捧捧场就行了。要是有什么交际应酬就放这里请客。”

“好吧，我听你的。”赫连景想了想，又说，“要不，我出资，你出力，咱们合开一家酒楼怎么样？”赫连景越想越觉得这个主意好极了，这样他就能名正言顺地跟大尧尧天天在一起。而且以大尧尧的厨艺，加上他的人脉，酒楼的生意一定火爆得不行，什么香溢楼、天上居、满记全部打趴下。

谁知大尧尧一个白眼丢过来：“想什么呢？我刚签约，难道要我毁约吗？”

赫连景不以为然：“毁约有什么了不起的，我找黎掌柜去，看他放不放人。”

“不许去。”叶佳瑶唬道，她刚来金陵立足未稳，还需要多多学习，再说，能进天上居，还是杜掌柜夫妻帮的大忙，她感谢都来不及，结果说走就走，那她成什么人了？还有最最重要的一点，开酒楼是她的心愿不假，但她要开的是一家完完全全属于她自己的酒楼。她可不想依附别人，即使是小景景也不行。

“开酒楼的事以后再说，还没学会走路就想跑了，你以为开酒楼是那么容易的事？”叶佳瑶教训道，“还有啊，你带谁来都可以，但是不许带那个在扬州抓你回来的家伙过来。”叶佳瑶突然想到这个重要问题。

赫连景纳闷：“为什么？”

叶佳瑶翻了个白眼，咬牙切齿地说：“我讨厌他。”

赫连景一头雾水，淳于哥怎么招惹到大尧尧了？他们又不认识。难道说，大尧尧是痛恨淳于哥硬把他捉回金陵，害得他们不得不分开？赫连景自行脑补，心跳都不由得加快起来，是这样吗？是这样吗？那……那真是太开心了。

叶佳瑶夹了根土豆，见小景景在一旁盯着她傻笑。“你笑得这么傻，你自己知道吗？要不要拿面镜子你照照？”叶佳瑶斜眼睨他。

赫连景忙绷住笑容，只一会儿又绷不住，笑了起来，目光熠熠，潋滟着无尽流光，似春光里秦淮河上粼粼水波。“大尧尧，找到你真开心。”

叶佳瑶也忍俊不禁，真是个可爱的孩子。

“嗯，见到你我也很开心的。”叶佳瑶点头道。这可不是假话，她是真的很喜欢这个小弟弟。

赫连景笑得越发灿烂，内心的喜悦简直无法用语言来形容。

五十二　天下美食

香溢楼的包房里，赫连煊和夏淳于对饮小酌。“小景回来后也是天天往外跑，看他整日游手好闲的，我就头疼，想给他安排个差事，又怕他弄砸了，丢赫连家的脸。”赫连煊无比头疼。

夏淳于心说：小景在忙什么？还不是在忙着找人，不过现在人找到了，应该收收心了。“要我说，还是给他按个差事的好，有事做心就会静下来，就有了责任感，做得好不好先不论，谁不是一路摸爬滚打过来的？就是你，不也吃过败仗吗？我刚当差那会儿，不也出过岔子吗？小景人挺聪明，只要给他机会，会有一番作为的。”夏淳于安慰道。

赫连煊想了想：“回头我瞧瞧，有什么合适的差事，你也留意一下。”

夏淳于笑道：“行，我留意着。”

“对了，你在黑风岗的那位夫人是怎么回事？一直没机会问你。”赫连煊好奇地问。

夏淳于给自己斟满了杯中酒，一饮而尽，火辣辣的液体一直灼烧到胃里，然而却化不开郁结于心的怅然。这桩心事压在心头，沉甸甸的，白天还好些，有事做，一到夜深人静，辗转反侧间每每想起那个人，心就特难受。有时半夜里醒来，会下意识地去摸摸枕边，却是空荡荡的，半晌都回不过神来。他曾仔细琢磨过自己的心思，但总是搞不清，自己对瑶瑶到底是因为愧疚所以才念念不忘，还是真的喜欢上了她，也许，这两者皆而有之。

“她原是好人家的女儿，被劫持上山，大当家把她赏给了我，我一直以为她是大当家安插过来的钉子……后来才知道不是，说实在的，这辈子我没亏欠过什么人，唯有她一个，可惜她死了，我连补偿的机会都没有。”夏淳于苦笑着，又斟了一杯。

赫连煊好半晌不知道该说什么，良久感叹一句：“红颜薄命。”顿了顿又安慰道：“你也无须自责，在那种情况下，你提防着她也是情理之中的事，这不仅关系到你自己的安危，还关系到大局……”

夏淳于摆摆手，语气益发苦涩：“你不知道情况，我答应过她，要护她周全的，可终究没护住。”

赫连景哑然，他和夏淳于从小玩到大，有过命的交情，他印象中的夏淳于，精明能干，冷傲不羁，什么时候见过他为一个女人这般黯然神伤，可见那女子自有过人之处。

“算了，别想了，都已经过去了，你要真觉得愧对人家，就好好补偿她家里人就是，她家在哪儿你总不会不知道吧？”

提到她家的人，夏淳于幽深的眸底透出一抹冷意来。那些是瑶瑶的亲人吗？那般冷血无情、阴谋暗算，还补偿？他会一个个找他们算账。不过这些话，他不想告诉赫连煊，便漠然一笑。“不说这些了，喝酒。”

赫连煊本来想跟夏淳于说件关于琉璃郡主的事，琉璃郡主是太后最宠爱的小郡主，太后一直想为琉璃寻一个良配，昨日母亲入宫，听太后说起，似乎很看中淳于。不过看淳于现在的心情，似乎不适合提这事，便按捺不说。太后若是定下来，应该很快就会有消息。

叶佳瑶好不容易把小景景哄走，等回到厨房，发现那里的人一个个都用羡慕嫉妒的眼神看她。叶佳瑶实在很无语，这有什么好值得羡慕的？她都烦不胜烦。

“哎……这年头，做什么事都得看脸蛋，长得好看就有人捧场，不像咱们，五大三粗，做死做活，菜做得再好也是白搭。”有人酸溜溜地讥讽道。

叶佳瑶一看，是钟祥的跟屁虫刘其胜。

“好好做你的事，咱踏踏实实做事，本本分分做人不挺好？”钟祥不咸不淡地说道。

呵！两人还一唱一和说起相声来，这是在讥讽我靠歪门邪道上位了？谁说男人胸怀广阔，心眼小起来，连女人都要自愧不如。

邓海川笑呵呵地打圆场，岔开话题：“尧哥，今天做的菜小王爷怎么说？那叫花鸟我看着有点悬啊，黄泥巴包着，小王爷受得了？如今的叫花鸡可都改成用花雕调面粉包裹了。”

叶佳瑶笑了笑：“景小王爷是忆苦思甜来了，我来金陵的路上曾巧遇景小王爷，当时他正肚子饿，我在野外刨了个土坑做叫花鸟，他闻着香就寻了来，一直很怀念这味道。所以昨晚知道我在这里做厨子，特意找我做叫花鸟的。”

叶佳瑶故意说出她和小景景的渊源，隐去小景景落魄的那一段，虚虚实实，目的是告诉某些心思不纯的家伙，我就是跟小王爷有交情，怎么样？而且还交情匪浅。

“原来尧哥和小王爷还有这么一段交情啊，难怪小王爷点了名要尧哥作陪，原来是叙旧。”蒋有礼道，先前没能帮尧哥烙大饼，他心里觉得过意不去。

众人皆是恍然的神情，心说难怪昨晚就得了那么多打赏，原是认识的。众人对叶佳瑶越发热络起来，他有小王爷这座靠山，在金陵城都可以横着走了。

叶佳瑶看钟祥和刘其胜的脸都黑了，唇角勾起一抹不易察觉的冷笑。我呢，是喜欢团结友爱皆大欢喜的，你好我好大家好，不过若是硬要跟我抬杠，我也不是好惹的。

午饭过后，有一段时间休息，黎掌柜发话，叶佳瑶要是想休息可以去芙蕖阁。芙蕖阁里有张摇椅，包间临着秦淮河，还能欣赏河上的美景。但叶佳瑶不想搞特殊，她要尽快和大家混熟，打成一片，所以就在厨房里跟大伙一道闲聊扯淡。

叶佳瑶毕竟是几千年后的现代人，生在厨师世家，又当过美食杂志的编辑，去过许多国家，尝遍天下美食，其见识绝不是这些古人能比。此刻叶佳瑶就撸着衣袖，一脚踏在板凳上，眉飞色舞地大谈神户牛肉。

“我曾经去过海边，听说某岛国出产一种牛肉，喝的是山里的泉水，吃的是掺了草药的嫩草，每天还要奏舒缓优美的音乐给它听，还要替它做按摩，要是它食欲不振的时候还得喂它喝麦芽发酵的酒，这种牛的肉质鲜嫩无比，香而不腻，入口即化，那简直就是牛肉中的极品……”叶佳瑶说着说着，自己都快要流口水了。

“尧哥，你蒙我们的吧？做头牛还有那待遇，简直比做人舒服多了，还不如投胎去做牛呢！”崔东朋笑道。

“就是，还不如去做牛了。”大家附和。

叶佳瑶嘿嘿笑：“那就要看你们有没有那福气了，兴许这辈子努力努力，多赚点钱到了地下去贿赂贿赂阎王，说不定有可能实现。”

大家哄然大笑。

“我可不是蒙你们，什么鲍鱼刺身跟这种牛肉比起来都弱爆了，你们知道这世上最高级的九种食物是什么吗？我刚才说的牛肉只能排第六……”

众人好奇地竖起耳朵。

邓海川心急道：“尧哥，别卖关子啊，赶紧给我们说说。”

叶佳瑶站累了，坐下来，跷起二郎腿：“好，今天就给大家长长见识。这排名第一的叫黄唇鱼，这个大家应该知道，广东一带叫金钱鲍，温州一带叫黄甘，咱们做鲍参翅肚的肚只有用黄唇鱼的鱼鳔才是最正宗最美味的，别的都不如……”

有人点头：“这个倒是听说过，可就是没做过。”

“那是因为黄唇鱼稀少，所以才珍贵。”叶佳瑶道。

“尧哥，赶紧说说第二种。”蒋有礼催促。

叶佳瑶想了想，第二种是金箔，但这东西不知道这个时代有没有，便跳过，直接讲白松露菌。

“这第二种最珍贵的食物叫白松露菌，这种菌只产于一个地形类似于一只靴子的国家，离这儿不知几万里远，非常稀少，这种菌要生吃，不能煮，遇火就变味了。此菌味甜，香味浓郁不宜存放，摘下来即食用，所以，不是当地人很难吃到。”

“尧哥，您这都是哪里听来的？总不会您亲自去那里尝过吧？”有人质疑道。

叶佳瑶遗憾地叹了口气：“从我师父那里，以及师父的师父大半辈子周游世界记录下来的笔记，我才知道的，我此生的愿望就是和师父以及太师父一样，周游世界，尝遍天下美味。”

钟祥和刘其胜坐在外间，听着里头热闹非凡，而外头则是冷冷清清，心里很不是滋味。

刘其胜嗤鼻道：“一听就知道他在胡扯，什么周游世界，他知道天地有多宽有多大？蒙一帮没见过世面的人罢了，一个个还傻兮兮地听着。”

钟祥沉默不语，神情阴郁，以前大家可都是围着他的，现在都被李尧拉拢过去了。

五十三 擦肩而过

赫连景的心结解开了，整个人都轻松了下来，哼着昨日游湖学来的小曲儿，步履轻快地去给娘和祖母请安。

“站住。”身后传来一声威严的冷喝。

赫连景心里咯噔一下，原本的高兴劲一下子给冻住了，耷拉着脑袋慢吞吞地转过身。“大哥。”

赫连煊看到这个小弟就忍不住皱眉头。赫连家独留下他这一支，到了这一代，就只剩下他和小弟，圣上体恤赫连家，一门封了两位王。父王临终前再三交代，要他好好照顾小弟，赫连家世代忠良，世代栋梁，不出废物……他谨记父王遗言，从不敢有一丝懈怠，而这位小弟，因为年幼时体弱多病，大家都宠着他、惯着他，都十六岁了还是个长不大的孩子。

“一整天又上哪晃去了？”

“没，没上哪，就是去天上居吃了顿饭，然后，喝茶。”赫连景看到大哥威严的样子心里就发憷，小心翼翼地回话。

“我看你就是太闲。”赫连煊道。

“我也不想闲啊，都说了多少次了，让给安排个差事，您和娘就是不答应。”

赫连景嘟哝道。

“就你这副吊儿郎当的样子，谁敢把事交给你办？”赫连煊瞪眼道。

赫连景心里嘀咕：不给我事做，自然闲着了。

赫连煊郁郁地叹了口气：“下个月是祖母七十大寿，我最近公务繁忙，给祖母办寿宴的事就交给你了。”

赫连景欣喜道：“哥，真的？”

“要丢人也先丢家里，免得外人笑话。”赫连煊冷哼道。

赫连景翻了个白眼，不服气道：“哥，您别小瞧我，说不定我办得比您好多了。”

“那是，比鬼点子，谁有你多。”赫连煊道。

赫连景心说：聪明人才想得出鬼点子，你让笨蛋去想想看？

“好了，这事你好好办，务必让祖母高高兴兴，有什么不懂的问问娘，外头有搞不定的，你再来回我，这事若是办好了，我给你安排差事。”

赫连景欢呼雀跃，响亮地回道：“是，哥您放心，我一定办得妥妥帖帖，让祖母好好乐一乐。”

瞧他那兴奋的样子，赫连煊不由得勾起唇角，点点头：“好好办。”也许淳于说得对，以前是他们太小心，不敢放手，鸟儿就不会飞，是该给小景机会让他好好锻炼锻炼。

等大哥一走，赫连景也转身，朝府门的方向，他要去找大尧尧，让大尧尧帮着拿主意。

谁知赫连煊突然回过头来：“又要去哪儿？”

赫连景挠挠头，讪笑道：“一时高兴都搞不清方向了，我是要去给娘和祖母请安来着。”

赫连煊又是摇头又是叹息，开始怀疑自己把这件事交给小景到底对不对，别到时候办砸了出丑。这个小弟，什么时候才能让人放心呢？

靖安侯府里，夏淳于请安回来，乔汐已经替他备好了沐浴要换的衣裳。

“大宝、二宝还好吗？”夏淳于每天都要问上一遍。

“回世子爷，好着呢，欢蹦乱跳的，今天小若去喂食，一不留神让二宝给跑了，大家满院子追，弄得人仰马翻，笑死了。”乔汐笑道。

夏淳于也是情不自禁地弯了弯嘴角，若是瑶瑶在，大宝二宝才不会跑，总是乖乖地待在瑶瑶身边。

夏淳于在池子里游了个来回，池子太小，手臂划两下就到头了，一点也不过瘾，这让他很是怀念黑风岗下的烟霞湖，可以畅快尽兴地凫水。每次凫水回来，瑶瑶都会拿块干帕子帮他抹头发，然后听着她叽里呱啦东拉西扯。那时觉得她好啰嗦，怎么有那么多讲不完的话，耳根都不能清静。现在想起来，却是那么温馨。

夏淳于捧起水洗了个脸，又被这突如其来的思绪搞得心烦意乱，匆忙洗好，换了衣裳出府去散心。

“世子爷，您这是要去哪儿？”宋七跟了一路，夏淳于一句话也不说，只是漫无目的地走着。就像那日从烟霞湖边回来，他也是一言不发，把整个黑风岗走了个遍。

夏淳于顿住脚步，抬眼看了看，前面就是秦淮河了。“去河边走走。”

今晚天上居没什么生意，所以歇得早，邓海川听从叶佳瑶的指示，请大伙去喝酒。叶佳瑶回到客栈，帮忙收拾后，回屋躺了一会儿却是毫无睡意，索性起来走走。

来福客栈离秦淮河不远，穿过两条街就到了。望着河上穿梭的画舫，叶佳瑶自我安慰：我也算夜游秦淮河，而且天天下班都是夜游秦淮河，不同的是，你们在河上飘着，我在岸上走着，照样惬意得很。

“卖豆糕嘞，香喷喷的豆糕，两个铜钱一块豆糕……”不远处传来叫卖声，叶佳瑶循声望去，见是一位老伯坐在码头卖豆糕。

叶佳瑶感叹，老人家不容易啊，这么晚还在卖豆糕，便走过去：“老伯，来一块豆糕。”

老伯笑呵呵：“小哥稍等，给你做个新鲜的。”

叶佳瑶就跟老伯聊起来。“老伯，这么晚还会有生意吗？”

老伯笑道：“能卖一个是一个，多少都能赚点。”

叶佳瑶指指画舫：“那些公子哥会来买吗？”

“他们哪瞧得上这种便宜的东西，不过船上的姑娘小厮们偶尔会照顾下老头子的生意。”

叶佳瑶想了想，说：“那再给我三个吧！”带回去给小杨他们吃。

老伯道：“小哥，你先尝一个，若是觉得好吃再买。”

叶佳瑶笑了：“老伯，您真是个实诚人。”

就在叶佳瑶买豆糕的时候，夏淳于和宋七从她身边经过。宋七闻着豆糕的香味，笑嘻嘻地问：“世子爷，要不要来块豆糕？”

夏淳于漠然道：“你想吃自己去买。”

宋七嘿嘿一笑：“那……世子爷，您稍等一会儿。”

叶佳瑶付了钱，嘴里吃着一块豆糕，手里拿着三块豆糕，继续往前走。

等宋七过去，叶佳瑶已经走出十几米开外。

“老伯，来块豆糕。”

老伯道：“没想到今天生意挺好。”

夏淳于等得有点不耐烦，扭头看宋七，远远地瞧见一个人在那晃荡晃荡地走。夏淳于嘴角扯出一抹苦笑，这个时候还有人和他一样，在河边闲逛。

“宋七，好了没？”夏淳于催促道。

“来了来了，”宋七拿了豆糕跑回来，咬了一口，满口生香，“世子爷，这豆糕真不赖。”

夏淳于面无表情，继续往前走。他没想到，这一晚，就在刚才，他与瑶瑶擦肩而过，最近的距离只有一点七三米。

五十四　炸毛了

第二天，叶佳瑶去上班，邓海川就把她拉到一边。“祥哥昨晚炸毛了，你小心点。”

叶佳瑶一听乐了：“怎么个炸毛法？”

邓海川看着她，一副不可思议的神情，他怎么还笑得出来？

“我按你说的，酒喝完了，才告诉大家，这酒是祥哥请大家喝的，当时祥哥那张脸臭的哟，十里可闻。我就老老实实说，是他还给你的赏银，你又贴了二两，祥哥半晌都没说出话来，然后……他把酒坛子给砸了，指着我的鼻子，咬牙切齿。我还以为他要揍我，还好拳头没落下来，不然今天我脸上就开花了。”邓海川心有余悸地述说当时的情景。这次他是彻底把祥哥得罪了，也算是明确站了队，以后就靠李尧了。

叶佳瑶想着钟祥气急败坏的样子就想笑，没错，她就是捉弄钟祥来着，谁让他昨天和刘其胜一唱一和嘲讽她来着。她拍拍受了惊的邓海川：“没事，我掏钱他请客，面子里子都让他占了，他能说我啥？大不了还我银子呗！”

叶佳瑶料得不错，没多久，钟祥顶着一头乌云进来，脸黑得像块炭，四两半银子拍在她面前，恨恨地说：“还你的钱，我要请客我自己会请，不用你来假惺惺。”

叶佳瑶故作委屈道：“祥哥，我看你是误会了，大家一起做事，没有谁的功劳谁的责任一说，大家都很辛苦，得了赏银大家分是应该的，你不肯要，我就想着再添点，请大家喝酒，大头是你出的，自然算是你请的，如果我做的不对，祥哥你念在我初来乍到不懂规矩，就别跟我计较了。”

叶佳瑶的话赢得了大多数人的赞同，一直以来，在厨房里，大厨才是至高无上的存在，底下人只有做事挨骂的份，这么多年来，也只见过李尧这么一个例外，能体恤大家的辛苦。而且，李尧这么做，还不是给祥哥面子，祥哥气量也太小了点。

崔东朋站出来说话：“是啊，祥哥，尧哥只是想大家开心开心，没有恶意的。”

钟祥呕得要吐血，你们开心了，你们是看着哥被人戏弄，看戏看得开心吧？哥被人当猴耍，你们开心吧？俗话说，不怕神一样的对手，就怕猪一样的队友，很不幸的，钟祥的猪队友登场了。

刘其胜指着众人道：“你们这些人，心眼都被屎糊住了？祥哥平时是怎么对你们的？牛大厨发脾气，哪次不是祥哥替你们顶着？这会儿收了人家几两银子，就恨不得叫人家亲爹了？”

“刘其胜，你怎么说话呢？我看事情闹成这样，就是你这根搅屎棍在搅事。”一向不怎么发言的王明德跳了起来。

“就是，尧哥给我们分赏银怎么了？就冲尧哥能说一句大家辛苦，我就认定了尧哥这个朋友，有钱没钱是小事。刘其胜，你也是从杂工一路打拼过来的，你见过谁能像尧哥一样，凡事想着兄弟们的？做人要讲良心。”崔东朋道。其他人也纷纷附和，顿时刘其胜成了大家发泄的对象，众矢之的。

钟祥的脸已经黑得不能再黑了，他感觉所有人都在离他而去，站到了他的对立面。

叶佳瑶看差不多了，出来打圆场：“大家都别说了，这件事怪我，是我做事欠考虑。”

王明德道：“尧哥，这件事你没错。”

邓海川脑子反应快，哭丧着脸说：“都怪我，都怪我，尧哥本来不让说的，是我酒喝多了，脑子不清楚。祥哥、尧哥，这事怪我，我给你们赔罪。”

叶佳瑶诧异地瞄了邓海川一眼，行啊邓海川，真够机灵的，有前途。刘其胜已经被大家的指责淹没，钟祥孤立无援，心灰意冷，沉着脸，扭头而去。

叶佳瑶道：“大家都去做事，我去跟他谈谈。”

钟祥坐在院子里的石磨上生闷气，叶佳瑶走过去，挨着他坐下。“祥哥，我知道你心里是怎么想的，这个小子凭什么一来就跟我平起平坐？还不是靠着二娘的关系，还不是因为长得俊。”叶佳瑶学着他的口吻说道，换来钟祥一记白眼。

叶佳瑶也不恼，继续说道：“你觉得自己拼搏了多年，才有今日的成就，而我这么年轻，不公平。”叶佳瑶苦笑了下，“其实，这世上本就没有什么事是真正的公平，有，也只能是相对而言。

“我可以毫不谦虚地说，在这个厨房里，没有人比我学厨艺的时间更长，我出生在厨师世家，还没学会说话就被我爹抱在怀里学做菜，还没学会用筷子就已经会拿锅铲，六岁，我就能踩着凳子给全家做一顿大餐，人家玩泥巴玩弹弓的时候，我玩的是各种刀具……

“虽说不论哪门手艺都是老天爷赏饭吃，没有天赋不行，但没有后天的努力更不行，我所付出的绝不比你们少。”

钟祥听着她絮叨，怒气渐渐平复下来，难怪这小子这么厉害，原来是世家出身。

“认识黎二娘纯属巧合，我来金陵就投宿在她的客栈，她知道我是个厨子，正在找事做，而这边又缺厨子，这才带我过来试一试。祥哥，论厨艺技巧，也许你不比我弱，但做菜不是死板地按着菜谱，整个过程就像完成一件独一无二的艺术品，把做菜之人的感情融入其中，与之共鸣，才能赋予它独特的味道。很多人不懂这一点，所以一辈子只能是个厨子，而懂得这一点的人就能成为大师。这一点，我比你强，祥哥，你不服不行。”

叶佳瑶自信地看着钟祥。钟祥欲言又止，他头一次听到这么新奇的说法，琢磨琢磨好像挺有道理。自己每次做菜就是在完成任务，当厨子只是为了谋生计，没想过那么多深奥的东西。

“也许你觉得我给大家派赏银是在炫耀，在笼络人心。炫耀一说，我压根没想过，当厨子的苦处，尤其是身处最底层的厨子的苦处，我很清楚，因为我自己也是这么过来的。所以，我只是很单纯地希望每个人的辛劳都能获得回报。

“至于笼络人心，我承认，是有这样的想法，但绝对不是为了拉帮结派。大家一起共事不容易，如果每天累死累活还要与人勾心斗角，那真是太悲惨了。我希望大家和和乐乐，这样做起事来也带劲。祥哥，你说呢?”

钟祥的思绪已经完全被她牵着走，找不出反驳的话来。

“从我感觉到你的敌意起，姑且这么说吧，也许你只是看不惯我，还不能称之为敌意。我就私下里问兄弟们，祥哥到底是怎样一个人。得到的回答出奇一致，都说你祥哥是个好人。所以，祥哥，如果是你得到了赏银会不会与大家分享?”

钟祥想了想，有些惭愧，也许他还做不到这一点。

叶佳瑶笑了笑：“我听说你的面点做得不错，我想，我的点子加上你的手艺，也许面点会成为天上居的又一块招牌。只要咱们精诚合作，黎掌柜就不用再去请什么大厨了。这是我的机会，也是你的机会，是相争相害还是互利互惠，选择权就在你祥哥。”

钟祥有些动容，李尧开诚布公跟他说了这么多，给他指了一条完全不同的路。仿佛一瞬间，视野都开阔起来，心底有什么东西在蠢蠢欲动。但是，他能相信她吗?

叶佳瑶看思想工作做得差不多了，摸出他还给她的四两半银子放在石磨上。“如果祥哥选择跟我死杠到底，那么待会儿你再进来把银子拍我面前。如果祥哥觉得我李尧还不是那么差劲，值得一交，就收下这银子。”

叶佳瑶说完就站起来，一回头看见门口探出十几个脑袋，见到她转身，忙若无其事地散开了去。这帮小子，难道还怕我跟钟祥打起来?叶佳瑶摇头苦笑，该说的都说了，至于某人想不想得开，就是某人的事了。她可不会一味迁就，忍气吞声。不过，她相信钟祥会做出正确的选择，如果他们闹得不可开交，钟祥应该清楚，黎掌柜会选择谁留下来。

厨房里，大家忙碌起来，但每个人的心绪都不太安宁，不时朝门口张望，祥哥怎么还不进来。

“尧哥，你说祥哥怎么还不进来?要不要我去……”邓海川虽然选择了站在李尧这边，但他还是希望李尧和祥哥能和平共处。

“不用，让他慢慢想好了。”叶佳瑶淡淡说道。只有钟祥自己真正想通了，这事才算完。

又过了大约一盏茶时间，钟祥进来了。大家的视线不约而同随着钟祥的身影移动，只见钟祥去拿了围裙系上，走到自己的案板前，开始切菜。大家暗暗松口气，总算天下太平了。

叶佳瑶嘴角一弯，就料到钟祥没勇气再次撕破脸。从大家对钟祥的评价中可以看出，钟祥其实是个很会忍耐的人。所以，她故意一次激得他跳脚，把情绪都发泄出来，然后再找他谈话。否则负面情绪一直憋在心里，是很容易出毛病的。

“尧哥尧哥，那景小王爷又来了，要见您。”小陆跑进来报告。

叶佳瑶皱眉，昨天不是跟他说了吗，别来得这么勤快。再说，现在又不是饭点上。

“正忙着呢，让他等着。”叶佳瑶没好气道，听得大家直抽冷气，尧哥好大的气派，居然敢晾着小王爷。

五十五 狭路相逢

赫连景听说大尧尧在忙，也就不打扰，要了一杯茶、一盘点心，就在芙蕖阁里一边写寿宴的流程，一边等大尧尧。

黎掌柜一来酒楼，就有人向他汇报了此事，这还了得？赶紧去给小王爷赔罪。“我这就叫李尧过来。”

“没事没事，等他忙完。”赫连景无所谓道。

黎掌柜暗暗诧异，景小王爷居然这么迁就一个厨子，转性了？风闻景小王爷可不是这样随和的人。

赫连景一直等到吃午饭，大尧尧也没过来，他又索性点了几个菜，继续等。

夏淳于带着两侍卫出宫办事，路过天上居。

“大人，现在回宫可赶不上饭点了。”一个侍卫道。

夏淳于略一思忖，翻身下马：“那就在这里将就一顿。”小景把那位瑾尧吹得天下无双，今天便尝尝他的手艺。

伙计阿星热情相迎，建议道：“大人，去兰萱阁吗？临河的，还能赏河上的景致。”当伙计的首先要练就一双火眼金睛，能从客人的打扮、气度、举止判断客人的身份，见夏淳于穿着侍卫的官服，器宇轩昂，一看就不是普通人，便推荐最好的包房。

夏淳于无所谓，不过是吃顿便饭。“带路。”

赫连景喝了一肚子茶，上茅厕的次数就多了起来。刚走到楼梯口，就和夏淳于碰个正着。

“小景……”

“淳于哥，这么巧，你来吃饭？”赫连景看到淳于哥心里咯噔一下，吓得尿都给憋回去了，大尧尧说过不喜欢淳于哥来的。

夏淳于蹙眉，心说来酒楼不吃饭还能干吗？“是啊，你呢？跟谁一起？”

“我……我正要走呢！”赫连脑子转得飞快，怎么才能把淳于哥支走？

阿星不明就里：“小王爷，您点的菜都还没上，怎就要走了？”

赫连景被戳穿，凶道：“爷突然不想吃了不成吗？要你多嘴？”

夏淳于眉梢一挑，小景反应不太正常啊，目光闪烁、心慌意乱的样子，明明点了菜又说不想吃了，这不太奇怪了吗？他不是一直称赞瑾尧的厨艺很好吗？

“那个，淳于哥，要不咱们换个地吧，我请您去福记。”赫连景腆着笑脸要拉夏淳于出去。

夏淳于施施然道：“今天我可是特意来捧你那位朋友的场子，既然来了，岂有走的道理。小二，景小王爷的包房是哪间？”他越发肯定小景有什么见不得人的事，秉着负责任的态度，他必须一探究竟。

阿星忙道：“是芙蕖阁。”

夏淳于余光一瞥就看到了芙蕖阁所在，径直朝芙蕖阁走去。

“淳……淳于哥。”赫连景忙追上去。

夏淳于推开包房的门，里面却是空无一人，不禁有些纳闷，他还以为小景在包房里藏了什么人呢！夏淳于一撩衣摆坐了下来：“小二，你们酒楼有什么特色菜肴？”

赫连景心知要把人弄走是不可能了，想了想，反正人不是他带来的，是淳于哥自个儿来的，大尧尧要怪也怪不到他头上，便又安然起来，乐呵呵地上前：“淳于哥，这里的猪肚鸡很好吃，是瑾尧的拿手菜，我昨天刚尝过，绝对美味。”

夏淳于怔住，这菜名好耳熟啊！不正是瑶瑶诱哄宋七他们跟她玩石头剪刀布时许的好处吗？宋七一直没吃上，老是念叨。这个瑾尧居然也会做。

“那就来一份。还有什么可以推荐的？”

“小二，再来一个鲤鱼跃龙门、蟹粉狮子头、红烧排骨……”赫连景麻溜地点菜，狮子头和红烧排骨是淳于哥的最爱，必须点。

“够了够了，不过是吃个便饭，没必要这么隆重。”夏淳于制止道，下午他还有差事呢！

菜单送到厨房，叶佳瑶一看，芙蕖阁多了好几道菜，便问：“景小王爷有客人？”

阿星道：“是啊，碰巧遇上熟人，就一个包间坐下了。”

“哦，那你先把这几道菜送过去。”叶佳瑶吩咐道。

夏淳于瞥见桌上还有一本小册子，十分稀罕地睨了赫连景一眼：“你在做功课？”

小景小时候是出了名的顽皮，送到国子监，把国子监的先生整得都不敢去教学，请先生回府教，结果他把先生的胡子烧了。虽说那是个意外，但恶名传出去，再没人敢上门。弄得赫连煊没办法，只好忙里偷闲，亲自上阵，狠狠压制了大半年，小景这才老实了。

“不是不是，我哥让我操办祖母的寿诞，我在琢磨安排些什么节目。”赫连景不好意思地笑道。

“好事啊！有什么用得着我的地方，你吱一声。”夏淳于哂笑道。

菜上来，一道铁板香菇，一道时蔬三鲜，一道糖醋鲤鱼。

“淳于哥，您尝尝，瑾尧做的，很好吃哦！尤其是这道香菇，别地没这种做法。”赫连景极力推荐。

阿星笑呵呵道：“这是我酒楼新推出的菜式。”

夏淳于愣住，别处的确没有，但他却是见过的，就在黑风岗。虽然那时没有铁板，不似这道菜，呈上来，还冒着烤肉的香气。心跳莫名加快，夏淳于夹了一个香菇，一口咬下，表层的肉饼香脆，下面的香菇肉质肥厚嫩滑，是记忆中熟悉的味道……再尝糖醋鲤鱼……酸甜适宜。揪着的心几乎要跳出口。

脑子里闪电般地划过各种念头，也许这位瑾尧和瑶瑶是同一个师傅教的……也许，瑶瑶没死，是她教瑾尧做这道菜……也许尧尧就是瑶瑶……

“怎么样怎么样？好吃吧？我没骗你吧？”赫连景期待着淳于哥给出满意的

评价。

夏淳于告诉自己要冷静，希望越大失望越大，要是弄错了会很难堪，还有蟹粉狮子头和红烧排骨，这些菜瑶瑶都做过，他要进一步确定。

“还行，过得去。”夏淳于努力维持着表面的冷静，淡然给出评价。

赫连景撇了撇嘴，心说：大家都说他的嘴刁，看来淳于哥才是真正的嘴刁，这么美味仅仅是还行？

“这位瑾尧多大年纪了？”夏淳于貌似随意地问。

赫连景想了想，其实大尧尧看起来比他还小，就是爱充老大，说话老气横秋的，总是板着脸教训人。

“十六，还是十七？没问过，差不多是这个年纪吧！”

夏淳于心里又是咯噔一下，的确差不多年纪。“他就打算待在天上居了？人家帮了你这么大的忙，你不帮他找点别的事做？”

赫连景皱着鼻子：“我想啊，但大尧尧他要自食其力，不想被人看轻了，因此上次才故意躲着我。”

夏淳于点点头，瑶瑶也是，一点不娇气，什么活都干。她唯一求过他的就只有养大宝二宝还有……不能丢下她。

“倒是个有志气的。”夏淳于感慨着。

“是啊，我觉得大尧尧很厉害，跟他一比，我都不够瞧了。”赫连景怏怏地说。

夏淳于哂笑：“亏你还有自知之明。”

“淳于哥，我哥说了，我要是办好了祖母的寿诞就给我安排差事。”赫连景卖乖道。

夏淳于拍拍他的肩膀，鼓励道：“你一定行。”

“吃菜吃菜。”赫连景得到鼓励，倍开心。

菜，一道一道呈上来。夏淳于再也按捺不住，如果只是一两道菜口感相似还可以说是巧合，但每一道都一样，还是巧合吗？

“小景，你这位朋友厨艺不错，请他过来见一见吧！我也很好奇，能让小景这么佩服的人是不是长着三头六臂。”夏淳于故作轻松地说。

赫连景露出为难的神情，怎么办？大尧尧肯定会生气的。“他……他这会儿应该很忙吧！”赫连景支吾着。

阿星自作聪明道：“尧哥这会儿应该空闲了，中午客人不是很多。”

夏淳于道：“请他过来。”

“是，小的这就去。”阿星乐颠颠地跑去叫尧哥，看这位爷对尧哥做的菜很满意，说不定又有打赏了。赫连景张嘴想要阻止，可阿星已经出去了。

厨房里，叶佳瑶听说后，小心翼翼地问：“知道景小王爷的朋友是哪位？”前日就是没问清楚贸贸然进去了，才会被小景景抓包，今天可得问问仔细。

阿星说：“我听景小王爷叫他淳于哥。”

叶佳瑶耳边轰的一下，像炸了个雷。真是怕什么来什么，蠢驴要见她，怎么办？她不想见啊怎么办？

邓海川走过来：“尧哥，二楼云水阁的客人刚添了一道铁板香菇。”

叶佳瑶心思一转有了主意，把邓海川拉到一边，在他耳边如此这般叮嘱。

邓海川张大了嘴：“尧哥，这样不好吧！”

“有什么好不好，没见我正忙着吗，哪有时间应付那些大爷？没事，景小王爷不会怪罪的，也就是随便应付一下就好。万一出了事，我担着，记得我说的话，快去，要是得了赏，都归你。”叶佳瑶把他往外推。

邓海川只好硬着头皮跟阿星去芙蕖阁。

“尧哥这么干行么？回头别把客人惹恼了，我看那位爷气派十足，景小王爷在他面前都要低声下气。”阿星担忧地说。

邓海川一个头两个大：“反正尧哥说了，出了事他顶着。”

五十六　你认错人了

“两位爷，厨子来了。”阿星也长了个心眼，不说是尧哥，就厨子。

赫连景的位置背对着门，紧张地攥紧了拳头，默默地碎碎念：大尧尧你可千万别生气啊，这事真不赖我，人不是我带来的……

邓海川进来，拱手施礼打着哈哈：“小的给两位爷请安。”

赫连景一听这声，眼睛都瞪圆了，转过去一瞧，这哪是大尧尧？转念一想，大尧尧不来才好呢，便不作声埋头吃菜。

夏淳于不动声色地把小景的反应纳入眼底。眼前这位厨子，看起来二十几岁的样子，身材魁梧，哪像小景说的大尧尧。“今天这些菜是你做的？”夏淳于往后一靠，一手闲闲地搭在桌上，一下一下敲击着桌面。

邓海川硬着头皮说：“是小的做的，不知是否合两位爷的胃口？”

夏淳于眉梢微挑，慢悠悠道：“还不错，你叫什么名字？”

赫连景的心又提了起来。

邓海川真是说不出口啊，尧哥让他报他的名，这怎么报啊？“小的……小的叫李……”邓海川心虚地说。

“咳咳，咳咳咳……”赫连景剧烈咳嗽起来。

“小景，怎么了？”夏淳于关心地问。

赫连景指指喉咙，哑着声说：“鱼刺，卡……卡住了。”

阿星忙道：“小的去拿醋。”

邓海川见这么好的机会，忙说：“我跟你一块儿去。”趁机溜了。

半瓶醋喝下去，赫连景苦着脸说：“不行，弄不出来，得去看大夫了，淳于哥，您陪我看大夫，我难受死了。”赫连景不由分说地把夏淳于拉走。

到了九德堂，大夫让赫连景张开嘴，看来看去看不到，就说：“还是回去多喝点醋，或者吞点白饭馒头什么的，应该能裹下去。”

“万一还是下不去呢？”夏淳于问。

大夫说：“那就只好吃药了，用草药将鱼刺软化。”

“那还吞什么白饭馒头，你赶紧开药熬了给他吃，就在这弄出来，不然来回跑多麻烦。”夏淳于道。

“不用了吧，我吃不惯药的，我还是回去吞点白饭好了。”赫连景一听说要吃药心里就发憷，小时候喝怕了。

夏淳于按住他，严肃道：“这可不是小事，听大夫的。”你个臭小子，以为爷看不出来你在装？故意搅局好让那厨子开溜，就这么怕我见这位瑾尧？你葫芦里到底卖的什么药，爷早晚查出来。现在，你就乖乖喝药，跟我玩心机，你还嫩了点。

“这种草药不用熬，冲泡一下就可以服用，就是味儿苦。”大夫说着就去泡药。

被夏淳于按着不能动，赫连景苦不堪言，刚才为了逼真，他差点把肺都咳了出来，又实实在在灌了半瓶子醋，这会儿胃都酸得抽搐了，待会儿还得喝苦药……赫连景快哭了。

盯着小景把药喝得一滴不剩，夏淳于吩咐侍卫：“你们负责把小王爷送回赫连王府，交给懿德长公主，就说小王爷被鱼刺卡了，还没弄出来。”

“淳于哥，不用惊动我娘了吧？多大点事。”赫连景慌忙道。他那个娘最是疼他，听到他咳一声都得紧张半天，要是让娘知道还不完蛋。

夏淳于一本正经地说：“你是跟我一起吃饭被鱼刺卡了，你要有个闪失，你娘还不得扒了我的皮？”相信懿德长公主知道后，小景今天是别想出门了。

看着小景哭丧着脸被侍卫送走，夏淳于策马先回了趟府，吩咐宋七去天上居打探那位瑾尧的底细。“注意点，别让他瞧见你，爷下值就要确切的消息。”

他有九成的把握，瑾尧就是瑶瑶。但那一分的不确定让他心如火烧，期待着，害怕着，万一不是怎么办？又要重新堕入绝望的轮回。他不断告诉自己要镇定，再等等，答案很快就会揭晓。

夏淳于早早把事务安排妥当，提前下值，他等不了了，每一刻都似无尽岁月那般漫长，每一刻都是煎熬。

宋七在宫门口等他，见他出来，疾步迎上，激动地说：“世子爷，小的，小的看到叶小姐了。”

嗡的一声，有那么一瞬，他的脑海一片空白。他的声音打着飘，有些不敢相信幸福来得那么突然：“确定了？”

宋七用力点头：“小的保准没看错，要是错了，小的愿意自插双目。”

夏淳于抬头望天，天边云霞滟滟如锦，两只鸟儿扑棱棱地飞过，没入那五彩琉璃的一角飞檐，有多久了？他眼中所见俱是一片灰暗，而现在，他本以苍凉如枯木的心，正一点点复苏，抽着嫩芽儿，蔓蔓滋长，重燃生机。瑶瑶还活着，她还活着……

“世子爷，叶小姐女扮男装，化名李尧，在天上居任一等帮厨，住在来福客栈。小的看到她时，着实吓了一跳，以为见鬼了……”宋七在一旁喋喋不休。

夏淳于低头，微然一笑：“她没发现你吧？”

“没有，小的谨记世子爷的吩咐，小心着呢！”

夏淳于点点头：“你回去禀报夫人，就说我有应酬，今天不陪她吃饭了。”

“小的遵命。”宋七笑呵呵地应声，太好了，叶小姐还活着，世子爷就不用再整天皱着眉头，沉着一张脸，闷闷不乐。

叶佳瑶一下午都心神不宁，小景景被鱼刺卡了，不知道有没有弄出来？要不要紧？这家伙，怎么也不派人给她递个消息，不知道她会担心吗？还有那头蠢驴，应该猜不到是她吧！直到晚上收工也没见有什么动静，叶佳瑶想，应该没事了。

“兄弟们，我先走啦，祥哥，改天请你喝酒。”叶佳瑶招招手，跟大家再见。

钟祥没搭腔，不过脸已经没那么臭了。李尧一口一个祥哥，照样亲热熟络，反倒让他觉得不好意思。

“尧哥，走好啊！”大家纷纷跟叶佳瑶打招呼。

出了天上居，外头已是华灯如昼，叶佳瑶一路慢悠悠地晃荡，享受着劳累一日后难得的悠闲时光。夏淳于远远地跟着，这个身影，这走路的姿态好熟悉，夏淳于仔细回想了一下，莫非昨晚见到的就是她？居然没认出来，夏淳于苦笑，按宋七说的，他是不是该自插双目？

“叶瑾萱……”夏淳于喊道。

叶佳瑶怔住，整个人犹如石化。他还是找来了。

“瑶瑶……”夏淳于慢慢走向她，心跳很快，呼吸凌乱，他竟然有些紧张。

叶佳瑶拔腿就跑，不想见，只想远远地躲开，他们之间从来没有过真正的信任，彼此都在演戏。可悲的是，她演着演着不知不觉就当真了，而他始终清醒。她一直不愿意去回想，但那晚的一幕幕依然清晰，她像个傻瓜一样不顾自己的安危到处找他，担心他有危险，着急得不行，好不容易找到了，却听到了那样的话。

她庆幸自己听见了，否则还会像个傻瓜一样继续赖在他身边，被他厌弃，还很沾沾自喜，瞧……她多幸运，被土匪劫上山却嫁给了一个世子爷。她不知道她厚着脸皮跟他撒娇的时候，他心里是怎么想的，一定是在嗤笑她吧！瞧，这个女人多愚蠢，爷会瞧上你这种女人吗？

真的真的不愿意再跟这个人有一星半点的关系，他和算计她的后娘、姐妹一样可恶，充满了欺骗，无情无义。

夏淳于没想到她会跑，怔了一下，追了上去。更没想到她跑得那么快，他追了一段居然追不上。夏淳于无奈之下只得动用轻功，几个腾跃落在了她面前，一把抓住她的手：“别跑了，你跑不过我。”

叶佳瑶气喘吁吁，她在学校就是个运动健将，游泳、八百米都是学校运动会纪录保持者，怎奈敌不过人家有轻功。你这是作弊。

“你谁啊？抓着我干吗？我们认识吗？”叶佳瑶用力甩手，没甩开。

“瑶瑶，别这样，我好不容易才找到你。”夏淳于苦涩地说。他想过瑶瑶会生气，也许会哭，会骂他，不管怎样，他都会忍，会让，谁让他那么疏忽把她弄丢了呢？可是，她没哭也不骂，眼神那样淡漠，看他就像看一个陌生人，让他有些不知所措。

叶佳瑶冷笑着："这位大爷，您认错人了吧！我可不是你的瑶瑶。"

"那你跑什么？"夏淳于反问。

叶佳瑶翻了个白眼，凶道："爷在锻炼身体不行吗？挡你路了，还是碍你事了？赶紧放开，不然我可要叫了。"

"你叫好了，你不知道金陵的人不喜欢多管闲事，只喜欢看热闹吗？"夏淳于施施然道。

五十七　对不起

“我看你真是病得不轻了，你放不放手？”叶佳瑶怒目圆睁气嚷道。

“瑶瑶，你男装打扮也挺好看。”夏淳于故作轻松地调侃着，这一次，他无论如何不会再放手。

叶佳瑶看出他打算死皮赖脸了，讥诮道：“世子爷，你这又是何必呢？我不过是你丢弃了不要的玩物，现在又来拉拉扯扯算什么？我不来找你，省得你还要为怎么处理我烦心。”

“谁说我要丢了？”夏淳于心虚地抵赖。

叶佳瑶冷笑：“不是吗？”

“当然不是。”夏淳于道，“我没打算丢下你不管，那天晚上很混乱，我一直在找你，后来姜婶说你被二当家劫持了，又有人看到你掉落悬崖，我以为……”

“以为我死了？死了好啊，死了多省心啊，你就当我死了不就成了？”叶佳瑶面无表情地说。

夏淳于沉默良久，黝黑的眸中泛着难得一见的柔光和心疼，柔声道：“我把大宝、二宝带回来了，这俩家伙现在长得肥头大耳、滚圆滚圆的，顽皮得很。”

叶佳瑶漠然地望着河上淡淡的波光，她的心绪也如这水波一样不平静。大宝、二宝她甚是想念，那日还以为它们逃回山上去了，没想到被他带了回来。他的手一直紧紧抓着她的手腕，那么用力，都有些疼了。这算什么呢？一边赖皮，一边拿大宝、二宝跟她打柔情牌，他到底想怎样？

“好，我承认我曾经是瑶瑶，但是那个瑶瑶早已在被你抛弃、跌落悬崖的时候死掉了，现在站在你面前的是李尧，一个无父无母、无兄弟姐妹、无家可归的李尧，你觉得我很惨很可怜是不是？的确，有时候我也觉得自己挺可怜的，天地这么大，而我孑然一身，但是，没关系，我谁也不靠照样能活下去，而且我还会活得有滋有味，活得开开心心。所以，如果你是因为愧疚来找我，那么，大可不必了。最艰难的时候都过去了，别给自己找麻烦，也别给我添麻烦，我们之间已经没有关系了。”叶佳瑶冷冷说道。

夏淳于半晌开不了口，不知道该说什么，嗓子眼堵得难受。她曾经是想要依靠他的，但是他让她失望了，他不知道她是怎么逃生的，十里烟霞湖，想必也是九死一生；他不知道她是怎么从济南到金陵的，她一个弱女子，还带着一个什么都不懂、什么都不会的小景，想必吃了不少苦。

“瑶瑶，你这样，让我很心疼。”他艰难开口，“在黑风岗发生的一切，我不会为自己辩解，的确是我对不住你，我本是想等事情过后，再妥善安置你……”

叶佳瑶冷冷看他：“妥善安置，你打算怎么安置我？是带我回靖安侯府收我做个小妾，还是给几两银子打发了我？”看他眼中的愧疚之色愈深，叶佳瑶嘴角扬起一抹自嘲的冷笑，被她猜中了。如果真是那样，那她真庆幸自己掉落悬崖。她宁可流落街头做个叫花子，也不会去做他的妾。

“世子爷，戏既然已经散场，看戏的、演戏的就都散了吧。过去的都过去了，没必要再纠结。天很晚了，再不回去，客栈要关门了。”叶佳瑶去掰他的手。

夏淳于紧紧握着，他不想放开。

“夏淳于，别让我恨你。”叶佳瑶一根一根地掰着他的手指头。

夏淳于心中充斥着各种复杂的情绪，懊恼、疼惜、无奈、慌乱，纠缠在一起，让他几乎无法呼吸，他蓦然抱紧了她，恨不得将她揉进身体里，再也不分开。他贪婪地深深呼吸着她身上气息。

多少个夜里，在梦里，他这样抱着她。在梦里，他都能感受到胸口传来的清晰的痛楚。他从没对人说起，他的骄傲不允许他表露出来，只有床边的那盏凫鱼灯知道他的心思，知道他想她都快想疯了。

“瑶瑶，对不起，对不起，是我不好，你打我骂我都没有关系。但是，别说这样的话，再给我一次机会，这一次，我一定不会再辜负你……”这辈子，他从没这样低声下气求过一个人，但他现在愿意用他的所有换回瑶瑶嫣然一笑。

叶佳瑶僵硬得像一根木头，任他抱着，心中一阵阵刺痛。再给你一次机会又如何？你能娶我吗？知道我是叶家小姐尚且嫌弃，如今我连叶家小姐都不是了，你能娶我吗？答案是肯定的，她也不做这样的白日梦。

一朝被蛇咬，十年怕井绳，请原谅她胆小如鼠，没有希望就不会失望，不爱就不会受伤；原谅她与生俱来的骄傲，宁为玉碎，不为瓦全；原谅她小心眼，睚眦必报，她受过的伤，她有过的痛，你也来尝尝。

她抬起膝盖猛地一顶，夏淳于毫无防备，不由得松开了她，他咬着牙大声道：“叶瑾萱……”

“夏淳于，我虽然身份低微，却也容不得你动手动脚，我警告你，别再来烦我，别让我讨厌你。”叶佳瑶气势汹汹地冲他晃了晃拳头，然后一溜烟跑了。

叶佳瑶一气跑回客栈。小杨讶然：“李小哥，外头有狗在追你？”

叶佳瑶喘着气：“是啊，好大一条狗，差点就被咬了，我先回屋，定定神。”

小杨歪着脑袋想：这件事要不要禀报那位小景公子呢？

叶佳瑶关上房门，往床上一躺，满脑子都是他说的那些话，眼前尽是他饱含愧疚的深邃的目光。她郁闷地拿了个枕头把自己捂起来……叶佳瑶，不要相信他，他就是个骗子，他跟你说那些话，不过是以为你死了，他良心不安，想要赎罪，你真的不要多想，免得自取其辱。

睡觉，睡觉，管他呢，天塌下来也要睡饱了再说。可是，怎么也睡不着，忍不住胡思乱想。他要是不肯放过她怎么办？每天来纠缠怎么办？叶佳瑶，你想多了，他要真这么在乎你，当初也不会丢下你，你在他心里没那么重要。

第二天，叶佳瑶无精打采地起来去上班，没等到夏淳于来找她算账，小景景却是来了。

“你鱼刺弄出来没有啊？真是的，也不让人捎个信来。”叶佳瑶见面就埋怨他。

赫连景委屈地说：“哪有什么鱼刺，我装的，没办法，淳于哥问东问西的，眼看就要露馅了，我又怕你生气。昨天我都惨死了，喝了大半瓶醋，又被淳于哥强按着喝了一大碗药，回家就吐得稀里哗啦。我娘还真以为我得了什么大毛病，一直守着我，我想给你递个信都递不出来。”

昨天叶佳瑶听阿星和邓海川说得真切，还以为他真被鱼刺卡了。哎！也就只有小景景，能把她说的话放在心上，当一回事。

“他给你喝什么药啊？药不能乱吃的，你要不要紧啊？”叶佳瑶关心地问。

赫连景见她这般关心自己，觉得再喝几碗药都值了。“没事，吐完了就好了。”赫连景嘿嘿笑道。

叶佳瑶想了想，说：“以后他要来就随他，别管了。对了，你昨天找我什么事？”

说到正事，赫连景变得正经起来，坐直了身子说：“是这样，下个月我祖母七十寿诞，我想了几个节目，想让你给参谋参谋，还有，请你去做大厨。”

五十八 升职

这个问题，叶佳瑶倒是要慎重考虑了，王府老王妃的寿宴可比不得一般人家的寿宴，里面有太多的规矩、讲究，而且不能出岔子，她从没做过，不敢贸然应承。但这又是一个十分难得的机会，这场寿宴要是办好了，她将名声大震，真正在金陵打开局面。

“大尧尧，这件事你必须帮我，你是成败的关键。”赫连景期待地说。

叶佳瑶笑了笑，小景景真是好呀，明明是想帮她，硬说成帮他。这样重要的宴席，一般都会请顶级大厨。以他们赫连王府的威势，就算请御厨来做也不是难事，但小景景却把这样的机会交给她，愿意相信她，愿意冒这个险。

“小景景，这个任务很重啊，我没做过类似的宴席，不知道自己行不行。”叶佳瑶实话实说。

赫连景道：“凡事总有个第一次，你没去试过怎么知道不行呢？我也是第一次办差事，我很有信心，咱们一定能办好。”

叶佳瑶忍笑道：“小景景还学会说大道理了，这样吧，你想办法弄一份大厨拟的寿宴菜单来，或者宫里的也成，我先瞧瞧有什么讲究。”

赫连景笑说：“这还不简单，回头我就给你弄来。”

赫连景离开天上居就去了永安侯府，他记得侯府的老太君去年也做了七十大寿，找赵启轩要准没错。赵启轩这厮不在府里，说是当值去了，赫连景才想起来，这家伙还担了个职务，不由感叹，连赵启轩这种纨绔都有事做。赫连景写了个条子让下人转交赵启轩。

夏淳于对外宣称偶感风寒，告假在家中休息，结果把家里人惊动了，纷纷跑来，又是请大夫，又是炖燕窝什么的，扰得他烦不胜烦，一上午都耳根不清静。下午，宋七来报，扬州那边有新情况。

夏淳于合上手中扇子，坐直了身子，目光凛然，示意丫鬟们都退下，方才道："说。"

"是叶家一位犯了事儿被逐出府的下人说的，说魏流江去年在叶家小住的时候就跟叶家二小姐暗通款曲了，她曾撞见两人晚上在后花园幽会。虽然难保她不是为了泄愤而诋毁，但无风不起浪……"

夏淳于眸光透寒："此人现在何处？"

宋七道："已经安排她来金陵，三五日就能到了。"

夏淳于道："到时候我要亲自审问。"

如果只是叶二小姐想要鸠占鹊巢，迫害瑶瑶，那他便收拾一个，如果魏流江这厮也有份参与，那就对不起了，两人一块儿收拾。当然，还有叶夫人，他相信叶夫人绝对知情，不然，叶二小姐哪来的三千两银子请黑风岗的人来劫人。

宋七踟蹰着还有件事要不要跟世子爷说。

夏淳于看他欲言又止，不耐烦道："有话就说，什么时候学得这么娘们兮兮的。"

宋七这才弱弱道："世子爷，今天上午，景小王爷去了天上居找叶小姐，听说，景小王爷和叶小姐交情匪浅。"宋七还不知道叶佳瑶就是景小王爷一直在找的人。

夏淳于冷哼一声，心里酸溜溜的，大尧尧都叫上了，交情还能浅吗？小景就可以常去找她，他去找就挨了一脚踹。臭丫头，且让你逍遥几日，看爷怎么收拾你。

叶佳瑶正在默菜单子，冷不丁地打了个喷嚏，揉了揉鼻子继续默。她默的是满汉全席中的万寿宴，满汉全席是集满族汉族菜点之精华而形成的中华饮食文化历史上最著名的大宴，共六宴，皆以清宫大宴命名，分别是蒙古亲藩宴、廷臣宴、万寿宴、千叟宴、九白宴、节令宴。全席计有冷荤热肴一百九十六品，点心茶食一百二十四品，计肴馔三百二十品。

她老爹也只做过其中四宴，还是改良版的，可惜当时她在念大学没能一睹此盛宴风采。这是后世之人凝聚了中华饮食数千年传承与发展的精华，有此宝典在手，再加上自己悉心琢磨，完全有可能成为饮食界一代掌门人。

叶佳瑶信心满满，她要好好把握这个机会，一宴成名。等她晋升为大厨级别的人物，将来开酒楼、赚大钱都是小意思了。到时候，就在秦淮河边买座宅子，闲时邀上三五好友泛泛小舟，喝喝小酒，或是出去旅游，做个逍遥自在的单身贵族。嗯，最好是把大宝、二宝要回来，那就完美了。叶佳瑶咬着笔杆越想越美，吃吃傻笑。

“尧哥，掌柜让你过去一趟。”小陆在门外喊她。

叶佳瑶忙把本子收起来，揣在怀里，这可是她发家致富的本钱，一定要小心保管好。

黎掌柜是深思熟虑后做出这样的决定，让李尧当主厨。李尧的厨艺已经没什么好怀疑的了，这几天酒楼的生意大有好转，回头客增多，对酒楼新推出的菜式反响热烈，这是李尧的功劳。其次，李尧与大家的关系搞得不错，除了钟祥似乎对她有点小意见，其他人都已经把李尧当老大。这么短的时间，能做到这一点，可见李尧为人处世很有一套。这样一个人才，他若不尽快提高待遇，签订合约，说不定会被人挖走。

叶佳瑶敲了敲门：“黎掌柜。”

“进来。”

叶佳瑶推门进去，笑呵呵：“掌柜，您找我。”

黎掌柜招招手：“你先过来看看这个。”

叶佳瑶接过来一看，是一份合约，升她为主厨。“掌柜，这是……”

黎掌柜道：“李尧，我很看好你的能力，你来的第一天我就看出你有当主厨的资格，经过几天的观察，你的确没让我失望，厨房必须有个主事，否则群龙无首，这个重任就交给你了。”

叶佳瑶本来挺高兴的，这么快就升为主厨，主厨的待遇比一等帮厨不止高出一倍，工钱足足有十八两。而且，每年递增五两。听说大厨级别最少也是三十四两，顶级大厨那就没底了，百两，几百两也是有的。甚至有些酒楼为了留住人，还会分一些干股给大厨。但她看到下面的期限又犹豫起来，五年，又是五年。如果她志在谋一份职业，图一个温饱，这是最好不过的了，但她的目标是自己开酒楼。五年，太长了，而且从合约上看，如果中途离职的违约金额有点吓人。

“黎掌柜，这个期限能不能改一下？我都不知道我五年后还会不会待在金陵。”叶佳瑶道。

黎掌柜道：“这是行业的规矩，三等帮厨签约期限最低是一年，一等帮厨最低三年，主厨级别就是五年。要知道，一家酒楼要培养出一个大厨是很不容易的，而且我给你的待遇也比其他酒楼要优渥得多，即便是香溢楼、福记，他们的主厨每月工钱也只有十五两，递增最多是二三两。李尧，我有信心，能把你培养成名震金陵的大厨。”

叶佳瑶为难地说：“黎掌柜，我很感谢您的栽培，但我这个人喜欢四处游历，这样好了，您给我签三年，三年内，我帮您培养出一位不逊于我的主厨，怎样？”

黎掌柜犹豫起来，从酒楼的利益来说，肯定是签得越长越好，人员变动频繁，顾客容易流失。但李尧说帮他培养出一位不逊于他的主厨，这点让他心动。要知道，大厨的手艺就是他安身立命的根本，轻易不肯传授与人。

“这样吧，你再斟酌斟酌，我也再考虑考虑。”黎掌柜道，他还是希望李尧能签五年。

叶佳瑶下楼来，就被邓海川和崔东朋架到了后院。“你们这是干吗？”

两人左右看了看，没有别人了，邓海川神秘兮兮地问：“尧哥，我听说掌柜要升你为主厨？”

叶佳瑶失笑道：“你们耳朵挺灵的，听谁说的？”

崔东朋笑道：“没有不透风的墙，尧哥，您快说说，是不是真的？”

叶佳瑶反问他：“那你希不希望这是真的？”

崔东朋瞪大眼睛说：“当然希望啊，尧哥，我们都想跟着您干。”

邓海川用力点头，表示他也是这个意思。

叶佳瑶默然，其实她挺喜欢这里的工作环境，没有大厨级人物的欺压，没有小人使绊子暗算，大家伙一起开开心心的，如果只是三年，她肯定干脆签了。

“掌柜是有这个意思，但我还在考虑。”

呃……两人眼珠子差点掉下来。“尧哥，这多好的事啊，我们这些人做梦都不敢想，您还考虑什么啊?”邓海川急道。

“是啊！尧哥，您要不干的话，掌柜肯定要从别处请人来当主厨，万一来个难商量的，大家伙又要吃苦头了。”崔东朋苦着脸道。

叶佳瑶挥了挥手：“我不是不想干，问题是掌柜要我签五年。”

“您给回掉了?”邓海川的小心肝都疼了，替尧哥心疼，多好的机会啊!

“没啊，再考虑考虑。”叶佳瑶淡淡说道。

崔东朋和邓海川面面相觑，完全无法理解尧哥到底在犹豫什么，换作他们，巴不得签得越长越好，收入稳定，都不用为生计发愁了。

“对了，这件事，你们先别说出去。”叶佳瑶叮嘱道，在事情还没有最终确定之前，她可不想一个个地都跑来问她。

五十九　请你离开

赵启轩下了值又跟几个狐朋狗友去喝酒，很晚才到家，看到赫连景的留言，他特意起了个大早，跑去娘那里把菜单要了来，亲自送去赫连王府。

赫连煊和赫连景正陪着老祖宗和母亲用早饭，下人来报，说永安侯世子来找小王爷。赫连景喜上眉梢，忙放下碗筷："祖母、娘、大哥，我先失陪一下。"兴冲冲地走了。

赫连景一路小跑，跑到前厅。"赵启轩，我要的东西拿来了吗？"

"我敢空手来吗？"赵启轩揉了揉太阳穴，昨晚酒喝多了，今天又起得早，头疼。

"快给我。"赫连景迫不及待地伸手。

赵启轩把菜单给他，说："我们当时请的是福记的大厨，满金陵城，要说做寿宴，除了御厨，也就福记的郑福贵最有名了。"

赫连景不屑地撇嘴："他会的，大尧尧肯定也会，而且一定比他做得好。"

赵启轩怔了下："大尧尧？你说李尧？"

"是啊！"

"你该不会是想把寿宴交给李尧去做吧？小景，这可不是开玩笑的事。"

“为什么不可以？李尧的厨艺你是尝过的，你凭良心说，比郑福贵差吗？”赫连景道。

赵启轩摇头道：“非也非也，这不是光菜做得好就行，如果是普通人家的寿宴，那我绝对支持你请李尧，但这是赫连王府老祖宗的寿宴，这里面的学问和讲究大了去了，没点资历和见识能扛得下来？我知道你是想抬李尧一抬，给他个扬名立万的机会，但你有没有想过，万一他搞砸了呢？小景，你有些冒失了。还有，你请一个名不见经传的厨子来做寿宴，你哥能答应？”

赫连景懵了，他没往深里想过这些，大哥说寿诞交给他办，他第一个念头就是请大尧尧来做宴席。他承认他是想帮大尧尧，做好了这场宴席，大尧尧就一举成名了。但他真没想过，这也许会害了大尧尧。

“那……现在怎么办？我都跟李尧说过了。”赫连景没了主意。

赵启轩摇着扇子说：“这有什么难的，你就说你哥不答应就行了呗，他会理解的，不过，我也真佩服他，这么大的事他居然也敢应承下来，看不出来。”

他们两个在那里嘀嘀咕咕，却没发现站在门外的赫连煊。赫连煊的心中犹如掀起惊涛骇浪：那位李尧是谁？小景最近老往外跑，就是和他在一起吗？居然想把寿宴交给他做……别又是什么狐朋狗友，把小景勾搭坏了。

赵启轩走后，赫连景在房里发了半天呆，突然觉得做什么都没有兴致了，想来想去，还是决定按赵启轩说的办。换了身衣裳出府去找大尧尧。

“你哥不答应？”叶佳瑶不禁有些失落，自从小景跟她说了这事，她满脑子都是怎么办这场寿宴，昨晚睡前还在琢磨菜单，感觉光明就在眼前，整个人都处于一种兴奋状态，这会儿听到小景这么说，就好像被泼了一盆冷水。

不过，她能理解，小景是真心想帮她，赫连王爷不同意也有他的考量。的确，谁敢把这么重要的寿宴交给一个名不见经传的小厨师呢？

“大尧尧，真是对不住，我说服不了我哥。”赫连景歉疚地说。

叶佳瑶笑道：“没事，我还正愁不知道怎么跟你说，我思来想去，还是没有把握，又怕辜负了你一片好意，现在好了，咱们都不用烦恼了。”

赫连景可没有如释重负的感觉，他知道大尧尧是故意这么说，安慰他的。

“你别这么垂头丧气啊！这是你祖母的寿宴，你要打起精神来，好好办，好好孝敬她老人家，也让大家看看你的能耐。来来，跟我说说，你都做了哪些安排。”叶佳瑶看他不开心，还得哄他。

“也没什么安排，本来我想弄些新奇的花样，请杂耍班子来表演，可我娘说，祖母喜欢看戏，就改请了金陵有名的和春班，我最讨厌听戏了，咿咿呀呀的不知道唱什么。”赫连景怏怏说道。

叶佳瑶笑说：“又不是你过生日，是你祖母做寿，自然要按着她的喜好来，等哪天你过生日了，我帮你做宴席，你再请杂耍班子来不就行了？”

赫连景眼睛亮了一下，旋即又黯了下去，嘟哝着说：“可惜我今年的生日都过了，下次就要等明年了。”

“要不？等我生日，我请你喝酒啊！”叶佳瑶道。

赫连景顿时又有了兴趣：“你生日是什么时候？”

叶佳瑶道：“八月初八。”说来也奇怪，她的农历生日居然和原主叶瑾萱是同一天，看来确实有缘分。

“那快了，大尧尧，你想要什么礼物？我送你啊！”赫连景欢喜道，祖母的寿诞是七月二十八，过了就是尧尧的生日了。

叶佳瑶无所谓地耸耸肩：“随便啊，你送什么我都开心的，我也就你这么一个朋友。”

赫连景那叫一个激动啊，他是大尧尧唯一的朋友呢！大尧尧的生日他一定要好好办，让大尧尧开心。

赫连煊很快得到手下的回报，李尧是天上居酒楼的厨子，新来的，长得眉清目秀，小景几乎天天去找他。于是这晚天上居迎来了一位贵客，赫连王爷，而且点了名要李尧作陪。

叶佳瑶得知小景景的大哥来了，不敢马虎，做好了菜后，亲自送了过去。大家纷纷猜测，尧哥和小王爷要好，赫连王爷一定也是来捧场的。

叶佳瑶一边上菜一边偷偷打量这位赫连王爷，和小景一样，他也长着一双细长的凤眼，但他们的眼神不同，气质不一样。小景的眼睛是清澄透亮的，一眼便能看到心底，笑起来单纯又可爱。而赫连王爷的眼深邃如幽潭，你根本看不穿他在想什么，不苟言笑，浑身散发着一股凛冽的威严的气息，令人望而生畏。她知道，黑风岗就是被他和淳于一起端掉的。

“王爷请慢用。”叶佳瑶心里惴惴不安，他这副模样可不像是来捧场的。

赫连煊淡淡地扫了她一眼，他也一直在观察这位李尧。面若桃花，目似秋水，俊眉秀目，五官长得比女子还要精致。而且，他的态度不卑不亢，举止中规中矩，有礼有节，似乎一点也不怕他，寻常人知道他的身份，不是战战兢兢就是唯唯诺诺，这个李尧果然不简单。这样的人处心积虑接近小景，让他更是放心不下。

“李尧。”

“王爷有何吩咐?”

赫连煊打了个手势，随行的侍卫拿出一叠银票放在桌上。叶佳瑶纳闷地看着赫连煊。

赫连煊道：“这是五百两银票，足够你在这里做三年的收入，现在请你拿着这些银票离开金陵，无论去哪里，总之不要让小景再找到你。”

叶佳瑶有点发懵：“为什么?”

赫连煊一副上位者的冷傲，漠然道：“不为什么，你照做就是，酒楼的损失本王会补偿，而你，必须离开这里。”

叶佳瑶气笑了，真是有够莫名其妙的。“王爷，我想我在这里做事没碍着您什么事吧？如果您是不希望景小王爷和我这个平民百姓做朋友呢，您只需跟景小王爷说就行了，跟我有什么关系?”

六十　一帮大厨

“放肆！”侍卫喝道，上前一步，就要拔刀。

赫连煊抬手示意侍卫退下，他嘴角一斜，牵出一抹冷笑：“你最好按本王的话去做，否则，很多人会受你连累，比如这家酒楼，比如你住的客栈，只要本王随便找个借口，你就会身首异处。”

叶佳瑶倒抽一口冷气，没必要这么狠吧？“王爷，您不就是为了寿宴的事来的吗？我都已经说了不做了，景小王爷也打消了念头，我实在搞不懂，就这么点芝麻大的小事，您犯得着这么计较吗？”

赫连煊狭长的凤目眯起，透出一抹狠意：“小景今日能为你做这些，来日他就敢做更出格的事，本王绝不允许任何人带坏小景。”

什么话，我怎么就带坏小景了？是拉他去赌了还是去嫖了？叶佳瑶也恼了：“王爷，您这话我可听不下去，是，我是身份低微，不配跟景小王爷做朋友，我也没想过要和景小王爷做朋友，不过是景小王爷念在我一路带他回金陵，在他最落魄的时候帮了他一把，于是也想帮我一回，仅此而已，怎么就成了带坏景小王爷了？我是穷小子，可是一不偷二不抢，老老实实做人，本本分分做事，怎么就成坏人了？这世上还有没有公道可言？你们有钱有权的人就可以随便欺负人吗？”

赫连煊怔愣住，这辈子，除了父王，他还没见过谁敢在他面前嚣张。

“都说好人有好报，我做好事还做出祸来了？有种你今天宰了我，要是你敢对酒楼对客栈下手，只要我还有一口气，我天天敲锣打鼓上街宣扬你们赫连王府是怎么恩将仇报、仗势欺人的。同是一母所生，怎么差距就这么大呢？还有啊，你想宰我，也先去问问靖安侯世子，问问他答不答应。”叶佳瑶说完，摔门就走。

嘭的一声巨响，把赫连煊震得回过神来。

侍卫怒道：“王爷，小的现在就去宰了那小子。”

赫连煊忙抬手制止。刚才李尧说得太快，他一时没能反应过来，原来小景说的救了他的恩人就是李尧，可是……这里头又关夏淳于什么事？难道李尧还是夏淳于罩着的？这个嚣张的小子，到底是什么来路？爷这辈子头一遭被人指着鼻子骂，头一遭被人摔门。赫连煊心里那叫一个郁闷，可事情没弄清楚，不好对他怎么样。

“走，去靖安侯府。”赫连煊气冲冲地走了。

叶佳瑶刚才是火大了，说话也就不经头脑，事后想想还是有点怕，万一赫连王爷真的要灭她还不是分分钟的事，不过，她把夏淳于拉出来顶，赫连王爷应该有所顾忌吧？连小景对那头蠢驴都是毕恭毕敬的，还叫淳于哥，他们两家应该关系匪浅吧？

黎掌柜亲自跑厨房来，把她叫到一边，紧张地问：“李尧，刚才发生什么事儿了？为什么赫连王爷怒气冲冲地走了？”

叶佳瑶撇撇嘴说：“没事，他们兄弟俩吵架了，王爷心情不好，我也帮不上忙。”

黎掌柜听得一愣一愣的，云里雾里，不过李尧说没事，那应该没事吧！

夏淳于听说赫连煊来了，忙让宋七将人请进来。

两人落座后，赫连煊开门见山道：“你认识一个叫李尧的？”

夏淳于怔了下，点头道：“是啊，认识。”

“如果我要宰了那小子，你没意见吧？”

夏淳于呆掉了，半晌才问：“他犯什么事了？”

看淳于这惊愕的表情，赫连煊都难以启齿，他能说自己刚才被那人指着鼻子骂，一世英名都毁了？一路上，他都在想，也许是自己大惊小怪，也许小景纯粹就是想报恩，如果是这样的话，那他今晚的行为就有点说不过去了。

“他就是小景说的恩人，这事你知道吗？”

夏淳于点点头：“知道，小景一早就跟我说了。”

赫连煊就叹了口气：“小景有事总找你，都不跟我这个做哥的说。”

夏淳于笑道：“你太严肃了呗！”

赫连煊白了他一眼：“你还不是一样？又比我好到哪里去？”

夏淳于哂笑：“喝茶喝茶。”

赫连煊叹息着说：“长兄如父，小景又是那般顽劣，我若不管着点，还不知他会捅出什么娄子来。”

“其实小景没你想的那么不堪，是你期望过高，总觉得他不行。”夏淳于实话实说。

赫连煊言归正传：“你跟李尧又是什么关系？”

夏淳于很认真地想了想：“我欠了她好大一份情。”

赫连煊无语了，难怪那臭小子有恃无恐，原来还有这么一座靠山。

“哎，她到底犯了什么事？”夏淳于实在好奇得不行，他怎么都想不明白瑶瑶怎么会招惹到赫连煊。

“没事，我就那么一说。”赫连煊摆手道。两人又闲聊了几句，赫连煊起身告辞。

赫连煊一走，夏淳于面色就冷峻起来，叫宋七。“派人暗中跟着叶小姐，一旦有情况，速来回我，如果有人要对她不利，给我拦着，不得让叶小姐有丝毫闪失。”赫连煊不会平白无故说这样的话，肯定是发生了什么。

一连三天，风平浪静，小景不来了，蠢驴也没再来烦她，叶佳瑶乐得个清静。黎掌柜最终还是妥协了，但是关于违约的赔偿严厉了不少。叶佳瑶觉得自己不可能会中途离职，三年时间开不开得起酒楼还是未知数。于是，爽快地签约了。

黎掌柜亲自宣布这个消息，邓海川等人开心地互相拥抱，热烈欢呼，嚷嚷着要尧哥请客。

叶佳瑶笑呵呵地问掌柜：“掌柜的，晚饭结束后，给个包间如何？酒水菜肴给打个折呗？”

黎掌柜难得大方一回：“酒水七折，菜看成本价，反正你们自个儿做的。”

既然要请，就全请了。钱管事自觉身份比他们高一等，没参加。黎掌柜是老板，架子也是要端着点的，万一酒喝大了，一高兴，大手一挥，今天免单，那就割他的肉了。其余的人，连赶车的老关都来了。大家热火朝天地做完了菜，阿星、小陆来来回回地跑，把两桌酒席摆好。大家纷纷落座，钟祥也被邓海川拉了来，摁坐在尧哥边上。

“尧哥，恭喜你成为主厨，以后我们大家可就听您的了。”邓海川举起酒杯，大家纷纷站起来。

叶佳瑶笑道：“干活的时候呢，你们得听我的，谁要是偷闲躲懒，我的勺子可不是仅仅用来炒菜的；不干活的时候，大家都是兄弟，甭搞那些虚头巴脑的，咱们大口喝酒，大碗吃肉。来，干了，谁不干谁就是小狗。”

“干了干了，谁不干，地上爬三圈。”崔东朋起哄。

大家喝光碗中的酒，那叫一个畅快。钟祥也干了，只是他喝的是闷酒，他终究是比不过李尧，不管是厨艺还是为人。

叶佳瑶想想这样的日子比窝在深宅大院，当什么劳什子千金小姐、大少奶奶痛快多了，可以毫不顾及形象问题，撸着衣袖，粗声粗气跟人喝酒划拳，不必时时刻刻端着架子，面上还得挂着温婉笑容。可以恣意地想说什么话就说什么话，不必字斟句酌，看这个脸色看那个脸色。

“不是我今天开心就说大话，我早就想好了，三年，三年时间，我要把你们一个个都带出师，最差也得弄个一等帮厨。你们一个个地都给我加把劲，一个也不许落下，到时候咱们就是金陵城最强厨师帮，横扫那些个所谓大厨，咱们自己就是大厨，一帮子大厨。”叶佳瑶意气风发地说道。

顿时，酒席上变得鸦雀无声，大家都用一种复杂的眼神看着叶佳瑶。

“你们干吗？一个个木头似的，给个反应好不好？”叶佳瑶被他们的反应搞得莫名其妙，难道他们以为她发酒疯？老娘可是很认真的。

邓海川站起来，郑重道：“尧哥，这么多年了，没人拿我们这些帮厨的当人看，只有尧哥您拿我们当兄弟，尧哥，今天我邓海川把话撂这在里，往后您尧哥只要有用得着我邓海川的地方，不管刀山火海，我邓海川皱一下眉头，我就是那吃屎的货。”

钟祥唰地站起来，双手捧着酒碗，真诚地说：“李尧，就冲你说这番话，我钟祥彻底服气，来，我敬你。”说罢，他仰头咕咚咕咚一饮而尽。没有哪位大厨会说这样的话，即便他肯收你为徒，也不会把压箱底的手艺教给你，在他没想退下来之前，谁也别想越过他出人头地，但李尧就这么说了，当着大家的面，拍胸脯，这样的胸襟与气度，他心悦诚服。

大家纷纷站起来，眼睛酸涩，不必多说什么，喝酒就对了。

六十一 掉河里

叶佳瑶今天酒兴大发，干趴下好几个，无比尽兴。散席后，还算清醒的王明德要送她回家，叶佳瑶看了眼地上横七竖八的家伙，摆摆手："没事，我还清醒着呢！你辛苦点，和老关把他们抬回屋里去，再弄点醒酒汤给他们喝，要不然，明天没人干活了，黎掌柜铁定要骂人。"

其实叶佳瑶自己也喝多了，强撑着而已，一出门，脚下就虚浮了。她打着酒嗝，晃晃悠悠地往回走，一些心事又浮了上来。

小景景不来了，想想还真是失落，可爱的小景景，不知道你哥是犯啥毛病。哎，算了，这样也好，你一个小王爷，也该找点正经事做，整天泡在酒楼里，人家还以为你是饭桶呢！

至于蠢驴，不来最好，受不了他含情脉脉地盯着她看，早干吗去了？说了戳人心窝子的话，道个歉就完事了？老娘才没那么好哄。

路上有颗小石子，叶佳瑶没留神，滑了一下，眼看屁股就要和地面来个亲密接触，一双大手及时拉住了她。

"谢……谢谢啊！"叶佳瑶也没看是谁。

"三更半夜喝得烂醉，你还是不是女人啊？真不像话。"扶住他的人愠怒道。

他一早就来了，看到酒楼都关门了人还不出来，就一直在外面等着，等了一个多时辰，才看到她醉醺醺地走出来。这日子是越过越潇洒了啊，以为扮了男装就是野小子了？还敢跟一帮男人喝酒。

叶佳瑶斜着眼看过去，她没醉吧？怎么好像看到了蠢驴？

夏淳于嘴上数落着，心里更是生气，手上却是扶得更紧了，生怕她摔倒。

“你……是蠢驴？”叶佳瑶醉眼迷离，大着舌头指着他的鼻子问。

夏淳于皱眉，还敢叫他蠢驴。

“淳于……亏你还认得我。”夏淳于字正腔圆地纠正她。

哦，真是他。下一刻叶佳瑶反应过来，呼啦甩开他的手，自己踉跄着退了好几步。“都说了，叫你别来烦我，你怎么还来？”

夏淳于看她已经晃到了河边，“你先过来，小心掉河里去。”夏淳于紧张地盯着她脚下，不敢过去拉她。

叶佳瑶不耐烦地挥了挥手：“不要你管。”

“好，我不管，但你能不能跟我解释解释，为什么赫连王爷跑来找我？”夏淳于问道。

他已经知道赫连煊那晚找他之前来过天上居，听说是怒气冲冲地离开的。然后他去找过小景了，但小景似乎什么都不知道，这几天被赫连煊带在身边，美其名曰教他如何处理事务。碍着赫连煊在场，他又不能问。所以，只能来向她讨要答案。嗯，这是一个很好的借口。

叶佳瑶略有点小窘，拿他当了一回挡箭牌。“我怎么知道他为什么找你，他有病呗！”想到那个无礼的赫连王爷，叶佳瑶就一肚子气。

“他怎么个有病法？”夏淳于眯着眼看她，整个人的神经都紧绷着，如蓄势待发的箭，准备随时冲过去捞她。

“他先拿钱砸我啊，要赶我出金陵，我不干，他又说要宰了我，仗着自己是王爷就很了不起吗？”叶佳瑶愤愤地控诉着。

夏淳于的眉头拧得越发紧了，这是为什么？赫连煊凭什么要赶走瑶瑶？

“居然还说我带坏了小景，简直就是神经病。”最让叶佳瑶生气的就是这句话。

夏淳于十分意外，赫连煊这理由也太可笑了吧！“嗯，这么说来，他的确很可恶，要不要我帮你出气？”夏淳于笑眯眯地问。

“用不着，老娘才不怕他，他要敢再来，老娘照样骂得他狗血喷头。”叶佳瑶狠狠折下一根柳枝，随手抛进河里，差点把自己也给扔了进去。

夏淳于忍不住扶额，天啊！赫连煊居然挨骂了，实在难以想象那场景，难怪赫连煊来找他时脸那么臭。

“瑶瑶，下回还是别骂了，那家伙不好惹。”夏淳于善意地劝道，现在他总算明白了事情的前因后果。

赫连煊不知道瑶瑶就是带小景回来的人，一定是听说小景最近跟个厨子走得很近，以为小景学坏了。然后瑶瑶情急之下就抬出他来，要不然，依赫连煊的脾气，当时就能把瑶瑶给灭了。

叶佳瑶白了他一眼，嘟哝道：“你们都不是好东西。”

“怎么又扯上我了？”夏淳于无辜地说。

叶佳瑶虎视眈眈地瞪着他，怒气伴着酒气直往头上冲，跟火山喷发似的：“找我算账？老娘还没找你算账呢！你个说话不算话的混蛋，老娘被大当家关小黑屋，拼了命磨破绳子逃出来。怕你被官兵砍了，冒着危险到处找你，好不容易找到你，还来不及欢喜就被你一盆冰水浇个透心凉，什么不需要再演戏了，原来都是骗我的，你怎么可以这样？你就是个不负责任的渣子，渣到骨头里的渣子，你还想跟我算账，你倒是算啊！你算啊……”叶佳瑶大声嚷着，眼泪哗哗的，太委屈了。

夏淳于心疼得就跟刀子在绞似的，他可以想象她到处找他时的惶恐与无措，可以想象她听到那样的话时，多么伤心与绝望，她命悬一线时，他却只顾着抓匪首……他一句话也说不上来，只能痛楚地看着她泪流满面。

“夏淳于，我恨你，我后娘和我妹把我卖了我都没有这么恨她们，因为我从来就没爱过她们，亲人，只是名义上而已，所以，不管她们做了什么，都无法真正伤害到我。而你，我却是真的信了你……”

三分清醒七分醉，在酒精的作用下，各种不良情绪被无限放大，藏在心里的话也压抑不住了，一股脑儿地都宣泄了出来。

夏淳于靠近两步，想要拭去她不断涌出的泪。骂吧，骂吧，把心里的委屈都骂出来，那样就不会难过了。

他的手还未触及她的脸，叶佳瑶就狠狠甩开他的手："你个混蛋，为什么还要出现？你觉得戏还没演过瘾是吗？你还要我狼狈到什么地步才肯放手，要我求你吗？好啊，夏淳于，我求你，要演戏找别人去，别来找我，我不是那块料，我玩不起……"

"瑶瑶，瑶瑶……"夏淳于想拉住她，她这样激动，后面就是河。

叶佳瑶嚷着去推他："不许你喊这个名字，你不配。"结果他岿然不动，她自己反倒被弹了出去。

"瑶瑶……"夏淳于惊呼，伸手拉住了她，却被她一道拖下了河。叶佳瑶酒喝多了，手脚软绵绵，根本使不上劲，胡乱划了几下，也没浮起来，倒是呛了好几口水。

夏淳于很快就稳住了，游过去从身后抱住乱扑腾的叶佳瑶。这河岸有一人多高，如果只是个沙袋，他一扔就给扔上去了，可这不是沙袋，是瑶瑶，万一扔出个好歹来……夏淳于只得抱着她往码头游，还好码头离这不是很远，百来米的样子。

水凉凉的，不用自己划就漂起来了，一漾一漾的，好舒服啊！叶佳瑶头一歪，居然睡着了。夏淳于费了老大劲才把叶佳瑶弄上岸，看她双目紧闭，夏淳于吓坏了，叫她，没反应，拍拍她的脸，还是没反应。试了下鼻息，倒还有气。夏淳于让她趴在自己腿上，颠了她几下，直到她吐出水来。

叶佳瑶迷迷糊糊地嘟哝了一声："难受死了。"老娘要睡觉啊，能不能别吵？依稀听见他在她耳边轻柔地说："乖，很快就不难受了……"

夏淳于今天照样没带人出来，他可不想让人看到他被人骂的窘态。抱着湿哒哒的瑶瑶，想了想，还是往来福客栈去。来福客栈比较近，回府的话太远了。她喝过酒，浑身的毛孔都是张开的，要是湿气入体会生病的。

小杨就坐在店门口，一边乘凉，一边等李小哥，这都多晚了，李小哥怎么还不回来呢？突然一个从水里出来的人抱着另一个从水里捞上来的人冲了过来，急声道："他是李尧，掉河里了。"小杨定睛一看那怀里的人可不是李小哥吗？

"快，快抱他进房里去，我去叫掌柜。"小杨忙往里让。

"掌柜不用叫了，你拿干净的帕子来，再去煮碗姜汤，对了，他住几号房？"

"地字号左拐，最里面那一间。"小杨指了指方向。

六十二　我的克星

小杨用最快的速度送来干净的棉帕。夏淳于已经从柜子里翻出叶佳瑶的衣服，其实都不用翻，她的衣服少得可怜，柜子里一套，身上穿着一套。小杨就要去脱叶佳瑶的衣服，夏淳于急忙喝住："别动，我来，你去煮姜汤。"

小杨纳闷地挠挠头，这位公子哥哪来的，这么热心？

"快去啊！"夏淳于见他还站在那不动，不由得加重了口气。

小杨唬了一跳，忙去煮姜汤。夏淳于谨慎地把门闩上，省得有人闯进来。这边他刚帮她换上干净的衣裳，小杨就来敲门了。夏淳于开了门让他进来。

小杨看了眼床上的李小哥，担心道："小哥他没事吧？"

"看她呼吸还算平稳，应该没事。"

小杨看夏淳于身上还是湿的，便说："这位爷，要不您先回，小的会照看李小哥的。"

夏淳于哪肯假手他人，从钱袋子掏出一两银子给小杨："小二，麻烦你帮我弄套干净的衣服来。还有，李尧是我朋友，我得在这里看着她，不然不放心，这里就交给我了，你去忙吧！"

小杨只得把姜汤交给夏淳于，心想：李小哥掉河里这等大事一定得告诉那位景小爷才行。

夏淳于脱了自己的上衣，随便擦了一下，光着膀子扶起叶佳瑶，让她靠在他怀里，柔声唤她："瑶瑶，醒醒，喝了姜汤再睡，不然会生病的。"

叶佳瑶嘟哝着："喝什么姜汤，别来吵我。"

夏淳于没奈何，便说："把这杯酒干了，谁先认怂谁就是小狗。"

叶佳瑶闭着眼睛醉态可掬，胡乱挥着手："喝……就喝，谁怕谁啊……"

夏淳于把碗凑到她嘴边："你自己说的哦，要喝光的。"

叶佳瑶果真大口大口喝起来，不过喝了两口就推开，皱着鼻子说："这酒太辣了。"

夏淳于极度无语，恨恨磨牙："醉死你得了，你看你，浑身上下哪里还有一点女人的样，下回再敢喝酒，看爷怎么收拾你。再喝两口。"

"不喝，这酒不好喝。"

"一定要喝。"

"啊……我要睡觉。"叶佳瑶撒起娇来，直往他怀里蹭。这个枕头真是好啊，凉凉的，抱着好舒服呀！

夏淳于快要疯掉了，欲哭无泪啊，怎么就碰上了这么个克星，把他克得死死的。可是低下头，看她靠在他怀里，嘴角弯弯，挂着满足的笑……那怒火竟是渐渐平息了去。他幽深的眸底漾着柔柔的怜惜，抚着她柔软的发，默默地说：瑶瑶，如果你清醒的时候也能这样抱着我，这样满足地笑，那该多好。

他环视了四周，这间屋子干净是干净，却很闷热，怎么住人？心想，得尽快让瑶瑶恢复身份，不能再让她继续混在酒楼，不能再让她吃苦受罪。

"爷，您要的衣裳送来了。"小杨在外头敲门。

夏淳于小心翼翼地掰开叶佳瑶的手，托着她的后脑轻轻放在枕头上，这才去开门。

"这是我们掌柜的衣裳，您凑合着穿。"小杨把衣裳交给夏淳于。

"谢了，对了，你们客栈天字号房还有空着的吗？"夏淳于问道。

"有啊，昨天一个客人刚搬走，爷，您要住店？"

夏淳于摇摇头："明天，你让李尧搬天字号房去，他要住多久就住多久，房钱我来出。"

小杨笑道："那行，明天我就跟掌柜的说。"

喝醉后睡觉就特别的香、特别的沉，只是醒来时头疼，叶佳瑶敲了敲脑门，叹了口气，那帮臭小子也太能灌了。不过还算好，自己还能走回来。不对，昨晚好像见到蠢驴了，之后发生了什么？叶佳瑶想破脑袋也没印象。

算了，想不起来就不想，叶佳瑶掀开毯子下床。顿时她整个人都僵掉了，她的衣服怎么换过了？裹着的布条也不见了，难道她自己换的？叶佳瑶冒出一身冷汗，她不是露馅了？

咚咚咚，有人敲门。"李小哥，起了吗？"

是小杨。

"小杨，你稍等一下，我马上就好。"叶佳瑶跳下床，打开柜子，取出里面干净的布条，忙给自己裹上，这才去开门。

"李小哥，这是二娘特意给你炖的粥。"小杨笑眯眯地把粥搁在桌上，还有两个菜包、一碟青椒炒虾米、两块豆腐乳。

叶佳瑶忐忑地干咳两声，问道："小杨，昨天是我自己回来的吗？"

小杨道："李小哥，你自己不记得了？"

叶佳瑶尴尬地摸摸耳朵："昨晚酒喝多了。"

小杨老气横秋地说："李小哥，下回可不能喝这么多酒了，你昨晚都掉河里去了，要不是你朋友把你捞上来，就危险了。"

叶佳瑶想到蠢驴，冷汗又冒了出来："那……我的衣裳也是我朋友帮忙换的？"

"是啊，都是那位爷帮你弄的，还喂你喝姜汤，那位爷可真够意思，一直照顾你到天亮才走。"小杨说道。

叶佳瑶一点胃口也没了，胡乱吃了点就去天上居。还好今天大家都是精神欠佳，一个个顶着黑眼圈，也就没人关心她情绪低落，还以为也是酒喝多了的缘故。

中午正忙的时候，小景来了，直接找到厨房来。叶佳瑶想到他那个讨厌的哥，就不想搭理小景景。赫连景神色慌张，一见到她就问："你昨天夜里掉河里去了？"

叶佳瑶忙堵住他的嘴，幸好厨房里吵得很，大家没留意。叶佳瑶把手里的活交给钟祥，拉了小景景到外头说话。

“你怎么知道的？”叶佳瑶很纳闷，消息传得也太快了，难道是蠢驴说的？他有那么大嘴巴？

赫连景说：“你先别管我怎么知道的？你有没有事啊？喝了酒也不叫个人送你回去，这一路沿河，多危险，那位救了你的人是谁啊？我得去谢谢他。”

小景景知道的还挺详细，这么说不是蠢驴告诉他的，那是谁？真是太好奇了，难道她身边还有小景的耳目？对了，一定是客栈里的人，黎掌柜不至于那么嘴碎，一定是小杨。

“我没事，就是滑了一跤，你怎么跑出来了？你来找我你哥知道吗？”叶佳瑶问道。

“我哥？别提了，这几天被他抓去做苦力，跟着他学怎么处理公务，烦都烦死了，真是一步都走不开，要不然我早就过来找你了。今天还是趁我哥跟人议事跑出来的，等下就得回去。”赫连景苦恼极了。以前他总抱怨没事做，现在事情这么多，做不好还要挨骂。

叶佳瑶琢磨着小景景还不知道赫连煊找她的事呢，便说：“你哥也是为你好，你是王爷，将来总是要独当一面的，现在多学点，免得以后闹笑话。”

“嗯，我知道，就是不能常来看你，我都想吃你做的菜了。”赫连景怏怏地说。

叶佳瑶莞尔：“等你忙完了再过来啊，我做给你吃，好了，你快回去吧！免得你哥发现你不在又要骂你了。”

赫连景也是担心被大哥发现，但他又放心不下大尧尧，走两步又回头：“大尧尧，以后少喝点酒，别再喝醉了。”

“知道了，你快走吧！”叶佳瑶挥挥手，心下又是懊恼，她在他们心目中是不是变成酒鬼了？

六十三　卖关子

赫连景匆匆赶回兵部，大哥的侍卫告诉他，王爷已经找他好一会儿了，赫连景擦了擦汗，硬着头皮去见大哥。

“你上哪儿去了？”赫连煊沉着脸问道，小景一溜走他就知道了，碍于人多，他不好说什么。本来还以为他只是坐不住，出去透透气，结果，侍卫来告诉他，小景去了天上居，这一来一回花了小半个时辰，在那顶多逗留一炷香时间，就为了赶去见李尧一面？

赫连景支吾着说：“你们议事，我又插不上话，便出去透透气。”

赫连煊盯着他额头上不断渗出的汗，嗤鼻道：“透气倒是透得满身汗。”

“外面热。”赫连景心虚道。

赫连煊最讨厌他撒谎，“一路快马加鞭能不热吗？怎么不在天上居吃了午饭再回来？”赫连煊冷冷道。

赫连景诧异地望着大哥：“你派人跟踪我？”

“我只是好奇你偷偷摸摸去哪里？从今天早上你就心神不宁的。听说你前阵子老爱往天上居跑，那里有什么东西这么吸引你？”赫连煊耐着性子道，别看小景现在这么听话，真要牛脾气上来跟你较劲，还是很头疼的。

“我喜欢吃天上居的菜，那里换了个新厨子，厨艺还不错，尝个鲜而已。”赫连景说。

“是吗？那改天得去尝尝。”赫连煊故意道，“或者，今天中午就去？”

赫连景忙说：“我刚才去就是看看有没有新的菜式推出来，结果没有，其余的我也吃腻了。”

赫连煊嘴角勾起一抹似是而非的笑：“腻得可真够快的啊。”

“大哥，不如去万家香吧，新开的，听说还不错。”

小景千方百计地不让他去天上居，他在怕什么？如果李尧是小景的恩人，小景完全可以大大方方地说出来，甚至要求他好好报答李尧，但是小景却瞒着这事……赫连煊更加忧虑了。

赫连煊在头疼的时候，夏淳于正处于出离的愤怒中。

宋七说的那位叶府的下人已经到达金陵，夏淳于第一时间见了此人，一个四十多岁的妇人。

“奴婢所言句句属实，奴婢可以对天发誓，如果有半句虚的就让奴婢天打雷劈不得好死。”妇人指天发誓，“而且这事，也不止奴婢一个人知道，府里好些人都知道，只是畏惧夫人不敢议论，正院里负责洒扫的丫头还听到过老爷和夫人为了大小姐的婚事大吵一架。夫人的意思是让二小姐嫁给魏家公子，但老爷说这婚事是早就定下的，又有方家盯着，怎么可能更改。大小姐一出嫁，二小姐跟着就不见了，连夏荷也不见了。大人，只要让奴婢见到魏家大少奶奶，奴婢一定能认出来。”妇人又道。

她不过是赌博输了几个小钱，挪用了一点公中款项，夫人就把她赶出府，夫人身边的杨妈妈中饱私囊，人尽皆知，照样没事。她心里不服气，正巧有人找她问叶家的事，说是有重赏，她自然有一说一，把她知道的全说出来，只要这位爷能把赏银给她就成。

夏淳于相信她，这样便解释得通叶二小姐为何要算计瑶瑶。哼，他倒是想看看，叶二小姐顶着瑶瑶的名做魏家大少奶奶能做多久，纸包不住火，难道她就断定瑶瑶回不来了？

“大小姐在家是怎么个状况？”夏淳于想要多了解一些瑶瑶的过去。

妇人感叹道："大小姐是个可怜的，虽说大小姐是嫡出的小姐，可日子过得比下人还不如，老爷又不疼她，二小姐总欺负她，夫人故意说喜欢大小姐做的吃食，大小姐就天天给她做，夫人私下里都拿去喂狗。这还不算，大小姐病了，夫人不给请大夫，说她娇气，该给的月例也不发，说帮她存着将来当嫁妆。一年四季，二小姐、二少爷都是每季四套新衣，大小姐一年到头能有一套新衣就算不错了……"

咔嚓，夏淳于手里的茶盏被他捏得粉碎。宋七吓一跳，忙上前查看："爷，您没伤着吧？"

夏淳于怒视前方，眸底有烈焰在燃烧，瑶瑶在家居然被这样虐待，难怪昨晚她说，她们怎么算计她她都不会难过，因为那些所谓的亲人一个个如狼似虎，她不爱，所以不会伤心。

妇人也被夏淳于凶狠的神情吓到，不敢继续往下说。良久，夏淳于才平静下来，吩咐道："宋七，带她下去好好安置，等魏家大少奶奶来金陵确认后，给她赏银，放她离开。"

宋七把人带了下去，夏淳于在屋中来回踱步，心中愤愤难平。这件事，还是先透个风声给瑶瑶的外祖方家，让方家先来搅局。夏淳于拿定主意，叫人来吩咐一番。

忙过了午饭，叶佳瑶拉了钟祥研究几种做面点的食材。首先是琼脂，取自麒麟菜、石花菜或江篱，经加热至溶化后，加以冷却凝固而成的海藻精华，富含膳食纤维，是制作糕点的增稠剂。

钟祥说："麒麟菜和石花菜都能买到，明天我亲自去趟菜市。"

叶佳瑶说："多买点，我也没有做过琼脂，也许会很费料。"

其次是淡奶油，这倒是不难，只要把牛奶反复煮，上面就会浮起一层固化的油脂，把这层油脂分离出来就是了。

邓海川插话道："我们村里就有养奶牛的。"

叶佳瑶道："那就交给你去办。"

"多买些鲜奶回来，我们自己做。至于钱，先从我这里拿。"叶佳瑶道，前期的研究经费不好意思问黎掌柜要，幸好她还有七十两赏银，等研究成功了再去报销。

最后一项是椰蓉。这个就比较费劲了，因为椰子产于南方沿海，扬州一带甚是少见，这个时候也没有用椰蓉作为糕点辅料的习惯，像滚麻糍都是用芝麻粉或是豆粉，市面上买都买不到。

钟祥想了想，说："这个只能拜托去南方的商船购买，对了，那位永安侯世子就做南边生意，能不能请他捎带一些过来？"

那个长着一双桃花眼的家伙啊，叶佳瑶琢磨了一下，说："那我找他问问。"

邓海川好奇地问："尧哥，您要的东西，都好稀罕，到底做什么用？"

叶佳瑶抿嘴一笑："我先卖个关子，很快你们就知道了，我保证这东西做出来一定大卖。钟祥，这可是你成名的好机会哦！"

钟祥不好意思地笑了笑："我一定尽力。"

邓海川一脸谄媚地笑："尧哥、祥哥，到时候也教教兄弟们呗。"

叶佳瑶瞪过去："难道你们还想偷闲？自然是要学的，说不定到时候还得加班加点呢！"

听叶佳瑶说得这么肯定，两人越发好奇，到底是什么可以一鸣惊人的东西？

"哎，头疼，我先去眯一会儿。"叶佳瑶这一上午，脑袋都跟空了似的，整个人不在状态。

"好，你去休息，到点了，我叫你。"钟祥说道。

叶佳瑶也不客气，晃晃悠悠爬上三楼，往芙蕖阁的躺椅上一歪，闭上眼睛就睡。睡又睡不踏实，梦来梦去，一会儿前世，一会儿今生。也不知睡了多久，听见有人喊她："尧哥，尧哥。"

叶佳瑶睁开眼，见是邓海川，又闭上眼懒洋洋地问："到点了？"

邓海川说："是黎掌柜请您去一趟。"

叶佳瑶一听说黎掌柜找她，瞌睡虫立马消失无踪，爬起来整理了下衣服去见黎掌柜。

黎掌柜满面愁容招呼她坐下，然后半天又不说话，自个儿在那走神。叶佳瑶心想，酒楼要倒闭了，不然掌柜干吗一副衰样？还是说那赫连煊对酒楼下手了？实在没什么耐心坐在这里看一张苦瓜脸，有什么问题就直说呗，大家一起想办法。

“掌柜，您找我有事？”

黎掌柜的魂终于飘回来，叹息着说：“今天商会议事，福记提出要举办厨艺大赛，以各酒楼为单位参赛，分别颁发金银铜三个大奖，我现在才知道为什么香溢楼要花大价钱把牛大厨挖过去，敢情他早得到消息，就我蒙在鼓里。”

六十四　还钱

“这厨艺大赛，五年前也办过一次，当时天上居派的就是牛大厨，拿了第三，从此奠定了天上居在金陵饮食业的地位。这一次，悬咯！”黎掌柜感慨道。

叶佳瑶好奇地问：“那第一和第二是谁？”

“第一是素膳坊大厨陆一鸣，后来进了御膳房，素膳坊只做素宴，虽然名气很大，但生意却不如其他酒楼。排在第二的是福记的郑福贵，所以，福记的地位五年来无人可以撼动，听说当时朝廷也有意招他进御膳房，但郑福贵拒绝了。当御厨不过就是个名儿，哪有自己开酒楼真金白银来得实在。

“香溢楼是这两年崛起的，来势汹汹，这次又把牛大厨挖了过去，看来他们是志在必得。还有麒麟阁、聚福林，这几年也都发展得不错，咱们天上居反倒有走下坡的趋势。”黎掌柜越想越没谱。

叶佳瑶倒是很感兴趣：“掌柜的，不管怎样，咱们天上居是要参加的吧？”

“不想参加也得参加，如果是牛大厨还在，不参加人家还巴不得，但现在闲话就多了，天上居是找不到人了吧？拿不出手了吧？可是参加的话，目前就只能派你去。”黎掌柜瞅着叶佳瑶，一脸不放心。

叶佳瑶笑嘻嘻道：“掌柜，您别对我这么不放心啊，说不定我能异军突起，惊掉大家的眼珠子。来，您跟我说说，福记的郑福贵还有牛大厨，这两位您认为最厉害的厨师都有哪些绝活。”

黎掌柜嗤鼻道：“牛大厨可谈不上最厉害的，金陵城里，满打满算他也只能排第五。其实真正厉害的是荣夫人，二娘的厨艺就是跟她学的，可惜荣夫人出家做姑子了。”

叶佳瑶很是惊讶，最厉害的居然是个女的，而且还出家了？“她干吗要出家？”

“这是人家的私事，不宜议论。”黎掌柜一句话把叶佳瑶的好奇心给堵了回去，继续道，“第二就是陆一鸣，第三才是郑福贵，第四是麒麟阁的大厨段麒麟，不过当年大赛的时候，他正好大病一场没赶上，第五才是牛顺宝。”

叶佳瑶说：“陆一鸣已经进御膳房了，自然不会再来参赛，郑福贵也拿过第二了，应该不好意思再来，这样的话，就段麒麟和牛顺宝，咱们还是有机会拼一拼的。”

黎掌柜摇头：“非也非也，这次大赛，陆一鸣和郑福贵的确不参加，但他们的儿子陆小天和郑三多要参赛，他们可都是尽得家学真传，厨艺了得。”

竞争还挺激烈，有老家伙也有后起之秀。叶佳瑶顿觉形势严峻起来。“黎掌柜，反正您也没别的人选了，死活都得我上，您能不能说些鼓励鼓励我的话，别老泄我的气？”叶佳瑶嘟哝道。

黎掌柜想想，现在的确只能如此，便道：“算了，你说得对，今天叫你来，也就是让你心里有个准备，等厨艺大赛的日期和规程定下来，咱们再一起想想办法，哎……”

叶佳瑶脑筋一动，贼兮兮地笑道：“黎掌柜，不管他们定什么规程，终究是厨艺的范畴。我想，知己知彼，方能百战百胜，您说我是不是该去福记啊、麒麟阁啊，还有什么香溢楼转转，尝尝他们的手艺，心里也好有个底？”

黎掌柜失笑：“你去，吃多少回来报账。”

叶佳瑶故作严肃道：“遵命，小的保证每吃一顿都有所收获，绝对不浪费酒楼一文钱。”

黎掌柜哭笑不得，挥挥手叫她赶紧走人。黎掌柜在那继续愁眉苦脸，叶佳瑶却是来了精神头，就怕没事做啊，厨艺大赛多好的机会。哈哈……得赶紧把她的冰淇淋月饼给做出来。

晚上，叶佳瑶回到客栈，杜掌柜就笑嘻嘻地朝她招手："李小哥，过来。"

"大哥，什么事儿？"

杜掌柜指指柜台上一张一百两的银票，说："这是你朋友送来的，要给你换个天字号房，还包了你早晚两餐，给你添点家什。"

叶佳瑶用脚趾头想也知道，所谓的朋友还不是那头蠢驴？谁要他多管闲事，用一百两银子就能买到心安了？没那么便宜！

叶佳瑶说："大哥，您别理他，我住得挺好的，不用换，这银票，我还给他去。"

杜掌柜点头道："还给他也好，不过呢，老哥我琢磨了一下，你住在我店里，还每天帮忙干这干那的，让你住地字号，老哥心里过意不去。这样好了，你搬到二楼人字号去，房钱你意思一下，一个月给个一两就行了。"

叶佳瑶目瞪口呆："大哥，没这个必要吧！"

人字号要三百个铜钱一晚呢，一个月就是九两多，给个一两意思一下，等于白住了，这可不是几两银子的问题。地字号给她打三折她都觉得很过意不去了，现在搞个人字号一折她还怎么好意思住啊！

"行了行了，就这么定，我和你嫂子都商量过了。"杜掌柜笑呵呵地说。

叶佳瑶正色道："大哥，你们已经够照应我了，再这样我真不好意思住下去，您赶紧收回，不然我只好找别地去住了。"

杜掌柜有些生气："小哥，你这么说就是跟老哥见外是不是？你这大哥是白叫的是不是？老哥自个儿开客栈，最不缺的是啥？不就是房间吗？"

"可您的房间又不是拿来空的，是用来做生意的。"叶佳瑶跟他讲道理。

两人相持不下，最后二娘过来拍板，双方都让一步，叶佳瑶搬去人字号，房钱一月三两银子。

叶家瑶想想自个儿反正涨工资了，生活质量也应有所提高才是，便答应下来。说来说去，都是蠢驴惹出来的事，叶佳瑶搬好了房子，就揣着银票去找蠢驴。

靖安侯府很好找，一打听就打听到了，叶佳瑶来到府门前，只见门前开阔，左右两尊大石狮，一排灯笼高高悬挂，门口还有侍卫把守，十分气派。叶佳瑶刚要跨上台阶，侍卫就来赶人："睁大眼看清楚，这可是侯府，闲人免进。"

叶佳瑶低头看自己这身衣裳，的确寒碜了点，土布灰衣的，但也不至于看起来像要饭的吧！衣裳还是干净的，也没打补丁啊！看来这靖安侯府的看门狗也不咋样，以貌取人。所以，这里的主人也不会是什么好东西。

“听见没，还不快走？”侍卫喝道。

叶佳瑶摸出一百两银票拍在侍卫胸前，拽拽地说：“这位兄弟，老子是来还钱的，麻烦你把银票交给你们世子爷，顺便转告一声，要是他闲得慌就去花楼逛逛，喝喝小酒，老子的事不用他管。一定转告哦，要是敢揣自己兜里，回头世子爷问起，别怪老子没警告你哦！”说完，叶佳瑶拍拍屁股，背着手，大摇大摆地走人。

侍卫被她唬得一愣一愣的，这什么人啊！穿得这么寒酸，一看就是穷小子，谱倒挺大，居然敢自称老子，还揶揄世子爷，真是狗胆包天。不过，他还真被这小子给唬住了，不敢怠慢，立刻进去找世子爷。

夏淳于正在娘的屋里听娘说事。一件他一点也不感兴趣，还很头疼的事。

“淳儿啊……”靖安侯夫人夏尤氏笑意温柔，眼角淡淡的鱼尾纹掩不住内心的喜悦而欢快地聚在了一起。

自从被瑶瑶取了个别名“蠢驴”之后，夏淳于每次听娘叫他淳儿都觉得是在叫“蠢儿”。

“今天为娘进宫见了皇后娘娘，皇后娘娘给我透了个讯，太后有意把琉璃郡主指给你，这可是天大的好事。谁都知道七王爷是太后最疼的儿子，是皇上最倚重的兄弟，可惜英年早逝，琉璃郡主被太后养在宫中，只等成亲便封为公主。谁娶了她就能承袭七王爷的封地，成为一藩之王，满朝王公子弟谁不在动这个心思，结果太后独独看中了你……”

夏淳于漠不关心道：“儿子无福消受。”那琉璃郡主有多刁蛮，他早有耳闻，娶到这种媳妇，整个侯府都要被她搅翻天，娘还喜滋滋的，到时候哭都没眼泪。

夏尤氏啧了一声，薄嗔道：“怎么这么说话？你可别犯浑，这可是太后的意思，太后的意思就是皇上的意思，难道你想违抗圣旨？别人求都求不来，你还不屑一顾的，这不是犯傻吗？”

“夫人，外面有人找世子爷。”丫鬟进来禀报。

夏淳于心说，来得好。忙起身道：“儿子出去瞧瞧，可能是公事。”立马遁了。

夏尤氏郁郁地叹了口气，先前她还满心欢喜，这会儿却是担忧上了。

六十五 夜游风波

夏淳于看到银票，再听侍卫转告的话，脸沉得像被人泼了一脸墨。“人呢？”

侍卫见世子爷面色不善，战战兢兢回道：“走了。”

“多久了？”

“他刚走，小的就来禀世子爷了，相信走不远。”

“备马。”夏淳于立刻去追叶佳瑶。果然追出去没多远就看到瑶瑶。这么晚了，一个人在街上晃晃悠悠也不怕遇上坏人。夏淳于策马上前，靠近她，长臂一捞。

叶佳瑶听到马蹄声，正想往边上让一让，却是整个人腾空而起。惊魂未定的叶佳瑶尖叫起来。

夏淳于把她按坐在前面，一手紧紧搂着她，生怕她掉下去。同时低声喝道：“住嘴。”

叶佳瑶合上嘴巴，怒视着蠢驴：“你抓我干吗？”

夏淳于挑眉：“这叫抓？”

“不是抓是什么？你快放我下去。”

“不放，你自己找上门的，我还会放开吗？”夏淳于一语双关。

“我找你是还钱，顺便警告你。”叶佳瑶凶巴巴地说。

“不管为什么，既然来了，咱们好好聊聊。”夏淳于早就猜到她不会接受他的好意，但是不接受是她的事，做不做是他的事。

“我跟你有什么好聊的，咱们很熟吗？不过一起演过一场戏而已。”叶佳瑶冷言冷语，被他箍在怀里，随着马儿的步伐律动，有一下没一下地蹭到他坚实的胸膛，心跳就开始变了节奏。

“能别再提演戏这个词吗？当时我的处境你应该能理解。”夏淳于的下巴就蹭在她耳边，细碎的发丝飘在他脸上，痒痒的，心里柔柔的，看到她就觉得特别的安心，哪怕她对他没好脸色。

叶佳瑶翻了个白眼，心说，理解什么，你当卧底跟不让宋七叫她嫂子有啥关系？说白了，不喜欢就不喜欢呗，嫌弃就嫌弃呗，老娘虽然神经粗大，但脸皮还是挺薄的，什么叫自知之明还是懂的。

“好吧，往事不提，咱们就当不认识不行吗？你当你的世子爷，我做我的小厨师，互不相干不行吗？”叶佳瑶闷声说道。

“不行。”夏淳于很干脆地拒绝了她的要求。

吁……马儿停下来，夏淳于翻身下马，正要去抱她，她却自己跳下来了，还站得稳稳的。夏淳于心中腹诽：女人，装一下柔弱不行吗？

叶佳瑶拍拍手：“走了，不必送，再不见。”转身就要溜。

夏淳于一把将她拉回来：“说了好好聊聊。”

“喂，世子爷，你的夜生活应该是坐着画舫飘在河上，小酒喝着，小曲儿听着，美人儿抱着，而不是在这里跟人拉拉扯扯。”叶佳瑶讥讽道。

夏淳于嘴角一弯：“好主意，我正准备这么干，一起来吧！”说着，拽了叶佳瑶就往码头走。

“喂，我可是穷小子，不学你们纨绔子弟那一套。”叶佳瑶挣扎着。

“没事，我请客，不用你掏钱。”夏淳于径直拉她上了一艘画舫。

“船家，开船。”

船家大喜，这么晚了，他以为没生意了，结果还有客人，当即大声道：“是，爷，马上开船。”

夏淳于拉她坐下，随即就有女子奉上点心和美酒，语声娇媚：“这位爷，还需要点什么？”

自始至终这位女子都没有看叶佳瑶一眼，这么寒酸的小子有什么可看的，那位衣着华丽的公子才是金主啊！夏淳于把一百两银票放在几案上：“有什么都端上来，另外沏一壶六安茶。”

女子眼睛一亮，笑吟吟地说：“爷稍等，奴家这就去端来。”

叶佳瑶瞅着那一百两的银票，心想，这画舫还真赚钱，随便弄点酒水、几碟干果，河上飘一飘就百两银子到手了。等老娘有钱了，也去承包几艘画舫。

夏淳于见她盯着银票，还以为她心疼了，哂笑道：“我请你游湖，这银票就算你收下了。”

叶佳瑶顿时瞪大了眼：“船家，停船。”

船家自然不会停船，除非那位华服公子开口。叶佳瑶气得不行，看那厮抱着双臂一脸得意的神情，真想一脚踹过去。女子又端来了玛瑙葡萄、杏仁蜜饯，还有一叠炸得酥酥的小鱼干，外加一壶六安瓜片。

夏淳于抬手示意她退下。

“想知道姜婶的状况吗？”夏淳于给叶佳瑶斟茶，自己倒了杯酒。

叶佳瑶翻着白眼不理他。

夏淳于只顾说道：“他们一家马上要来金陵，现在应该还在济宁。他们当初上山当土匪是迫不得已，这次姜叔立了大功，我让官府销了他的案子，终于可以大大方方地回乡了。”

叶佳瑶甚感欣慰，又很好奇，姜叔能犯什么案子？面上却是不露声色。

“知道他们为什么上山当土匪吗？他们村上的一个恶霸看上姜叔的小女儿，想要玷污她，姜叔情急之下，抄起锄头就把人给打死了。”

叶佳瑶心道：没看出来老实巴交的姜叔这么有血性。

“至于赵婶还有那些被强掳上山的百姓，我都给放了，没做什么坏事的喽啰们，就交给冯朝林去安置。”

叶佳瑶终于忍不住问道：“那彭五呢？我听说他是被你陷害的。”

夏淳于眯着眼看她，意味不明地笑了笑：“你觉得彭五是怎样的人？”

叶佳瑶撇嘴道：“反正他对我挺好的，嫂子前嫂子后地叫，帮忙干活也挺勤快。”

夏淳于冷笑道："人不可貌相，你看他话不多，挺勤快，却是黑风岗最凶残的杀手。白崇业的人马刚拉起来那会儿，大部分血案都是他和盛武犯下的，整座村子被血洗啊！他们手上都沾满了血。"

叶佳瑶愕然，果然是知人知面不知心。

"他作为重犯，交给官府处置了，估计难逃一死。"夏淳于饮尽杯中酒。这话题似乎过于沉重了，有点偏离本意，他的本意是想通过聊一些熟人，回忆一下过去，拉近距离。

"瑶瑶，回叶家吧。有我在，叶家不敢对你怎么样。"夏淳于言归正传，这是他计划的一部分。

叶佳瑶跟看白痴一样地看着他："我的事不劳你操心。"她现在过得不知道有多开心，为什么要回去面对那些讨厌的家伙？

"难道你想在天上居待一辈子？"

"当然不是，最多待三年，然后我要自己开酒楼，大把赚钱。"叶佳瑶随口说道，呃……她干吗把她的计划告诉他？

"那你打算一辈子就这样不男不女了？"夏淳于问道。

叶佳瑶大眼睛眨巴，不满道："什么不男不女？谁不夸我是个俊俏的小伙子，怎么到你嘴里就这么难听。"

"俊俏这个词大多是赞美女子的，男子多用英俊、潇洒、玉树临风、器宇轩昂之类，懂吗？人家说你俊俏，还不是说你有点那个……"夏淳于讥诮道。

叶佳瑶把茶盏一搁，怒目横眉："哪个？就你脑子里弯弯绕绕多。"

一艘画舫驶来，两艘画舫几乎并排了，夏夜坐画舫图的就是一个凉快，所以，两边窗户全打开着，凉风透进来，还可以观河上夜景。

"咦？那不是夏淳于吗？"又在游河的赵启轩发现夏淳于，兴奋地挥舞着手中的扇子。

"夏淳于……"

夏淳于抬眼望去，见是赵启轩，微微颔首，举起酒杯示意，算是打招呼。叶佳瑶听着声音很熟悉，便探头望了一眼。

这一探头，赵启轩也看见他了："呃，李尧，你也在？"这……这实在是太意外了。

"他认识你?"等两条画舫错开，夏淳于问。

叶佳瑶撇撇嘴："当然认识，他还打赏了我一百两银子呢！"

"你以后少跟这些男人接触。"夏淳于警告道。

叶佳瑶很不喜欢他用命令的口气，以前在山上，那是没办法，小命都攥在他手里，不想听也得听着，现在还管你！便说："我为什么要听你的?他是天上居的客人，而且我觉得他人挺好啊，不摆什么侯门公子的谱，出手还大方。"

"叶瑾萱，你不要太过分了。"夏淳于有点不高兴了。

叶佳瑶仰着脖子，不甘示弱地跟他对眼，"我跟你是话不投机半句多，在山上的时候没办法才忍你的。现在，我没这个必要再忍下去，咱们互看不顺眼，还是就此别过，再也不见，永不再见。"叶佳瑶转个身就从窗户跃出去。

夏淳于被她突兀的举动吓得魂飞魄散，忙冲过去，想也不想就跳下河。可是河里哪还有她的影子，只见远处泛起一层水花。原来她会凫水，而且很厉害。他早该想到，十里烟霞湖，若是不会水的人掉下去，怎么能逃过一劫?

臭丫头，以为说几句狠话就能让爷彻底死心，放手吗?你是爷的人，这辈子，休想逃开。夏淳于愤愤地朝水面拍了一掌，溅起大片水花。

叶佳瑶像条鱼游出老远，到下一个码头才上岸。古代的水质就是好啊，无污染。真凉快，要是每天能来游上一回就好了。

叶佳瑶湿哒哒地回到客栈。小杨见到她惊讶得舌头都打结了："李……李小哥，你……又掉河里了?"

叶佳瑶不好意思道："下河捉鱼了，可惜没捉到。"

她可不敢说自己又掉下去了，不然他明天又跑去打小报告。这个小景景也是，干吗在她身边安插眼线，有这个必要吗?

她回屋换了身衣服，还好是夏天，衣服干得快，昨天换下的今天就能穿了。不过，好像她的衣服太少了点，还要去别的酒楼打探情况呢！穿得这么寒酸估计连门都进不去。嗯，明天抽个空去买两身像样的衣服。

至于那头蠢驴，老娘要忙厨艺大赛的事了，没空理会，相信今天话都说得这么绝了，他也不会再来烦她了。叶佳瑶闭上眼睛安心睡觉。

第二天一早，赵启轩出门第一件事就是找小景八卦。赫连景还没跟大哥出门，听说赵启轩来找就赶忙去见。

“什么事啊，这么一大早的。”赫连景问道。

赵启轩神秘兮兮地说：“你猜我昨晚游河见到了谁？”

赫连景哪里想得到：“有话你就直说，卖什么关子。”

赵启轩生怕被人听了去似的，凑到赫连景耳边小声说：“我看到夏淳于和李尧在游河，就他们两个。”

赫连景讶然：“就他们两个，你没看错？”

赵启轩道：“我都跟他们打招呼了，李尧见到我的神色很古怪，好像有点尴尬。”

赫连景半天回不过神来，他也想不通，淳于哥怎么就跟大尧尧在一起了？他这几天没去找大尧尧，期间发生了什么事情吗？可是平安一直都说没事啊，也就上次小杨跑来告诉他，大尧尧落水了，难道那个救了大尧尧的人是淳于哥？

送走赵启轩，赫连景心事重重，怎么办呢？他得去问个清楚，可是大哥今天还要带他去军中。对了，装病。赫连景计上心来，立马就一副萎靡不振的样子，在那咳嗽。

赫连煊听说小景身体不舒服，就过来看他。“怎么了？昨天不是好好的？”

赫连景一边咳嗽一边说：“昨天夜里没关窗，可能是着凉了。”

赫连煊怀疑地看了他一眼：“该不会是赵启轩传染给你的吧？”

赫连景心虚道：“怎么可能，他不过是来问问祖母寿宴的事有没有他帮得上忙的，他家老太君的寿宴就是他办的，有经验。”

赫连煊想了想，便说：“那你今儿就先别去军营了，在家好好休息。”又吩咐下人：“去告诉王妃，就说小王爷病了，赶紧请个大夫。”有娘盯着，相信小景也溜不出去。

六十六　求证

叶佳瑶一到天上居就忙开了，今天要进行提取琼脂和奶油的试验。钟祥把市场上的麒麟菜、石花菜和江蓠菜全都给买了回来，足足一大车子，把钱管事吓一跳，后来听说是李尧要用的，就不管了。

大家一起动手，把这些菜都洗干净，然后加碱浸泡起来，大盆子把厨房前面的院子都摆满了。叶佳瑶和钟祥在灶台提取奶油，邓海川负责烧火，牛奶滚热后，上面就浮起一层脂肪，叶佳瑶用细纱兜仔细捞出来，再凝固再捞。

钟祥在一边看着，蹙眉道："提取这两样东西成本似乎有点高，再做出来的东西能不能值回这个价？"

叶佳瑶道："放心吧，绝对值，而且包赚大钱。"这年头，谁吃过冰淇淋月饼啊，多么新鲜，金陵城有的是富贵人家，只愁有钱买不到好东西。这个问题她是一点也不担心的。

"对了，城里有冰窖的吧？"

钟祥说："有，有十六个冰窖，其中十二个是官办的，专供皇宫以及王公大臣，四个是民办的，供有钱人使用。"

"那，官办的冰出售吗？"

叶佳瑶知道官办冰窖和民办冰窖冰的质量是不同的，官办的大多用砖窑，所藏的冰比较纯净，民办的一般都是土窑，冰的质量就难以保证了，基本上也就满足于防暑降温的效果，或者冷冻食物。

“官办的自然也出售，但寻常人没这个资格买，即便是官家购买冰块也是有定数的。不过有些富贵人家，自己宅子里就建有小型的冰窖，藏冰专供自家使用，只是为数不多。”钟祥知道得挺多。

“那民办的冰块怎么卖？”

“看天气，若是特别热的时候一百斤冰卖到十两银子也是有的，一般五两银子左右。怎么，做这东西还要用到冰？”钟祥咂舌，那这东西做出来得多金贵啊。

叶佳瑶道：“只是用来保存食物的，你找个人去买个一百斤冰来，应该够用了。”暂时先用民办的，等以后开发新品了再找关系到官办的冰窖去买冰。

邓海川提来的四桶牛奶，提取出来的奶油也只有一小盆。邓海川问：“那这些牛奶怎么办？”

“别担心，不会浪费掉的。”叶佳瑶道，“你去跟钱掌柜说一声，今天菜单上，添几道饮品，冰镇双滑奶，冰镇粉红佳人，冰镇仙桃奶。”

“崔东朋，你去买二十斤香蕉，七八个大西瓜回来。”

“祥哥，你帮忙用番茄汁、青菜汁，紫甘蓝汁糅糯米粉，做成比指甲盖还小的糯米团。叫小陆和阿星他们今天重点推荐这几道饮品。”叶佳瑶有条不紊地吩咐下去，当主厨就这点好，厨房里的事她说了算。

黎掌柜听说今天菜单里加了几道饮品，全是冰镇的，不由得笑了笑。这么热的天，能喝杯冰镇的饮品，自然无比爽快，就不知李尧推出的这几样饮品味道如何。尤其是这道粉红佳人，真是让人浮想联翩。

于是黎掌柜来到厨房，一探究竟。只见王明德和崔东朋在那捣东西，过去一看，一个在捣香蕉泥，一个在捣西瓜汁，钟祥则在那搓一颗颗颜色不一的小糯米团。

“李尧，那粉红佳人呢？”黎掌柜好奇地问。

叶佳瑶一指崔东朋：“喏，那不是正在做吗？”

黎掌柜滴汗，好个小子，惯会搞噱头，取个这么香艳的名字，结果是杯西瓜牛奶，客人会不会生气？

毫无意外，今天中午来的客人，全都点了饮品，甚少有酒楼推出饮品，即便有，也就是冰镇酸梅汁或是冰镇银耳莲子羹那几样，吃都吃腻味了。而这几道饮品则不一样。

双滑奶用上好的龙泉青瓷小碗来装，粉红佳人用的是名贵的水晶小碗，仙桃奶则是精致的白底粉彩小碗。一看就很精致上档次。

再看卖相，双滑奶色微黄，闻之有牛奶的浓香还有一丝香蕉的香味。粉红佳人颜色粉若桃瓣，甚是诱人。仙桃奶则是纯白的牛奶中加着切成小方块的黄桃，黄白相间，也是让人津液顿生。

用银色的小勺子那么一舀，发现，底下还藏有玄机，一颗颗颜色各异的晶莹的小糯米团子。细细品尝，双滑奶入口如丝柔滑，两种香味组合成的口感醇厚，又是冰镇过的，特别的爽口。而粉红佳人，牛奶和西瓜汁的融合，清新得正如那二八芳龄的佳人。一两银子一小碗，绝对物有所值。

整个天上居的人，上至黎掌柜下至跑堂的伙计，都忐忑地等待第一拨点了饮品的客人的反应。只有叶佳瑶似乎毫不关心，专注地炒菜。

不一会儿，阿星笑眯眯地从包房出来。黎掌柜迎上去："怎么样？"

阿星竖起大拇指："有几位客人还要再来一份。"

黎掌柜长舒一口气，开心道："快去。"

消息传到厨房，大家欢呼，还是尧哥点子多，既解决了剩余的牛奶，又赚到了大钱。对李尧的崇拜简直无以复加。

叶佳瑶撇了撇嘴，这还是最简单的饮品，等老娘做出冰淇淋来，非得馋死你们。到时候卖多少钱合适呢？哈根达斯那么贵，照样有人吃，这东西，一定要走高端大气上档次的路线。要成为一种身份的象征，让大家趋之若鹜。

一顿午饭，足足卖出去六十九碗饮品，到下午，店里陆陆续续有客人来，专门奔着饮品来的，又卖出二十几碗，可见消息传得很快。黎掌柜笑得眼睛都快看不见了。

叶佳瑶道："黎掌柜，剩下的材料应该还够做七八十碗的，不过，今天这牛奶和水果都是我自个儿掏钱买的。"

黎掌柜笑眯眯地说："用了多少酒楼报账，明天起，要买什么材料，全部酒楼支出。"

叶佳瑶算道："牛奶一共三桶，六两银子一桶，再算上车钱，就二十两吧，水果花了五两，买冰块用了五两，还有麒麟菜什么的花了八两，还要再算上车钱……"

"得了，别算了，你到账房支五十两银子去。"黎掌柜大方道，李尧可是给他想了个既挣钱又涨名气的好法子，五十两本钱下去，可以翻到三倍之多，还有比这更划算的生意吗？

叶佳瑶没想到掌柜的这么爽快，多给她好几两银子，不过，掌柜才是赚大头的，她也就欣然接受，又可以多买几身衣裳。

"李尧，明天多准备点材料，估计来的人会更多。"黎掌柜特别叮嘱道。金陵城里的人最爱赶新鲜，哪有好吃的，一个个鼻子耳朵都灵得很。明天恐怕三四百碗都卖得出去。

"尧哥，景小王爷找您。"阿星来报。

叶佳瑶跟黎掌柜打了个招呼："我有数了，但是最好不要卖太多，每天两百碗，完了就没有。这样大家就会觉得这东西精贵，不是随意能吃到，越吃不到就越要吃到，然后天天来。来了不但喝饮品还得吃饭，掌柜您说是不是？我先下去啦。"

黎掌柜愣住，琢磨这番话，越琢磨越觉得李尧说得很有道理，人的本性如此，易得不珍惜，难得才珍贵。乖乖，这小子，生意经比他还老道。其实，叶佳瑶的生意经还多着呢，不能全教给别人，她自己还想开酒楼呢！

"小王爷，您怎么过来了？"在外人面前，叶佳瑶还是很守规矩的，该叫什么叫什么。

赫连景目光闪烁："我找你有点事。"他是好不容易才溜出来的，也待不长。最近好生郁闷，溜出来一趟都跟做贼似的。以前多好啊，想来就来，多久都没问题。

叶佳瑶对阿星说："让祥哥做碗双滑奶来，记我账上。"

两人到芙蕖阁说话。

"大尧尧，昨天我来得匆忙，也来不及问，你这几天过得好不好？"赫连景问。

"我很好啊，待会儿让你尝尝我新研制的双滑奶。"叶佳瑶眯着笑眼说道，心里嘀咕，小景景好像有点不对头啊!

赫连景踟蹰着问：“你上次掉水里，真的没事吗？”

叶佳瑶摊开手：“你看我这不是好好的吗？”

“那……那个是谁救了你？我一定要去感谢他。”

叶佳瑶撇了撇嘴：“是靖安侯世子，刚好路过。”是蠢驴救了她，虽然她已经记不清事情的经过，但她相信如果不是他，她也不会掉河里去。

赫连景说：“哦，原来是淳于哥啊！那么巧。”

叶佳瑶讪讪道：“是啊，挺巧的。”

“难怪赵启轩说昨晚看到你和淳于哥在夜游秦淮河，我还以为他胡说呢!”赫连景小心翼翼地观察大尧尧的神色。

六十七　兄弟吵架

叶佳瑶就看他今天神色不对，这会儿他说出赵启轩来，就解释通了。赵启轩这个家伙嘴还真快啊！

为了安抚小景景，也是想跟夏淳于撇清关系，叶佳瑶坦然道："他没看错，实话跟你说吧！前儿个世子爷是特意来找我的，不过呢，我酒喝多了还掉河里，所以昨天又来找我。为什么呢？还不就是上回我叫邓海川冒充我的事。"

赫连景愕然："怎么？他看出来了？"

叶佳瑶瓮声瓮气道："人家多精明，早看出问题来了，人家就看着你喝醋喝药，整你呢！"

赫连景惊悚了："那……那他没有为难你吧？"

叶佳瑶撇了撇嘴："他以为我是什么坏人，怕我接近你是有什么企图，不过现在没事了。"

赫连景义愤填膺地霍然起身："淳于哥怎么可以这样，随随便便就怀疑人家的居心，我都已经跟他说得够清楚了。不行，我要找他去。"

叶佳瑶忙拉住他："都说没事了，你一去这不又找事吗？瞧你毛毛躁躁的，跟个炸药桶一样一点就炸，难怪你哥对你这么不放心。"

“我哥？你什么时候见过我哥了？”赫连景难得敏感一回。

叶佳瑶自知说漏了嘴，赶紧圆回来：“是你自己说的啊，你哥对你怎么严厉，都不放心把事情交给你做，不是吗？”

赫连景挠挠头，难为情地笑了笑：“好像是哦！”终于知道答案了，赫连景的疑问烟消云散。

阿星送双滑奶进来。

“小景快尝尝，我新研发的。”叶佳瑶热情招呼他吃。

赫连景对大尧尧的手艺一向很有信心，但是喝了一口，还是被震惊了：“大尧尧，这……这也太好吃了。”香甜、柔滑、冰爽，他赶了一路正口渴，这么一碗冰饮实在太解渴了。

叶佳瑶眯着笑眼：“好吃啊，那什么时候我做好了用冰块冰着叫小杨送你吃可好？”

赫连景一边吃着一边点头：“嗯嗯……”突然回过味来，送到嘴边的丸子咕噜掉地上，赫连景怯怯地去瞄大尧尧，大尧尧冲他挑眉。

“小杨谁啊，刚才那位伙计？”赫连景打算死扛到底。

还装，一看就是做贼心虚的样子，脸都红了。算了，叶佳瑶想，不戏耍他了，且饶他这一回。

赫连景吃了一碗还要，一连三碗意犹未尽。叶佳瑶有点惭愧，自己是不是太奸诈了？故意用那么小的碗来装，就为了多赚几两银子。惭愧的同时又不禁唏嘘，古人好可怜，这么简单的一碗冷饮就满足了，搁现代，琳琅满目的美味，什么芒果牛奶西米露、杨枝甘露、猕猴桃沙冰……想想都要流口水。

送走小景景，酒楼很快迎来了自牛大厨走后的第一个高峰。二楼三楼包间全部坐满，一楼大厅也是人满为患。只剩下八十九碗冰饮，供不应求。黎掌柜趁机申明：因为调制冰饮的一些配料稀缺，每天最多只能做出两百碗，我们酒楼的主厨李尧在想办法解决这个问题，希望能尽快满足大家的需求。这也算是给李尧打响名气，为即将到来的厨艺大赛制造声势。

天上居饮品一夜成名。李尧的名字也在一夜之间被众人所知，名气迅速攀升。叶佳瑶当时只是想着牛奶不能浪费，随手弄几样饮品，也没想到会这么受欢迎。

叶佳瑶这边忙得热火朝天，而此时赫连王府则是吵翻了天。

赫连煊一回府就听说小景趁着靖安侯夫人夏尤氏来访、娘忙于应酬之际又溜去天上居，顿时就恼了。他本就怀疑小景装病，肯定是赵启轩跟小景说了什么，但他还是选择相信小景一次，结果证明，他信错了。

赫连煊一肚子闷气去找小景，小景这会儿心情正好着呢，闲闲地歪坐在罗汉榻上，在跟管家说寿宴的事。

“和春班已经敲定了，至于那个杂耍班子一定要请吗？”管家请示道。

赫连景不以为然道：“当然请，女眷喜欢看戏咱就给她们请最好的昆班，男人可受不了那咿咿呀呀，还是杂耍带劲，大家各看各的。就上回我跟你提的那个拿大顶，还会变戏法那个班子，城隍庙前的那个。别的班子就算了，什么上刀山过火海，大寿搞这些刀啊火的不好。”

“是，那老奴就按您的吩咐去办了。”

赫连景道：“等等，福记的菜单送来没有？”

管家道：“还没，说是会尽快。”

赫连景嗤鼻道：“不是说老做了吗？拟个菜单还不是信手拈来，都两天了好不好，不行早说啊，又不是没人了。”他是没办法才请郑福贵，心里一万个不情愿。

蓦地，赫连景看见大哥沉着脸走进来，连忙起身，朝管家挥挥手：“你先下去。”

管家躬身告退。

赫连景嘿嘿笑着：“哥，回来啦！”

赫连煊目光凌厉，沉声道：“你今天上哪儿了？”

赫连景茫然道：“在府里啊！”

“你还敢撒谎？未时末你在府里？”赫连煊的神色越发严厉，“未时末你去了天上居，和李尧在芙蕖阁包房聊了小半个时辰，而后匆匆回府，小景，你以为哥什么都不知道？”赫连煊咄咄逼人地质问。

赫连景愕然抬起头，不敢置信地看着大哥，清亮的眸底渐渐浮起一抹恼羞之色。“哥，你又派人跟踪我，你当我是什么？三岁的孩子？走哪儿跟哪儿，我还有没有一点自由？”

大尧尧是十六年来第一个走进他的内心，让他体会到什么叫知己，是可以毫不设防，敞开心扉，除却家人之外唯一想要全心全意对待的人。他就是喜欢吃他做的菜，喜欢跟他说话，和他在一起就特别轻松自在，不怕被人瞧不起，没有虚假的恭维与奉承。他虽然是小王爷，尊贵无比，但想要找到这样一个人，太不容易了。

赫连煊瞪大了眼，深感意外，自打十二岁那年被他狠狠压制了大半年后，小景在他面前一直唯唯诺诺，十分乖顺，从不敢大吼大叫，今天居然跟他吼上了。

“我看你比三岁孩童还不如，整天跟一帮不正经的人混在一起，你瞧瞧你，都混成什么样子了？说逃家就逃家，完全不顾家人的感受……”

赫连景梗着脖子嚷道：“我混成什么样了？你倒是说清楚啊！你就是嫌我没用，我做什么你都看不顺眼……是，我不能跟你比，文不能比，武不如你，你十四岁就随父王出征，多年来南征北战立下赫赫战功，无人不敬你畏你，可天底下有几个像你这样的人？我没你厉害，可我也不是怂包孬种，是你一直不肯给我机会，现在又来责怪我没用。你有没有想过我的感受啊？”

赫连煊听他越扯越远，终于忍不住把心中最强烈的担忧说了出来：“你说，你是不是喜欢上李尧那小子了？”那些纨绔子弟迷恋小倌的事情，赫连煊也耳闻过好几回，他素来不放心这个弟弟，又看他和李尧走得那么近，免不了会想歪。

赫连景愣了一下，旋即笑得前俯后仰，完全停不下来的节奏。

“哥，我还以为就赵启轩那种歪脑子的人会那样想，没想到您比他还能扯淡。没错，我是跟李尧走得近，因为他是我恩人，要不是他，我可能就得要饭回金陵了。而且我跟他特别谈得来，他知道很多事，什么都懂，比那些王公大臣的子弟不知道强多少倍。哥，李尧绝对是个值得交的朋友。”

赫连煊道：“你少给我打马虎眼，既然是恩人，为什么不坦白告诉我？要这样藏着掖着？”

“那还不是怕你会多想。瞧，你这不就想歪了吗？我可不想害了人家。”赫连景把责任都推到他头上去。

赫连煊气得说不出话来。“你敢对天发誓，没这回事？”

“哥，要是有人说你和淳于哥断袖，你怎么想？你们两个都老大不小了，都还不成亲，要说怀疑也是你们更值得怀疑。”赫连景回答。

赫连煊差点一口老血喷出来，这小子，嘴皮子越来越厉害了啊，居然学会反将一军，拿他和夏淳于说事。

“你们在吵什么？”懿德长公主听下人禀报，说哥俩吵起来了，连忙过来看看。

赫连景忙道：“娘，没什么大事，大哥就是听说我要请杂耍班子来，又开始说教。”

懿德长公主半信半疑地看着两个儿子，问赫连煊：“煊儿，是这样吗？”

赫连煊瞪了眼小景，没好气地说：“是祖母过寿，请什么杂耍班子。”

懿德长公主莞尔道：“这事，小景跟我商量过，我觉得没什么不好。你们男人不爱看戏，总得找点娱乐，请个杂耍班子也不错。”

赫连景得意地朝他噘嘴。赫连煊无话可说了。

“煊儿，你跟为娘来一下，娘有事跟你商量。”懿德长公主把赫连煊叫了出去。

六十八　无妄之灾

叶佳瑶已经把冰饮的制作方法教给大家，这件事就不用她操心了，反正也没什么技术含量，当然对外可不能这么说，要说得玄乎一点，咱这冰饮是有秘方的。

提取琼脂又足足费了一天工夫，接下来就是放在阴凉处晾晒，等彻底完工需要差不多半个月的时间。

被耽误了两天的买衣服和去别的酒楼尝鲜事宜终于得以实行。叶佳瑶忙完午饭准备上街，这阵子因为有了冰饮，中午的生意是最好的，几乎爆满，晚上的生意反倒清淡些，所以她不在酒楼也没多大关系。

她走到大堂，只见一人一手叉腰一手指着钱管事骂。“什么破酒楼，一天就两百碗冰饮，是故意吊人胃口吗？我看你们分明就是坑人，信不信小爷抄了你们酒楼。”

小陆小声告诉叶佳瑶：“那人是来喝冰饮的，来晚了没喝上就开骂了。”

叶佳瑶点点头，林子大了什么鸟都有，碰上个别难商量的很正常，就让钱管事头疼去吧！

“还有你们这里的主厨，叫什么李什么的，算什么东西啊？一天只做两百碗，谱还挺大，信不信小爷让他明天就滚蛋。”

叶佳瑶收回迈开的腿，晃荡晃荡晃了过去，眯眼打量这个家伙。嗯，长得不错，柳眉杏眼，琼鼻小嘴，唇红齿白，个头比她稍矮上那么四五厘米，又是一个毛都没长齐的小孩。

叶佳瑶伸长鼻子嗅了嗅：“嗯？什么东西这么臭？钱管事，你放屁了？”

钱管事老脸一红，恼羞道：“你胡说什么？谁放屁了。”

叶佳瑶又凑到那少年身边嗅了嗅，恍然道：“原来这股味儿是从你身上传出来的。”

少年顿时涨红了脸，柳眉倒立，怒叱道：“你是哪根葱？再敢胡说八道，我砍了你的脑袋当球踢。”

叶佳瑶嫌恶地在鼻子前扇了扇，说：“这位爷，你火气这么大，我看你的便秘之症一定很严重，要不然口气也不会这么臭。”

少年气到发抖，玉葱似的手指指着叶佳瑶：“你……你……”半天你不出来，长这么大，什么时候被人这样羞辱过？

叶佳瑶下巴一仰：“你什么你？来这里吃饭的王公子弟、达官贵人也不少，没吃上冰饮的人每天多了，也没见谁跟你这般跳着脚骂人，动不动抄了酒楼、砍人脑袋，你以为你是九五至尊？就算九五至尊也是讲理的、爱民如子的……不服气？好啊，那咱们去官府理论理论？某人因为喝不上冰饮就化身疯狗乱咬人，传出去，不知道大家是笑话你呢？还是觉得天上居的冰饮实在吸引力太大了呢？”

少年不可思议地看着叶佳瑶，一身寒酸的打扮，居然敢这么说他，可他偏偏还不上嘴，因为他不敢闹大，要是让人知道他的身份就完蛋了。

“你……我不跟你这种家伙说话，哼，咱们走着瞧。”少年自己给自己找台阶下，气呼呼地甩袖走人。跟他一同来的俊俏小厮连忙跟了出去。

钱管事笑眯眯地冲李尧竖起大拇指：“厉害，三言两语就给打发了。”他可是被人骂了个狗血喷头。“不过，看那小子穿戴不俗，将他得罪了，真的好吗？”钱管事痛快之余不免担忧。

叶佳瑶不以为然道：“有什么好怕的，凡事都得讲个理字，咱们又没错，真要闹起来，还不知谁丢脸呢！以后再碰到这种人，只管挺起腰杆来，不用怕他。”

“尧哥威武。”小陆和阿星由衷赞道，他们是酒楼里最受委屈的，客人一不满意就拿小二作伐，他们还不能得罪客人，今天，那小爷虽不是冲着他们来的，但看到尧哥发威，心里还是很痛快。

那少爷气呼呼地出门去，连声嚷嚷："气死了气死了，我一定要弄死那个臭小子。"

小厮劝道："郡主，算了吧，要是让太后知道您偷溜出宫，还不知道有多少人会受罚。您又何必跟一个穷小子去较真呢！"

"小雅，我咽不下这口气，我都冒着被太后骂的风险溜出宫来尝这里的冰饮，结果什么没吃到，还被个臭小子骂，我怎么可能跟他算了。"琉璃郡主愤愤地把路面上一个石头踢出老远。

"郡主，您消消气，看那家伙就是酒楼里的人，回头您再派人随便找个由头把他抓起来。到时候，您想怎么出气就怎么出气。"小雅说道。

琉璃郡主眼珠子转了转，拍拍小雅的肩膀："小雅，好主意，君子报仇，十年不晚。"

叶佳瑶来到最繁华的地段，这里有好几家成衣铺绸缎庄，福记也在这附近，刚好买完衣服再去吃饭。

叶佳瑶在一间不太起眼的铺子里挑了两套寻常的布衣、一套稍微好点的秋香色的绸衣，总共花了六两银子。叶佳瑶美滋滋地把绸衣穿上身，给了绸缎铺的小二五个铜钱的小费，让他把另两套衣服送去来福客栈。出了成衣铺，离晚饭的点还早，叶佳瑶打算在附近转转，熟悉一下这座城市。

"郡主郡主……"小雅叫道。

琉璃杏眼一瞪："叫什么呢？"

小雅改口道："少，少爷，您看那边那个人，是不是天上居那家伙？"

琉璃顺着小雅指的方向，可不就是那个臭小子？换了身绸衣倒是人模人样了，但还是依旧那么可恶。

"你去他刚进去过的那家铺子问问。"琉璃指使道。

小雅去问了，不一会儿回来，喜道："少爷，打听到了，那小子就是李尧，住在来福客栈，还让伙计送衣服去来福客栈呢！"

琉璃盯着远处那个东瞧瞧西望望的家伙，心说：原来你就是李尧，好啊！这回看你往哪儿跑。"

"咱们跟着他。"琉璃跟叶佳瑶耗上了。

小雅担心道："可是少爷，时辰不早了，万一……"

"少啰嗦，还没到用膳的时候，谁会发现。"琉璃难得溜出来，才不想这么快就回去，况且现在有很要紧的事做。

叶佳瑶在一个小摊上看上了好几样东西，都是女孩子用的，发簪啊，耳环啊，胭脂水粉呀……美得不行，让人心动，可她又用不上，只能过过眼瘾。最后还是忍不住买了一根白玉兰的簪子，自己不能用就送给二娘好了。付了银子正转身要离去，一个小叫花子跑过来，蹭了她一下。

"哎，乱跑什么？"叶佳瑶差点被撞倒。

小叫花子不好意思地点头哈腰，连声道歉，还伸手扶了叶佳瑶一把。

"算了算了，下回小心点。"叶佳瑶摆摆手，不想为难一个孩子。

小叫花子转身就跑了。叶佳瑶走了两步，觉得有什么不对，伸手一摸钱袋，钱袋还在。心想：自己真是多心了，还怀疑人家是小偷。旋即，叶佳瑶惊悚了，这个钱袋子不是她的呀！这是怎么回事？

叶佳瑶还没想明白是怎么回事，又有人撞了她一下。那人停也不停往前走。叶佳瑶心说今天真背，老是被人撞，难道她身上有吸铁石？还有这个莫名其妙出现的钱袋子，比她原来的不知重多少，可她的钱袋又去哪儿了？

"哎呀，我的钱袋不见了。"那人走出去两步停住了，尖叫起来。

叶佳瑶一听这声音就头皮发麻，这不是在酒楼闹事那货吗？果然那家伙转过身来，瞪着叶佳瑶："是不是你偷了我的钱袋？"

"哈，果真是你，刚才你故意撞我，就是偷钱。"琉璃指着叶佳瑶手上的钱袋。

大家见有人偷东西被抓包，都跑来围观，对叶佳瑶指指点点。

"没看出来，穿戴又不像穷人，干吗偷东西……"

"人不可貌相，你以为只有破破烂烂的叫花子才会偷东西？"

"是啊，说不定穿成这样就是为了方便行窃，别人怀疑不到他……"

叶佳瑶终于明白是怎么回事了，自己被人下套了，这小子是故意整她的。看来，是跳进黄河也洗不清了。

"这位公子，这玩笑可一点也不好笑，如果你是因为先前我说了什么你不爱听的话而设计整我，那么我给你赔个不是，你的钱袋你拿回去，我的钱袋还我，明天我留两杯冰饮，你什么时候来都行。”叶佳瑶无奈道，好汉不吃眼前亏，眼前的形势对她不利，不得不低头。

琉璃嘴角勾起一抹不易察觉的冷笑，现在来认错，晚了，本郡主是有仇必报加倍报，就这还算是轻的了。她眼珠一转，只见不远处走来几个人，顿时喜上眉梢，跑过去拉住那人：“淳于哥，有人偷我钱袋还不承认，还欺负我，你快帮我。”

夏淳于定睛一看，是琉璃郡主，吓了一跳：“郡主，你怎么出宫了？”

“你先别管这个，你今天要是不帮我出这口气，我就不回宫了。而且，我就说是你带我出来的。”琉璃威胁道。

夏淳于倒抽一口冷气，“郡主，是哪个没长眼的胆敢欺负你？”

琉璃手指往叶佳瑶那边一戳：“就是他。”

叶佳瑶想，真是冤家路窄，难得出来逛一趟都能碰到他。是金陵城太小，还是蠢驴太闲，一天到晚在街上逛？

夏淳于顺着郡主的手指这么一望，也愣住。瑶瑶……她怎么会惹到琉璃郡主的？这可是满金陵城最难缠的主啊！三天不见，她捅娄子的本事又见长了。

这三天他努力克制不去找她，搞得整天都心神不宁，做什么事都提不起精神。本来想着，再熬两天，若还是这样，就不为难自己了，想见就去见呗。结果，机会提早来了，只是这个时机实在让人头疼。

“淳于哥，拉他去见官，好好打一顿板子，然后把他的手砍掉，让他蹲大狱，蹲到死。”琉璃嚣张地说。

夏淳于听得眼皮直跳，安抚道：“你先别急，待我问明原由。”

“这有什么好问的？他偷我钱，我要他死。”琉璃撒着娇，并不避讳，反正很快淳于哥就是她的夫婿了，帮她做什么都是应该的。

叶佳瑶站在那里翻白眼，等着蠢驴过来。

夏淳于让琉璃稍安毋躁，走过来瞅着叶佳瑶：“怎么回事啊？好端端地把郡主给惹上了？”

郡主？叶佳瑶意外地看向那家伙，居然是个女的，还是个郡主，难怪这么刁蛮嚣张。不过，这位郡主跟蠢驴是什么关系？两人很熟悉的样子，拉拉扯扯，这年头不都讲究男女之间要避嫌的吗?

叶佳瑶把手里的钱袋子丢给夏淳于，简明扼要的把事情经过说了一下。不是事出突然，她才懒得跟蠢驴说这么多。

“你的意思是，因为她在天上居出言不逊，所以你就教训了她。然后她尾随你来这里，叫个小叫花子换了你的钱袋，诬陷你为毛贼?”夏淳于把经过捋了捋。

叶佳瑶挑眉，皮笑肉不笑道:“世子爷头脑清楚，思路清晰。那么，现在世子爷是打算帮理还是帮亲啊?”

六十九　霸王餐

夏淳于无奈地叹了一息，她说话为什么总要夹棒带刺的，难道他就真的那么罪无可恕吗？

琉璃愤愤然道："李尧，这回你再编故事啊，淳于哥可不是那么好骗的。"

夏淳于把钱袋还给琉璃："郡主，这位李尧是我朋友，也是赫连景的朋友，她若有冲撞了你的地方，我代她向你赔个不是。"

琉璃以为自己听岔了，不可置信地问："淳于哥，你说什么？"

叶佳瑶同时说："谁是你朋友啊，用不着你替我来赔不是，我又没做错！"她才不要他为了她低声下气，跟这么个刁蛮的郡主赔礼道歉，他们凭什么这么亲密啊？

琉璃又是一惊，淳于哥都这样说了，他居然还这么猖狂，不就是个酒楼的厨子吗？

夏淳于头大如斗，姑奶奶，能不添乱吗？又没叫你低头？知不知道这位郡主，便是皇上都得让着点？你这会儿说这话是跟我置气，还是跟自己过不去？

"我不管了，我一定要他为他的狂妄付出代价。"琉璃怒不可遏，本来淳于哥求她，她还会考虑考虑，毕竟以后是要做夫妻的，给淳于几分薄面也不是不可。

但现在，她要是放过他，她就不姓赵，不叫赵琉璃。

夏淳于好言道："郡主，你何必跟他置气呢？岂不是低了自己的身份？"

叶佳瑶刚要张口就被夏淳于一个冷眼瞪回去，他的眼神实在有些凶狠，要吃人似的，叶佳瑶只好闭上嘴，却对他说的话很不服气，什么叫跟她生气是低了身份？

"再说，这件事要是闹大了，太后可就知道你溜出宫的事了。你受罚，宫人受罚是小，太后最近凤体欠安，再要气出点好歹，太后可是最疼你的。"夏淳于搬出太后来，有警告的意味，拿太后来压一压。琉璃刁蛮任性，却是最怕太后。

"可我气不过。"琉璃气嚷道，就这么放过李尧，她不甘心。

"回头我好好教训她，没个眼力见的，琉璃郡主也敢惹，我让赫连景也骂她，给你出气。好了好了，我们赶紧回宫，再迟就赶不上了……"夏淳于说着，拉了琉璃就走，还装模作样地回头凶叶佳瑶："回头我再收拾你。"又给自己的侍卫递了个眼色。

叶佳瑶气得都想一鞋子甩过去，虽然她知道他是在帮她，但她真的很不喜欢他这样拉着琉璃，不喜欢看到他哄别的女人。闹了这么一场，叶佳瑶觉得自己都不能愉快地去吃白食了。但这是为了工作，不得把生活中的情绪带到工作当中。所以，她很快调整心情，走进了福记。

福记不愧为金陵城饮食业的老大，在这寸土寸金的繁华地段，竟然有那么气派的一幢楼，面积足足是天上居的一倍多，装修古朴典雅、低调奢华，听说，这栋楼就是郑福贵自己的产业。

叶佳瑶暗暗咂舌，酒楼开得好，真赚钱。酒楼的环境、内装，叶佳瑶给出五星评价。

叶佳瑶是一个人来的，也就不要什么包间了，就在一楼的大堂里找了个角落坐下来。

伙计来倒茶，送上菜单，笑容亲切："这位客官瞧着面生，是头一回来福记吗？要不，让小的给您推荐几道本店的特色菜？保准客官您满意。"

叶佳瑶笑道："好啊，你说来听听。"

伙计热情地介绍道："给客官您来一道福记酿杂烩、福记酱汁肉、福记全福汤，主食就来一盘蟹黄汤包如何？本店的蟹黄汤包，皮薄柔韧，汤汁鲜美，是本店的招牌。”

叶佳瑶又给这伙计的服务打了个五星。从笑容到眼神，热情不过火，不矫揉造作，不奴颜婢膝，说话很有技巧，让人很舒服地听从他的安排。而推荐的菜，荤素搭配合理，不便宜但也不贵，在客人能接受的范围之内。

“行，就按你说的上菜吧！”叶佳瑶今天来就是奔着特色菜来的。

“那客官是否要来点酒？本店有纯正的高粱烧，正宗的绍兴女儿红、状元红。也有金华府的米酒。若是不喝酒，本店还有冰镇酸梅汁、银耳莲子羹，天这么热来一碗降降暑也是不错的……”伙计又推荐起酒水来。

叶佳瑶想了想：“那就来碗冰镇酸梅汁好了。”

“好嘞，客官稍等，小的马上去安排给您上菜。”伙计笑呵呵地走了。

等菜的时候，叶佳瑶就在那打量来此间的客人，一拨一拨的，没多久，大堂就坐满了，让人看着羡慕，天上居晚上可没这么好的生意。

菜很快端上来，叶佳瑶并不急于动筷，而是先看菜色。

这酿杂烩采用的是红焖的做法，杂条长短粗细均匀，色泽晶莹光亮，底下铺着一张生菜，上面点缀冬菇大虾米和炸鱼鳔，几根细葱段撒在上头，卖相不错，还算精致，大堂里的菜能做到这个程度已经很好了，包房里重要客人的摆盘一定更讲究。

福记酱汁肉，六块五花肉均匀地摆放盘中，周围配以西兰花，肉色红润、油光发亮，香味扑鼻，西兰花青翠喜人，单就这肉色来说，福记的厨师在上色这道工序上分寸拿捏得非常精确。上色首先讲究红曲米粉的调制，太浓，色易老；太淡，色不够红。其次是焖制的时间，火候的掌控，焖太久或是太短，颜色就不够正。

再是全福汤，内有乌鸡、鳖壳、鳝段、大虾、蹄尖、金华火腿芯、香菇……材料丰富，香味浓郁，有点佛跳墙的意思。

看过了菜色，叶佳瑶慢条斯理地开始品。

杂条用的是鲤鱼的肉和虾肉剁烂并打成浆，再加新鲜猪肉剁烂，加少许胡椒粉揉成，口感柔韧，爽滑适口。五分。

酱汁肉，形完整，但软烂香浓，入口即化，没的说，五分。

全福汤，就一个字，鲜。

叶佳瑶暗暗赞叹，她很清楚，大堂里的菜不是主厨做的，更不是大厨做的，主厨和大厨一般只负责楼上包间的客人，所以，做菜的最多也就是个一等帮厨。这个一等帮厨的水平，比钟祥要高，帮厨都已经是这等水平，主厨和大厨就更厉害了。

叶佳瑶心想，如果单拼厨艺，自己取胜的希望不大，只能在新颖上面多做文章，或许还有获胜的机会。但毕竟没有尝到郑福贵或是他儿子郑三多的手艺，不好下定论。

难得有免费公餐吃，叶佳瑶自然要吃个够本，不能浪费掉。叶佳瑶吃到撑，摸摸肚子，准备结账。这才想起一个很严重的问题。她的钱袋被那个刁蛮郡主指使小叫花子换走了，而郡主的钱袋她又还回去了，也就是说她此刻身无分文。

叶佳瑶顿时满头大汗，怯怯地看向伙计，伙计冲她微然一笑，走过来询问："客官是要结账了吗？"

叶佳瑶忙道："还没，你们店里的菜太好吃了，不吃光我都觉得对不起做菜的师傅。"说着又拿起筷子夹西兰花吃。

伙计笑道："客官您慢用。"

怎么办？怎么办？叶佳瑶快哭了，难道要她吃霸王餐吗？她又是坐在最里面的，大堂里光伙计就有六七位，出门还要经过柜台，门口还有伙计，她很怀疑自己走不走得出去。

叶佳瑶一边想办法，一边吃，把垫底的生菜都啃了，西兰花梗都吞了，还是没想出办法来，她眼前就剩全福汤的汤底了。

伙计似乎发现了她的不对劲，老是冲她笑，但眼神里透着戒备，不时和另一个伙计小声嘀咕，那个伙计也开始盯着她。

叶佳瑶想死的心都有了，这回丢人可丢大发了。干脆明说，让伙计去天上居找人来？不行不行，那可就暴露身份了，这在同行中是很忌讳的事。

找小景来救她？万一被他哥知道呢？她在这里吃白食，要小景来付钱，他哥会怎么想？不行不行。

找杜掌柜？这会儿杜掌柜和二娘也正是最忙的时候。

找蠢驴？那她还是被人当吃霸王餐的揍一顿算了。

叶佳瑶觉得无路可走了，绝望地捞着汤底。

“你是饿死鬼投胎么？是不是要把盘子都舔干净啊？”冷冷的语声，毫不客气的讥讽。

叶佳瑶手中的汤勺掉了，怕什么来什么，最不想见的人出现了。

“来得可真够慢的，跟人卿卿我我，不舍得分开？”叶佳瑶很快稳住情绪，不咸不淡地说道。绝对不能让蠢驴知道她没带钱，差点出不去。

七十 太丢脸了

"你知道我要来？你在等我？"夏淳于倒是有些意外。他好不容易把琉璃郡主哄回去，赶回来找她。之前迫不得已说了些她不爱听的话，知道这个女人心眼小得很，不来一趟，他不安心。好在他吩咐侍卫跟着她，不然就只能去客栈找她了。

"等你回来跟你算账啊，要不然，我能坐在这里死撑？快撑死我了。"叶佳瑶痛苦地瘫在椅子上摸肚子。

夏淳于大窘，大庭广众之下，她这副形象真的合适吗？真想装不认识她，掉头就走，太丢脸了。他压低了声音说："我在外面等你。"

叶佳瑶跳起来："喂，你让我等这么久，这顿饭要你请。"叶佳瑶说得很大声，边上吃饭的客人都看过来。

夏淳于额上汗都出来了，瞪了叶佳瑶一眼，叶佳瑶一副理所当然的样子，仰起了下巴。

夏淳于问伙计："多少？"

伙计说一共七两。夏淳于付了银子就先出去了。

叶佳瑶终于脱困，可以昂首阔步从这里走出去了，可是……哎哟，肚子好撑。她捂着肚子走出福记，叶佳瑶没看见蠢驴，人呢？不会是跑了吧？

“上来。”对面马车上的帘子掀开一角，蠢驴低沉冷漠的声音特别好听，很威严，很有男人味。

叶佳瑶吭哧吭哧爬上车，挤开夏淳于，占了大半个车厢的位置，又瘫下了。原来真的有撑死一说，她觉得自己的胃已经要罢工了。

“干吗还叫车？”叶佳瑶问。

夏淳于鄙夷道：“我可不想跟一个撑到连路都走不动的人走在一起。”

叶佳瑶悻悻地翻了个白眼。

“少吃一口会死吗？福记的菜真有那么好吃？比你自己做的还好？”夏淳于实在看不来她这坐没坐相的样子。以前在山上，他总说她不像个千金小姐，但起码还像个女人。现在呢，吊儿郎当的，十足一个痞子。

“要你管。”叶佳瑶又翻了个白眼，心说，你以为老娘愿意这样啊，还不是那个什么郡主给害的，老娘现在肠胃备受摧残，还丢了钱袋，蚊子再小也是肉，心疼死她了。

“你以为我想管？不是你咬着人家鼻子死皮赖脸求我管的吗？跟我怄气怄到现在。”夏淳于揶揄道，吩咐车夫启动。

叶佳瑶只顾捂着胃，难受得没力气跟他计较。

“真的很难受？”他的大手伸过来按在她的肚子上。

“走开，不是不想管吗？那就别管啊！”叶佳瑶拍掉他的手。

夏淳于又放上来，帮她揉着，边说：“不想管也来不及了，我这个人喜欢有始有终。”

他的手心温热，隔着薄薄的衣衫，都能感觉到那掌心的温度，按揉的力道刚刚好，很舒服。这一幕好像回到了在黑风岗她来大姨妈那晚，他也是这样耐心温柔地为她揉肚子，一整晚。自己是什么时候对他产生了那么一点依赖，也许就是从那一晚开始吧！鼻子有点发酸，叶佳瑶转过脸去，不想让他看到她眼底的软弱。

“以后有看不惯的人和事就少管，特别是酒楼里的纷争，自有管事和掌柜出面。这里是金陵城，走大街上随便一抓，王孙公子一大把，不知道什么时候就得罪了不该得罪的人。”夏淳于缓和了语气说道。

之前送琉璃郡主回去的时候，琉璃一路跟他告状，当然，他很清楚琉璃并没有完全说实话，但琉璃第一次栽了这么大一个跟斗，受了这么大的委屈，心里肯定记恨上了。所以，他必须跟瑶瑶好好说说，已经招惹了一个赫连煊，现在又多了个琉璃。她要再竖一个强敌，那他可真没辙了。

叶佳瑶知道他说得对，当时她是不想管来着，可那厮提到她了，她就没忍住。

“有些人可不跟你讲道理的，不像我这么好商量……”

叶佳瑶听到这句话闲闲地抛了个白眼过去，你还算好商量？在山上那会儿，动不动就甩脸色给她看，还好商量，真是大言不惭。

夏淳于自动略过她的白眼，说：“那个琉璃郡主是七王爷之女，七王爷和王妃死于意外，留下不满三岁的琉璃，太后怜惜她，一直养在身边，宠爱得不得了。便是皇上也宠着她，从小到大，要风得风，要雨得雨，性子不免骄纵任性。”

叶佳瑶不免意外，原来琉璃郡主从小失去双亲，倒是可怜，别人再怎么疼爱，也比不上自己的父母。

“前年，西蒙想要与怀宋和亲，皇后不过提了一句，琉璃的年纪也合适，太后大怒。最后，皇后只得把自己十三岁的敬和公主送去了西蒙。”夏淳于说道。

叶佳瑶咂舌，可见琉璃在太后的心目中比那些正牌公主的地位还要高，顿时心下惴惴，这回可算是踢到铁板了。

“现在，你知道自己惹到什么人了吧！”夏淳于看她面有戚戚，也不忍心再吓她。她知道怕了就好。在天子脚下，行事不得不谨慎。尤其是酒楼这种地方，鱼龙混杂，就更得小心些。

叶佳瑶嘴硬道：“那也是她不对。”

“很多事不能简单地用对与错来评判……”

“行了行了，不要说教了，我懂，就跟这世上没有绝对的公平一样，可我还是要说，对就是对，错就是错，如果没有人敢于对不公平、不公正发出呼声，那么这个世界上还有什么正义可言？如果你错了没人告诉你，你得不到教训，那么你只会在错误的道路上越走越远。当有一天你惹到了比你更厉害的人，或者你的特权不在了，那就等死吧！其实，太后这么宠爱琉璃，是在害她。”

夏淳于默然良久，点头道：“你说得有道理。不过，下回你若是再碰到琉璃，她向你挑衅，你怎么办？”

叶佳瑶眼中闪过一抹狡黠之色：“那要看具体情况，还有我的心情。”

夏淳于无语摇头，她还真是个不肯吃亏的人。

“官爷，到了。”车夫停下马车。

夏淳于没有急于下车，而是问道：“肚子舒服点了吗？”

其实已经好多了，但叶佳瑶否认：“还难受着呢！”

夏淳于掀开车帘：“先下车吧！”

叶佳瑶钻出来一看，怎么是如意客栈？不是应该回到来福客栈的吗？

叶佳瑶莫名地看着夏淳于：“来这里干吗？”

夏淳于眉梢微挑，斜睨了她一眼，闲闲道：“你知道赵启轩吧！他也得罪过琉璃，结果半夜里被人从被窝里扛了出去扔到了侯府后院的池塘里，嗯……我记得那时是腊月，下着大雪。”

叶佳瑶打了个哆嗦，这琉璃也太张狂了吧！要是知道她住在来福客栈，会不会半夜里派人来放火啊？

夏淳于阔步走进如意客栈，叶佳瑶屁颠屁颠跟了进去，保住小命要紧，面子什么的还是先放一边吧！夏淳于知道她跟进来，唇角微扬。

“可是，我得跟杜掌柜说一声，不然小杨会一直等门的。”拿到天字号房的钥匙后，叶佳瑶说道。

“我会派人去告知杜掌柜，你就安心在这里住几日，等琉璃气消了就没事了。”

“可万一她一直不消气呢？万一她去天上居找麻烦呢？”叶佳瑶现在是真的担心了。

夏淳于故作头疼：“谁让我答应过你呢！再麻烦的事也得帮你扛了。”

叶佳瑶想硬气可硬不起来，灰溜溜地瘪着嘴。夏淳于看着好笑，也就这时候她才会老实。

“你上去吧，安心住，没人会找到这里来。”夏淳于朝楼上努了努嘴。

叶佳瑶进了房间就瘫在了椅子上，郁闷地叹气。好惹不惹，惹上了个女魔头，完蛋了，要不要趁早离开金陵呢？叶佳瑶在那天人交战了好半晌，无精打采地起来去洗脸。

咚咚咚，有人敲门，叶佳瑶以为是小二来送茶水，便道："进来。"却见来人是夏淳于。

"你来干吗？"叶佳瑶警惕起来，该不会他也想住这里吧？

夏淳于把一包东西放在桌上："新鲜的山楂有助于消食。还有换洗的衣裳。"也不等叶佳瑶说什么，他便潇洒地走了。

叶佳瑶盯着那包山楂和衣服，说不出来心里是什么滋味。其实除了那件事，蠢驴对她还是很好的，但偏偏是那件事，伤了她的心，她的自尊。她怕，怕好不容易筑起来的心墙倒塌，会受到更大的伤害。

夏淳于出了客栈，宋七已经在外等候了。"这里交给你，确保她的安全，这几日必须寸步不离，若有什么异常情况，即刻回报。"

"是，世子爷，您放心。"宋七郑重道。虽然他还不清楚发生了什么事，但是世子爷的神情很严肃，少有的严肃，便是上回赫连王爷想要对叶小姐不利，世子爷也没这么担心。

七十一　搬救兵

夜里下了一场雨，第二天起来，空气清新，凉风舒爽。叶佳瑶穿上夏淳于给她买的新衣裳，天青色的上好杭绸，大小长短也刚刚好，比她昨天买的那身绸衣好看多了，只是穿成这样去厨房，会不会太招摇了？

一出门，意外地发现宋七在门外。“宋七，你怎么在这……”

宋七眉开眼笑习惯性地叫道：“嫂子……”

咳咳，叶佳瑶尴尬地干咳了两声：“宋七，你们世子爷不是交代过你，不许这么叫的吗？”

宋七笑得贼兮兮：“世子爷口是心非，其实心里不知道多喜欢嫂子。”

叶佳瑶嘴角抽搐了下，有吗？没发现啊！“还是别这么叫了，如今我是李尧。”叶佳瑶说道。

“是，李公子。”宋七怪腔怪调地叫了声。

叶佳瑶冲他瞪眼：“你来找我有事？”

宋七指指隔壁的房间：“小的昨晚就住这，世子爷让小的寸步不离跟着您。”

叶佳瑶想到那个琉璃郡主，也就不傲娇了，跟着就跟着吧。“我要去天上居了。”

宋七道："马车已经给您准备好了。"

叶佳瑶来到天上居，第一件事便是提取奶油，几天下来，已经提取了不少奶油，但还是远远不够。

邓海川跑进来："不得了了，我刚才听阿星说，有客人把整个三楼都预定了。"

钟祥淡定道："这有什么好奇怪的，咱们天上居，整个酒楼被包下也不是没有过，指不定是哪家要在这里宴客。"

"不是不是，阿星说，来预定的人没点菜，就说主子来吃的时候自会点的，而且，每款冰饮都预定了两份。这说明来的人数不多。"邓海川解释道。

钟祥蹙眉："这倒有些奇怪。"

崔东朋笑道："我看也没什么奇怪的，这几天咱们这儿的冰饮都供不应求，那客人定是怕来的人多吃不到，干脆就把三楼包下来。有钱人，根本不在乎这点钱。"

叶佳瑶竖着耳朵听，心里非常不安，她怎么觉得这事是冲着她来的？

没多久黎掌柜来到厨房找叶佳瑶："今天中午可能有大人物要来酒楼，到时候你亲自下厨。"

"知道是什么大人物吗？"叶佳瑶忐忑地问。

黎掌柜摇头："我哪知道。"

快到中午的时候，一辆华丽的马车来到天上居。

"太子哥哥，你快点。"俊俏的少年心急地催促。

"这不是来了么？"太子慢吞吞地摇着扇子下了马车。

"你太慢了啦！"少年不满地嘶嘴。

太子笑道："你是急着喝冰饮，还是急着找那个得罪你的小子算账？"

这个少年正是琉璃。她撇嘴道："两样都急。"

太子宠溺地笑着摇头："真拿你没办法，你昨天偷溜出宫。今天又缠着我带你出来，要是让太后知道，我都要挨骂了。"

琉璃撒娇道："太子哥哥最疼琉璃了，今天你一定要帮我出气啊，不然我只好天天缠着你。"

太子无语，看着天上居的招牌，有些怀疑地自语："这里的冰饮真有那么好吃？”

在天上居外面暗藏着的宋七见太子和琉璃郡主来到天上居，心想，这算不算是异常情况呢？不管了，还是先禀报世子爷。

大家好奇了一上午的客人终于来了，钱管事一看那位少年公子，不就是昨日在酒楼撒泼的公子吗？昨天嚷嚷要抄了酒楼，今天就带了个气度不凡的公子来，身边还有四个带刀侍卫。

那位公子面带微笑，却是自有一股子气势，真的只是来吃饭喝冰饮，不是来找茬闹事的？

琉璃冲傻愣的管事咧嘴一笑，笑容有点邪恶，好像在说：小爷又回来了，咱们走着瞧。钱管事激灵灵打了个冷战，小心翼翼地赔着笑，伺候两位爷上楼，小陆跟上斟茶倒水。

“你们这，最拿手的菜是什么？”琉璃拿着菜单，傲慢地问。

钱管事笑眯眯地说：“本店的招牌菜有蚝油大鲍片、三鲜鱼翅、金钱鱿鱼汤、鸳鸯雪花卷……不过新近推出的新菜式，鲤跃龙门、铁板香菇、醉虾还有荷香黄刺鱼都很受欢迎。”

琉璃淡淡道：“你刚才说的都来一份，还有冰饮。”

钱管事点头哈腰：“是是，两位爷稍等片刻，小的马上传菜。”

“等等，这些菜，要你们这的主厨李尧亲自做。”琉璃吩咐道。

出了包房，钱管事摸摸额头都是汗，叫过小陆：“你速去传菜，告诉李尧，昨日被他训过的小爷又来了。来者不善，让他小心着点。”

叶佳瑶听了小陆的传话，顿时一股寒气从脚底沿着脊背直窜后脑。那臭丫头果然找上门来。宋七知道吗？

叶佳瑶强作镇定道：“知道了，你们小心伺候。”趁着钟祥做冰饮，其他人准备食材的空档，叶佳瑶跑到外面找宋七，转了两圈都没见到人，不由得磨牙：不是说让寸步不离跟着吗？这个不靠谱的家伙该不会溜到哪儿偷懒去了吧！这么关键的时候，真是要命啊……罢了，现在只能走一步看一步，她的事总得自己想办法解决，蠢驴还能护她一辈子不成？

夏淳于听说宋七在宫门口等他，立即告假出宫。“有什么情况？”夏淳于急声问道。

宋七回说："小的看到太子爷和琉璃郡主去了天上居，小的不知道这算不算异常情况，还是来禀报一声。"

夏淳于心惊肉跳，琉璃居然拉了太子去天上居，可不就是去找瑶瑶晦气，来得还挺快。

"没有，你做得很好。"夏淳于思忖了片刻，吩咐道，"你速去兵部，请赫连王爷、景小王爷都去天上居，就说李尧有大麻烦了，务必前去救急，最好多叫些人。"太子在场，他一个人可应付不了，还是叫上赫连煊比较稳妥。

"是。"宋七领命马上出发去赫连王府。夏淳于则返回宫中，如此这般做了一番安排。

赫连景正意兴阑珊地听着大臣讨论西蒙国的问题。什么西蒙国内乱，两个叔叔打起来，侄子小皇帝去劝架，结果两个叔叔一起攻打小皇帝，小皇帝请求怀宋增兵支援……有人说应该增兵，有人说这是人家家务事不好插手，吵得不可开交。听得他都快睡着了，大哥一眼瞪过来，他又赶紧坐好。

忽然他瞧见宋七躲在门外向他招手，赫连景指了指自己的鼻子，宋七点点头。赫连景看了眼唾沫横飞、争执不休的大臣们，悄悄走了出去。

"小王爷，小的奉世子爷之命，请小王爷速去天上居。李尧有大麻烦了，最好请赫连王爷一道去，不然震不住。"宋七道。

赫连景心头咯噔一下，怒道："哪个不长眼的敢找李尧的麻烦，小爷我这就去收拾了他。"

宋七弱弱地说："是太子殿下和琉璃郡主。"

赫连景的气焰立马缩成了小火苗，结巴着："太……太太子殿下和琉璃郡主？这……这是怎么回事啊？李尧怎么得罪他们了？"

宋七也不清楚经过，只好说："说来话长，救人如救火，小王爷还是赶紧的吧，不然李尧就完蛋了，我家世子爷也准备赶过去了。"

赫连景听到太子和琉璃郡主的威名的确被吓到，但是大尧尧的安危才是他最关心的，他一咬牙说："你先过去看着，我稍后便到。"

赫连景回到议事厅，大臣们还在那吵，赫连景上前大声道："这有什么好争论的？西蒙小皇帝性子柔弱，西蒙老皇帝临终前安排他与咱们怀宋联姻，可不就是想着将来怀宋能给小皇帝撑腰。那两位亲王生性残暴，一直觊觎我怀宋富饶之地，如果让那两位亲王篡了位，一旦西蒙稳定下来，必将对我们怀宋不利，这还算是别人的家务事吗？出兵不止是帮小皇帝，也是为了我们怀宋的安宁，必须出兵。”

赫连煊意外地看着小景，这么多天，他旁听议政，从不发表意见，总是神游天外，没想到他都听进去了，还能说出这番一针见血的见解。

“景小王爷说得好，你们这些个昏聩无能之辈还不如景小王爷看得通透。”主战派大臣大声附和。

主和派又不服起来，眼看又要吵开，赫连煊慢条斯理道：“你们的意思本王都会上达天听，此事最终还是由圣上裁夺，今天就先议到这，大家且散了吧！”

大臣们你瞪我，我瞪你，互不服气地甩袖散去。赫连煊这才用赞许的眼神看着小景：“终于有长进了，刚才那番话说得不错。”

赫连景记挂着李尧那边，急声说：“大哥，淳于哥刚才捎信来，说李尧有大麻烦了，让咱们赶紧去天上居。”

赫连煊眉头一挑：“李尧有麻烦，关我什么事。”

“哥，你怎么能这么说，他可是我的恩人，连淳于哥都出手相助了，你能坐视不管吗？找李尧麻烦的可是太子和琉璃郡主，万一淳于哥也顶不住，反倒把太子给得罪了，岂不是淳于哥也要倒霉？”赫连景急道。

赫连煊沉默了片刻，那个李尧他才懒得管，但是夏淳于被卷了进去，他还真不能坐视不理了。

七十二 干得好

天上居兰萱阁包房里。琉璃一口气吃掉三杯冰饮，满足地叹了口气。

太子殿下还在那慢慢品尝，见她如此，笑了笑："你这么喜欢喝冰饮，不如把这位厨子招进御膳房，让你吃个够。"老实说，这冰饮很别致，味道极好，相信在宫里也会大受欢迎。

琉璃琢磨了一下，大大的杏眼中闪烁着特别的光彩："好主意，把他招进宫，那我就可以随时折磨他，哈哈。"

本来她是想叫李尧好看的，但现在有点舍不得，冰饮太好吃了，比宫里那些御厨做的不知好吃多少倍。把他拘进宫，想吃的时候就让他做，不高兴的时候就逗他玩，让他像条狗一样匍匐在她脚下，看他还敢不敢再嚣张。琉璃越想越开心。

又等了一会儿，开始上菜了。小陆每上一道菜就高声报唱菜名。

"鸳鸯雪花卷……"

"铁板香菇……"

"蚝油大鲍片……"

"荷香黄刺鱼……"

“两位爷请慢用，还有几道菜很快就会上来。”

太子见了这几道菜，闻到这四溢的香味，不由得神情一肃，合上扇子，仔细地端详起来。从卖相上看，完全不亚于御膳的精致，摆盘新奇又美观，尤其是那雕花，简直栩栩如生，让人一看便有了食欲。

琉璃更是拣了朵萝卜花放在手心，爱不释手：“好漂亮，这是用什么雕的？”

小陆道：“回爷的话，这是用紫萝卜雕的，萝卜雕花可是我们主厨的拿手好戏，不禁会雕花，天上飞的，地上走的，我们主厨都能雕出来。而且，我们主厨还能用豆腐雕花呢。”

一听是李尧那家伙雕的，琉璃脸一沉，把萝卜花扔了回去：“也就这样，还行，比起御……”

太子手握空心拳在唇边干咳了两声，发出警示。琉璃硬生生把后面那个厨字收回了肚子里。

小陆心中鄙夷，刚才明明夸好来着，听说是尧哥雕的，又说还行，出尔反尔。

小陆回到厨房，叶佳瑶忙询问：“怎么样？”

小陆如实说了，把琉璃嫌弃的表情和口气学得十足像。

叶佳瑶心情沉重，要找茬的话怎样都能找到理由，欲加之罪，何患无辞。

“你把这个端上去，给那位小爷，就说是我送给她的……”

包房里，琉璃一边各种嫌弃，一边吃得津津有味。

太子哑然失笑：“既然做得这么烂，那就没办法招他入宫了。”

琉璃不以为然道：“招他入宫，目的不是让他做菜，而是方便我蹂躏。”

太子干咳两声，蹂躏这个词听着怪别扭。“琉璃，我看你也别太为难人家，他是不知道你的身份，不知者不罪。让他给你赔个礼，道个歉就算了。”太子说道。

“不行，这辈子，还没人这样欺负过我，我怎么可能轻易放过他。”琉璃噘嘴道。

太子无奈地笑了笑。

伙计又呈上用半个木瓜做的汤盅，放在琉璃面前：“这位爷，这道木瓜炖雪蛤是我们主厨送您的，头一回推出，就请您尝鲜。”

太子纳闷道：“为何只送她不送我？”

小陆道："爷，我们主厨说，这木瓜炖雪蛤，只有这位小爷吃才有效，您吃就起反作用了。我们主厨会给您另做一道别致的，稍后就上来。"

太子还是不懂，凭什么说琉璃吃了才有效？

琉璃面色微红，难道说，这道菜是给女人吃的？那家伙知道她是女的。现在知道怕了？故意做这个来讨好她，哼，本郡主偏不领你的情，琉璃想说拿下去扔掉，可看那雕琢着芙蓉花的木瓜里盛着晶莹如冰的雪蛤，看着甚是诱人，有点舍不得扔。

管他呢，先尝尝，不好吃再扔掉。舀了一小勺含进嘴里，只觉冰冰凉凉，甜而不腻，那雪蛤透着木瓜的香气，入口即化。好吃！

好吃的气人啊！她身为郡主，住在华丽的宫殿，吃着这世上最精致的食物，可现在她才发现，自己居然都没吃到过这些好东西，反倒是民间的老百姓比她更有口福。

小陆期待地看着这位小爷，小心提醒道："这位爷，那木瓜也可以吃哦。"

琉璃白了他一眼："下去，这里不用你伺候，把你们的主厨李尧给我叫过来。"

小陆小心翼翼道："主厨还在做菜，是现在就要叫吗？"

琉璃没好气道："你耳朵聋的？让你去叫就去，废话什么？"

小陆吓得赶紧滚了出去。

叶佳瑶倒还算镇定，是祸躲不过，那就去呗！不过上去之前，叶佳瑶还是如此这般跟小陆吩咐了一番。

站在兰萱阁外，叶佳瑶整了整仪表，敲门进去。他面带微笑，彬彬有礼："小的李尧，给两位爷请安了。"

琉璃皮笑肉不笑地讥讽道："李尧，昨天不是挺张狂的吗？现在怎么变成乖乖兔了？"

叶佳瑶不温不火地说："这位爷说笑了，在下一惯谦恭有礼，尤其是对前来捧场的客人。不过，若是碰上那些个无事生非、寻衅滋事的人，在下自然就不会客气了。"说着，叶佳瑶眉毛一抬，疑惑地看着琉璃，"刚才这位爷说昨天？"

不知为什么，琉璃看到他茫然疑惑的眼神，心里就突突起来，有种不好的预感。

“昨天，在下和小爷见过？不可能啊，小爷这长相这气度，一看就是人中龙凤，在下若是见过，必定印象深刻啊！”叶佳瑶故作苦思冥想，然后很确定地摇头，“肯定没见过。”

琉璃怒了：“你别以为装失忆，我就会放过你。”

她以为李尧知道她的身份后会吓得尿裤子，会跪下来痛哭流涕地认错，求她饶命，万万没想过他会装不认识。

叶佳瑶无辜道：“这位小爷，在下真没见过您，是不是您记错了？”

太子笑眯眯地看着这位样貌清俊的厨子，有点意思。

“你还装，昨天我还跟你们管事说话了，你们这里的伙计都看见了。”琉璃嚷嚷道。

“是吗？那叫管事和伙计来问问？”叶佳瑶征询道。

钱管事和小陆被叫了进来。

叶佳瑶问：“钱管事，这位小爷说，昨天还跟你说过话，你有印象吗？小陆，你呢？”

钱管事想到叶佳瑶先前的警告，此人身份非同小可，得罪不起，自然不能承认自己昨天开罪过这位大人物，便装模作样仔细瞅了琉璃两眼，说：“没印象，来过这里的客人，在下肯定都会记得。”

小陆也摇头。

琉璃急了，拉着太子嚷道：“他们撒谎，他们串通一气撒谎。”

叶佳瑶道：“这位爷，我们为什么要撒谎呢！昨天我们酒楼的确是来过一个跟小爷年纪差不多的小公子，在这闹事，因为吃不到冰饮就破口大骂，那修养简直比市井无赖更差，还被我教训了一顿，但那人跟小爷您长得不像啊！小爷气度不凡，怎么可能是那种人呢？小爷，您说呢？”

“是啊，那位小公子态度十分恶劣，当时酒楼别的客人都对他看不下去了。”钱管事附和道。

琉璃目瞪口呆，她是承认呢还是否认呢？旋即她回过神来，质问道：“那昨天在大街上又怎么解释？夏淳于也看见你了，你怎么解释？”

叶佳瑶叹气：“昨日在下上街是发生了点意外，钱袋子被人偷了，那人还贼喊捉贼，企图污蔑在下，这位爷，您是想说，偷在下钱袋的是你吗？”

琉璃气急败坏，指着叶佳瑶：“你胡说，明明是你偷了我的钱袋子……”

叶佳瑶唇角勾起一抹讥诮：“在下说小爷偷钱袋是没有人会相信的，而小爷说在下偷钱袋也同样没人相信，钱管事您觉得我是那种人吗？”

钱管事道：“我们这的主厨，就是得了赏银也都拿出来大家分，怎么可能会去偷钱？”

小陆也义气道：“就我们主厨这手艺，随便弄几款冰饮，钱就大把大把进来，还需要去偷？”

叶佳瑶笑容不改，温和道：“所以说，在下以为钱袋的事是个误会，爷不过是想跟在下开个玩笑而已。”

琉璃自认为抓住了叶佳瑶的把柄：“呵，现在你又承认认得我了？”

叶佳瑶反问：“难道爷不觉得在下否认是为了您好吗？”

“什么为我好？你这个人满口谎言，十足一个刁民。”琉璃指着她骂道。

太子示意琉璃稍安毋躁，之前他对琉璃的一面之词也是半信半疑，毕竟琉璃爱捉弄人是出了名的，宫里谁没领教过，他也是深受其害。现在听到这位李尧的说辞，他更愿意相信李尧的，虽然李尧一直在否认，却跟管事、伙计一唱一和道出事情的真相。在知道琉璃的身份后，这李尧还能不慌不忙地应对。太子情不自禁地在心里为李尧叫好，算是为那些憋屈多年的人报了仇了。

不简单啊，有勇有谋，还做得一手好菜，相貌又是这般清俊，太子不由得生出几分好感。只是，若不罚他，琉璃肯定不会善罢甘休，该怎么处置呢？

七十三　这么巧

夏淳于先一步到了天上居，却不进去，他在等赫连煊。若是这会儿一个人闯进去，琉璃郡主肯定以为他是来帮瑶瑶的，会更生气，所以，他要制造个偶然。

“你确定景小王爷会来？”夏淳于问宋七。

宋七回说：“小王爷当时就急了，肯定会来的。”

又等了一会儿，赫连煊骑马来到。

夏淳于快步迎上前：“怎么你一人来了？小景呢？”

赫连煊没好气道：“你怎么回事？不就一个小厨子吗？犯得着为他开罪殿下和郡主？”

夏淳于苦笑道：“她要是出事，我这辈子都良心难安。”

赫连煊看怪物似的看着他：“我是越来越看不懂你了，你比小景还奇怪，那家伙是有什么魔力吗？你们一个个都这么护着他。”他也算见识过一回这个小厨子，除了胆大妄为，他想不出还有什么别的词更适合那家伙。

“以后你会明白的。”夏淳于讳莫如深地笑了笑。

赫连煊无奈，说：“我让小景多找几个狐朋狗友来，人多好办事，应该快到了。”

正说着，小景带了人也到了。赫连煊眯眼一看，是赵启轩他们，果然是一群狐朋狗友。

赵启轩下马来，忙上前作揖，笑呵呵地说："王爷好，淳于哥好，听说王爷和淳于哥做东，我马不停蹄地滚了来。"

小景则是着急地问："里面怎么样了？"

夏淳于道："进去再说吧！"

赵启轩和其他人都是丈二和尚摸不着头脑，这宴看来不是好宴。一行人进了酒楼，钱管事是认得赵启轩和景小王爷的，景小王爷还与李尧交好，不由大喜，忙上前打招呼。

"小王爷，世子爷，楼上请。"阿星引他们上二楼就没往上带了。

夏淳于给赫连景递了个眼色，意思是说，那两人在楼上。

赫连景会意，不满地说："怎么是二楼？爷要芙蕖阁。"

阿星道："芙蕖阁倒是空着，三楼其他包间也空着，是兰萱阁的客人把整个三楼都包下了。"

赵启轩咂舌："谁这么大气派啊，包了三楼又空着，什么意思？比阔气？"比阔气这金陵城里有几个人能比得过他？

赫连景道："就是，谁这么拽啊！上这来摆阔气，寒碜人的吧！"

赵启轩眼珠子一转："上去瞧瞧？"

赫连景眉毛一抬："走着。"

两人就冲上了三楼，直奔兰萱阁。

赵启轩一马当先，咣当推门进去，顿时跟见了鬼一样，瞪直了眼。

"太太太……太子殿下……"赵启轩紧张地都结巴了，打死他也想不到这里头的人会是太子殿下和琉璃郡主啊！一个太子殿下就够惊悚了，居然还有那个女魔头、女煞星，此人绝对是他的梦魇啊！

比起赵启轩的仓皇，赫连景就镇定多了，尤其是看到大尧尧还是好好的，便腆着个笑脸拱手施礼："太子殿下、郡主，真是不好意思，我们来吃饭，结果没包间了，说是有人包了整个三层。我就想，是谁啊，说不定认得，所以……就冒昧前来打扰。"

叶佳瑶还没从小景景到来的喜悦中缓过神来，又被太子殿下四个字给震飞了。就知道那位公子来头肯定很大，但没想到是太子啊，未来的皇上。

叶佳瑶连忙跪下，钱管事和小陆也软了腿，三人人伏地叩首：“草民不知太子殿下驾临，若有失礼之处，还请太子殿下宽恕。”

太子微微一笑：“起来吧，不知者不怪。”

叶佳瑶暗喜，太子殿下这话可是传递出很关键的信息，也说明了太子的立场，不知者不怪，太好了。

“打过招呼你们可以走了，不要打扰我们吃饭。”琉璃不客气地赶人，她还有重要的事情没办完。

赵启轩如释重负，推着赫连景就要出去。要不是太子殿下在，他早脚底抹油溜了。前年被这个死丫头大半夜光溜溜扔进荷花池后，他足足病了一个月，自此他听见琉璃之名就要逃，这死丫头没人惹得起。

“慢着。”太子开口道。

两人又转过身来。

“你们都有哪些人？”

赫连景回道：“今天是我哥和淳于哥做东，他们还在楼下找位置呢！”

太子温和一笑：“别找了，让他们上来，我也好久没跟他们聚一聚了，既然碰上了就一起坐坐吧！”

赫连景大喜：“我去叫他们上来。”

赵启轩忙跟了出去，拉着赫连景嘀咕：“小景，今天是什么日子啊，太子殿下怎么跟琉璃出来吃饭？”

赫连景挑眉，嘴角噙了抹笑意：“我怎么知道，要不，你去问问琉璃？”

“拉倒，让我去问那个女魔头，还不如给我根绳子，我去外面找棵歪脖子柳树上吊算了。”赵启轩悻悻地说。

叶佳瑶听到夏淳于和赫连煊都来了，不禁有些感动，这不可能是巧合，定是淳于知道她的处境搬来的救兵。

“李尧。”太子唤她。

叶佳瑶回过神来，拱手施礼，静候吩咐。

“你下去吧，菜色你安排来就是。”太子吩咐道。

叶佳瑶正要退下，太子又叫住他：“对了，你说专门会为我做的是什么？为什么那木瓜雪蛤只给琉璃郡主？”

叶佳瑶讪讪道：“木瓜炖雪蛤是美容养颜的，适合女人。草民为殿下准备了别的甜品。”

太子了然地点点头，面上微有些发热，原来是专门给女人吃的，他还羡慕来着。

“太子哥哥，怎么能放他走？”琉璃不依。

太子笑道：“不放他走，你去做菜？”

乘着琉璃郡主愣神之际，叶佳瑶道：“那草民先去准备了。”

她果断开溜，出了包房，钱管事抹了把汗：“乖乖，吓得老子一身汗，居然把太子殿下给招了来。”

小陆道：“我也差点吓尿了。”

叶佳瑶安慰地拍拍钱管事的肩膀：“没事了，太子殿下不是说了吗，不知者不怪。对了，太子殿下来酒楼的事要保密，就咱们三人知道就行了。楼下这么多客人，万一传出去，给太子造成不必要的麻烦……”

太子是这个态度，加上淳于和小景景都来了，看来今天的危机是解除了。

钱管事连连点头：“是是，小陆，闭紧你的嘴巴，要是敢漏了半句出去，我踢你出去。”

小陆挠挠头：“知道了。”

三人一道下了楼，叶佳瑶看到夏淳于他们，便冲他们笑了笑，以示感谢。

夏淳于面无表情，心里却是一颗大石落了地，瑶瑶还会笑，就说明危机解除了，那他找了一帮人过来是帮倒忙了，还是多此一举呢？

包房内，琉璃在闹情绪。“太子哥哥，你说话不算话，你都不帮我。”

太子道：“你也看见了，夏淳于、赫连煊都来了，还有其他王公子弟，你要在这么多人面前继续为难李尧？这事闹开了，对你有什么好处？”

琉璃委屈地沁出了泪花，为什么大家都帮那个家伙？在宫里，即便是她闯的祸，可最后倒霉的不都是别人吗？怎么到了宫外就不行了？太后不发话，他们一个个就不把她当回事了吗？行，让你们不帮我，我自个儿想办法。

“你们吃好了，我吃不下，我走了。”琉璃起身就走。

“琉璃。”太子拉了她一下没拉住，只好吩咐侍卫跟上，护送琉璃先回宫。

琉璃冲出包房，正好夏淳于和赫连煊上楼。

夏淳于看琉璃眼睛红红的，嘴巴噘得老高，一看就是受了气，总不会是被瑶瑶气的吧，都拉上太子殿下来助阵了，怎么还会受气？“郡主……”

琉璃这会儿瞧谁都不顺眼了，没一个人是向着她的，全都是坏人、讨厌鬼。她一把推开夏淳于：“滚开。”噔噔噔冲下楼去。

赫连煊努了努嘴，幸灾乐祸道：“未来的媳妇都跑了，还不快去追？”

夏淳于皱眉：“你少胡说八道。”八字还没一撇的事，而且，这门婚事他是死活不会答应的。

赵启轩耳朵尖听见了，用饱含同情的目光看着夏淳于：“淳于哥，节哀啊！”

赫连景噗嗤笑出声来，捶了下赵启轩的肩膀：“找死呢你。”

夏淳于正色道：“谁若是在外面散布谣言，小心一觉睡醒身在荷花池。”

这下大家都忍俊不禁，喷笑出声。赵启轩一张脸憋得通红，这事是他心中永远的痛。气氛又变得轻松愉快起来，大家进了兰萱阁。

七十四　太子墨宝

包房里，大家酒足饭饱，茅山云雾茶上来，大家喝着茶，太子感慨道："这里的主厨的确不错，同样一道菜，他做出来就是与众不同，可见厨艺精湛，心思巧妙。"

"殿下所言极是，做菜贵在用心，只要肯花心思，即便只是土坑里焖的一只野鸟，草丛里捡的几朵蘑菇也能做出极美的味道。"赫连景自认为自己是最了解大尧尧的人，而且，那两道菜，这里只有他一个人享用过，这种感觉十分美妙。

夏淳于心里哼哼，你们还没吃过瑶瑶做的松花蛋呢，绝无仅有。不过，他的也吃完了，什么时候让瑶瑶再帮他做上一坛子才好。

"那是那是，李尧这人不仅菜做得好，人品没得说，酒品也是杠杠的。"赵启轩也想帮李尧说几句好话。

结果，话未落音，一左一右两把眼刀嗖嗖地飞过来。夏淳于和赫连景齐齐瞪了他一眼。好提不提，提个喝酒做什么？瑶瑶上回喝醉都掉河里了。

赵启轩纳闷，他说错什么了吗？这不都是捧场的好话吗？

赫连煊摇着扇子，慢条斯理地说："既然殿下也这般称赞李尧的厨艺，不如就把刚才八个字的评价写下来赠予李尧，予以勉励。"

夏淳于暗赞，这招真是高明啊，有了太子的肯定，还留下墨宝为证，就等于有了太子殿下的庇护，一般人想要对瑶瑶不利，都该好好掂量掂量了。

夏淳于暗地里给赫连煊竖了大拇指，赫连煊眼角抽了抽，装作没看见，心说：爷只是不想有事没事被拉来救场，爷忙着呢，哪像你们，一个个闲得发慌。

“前几日听太傅和皇上提起，殿下的书法又进益了，堪称名家，不知我等能否有幸一窥殿下墨宝?”夏淳于推波助澜。

太子殿下本来有些犹豫，为一个厨子赠言，好像有点掉价。虽然他对这个李尧印象颇佳，却还没到要给他题词的地步，但夏淳于提到太傅和父皇背后称赞他，心中顿时喜悦，便道：“取笔墨纸砚来。”

赵启轩乐呵呵道：“我去我去。”他找到钱管事，“快去拿上好的笔墨纸砚来，您们酒楼行大运了，太子要留墨宝，还有，叫李尧来谢恩。”

钱管事闻言，惊讶得半天合不拢嘴，如在梦里。

赵启轩催促道：“还不快去，错过了这村可没这店，你哭都来不及。”

钱管事方才如梦初醒，屁滚尿流地跑下楼去找掌柜。由于心里太激动，他脚下一滑，楼下大堂里吃饭的客人听到咚的一声，循声看去，只见一人咕噜咕噜滚下来。然后又见那人淡定地爬起来，拍拍屁股若无其事地走掉了。众人目瞪口呆之际不由得暗暗感叹……这把年纪，筋骨可真是好啊！钱管事转到后堂无人之处，方才捂着屁股龇牙，屁股开花了。

两刻钟后，叶佳瑶跪地，双手接过太子殿下的墨宝，叩首谢恩。心里那个激动难以言表。以后太子登基，这墨宝就升值为皇上的墨宝，等她将来开酒楼，就把它裱起来，往大堂里这么一挂，哇塞，想想都拉风。

太子笑道：“以后推出什么新品，别忘了送一份到东宫。”

叶佳瑶哪有不应承的，这么好的一个巴结的机会。“只要殿下不嫌弃，让草民天天送都行，这是草民的福气。”

夏淳于嘴角抽搐，心里酸溜溜的：爷为你辛辛苦苦，跑前跑后，是不是也该给爷送一份?

赫连景喜滋滋地看着大尧尧，比自个儿得到皇上的赞扬还要开心。大尧尧混得好，就不会离开金陵了。

一场危机化为无形，反而添了这么大一桩造化，叶佳瑶不由得想起一句话：

跟什么样的人在一起，你就会有什么样的人生。阴差阳错跟一个世子爷做了一场假夫妻，又捡了个小王爷当小弟，于是她的人生来了个华丽丽的转身。

送走太子后，赫连煊也回兵部去了，其他人也散了去，只留下夏淳于、赫连景和赵启轩。四人围坐喝茶。

赫连景这才道："现在可以告诉我，你怎么得罪琉璃郡主了？"

夏淳于面无表情地摇着扇子喝茶，一副不关他事的模样，叶佳瑶就把事情经过大概说了下。

赵启轩拍案叫好，竖起大拇指："李尧，你是这个，太解气了，简直就是大快人心，那个女魔头早该有人收拾她了。"

夏淳于咳了两声，提醒道："你悠着点，小心祸从口出，明天醒来又在池塘里。"

叶佳瑶已经听说过这个典故了，抿着嘴偷笑。

赵启轩哭丧着脸，捂着心口道："淳于哥，算我求你，能别再往我伤口上撒盐行不？一想到这事，我这小心肝啊，就一抽一抽地疼。"

赫连景忧心道："琉璃不是个会善罢甘休的人，这次吃了这么大一个亏，明着不能动尧尧，肯定会暗中下手的。"

夏淳于放下茶盏，慢悠悠地说："我想，她有一阵子没法出宫了。"

大家好奇地望着夏淳于，齐声问道："为什么？"

"她这会儿肯定在太后那听训。"夏淳于道。

赫连景半信半疑："你肯定？"

夏淳于挑着眉梢，淡淡一笑。当然肯定，因为这事就是他安排的。太后不允许别人来教训琉璃，但原则性的问题，太后还是不会让步的，就好像前年赵启轩差点被整死，太后就罚琉璃禁足三个月。眼下太后又正在为琉璃挑选夫婿，是不会允许琉璃出乱子的。所以，他猜得没错的话，接下来太后会看紧琉璃，不会再让她随意出宫了。再说，他也安排了人手保护瑶瑶，不会让瑶瑶被人算计了去。

"那就可以松口气了。"赵启轩道。

赫连景说："也不能掉以轻心，我去问我哥把近卫营的人调来，保护尧尧。"

叶佳瑶连忙拒绝："千万别，又不是什么大事，没必要兴师动众。"

本来赫连煊就对她意见老大，要是小景景去求他调近卫营的人，估计赫连煊真会把她给灭了。今天赫连煊能来帮忙，八成是看在夏淳于的面子上。

夏淳于听到小景叫尧尧就很不舒服，虽然小景叫的尧尧和他叫的瑶瑶不同字，但同一个音，瑶瑶是随便叫的吗？

“你哥的近卫营是能随便动的？算了，还是我派几个人比较方便。”夏淳于闲闲说道，保护瑶瑶是他的责任，谁也别来抢。

赫连景怏怏不快，痛恨自己手里没有人马，想保护尧尧还得求别人，他要赶快强大起来，不用事事求人。

赵启轩悻悻一叹：“要是当年嫁去西蒙的是女魔头就好了，也就没这么多麻烦。”

夏淳于不得不再次警告他：“你又忘了敬和公主的事了？”

赵启轩郁闷地撇嘴：“连话都不能让人痛痛快快地说。”

叶佳瑶道：“好了，你们大家别担心了，兵来将挡，水来土掩，我自己小心点就是。”其实明着来的不怕，就怕暗算。

夏淳于起身道：“我还要回宫去看看，就先走了，小景，你哥让你早点回去，一起走吧！”

赫连景嘟哝道：“我懒得去，他们一个问题可以争论三天，烦都被他们烦死。”

夏淳于施施然地说：“你哥今天能来是因为你近来表现好，你若偷闲躲懒，下次就请不动他了。”

赫连景一想，也是，前几天跟哥吵了一架，好不容易才修复，还是悠着点，别再惹哥生气了。“那尧尧，我也先走了，你自己小心点啊，有事就来找我，我一定第一时间赶过来。”赫连景依依不舍地说。

赵启轩也笑嘻嘻地说：“找不到他们，找我也行，就冲你为哥出了口气，以后你的事就是我的事，决不推辞。”

叶佳瑶笑道：“那就先谢谢了。”

送走三人，叶佳瑶自己想想都好笑，那个琉璃多招人恨啊，听到她被整了，一个个都拍手称快，连太子也不帮她。哎，可恨之人也有可怜之处。叶佳瑶一回到大堂。黎掌柜迎了上来，笑得像个狗不理包子，满脸褶子：“李尧，太子的墨宝能不能拿出来让我开开眼？”

叶佳瑶看黎掌柜眼里闪着贼亮的光，就知道他在打什么主意。这可是老娘的宝贝，想都别想。

“黎掌柜，给你瞧瞧是可以，但是太子殿下有交代，除非我将来成了顶级大厨，不然不可以拿出来现，估摸着太子殿下觉得我现在还不够格，拿出来丢他的份。”叶佳瑶信口胡诌。

黎掌柜有些失望：“这样啊！那……就只瞧瞧，瞧一眼。”本来还想拿来挂店里的，既然太子殿下有这样的交代就不好挂出来了。

七十五　接到寿宴

晚上收工后，叶佳瑶捧着个匣子出了天上居，这匣子是她问黎掌柜要的，太子的墨宝可得小心存放。走到路口，叶佳瑶顿住脚步，犹豫着是回来福客栈呢，还是如意客栈？既然淳于说琉璃没空来找她算账了，那回来福客栈应该没问题吧。

宋七不知从哪儿冒出来了。“嫂子。”

叶佳瑶摸了摸耳朵，这个称呼实在让人别扭，她现在跟夏淳于可没关系。

“宋七，麻烦你以后别这么叫行不？不然我可不理你了。”叶佳瑶没好气道。

“那叫什么？”宋七很为难。叫叶小姐？人家现在女扮男装。叫李公子？人家明明就是个女的。

叶佳瑶想了想：“就叫尧哥吧，大家都这么叫。”

宋七满头黑线，那还不如叫李公子呢！宋七极不自然地叫了一声：“尧哥。”

叶佳瑶很受用，这称呼她喜欢，有种当老大的感觉。

“尧哥，世子爷吩咐，为了安全起见，让您还是暂时在如意客栈住几天，等宫里的消息确定后再回来福客栈。”宋七说道。

叶佳瑶几乎没有犹豫，就跟着宋七去了如意客栈。为了她的事，麻烦了这么多人，她再矫情，只会给大家添更多麻烦。

“对了尧哥，有件事小的必须跟您说道说道。”宋七在路上愁眉苦脸地说。

叶佳瑶笑道："你说。"

"是这样的，小的离开黑风岗的时候，把您做的那坛子松花蛋给抱回来了，您是不知道，世子爷以为您不在了，整个人都不好了。好长一段时间里，吃什么都没味道，府里的厨子变着花样给他做，他也就是尝一两口。大家都以为世子爷得了什么病，御医都请了好几回。别人不知道是什么缘故，小的是知道的……"宋七说到这顿了顿，观察叶佳瑶的神色。

叶佳瑶思绪有些混乱，回想起他找到她的那晚，眼底那浓得化不开的愧疚，可是，她要的不是他的愧疚。

"其实，当时世子爷说那样的话也是可以理解的，他是世子爷，说句实在话，世子爷的婚事就连侯爷和夫人都不一定做得了主，若是就这样把您带回来……"宋七继续道。

"别说了。"叶佳瑶打断他，她知道他的为难，与其说为难，还不如说是因为不爱，不爱所以才能放弃。

"不，小的要说，因为这些话除了小的，没有人会对您说，世子爷是宁可打落牙齿和血吞也不会说的。就算世子爷一时糊涂，没有看清楚自己的心，可他已经后悔。您不知道，当小的拿了松花蛋去的时候，世子爷听说是您做的，配着松花蛋默默地吃完了一碗饭。小的看见世子爷吃着吃着眼眶都湿了，小的心里难受得都想哭。

"知道您还活着，就在天上居，世子爷激动得整个人都在发抖，那晚世子爷兴冲冲地去见您……但这些日子他总是闷闷不乐，老是莫名其妙地发脾气，小的猜想，您还没原谅他呢！

"依小的说，您就不能这么轻易地原谅他，就得让他好好反省反省，省得他再犯糊涂。"宋七话锋一转愤愤道。

叶佳瑶愕然地看着宋七，她没听错吧！宋七费了这么多口舌，把夏淳于说得这么苦，她还以为宋七是想求她原谅夏淳于。

"咳咳，宋七，过去的事都过去了，咱就别再提了吧！"叶佳瑶尴尬道。

宋七转了笑脸说："好，不提不提。"反正他的目的已经达到了，叶小姐已经知道了世子爷的心意，想必会对世子爷好一些了。"但您得教我做松花蛋啊！那坛子松花蛋世子爷都吃完了，让小的做，小的哪里会啊！都快愁死了。"宋七悻悻道。

叶佳瑶失笑："行，我改天教你。"

宋七这个跟班当得可不容易，在山上就老是被淳于呼来喝去，现在还要他做松花蛋。

一路说一路走，不知不觉来到如意客栈。叶佳瑶把装了太子墨宝的匣子交给宋七保管，再三叮嘱要保管好，自己就先回房歇息了。

宋七说过，今天夏淳于是跟人换班的，所以晚上要在宫里当值，也就是说今晚他不会来了，叶佳瑶梳洗过后安安心心躺下睡觉。可是闭上眼睛，宋七的话就在耳边盘旋，他真的这么在意她吗？几次三番被她骂，结果她一遇上麻烦，还是他第一时间来帮她，如果单单只是愧疚，怎会这般用心呢？

好烦啊！叶佳瑶翻来覆去，想点别的，不能老是想他了。想什么呢？淳于说小景景最近表现不错，其实小景景本来就不错，只要给他机会，教他，他很快就能上手。还有那个赵启轩，真是个妙人啊，太逗了！

哎呀！叶佳瑶一下子坐起来，敲了敲自己的头，她居然把这么重要的事给忘了。她还得拜托赵启轩帮她弄椰子呢！哎……还得特特意意再去求他。叶佳瑶无力倒下，脑子里乱哄哄的，也不知道多久才迷糊地睡着。

第二天，叶佳瑶去上班，发现杜掌柜在酒楼里。

"大哥，您怎么来了？"叶佳瑶意外道。

杜掌柜道："你不是让人来传话，说你遇上点麻烦暂时不回客栈住了，你嫂子担心你，让我过来瞧瞧。李小哥，你没事吧？"

叶佳瑶心里暖暖的，她和他们萍水相逢，他们却这么惦记着她，还特意跑来看她。

"大哥，没事，我过几天就回去住了，您和大嫂不用担心，真的。"

杜掌柜点点头："没事就好，如果有需要老哥帮忙的地方你只管说，别跟老哥客气。"

说没事，杜掌柜是不相信，都被逼得不敢回客栈了，还能没事？但叶佳瑶不肯说，他也不好多问，也许人家不愿让人知道，所以，他只能表个态。

"嗯，我会的，大哥您赶紧回吧，这会儿正是店里忙的时候。"

到了中午，叶佳瑶最忙的时候，赫连景兴冲冲地跑了来，把她拉了出去：

“大尧尧，告诉你一个好消息。”

叶佳瑶还惦记着锅里的菜，其他人不一定掌控得了火候，万一烧砸了，就等于砸她的招牌。“什么好消息啊，你快说，我忙着呢！”

“我哥同意让你来做我祖母的寿宴了。”

叶佳瑶眼睛一亮：“真的？”失去这个机会的时候，她真心很失落，却不好让小景景为难，没想到机会失而复得。

赫连景眸光闪亮，两个可爱的小酒窝挂在腮边，用力点头道：“真的，福记的郑福贵说是患了痛风，不能做，让他儿子来做。那我就说，让他儿子做还不如让你做，我哥居然就答应了。”

“一定是昨天吃了你做的菜，也觉得你能行。”赫连景开心得像个孩子。

叶佳瑶心说，你哥可不是第一次来酒楼，呃，不对，上次来，赫连煊只顾着跟她谈判，后来被她气走了，压根就没动那些菜。至于郑福贵说患了痛风，估计是想趁此机会让自己的儿子打响名气。

其实，厨艺大赛这东西，就跟体操比赛一样，大家动作完成得差不多的话，就看裁判怎么打分，你名气大一点，或者你是东道主，分数就会偏高，美食的标准更加难以界定，因为每个人的口味不一样，弹性的空间比较大，这时候名气就起了一定的作用。

她现在靠冰饮已经积累了一些人气，但是还不够，太子的墨宝是她的杀手锏，轻易不能用。而且，太子能不能顺利登上皇位，在他的屁股没有真正坐上那张龙椅之前都不好说，皇位之争素来残酷。所以，她暂时不想借太子挣名气，所以，现在急需这么一个可以让她充分展示实力的舞台。恰恰好，这个机会就来了。

“大尧尧，怎么样？”赫连景看她沉默良久都不说话，还以为她不想接。

叶佳瑶眉眼一弯，莞尔道：“好啊，你们信得过我，我就做。”

七十六　要吃炒饭

忙完中饭后，叶佳瑶把钟祥、邓海川、王明德、崔东朋四人召集起来开了个会。这么一场重量级的大宴，靠她一个人是做不下来的，所以，必须要带助手。之所以选这四位，叶佳瑶自有考量。

钟祥比较全面，但叶佳瑶要他主攻糕点。邓海川负责把关食材、选料。王明德擅于调制各种高汤，听说他曾经学过素膳，而小景景告诉她，老王妃信佛吃素。至于崔东朋，特勤快一个人，而且刀工不错。当然，最最关键的，这四个人与她关系比较好。这种大事肯定是要找亲近的人。

叶佳瑶把办寿宴的事说了说："到时候，我想请你们几位一起过去，如果咱们能一次就把局面打开，相信以后来请的人会更多。现在，机会摆在这里，你们给一句话，去还是不去。"

四人压根没有交流就异口同声地说："去。"脸上皆是兴奋的神情。这种好事，搁以前，压根就不敢想，大厨都有自己的班子，旁人根本插不进去。难得尧哥是个光杆，愿意栽培他们，岂有不愿意的道理，除非是傻的。

邓海川道："尧哥，要我们做什么，你吩咐就是，我们保证不拖后腿。"

王明德和崔东朋用力点头。

钟祥道：“李尧，我们就跟着你干了。”

叶佳瑶笑道：“好，既然大家愿意，咱们就一起干，但我丑话说前头，这事只许成功不许失败，每个人都要拿出十二分心来做，我会明确分工，谁手上砸了，就不可能再有下次机会。”

钟祥道：“机会给了，若是我们自己不珍惜，那就是犯浑，李尧，放心吧，大家都会全力以赴。”

“那事情就这么说定了，明天我会把菜单拟好给赫连王府审核，一旦通过，大家马上着手准备。还有，王府那边菜单在没有最终敲定前，暂时保密。”

大家纷纷点头：“知道。”

随后叶佳瑶先回了趟来福客栈，拿她的小册子，也就是她的成功秘籍。她已经看过了小景景给她的赵启轩家去年用过的寿宴菜单，福记出的，跟一般寿宴没什么两样，不过是菜式多几个，昂贵一点。果然，还是满汉全席万寿宴里的菜谱更加详细，搭配合理。现在她要做的，不过是把里面一些南方人吃不太惯的满族菜式做个修改。

然后她又带着宋七去街上转了转，到干果蜜饯铺里，买了一大包东西。宋七的任务就是帮叶佳瑶拎东西。“哎，你说说看金陵哪家糕点铺的糕点最好吃？”叶佳瑶问。

宋七不假思索：“百味斋啊，除了御膳房做的糕点，就数他家的了，价钱也不便宜。”

“走，去百味斋。”叶佳瑶要对市面上的糕点摸个底。到底好到什么程度，心里也好有根准绳。

两人又去了百味斋。什么豌豆黄、莲子糕、桂花糕、核桃酥、马蹄糕、千层油糕等，每种都买了些，包起来又是好大一包。叶佳瑶要掏钱，宋七先摸了银子出来给伙计。

“宋七，我自己来。”叶佳瑶要伙计把银子还给宋七。

宋七笑嘻嘻地说：“尧哥，我来还不是一样嘛，再说您买这么多，估计最后一大半都落我肚子里。”

其实先前叶佳瑶在干果铺子里掏钱袋的时候，宋七眼尖就瞄见了，她的手头并不宽裕。反正世子爷有银子给他的，说是叶小姐需要什么只管添置。叶佳瑶抢不过他，两人在那推来让去也不好看，只得让他付了钱。

买了这么多东西，晚饭也不用张罗了，两人直奔如意客栈，宋七叫小二沏一壶大红袍，然后拆包开吃。夏淳于来到客栈，就看到两人在房里大快朵颐，满桌子的干果蜜饯糕点。

宋七见世子爷来了如释重负，他一个大男人实在吃不惯这些甜腻腻的东西。最可怕的是，他每吃一样，叶小姐都要问他味道如何？优点是什么，缺点是什么。他都囫囵吞枣，吃下去拉倒，哪知道什么优点缺点，然后叶小姐就让他再吃，一定要说出点什么来才能过关，他都快撑死了。

“世子爷，您来了，您坐，小的去给您泡茶。”宋七连忙遁了。

“宋七，快点回来继续，还没完工呢！”叶佳瑶喊了一嗓子。

宋七溜得更快了，有世子爷接班，他才不回来了。

夏淳于蹙眉，不解地问：“没完工？你们在干什么？”

叶佳瑶指指手里的小本本：“我在做调查啊，小景把祖母的寿宴交给我做了，我得研究一下，到时候用哪些干果蜜饯点心，看看有什么可以改进的，务必做到人无我有，人有没我好。”

夏淳于讶然道：“小景把寿宴交给你去做？赫连煊能答应？”这可不是开玩笑的事情，办一场寿宴可不光光是烧几桌菜的问题，要涉及方方面面，瑶瑶能行吗？

叶佳瑶眯眼一笑，得意地说：“赫连煊要是不点头，小景他敢交给我做？哎，你别一副难以相信的样子，难道你觉得我不行吗？”

夏淳于看着她那扑闪扑闪的大眼睛，透着诡谲的威胁，算了，为了安全起见还是不要去打击她了。“那你好好做，有什么需要帮忙的吗？”

“有啊！”

夏淳于怔愣，这么痛快？

叶佳瑶的笑容更加灿烂了，指着满桌的吃食：“帮我吃东西。”

夏淳于眉头拧了起来，他很少吃零嘴的。

“来来，你尝尝这个豌豆黄和莲子糕，觉得哪个更好吃，跟你在宫里吃过或是你家里做的比起来怎么样？”叶佳瑶热情地递上糕点。

看着她期待的眼神、如花的笑颜，夏淳于怦然心跳，这是不是意味着她已经不生他的气了，雨过天晴了？于是欣然地接过糕点。

“怎么样？”

“豌豆黄很细腻入口即化，豆香浓郁，不过，略甜，吃多了容易犯腻。至于莲花糕……有莲子的清香，香甜软滑；缺点，蒸得太嫩，不够柔韧，总的来说还是不错的，这应该是百味斋买的吧！”夏淳于道。

叶佳瑶心说，到底是世子爷有文化、有品位，评价得很到位。不似宋七那个粗人，吃倒吃了不少，可除了好吃难吃就说不出别的来。

“你味觉挺敏锐的嘛，的确是百味斋买的，宋七说金陵城里就数百味斋的最好。”叶佳瑶一边做记录，一边说。

“你听他的就完蛋了，百味斋不过就是老字号，名气大，其实聚香园比这要好，就拿豌豆黄来说，聚香园的色泽浅黄，更加喜人，味道香甜，清凉爽口。”夏淳于说道。

叶佳瑶抬眼：“我看他说得那么肯定，还以为是真的。”

“聚香园的掌柜，原是御膳房的糕点师。”夏淳于道。

叶佳瑶恍然：“难怪这么厉害，那明天一定要去尝尝。”

“来来，你再尝尝这桂花糕。”

夏淳于勉为其难地又吃了一块：“桂花香味不够浓郁，用的应是去岁的桂花，其实吃桂花糕最好的时候就是桂花盛开时节，那时的桂花糕多用新打下来的桂花，特别香。”

叶佳瑶啧啧道：“我看你很有当美食家的潜质。”

夏淳于眉梢一挑，斜睨着她，骄傲地说：“本来就是，你把金陵城各家的糕点都拿了来混在一起，我也能品出是谁家做的。”

叶佳瑶撇了撇嘴，吹牛。七八块糕点下肚后，夏淳于开始受不了了，这才想起宋七说去沏茶，茶呢？就算上山去摘也要摘回来了。夏淳于伸手要把叶佳瑶的茶水拿过来喝。

“喂，这是我喝过的。”叶佳瑶拦住不让拿。

夏淳于闲闲道：“你喝过的茶又有什么关系，我又不嫌弃你。”

叶佳瑶脸一红，咬牙道：“谢您老不嫌弃，可我嫌弃。”

夏淳于恼道：“喂，我帮你吃了这么多东西，你不让我喝水，是想我噎死吗？”

叶佳瑶听他这么说又有点不好意思，每块糕点她都只掰一小块吃，都快吃腻味了，他吃了那么多，的确不太好受。“宋七不是给你去泡茶了吗？”叶佳瑶嘟哝道。

夏淳于悻悻地说：“你以为他真去泡茶啊，一定是怕你又抓他试吃，溜了。也就是我，咬牙撑到现在，结果你连口水都不给我喝。”

“拿去拿去，都给你成了吧！我自己再去叫一杯。”叶佳瑶离座要去叫茶。

夏淳于道：“别叫了，我晚饭还没吃呢，吃了一肚子糕点，陪我去吃东西，把这味道压一压，不然要吐了。”

“都这么晚了，你自己去吃吧，你也该回家了。”反正试吃已经结束。

夏淳于指指窗外：“没听见外面下大雨吗？我又没坐马车来，等雨停了再说。”

叶佳瑶想想也是，其实叶佳瑶也想吃点别的，可是外面下雨了，这年头又没雨鞋，走得湿哒哒的，难受。便道：“要不，我去楼下问问小二，能不能借他们的厨房做点吃的？”

夏淳于想了想，勉为其难道：“就随便做个炒饭吧！”瑶瑶第一次给他做的就是蛋炒饭，那味道，记忆犹新。

七十七　门不当户不对

叶佳瑶去做吃的，夏淳于拿了她的小册子歪到竹榻上翻看。只见上面写着密密麻麻的蝇头小字，每一种干果、蜜饯、糕点的特点，好在哪儿、缺在哪儿都记录得十分详细。

夏淳于很欣赏她这种认真的态度，换成旁人，肯定是去百味斋或是聚香园随便买几款便是，客人也不会说什么，像她这样要求尽善尽美的还真不多。之前他还有些担心她会做不好，但现在他相信她可以做得很好。

叶佳瑶做好了扬州炒饭，回到楼上。夏淳于闻到饭香，忙起身，把榻几上的东西移掉："在这里吃，靠着窗，凉快。"

"厨房里没有牛肉，就用了猪肉，青菜也没了，加了点雪菜，不许嫌弃啊。"叶佳瑶申明在先，这厮挑嘴得很。

夏淳于不以为然道："这有什么，你没上山之前，我吃的可比这差多了，不也照样过来了？"

"你还说，我天天给你做好吃的，你还老是对我凶巴巴。"叶佳瑶想想就来气。

夏淳于道："那时又不了解你的底细，还以为你是大当家的眼线呢！他们掳了这么漂亮的女人来，自己不要偏偏给我，我当然要怀疑。要知道，大当家可是一直对我不放心，都试探过好几回了。”

叶佳瑶听他夸她漂亮，气又平顺了下去，瞪了他一眼，嘟哝道：“借口。”

夏淳于也不辩解，他说了实话，别人不信他也没办法。虽然食材不够丰富，只有猪肉丁、雪菜和鸡蛋，但瑶瑶做的就是美味。其实他并不饿，只是太想念她做的蛋炒饭，便吃了个底朝天，见她碗里没怎么少去。

“你不吃给我吃。”夏淳于盯着她的碗。

叶佳瑶忙捂住：“你都吃了那么多了，我还特意给你装大碗的。”

“是谁说一饭一食皆来之不易，不能浪费？再说了，我今天跑了趟紫金山，体力消耗大，多吃点应该的。”夏淳于不由分说地把她的饭碗抢了过去，往自己碗里倒了一半，才还给她。

叶佳瑶郁闷道：“若是碰到灾荒时期，跟你在一起的人都得饿死。”

夏淳于看着她笑，黑曜石般的眼睛柔光潋滟：“那你大可不必担心，我便是割了自己的肉也不能让你饿着。”

叶佳瑶有些窘迫，什么意思啊，她在他心里有这么重要吗？叶佳瑶默默地扒着饭，总觉得有道炙热的视线落在她脸上，忍不住抬眼，对上一双深如漩涡的黑眸，那眸底隐隐浮着笑意。

“你盯着我干什么？”叶佳瑶剜了他一眼。

夏淳于指指她腮边：“有饭粒。”

叶佳瑶忙去擦，没有啊！

“你骗我的吧？”叶佳瑶怀疑道。

夏淳于装模作样低头吃饭，淡淡道：“刚才有，现在没了。”唇角浮起一抹不易察觉的笑意，很享受这样温馨的时刻，他曾以为这辈子都没有机会再这样和她面对面坐着吃饭，眼前的情景多么像他们成亲那晚，也是这样抢着吃，只是当时的她敢怒不敢言，小心翼翼。

窗外雨停了，饭也吃饱了。

“你该回去了，很晚了。”叶佳瑶催促道。

夏淳于叹息道：“是啊，该回去了。”该走了，他不想走，可不敢不走，好不容易和瑶瑶的关系有所改善，就再忍一忍吧！

“那我先回了，明天不知道有没有空过来。”夏淳于起身道，很希望能从她眼中看到些许失望的神色。可惜没有。

叶佳瑶说：“你忙你的，反正我这也没事。”

夏淳于心中郁郁，一定要有事才会想到他吗？没事就不能想想他吗？

“去吧去吧，我也困了。”叶佳瑶不断催促。

夏淳于沉着脸快步往外走，叶佳瑶礼貌性地跟在他后面送他出门。忽然，前面的人来了个急刹车，叶佳瑶没刹住，一头撞了上去。叶佳瑶捂着撞疼的鼻子，抱怨道：“你干吗突然又停下来。”

夏淳于若有所思地说：“我忘了一件事。”

叶佳瑶刚想问他什么事，他低下头来，蜻蜓点水似的在她额头上亲了一下。

叶佳瑶正要恼，只听他温柔地低语：“明天我再来。”然后潇洒转身，大步离去。

叶佳瑶盯着空荡荡的房门口，老半晌没回过神来。自己怎么就让他亲了呢？即便她已经原谅他了，也并不表示她就会接受他。他们之间存在太多的问题，门不当户不对，她也不想去做他的妾，然后天天看正妻的脸色，仰人鼻息地过日子，没意思。

翌日清早，叶佳瑶就先去了聚香园，买了一堆糕点，宋七的表情在走进聚香园的时候就变得很痛苦了。

“尧哥，您天天买这么多糕点做什么？难道您想开糕点铺？”宋七小心试探道。

叶佳瑶讳莫若深地一笑：“是有这个打算哦！”

宋七快哭了，他还指望着嫂子将来开个酒楼，他也好去蹭上几顿，要是开糕点铺，会不会经常被叫了去试吃？“尧哥，小的觉得，开糕点铺还不如开酒楼，您看，糕点人家最多买一两盒，吃饭的话，一点就是一桌菜，多赚钱。糕点这东西，也就女人爱吃，男人大都吃不惯这些甜腻腻的东西。”

叶佳瑶悠然道：“那就酒楼糕点铺都开呗，什么赚钱做什么。”

宋七心说：您胃口可真大。

“宋七，待会儿这些糕点你都拿去……”叶佳瑶故意慢吞吞地说，就看着宋七的脸慢慢变成了一个“衰”字。

“尧哥，您饶了我吧，我昨晚吃多了，现在一看见糕点，我都觉得自己可以七天不用吃饭了，要不，我帮您找几个丫头来试吃？”宋七垮着脸央求道。

叶佳瑶忍俊不禁：“我话都没说完呢，你急什么？我是让你把糕点全都拿去天上居，今天，我请兄弟们吃。”

宋七立马腰板都直起来，咧嘴一笑：“遵命，尧哥。”

中午忙完后，叶佳瑶又叫了大家去开会，不过这次开会的待遇有所提高，不仅有茶喝，还有自带的糕点吃。

“来，都来尝尝，尝完了，说说每种糕点的特点。”叶佳瑶打开食盒，拿出十来碟糕点。

邓海川纳闷道：“尧哥，干吗弄这么多糕点？最重要的不是菜式吗？”

叶佳瑶拍拍他的肩膀：“海川啊，想问题呢，不能太过片面，菜当然要做好，但是金陵城里菜做得好的大有人在，客人夸一句好吃就不错了。但是糕点不一样，若是能出新意，有新花样新口味，客人往往很容易记住。有句话说得好，细节决定成败。咱们这次要的是一鸣惊人。”

大家似乎有些明白了，若有所思地点头。

“一场宴席，菜式是关键，但茶水、干果、糕点、甜品的搭配也很重要，甚至使用的盘子、筷子、汤匙都有可能成为失败或是成功的因素，我们要关注每一个细节，务求尽善尽美。”叶佳瑶继续说道。

钟祥默默地把糕点分派出去：“吃吧，仔细品尝，有什么意见大家一起讨论。”用心悦诚服已经不足以形容现在的他对李尧的感受，他觉得自己跟李尧比起来，真的是差太多。李尧既能把控大局，又能关注细节，就像一个运筹帷幄的将军。

寿宴的菜式，叶佳瑶已经拟好，干果蜜饯昨天也定了下来，唯有这糕点，她拿不定主意，等大家都吃过了，商讨过后，最终敲定，糕点四品：豌豆黄、核桃酥、千层糕，以及芸豆卷。

“李尧，这些都是常见的糕点，你说要出新意，这个怎么弄？”钟祥心里没底。

叶佳瑶抿嘴一笑：“新意是靠人琢磨出来的，大家都回去想想，待会儿我就去赫连王府，要是菜单定下来，明天我们就要开始准备了。”

七十八 淳于的娘

叶佳瑶头一回来赫连王府，发现赫连王府和靖安侯府居然离得很近，就隔着两条街。门房进去通传，不一会儿，赫连景快步出来相迎。

“大尧尧，你可算来了，让我好等。”赫连景今天一天没敢出门，生怕叶佳瑶来了他又不在。

“没耽误你什么事吧？”叶佳瑶不好意思地问。

“没有没有，就是我自个儿着急，还有我娘，她说要亲自定一下菜单。”赫连景讪讪道，“你不用担心，我娘是很和善的人，不会为难你的。”话虽这么说，但赫连景心里还是没底，本来以为大哥点头就够了，结果娘又横插一杠子，真烦人。要再被拒绝一次的话，他都没脸再见大尧尧了。

谁知叶佳瑶道：“我才不担心呢，你娘来做主更好，起码你娘比你懂得多。”如果让小景审议，估计他看也不看就说好，那还不如让他娘来决定，有什么新增的要求和不妥之处，现在提出来还来得及改。

懿德长公主正在和靖安侯夫人夏尤氏闲聊，最近几年两人闲聊的主题始终围绕儿子的婚姻。两家的儿子都非常优秀，年纪都不小了，淳于二十一，赫连煊二十三，这个年纪的男子大多数都已经当爹了，但这两人的婚事都还没着落。一是因为太忙，二是两人主意都很大，眼光又高，父母给安排的都不满意，所以，一来二去就给耽搁了。好在，淳于的婚事总算有了点眉目，只是这个未来儿媳妇有些不一般，让夏尤氏有些担忧。

"琉璃是任性了些，可毕竟年纪还小，哪家孩子不贪玩，我倒觉得太后此番有些小题大做了。"懿德长公主不以为然地说。夏尤氏勉强笑着，琉璃是懿德长公主的亲侄女儿，懿德长公主自然是向着琉璃的。

对于这门婚事，夏尤氏已经从最初的兴奋中冷静下来，淳于若是真娶了琉璃，前程自是一片光明，与夏家而言更是锦上添花。但好处很大，坏处也有，这么个娇蛮的郡主，背后还有那么强大的靠山，淳于会不会受欺负？当个窝囊王爷有意思吗？还有，她这个做婆婆的说不定还得看媳妇的脸色行事。侯府向来由她说了算，当家当惯了，突然来一个比她的身份高出一头的人压制着，当真不太好受。所以，这几天她一直很纠结。

"太后也是为了琉璃郡主好。"夏尤氏琢磨了一下，接了一句。

"琉璃不过是出宫玩耍一回，有什么大不了的。我在她这个年纪的时候，也对宫外的世界好奇得很，打扮成小太监偷偷溜出去好几回呢！也正是那时认识了王爷……"回想起那段美丽的邂逅，懿德长公主的眼神变得缥缈而悠远，唇边浮起一抹浅浅的笑。

问题是，现在太后皇上一致看好淳于，这门婚事就差挑个时机昭告了。琉璃郡主是该收收心，安安分分待嫁，还接二连三往宫外跑，算怎么回事呢？夏尤氏只好用一个更勉强的微笑来回应，然后低头喝茶，掩饰尴尬。

幸好懿德长公主追忆往事没有追太久，叹了一声："其实太后只是过于紧张琉璃，生怕她出意外，老七家可就只剩这么一根苗了……本来太后是想在中秋之前把琉璃和淳于的婚事定下来，可最近西蒙出了乱子，皇上为此甚是忧心。我听煊儿说，有可能要出兵了。"

话题从小郡主偷溜出宫瞬间转到了出兵西蒙，这个跳跃幅度太大，夏尤氏愣了一会儿，松了口气，心说：幸亏西蒙乱上一乱，淳于的婚事能缓上一缓。旋即夏尤氏又纳闷，为什么她听到这个消息会是这种反应？好吧，她是该回去斟酌斟酌了。

"启禀王妃，做寿宴的厨子送菜单来了，小王爷问您是不是要过目？"下人进来回禀。

“人在何处?”懿德长公主问。

“现在花厅等候。”下人回说。

夏尤氏见她有事，便起身告辞。今天不过是来打探下琉璃被罚的事，结果一坐一个多时辰，是该回去了。

懿德长公主道：“你先别忙着走，帮我一道去瞧瞧，听说这厨子是个新人，我不太放心。可这是小景头一遭当差，他尽心尽力地张罗，我怕打击了他，到时候你帮着敲敲边鼓，最好能让他打消这个念头。”

夏尤氏极度无语，你自己不想答应，又不愿意做恶人，便拉了我去唱红脸，让我去讨人嫌?你这是请我帮忙还是在坑我呢?

“要我说，新人有新人的好处，新人才能玩出新花样，既然小景这么看好他，自有他的可取之处，我看您不必过于担心。再说了，小景是个懂事的孩子，那人若真的不行，小景会理解的，毕竟这是老祖宗的大事，马虎不得……”夏尤氏婉言拒绝。

“他哪知道什么轻重，就会意气用事，听说那厨子是他新近结识的朋友，昨晚我不过是多问了几句，他就不高兴了。他打小被我惯坏了，在他面前，我说的话还不如你说的话有分量。去吧去吧，多个人多个主意，万一我有什么疏忽，你也好提醒一下我。”懿德长公主硬拉了夏尤氏去。

夏尤氏推脱不掉，心里打定主意，听听就是了，这恶人她是决计不做的。

花厅里赫连景看完菜单惊叹不已。“大尧尧，你这也太详细了吧！都怎么让你想出来的?要按你这个做，都要赶上御宴的规格了，那福记跟你比起来简直太差劲了。”

叶佳瑶心说：可不就是御宴的规格吗，而且是史上最负盛名的御宴的改良版。

“会不会违背仪制的规定?”这一点是叶佳瑶比较担心的，古代封建社会等级制度森严，吃穿住行包括娶妻都有讲究，僭越的话后果很严重。

赫连景道：“仪制是有规定，但我祖母的身份也配得上御宴的规格了。”

他的祖母乃是怀宋唯一一位一等诰命夫人，儿子是怀宋唯一一位因为功勋卓著而封的异姓王，儿媳又是当今圣上的亲姐姐、太后的亲生女儿懿德长公主。便是太后召见她也是允许她平起平坐的，如此尊崇的身份，便是御宴也担当得起。

叶佳瑶道："如果嫌太奢华，我这里还有另外两份计划，我一共设计了上中下三份。"

赫连景想了想，说道："我娘喜奢华，我祖母喜节俭。我哥的意思，不要太过奢靡，落人口舌，也不能太过简单寒酸，惹人笑话，还道儿媳孙子不够孝顺，适中就可以。"。

叶佳瑶点头，还是赫连煊考虑事情比较周到："那待会儿还是把中等的那份交给你娘看。"

赫连景却是摇头，笑道："我娘一定喜欢这份，越奢华她越喜欢，先给她看这份。要减就让祖母自己去减，我娘自会讨价还价。"如果直接拿中或是下去，肯定被娘嫌弃，那就谈都不要谈了。

正说着，懿德长公主和夏尤氏一起来了，叶佳瑶一见两位气度雍容、仪态万方的贵妇，一时分辨不清哪位才是小景他娘。其中那位鹅蛋脸的贵妇长得好生眼熟，却又想不起来在哪里见过。

赫连景为免大尧尧尴尬，忙上前行礼，笑嘻嘻地说："娘，我还以为伯母在，您没空过来了呢！"

"你祖母的寿诞不仅是咱们家的大事，便是太后和皇上也很重视，都过问好几回了，娘自然要来替你把把关。"懿德长公主曼声说道。

赫连景不接娘的话，转而去给夏尤氏请安："伯母安好，淳于哥这几日在忙什么呢？也不见来家玩。"

叶佳瑶心里咯噔一下，暗暗打量这位鹅蛋脸的妇人，恍然大悟，难怪觉得眼熟，原来她是淳于的娘亲，这……这可真是太突然了。跟夏尤氏请过安，赫连景这才介绍叶佳瑶："娘，这位就是我跟您提过的天上居的主厨李尧。"赫连景介绍道。

叶佳瑶双手抱拳，恭恭敬敬行了一礼。懿德长公主瞥了眼低眉垂首的叶佳瑶，这么年轻？她越发觉得这事不牢靠。

七十九　敲边鼓

对于王妃流露出来的怀疑和否定的神色，叶佳瑶已经很熟悉了，可惜老天没给她一个汽油桶一样的身材和一张沧桑的脸。所以，她要想获得机会，受到的质疑总比别人要多。但她宁可被质疑，也不要变难看。

懿德长公主和夏尤氏落座，懿德长公主也没给叶佳瑶看座，赫连景就陪叶佳瑶站着。

“你以前在哪些酒楼做过？”懿德长公主曼声问道。

本来叶佳瑶可以随便扯个身世，但淳于的娘也在，淳于是最知道她底细的，这谎话就说不出口，只好老实说：“在下待过的最大的酒楼就是天上居了，先前都是在各地游学，行万里路，学南北饮食之精粹，融东西饮食之差异。”

懿德长公主暗抽一口冷气，这小子还真年少轻狂！“你倒是自信啊！”懿德长公主目光微冷，她原本心里还留了三分犹豫，在看到叶佳瑶的年纪时已经减去一分，听了她的回话，则彻底把分给扣光了。

赫连景知道娘的脾气，忙把菜单呈上：“娘，这是李尧拟的菜单，您看看如何？”

懿德长公主淡淡扫了眼那份菜单，已经完全提不起兴趣来看，但小景殷切的、甚至带着点乞求的小眼神，让她硬不下心。她勉强接了过来看，先时，只是漫不经心地瞄几眼，但到后来神色已然变得郑重起来。

她也算操办过许多宴席，但从来没有见过这么详细的一份菜单。是的，详细，非常之详细，从碗碟的选用、待客的香茗、宴前的干果蜜饯糕点、酱菜几品、前菜几品、热菜几品、主食长寿面、饭后茶果一应俱全。且每道菜名都寓意吉祥。还标注此菜选用何种食材，大致用何种烹饪方式制作，有何特点与功效，其中有些菜式她听都不曾听说过。

这只是粗粗一看的感受，琢磨进去，就会发现这份菜单的不凡之处，菜色的荤素搭配、营养搭配，山珍与海味的选择都十分讲究，这绝对是一场盛宴，十分体面，绝不亚于御宴。

懿德长公主很认真地看完了菜单，并转交给夏尤氏，自个儿问叶佳瑶："这上头列出的菜式你都能做？"

叶佳瑶正色道："能做，长公主若是不放心，在下可以先做几道菜请长公主试吃。"

"娘，您点上几道，让李尧明天就做出来给您尝尝。"赫连景附和道。他现在学精明了，娘对大尧尧有偏见，他越是夸，娘越是不信，索性就让娘自己去尝尝。

叶佳瑶苦笑："有几道菜明日倒不一定做得出来，像百年老圆鱼、鲜白磨这些食材不是很好找，要费些时间。"

懿德长公主道："我来问你，你这上头有一道时令点心叫团团圆圆，这是什么东西？而且后面还打了个问号，又是何意？"

叶佳瑶微微一笑："回长公主，老祖宗的寿诞是七月二十八，很快便是八月中秋了，大家提前尝个月饼，寓意年年岁岁人团圆。至于为什么打问号，是因为这款月饼是在下新研制的，本打算八月份再推出，所以目前还没有人试吃过，并且价钱不菲，在下不确定长公主会不会要，故而先打个问号。"

"是什么样的月饼？"夏尤氏好奇问道，因为月饼实在是困扰她很多年的问题了，她从不觉得那些甜腻腻的月饼有什么好吃，不管是苏式的、广式的还是京式的，可为了应节，再难吃也得吃。一听说有新款，她便忍不住问上一问。

不晓得为什么，知道这人是淳于的娘，叶佳瑶就有些紧张。

“确切的说是两款月饼，本来在没有正式上市之前，这些都属于商业机密，既然夫人问了，在下便先透露一点。其中一款叫水晶月饼，饼皮似水晶透明，柔韧而富有弹性，馅料是各种水果味儿的，甜而不腻，果香怡人。还有一款叫冰淇淋月饼，这种冰淇淋是在下的师傅远渡重洋从外国学回来的，好吃得让人尖叫，绝对是前所未有的体验。”叶佳瑶自己都开始想念冰淇淋的味道了，盛夏里，慢慢享用一杯蓝莓口味的冰淇淋，所有的燥热与烦闷都会一扫而空。

夏尤氏和懿德长公主面面相觑，心中皆是疑问，有这么玄乎？

赫连景也是第一次听说，但他对大尧尧的本事深信不疑，只要大尧尧想做，似乎就没有做不到的。“娘，伯母，最近金陵城很流行的冰饮，像粉红佳人、双滑奶什么的，你们可曾听说？”赫连景问道。

懿德长公主略一思忖：“好像说琉璃出宫便是为了去喝冰饮，难道这东西真有那么好喝？”

赫连景笑道：“好不好喝，儿子明天买回来给您尝尝，这冰饮就是李尧新研制出来的，如今可算是风靡金陵了。”

“小王爷说笑了，哪还用得着您亲自来买，想吃只要说一声，在下随时送来。”叶佳瑶客套道。

赫连景却是当真了，惊喜地问：“真的吗？”那以后他可以时常用这个借口请大尧尧来家玩了。

叶佳瑶笑看着他，眼底又流露出熟悉的目光：我是为了讨好你娘，拿下这个宴席赚点钱，挣点名气。要是真让你随叫随到，我还能好好工作吗？

赫连景很快意识到自己想多了，尴尬地挠了挠头。

叶佳瑶言归正传：“这两款月饼的制作成本都很高，工序繁琐，价格自然便宜不下来。等到上市，冰淇淋月饼，每个的售价起码在五两银子以上，而水晶月饼也不会低于三两银子一个。若是每位客人的份都算上，单单这一笔开销就有些惊人，所以，在下先打个问号。”

懿德长公主仪态万方地扶了下头上的珠钗，嘴角牵出一抹傲慢的淡笑，慢悠悠地说：“只要东西好，这点银子不算什么。”按预算，席开三十六桌，每桌算十人，统共只有三百六十人，五两一个，最多也不过两千两银子，这算什么惊人的数目，太小看赫连王府了。

夏尤氏莞尔道："你这菜单列的，一桌就得好几百两银子呢，大头都花进去了，长公主还会在乎这点添头？东西好才是最实在的。"

懿德长公主让她找茬，她才不听她的，夏尤氏觉得自己真有先见之明。新厨子、年轻人，才会有满脑子的新花样，那个冰淇淋月饼，好吃得让人尖叫，这是怎么个好吃法？她已经开始期待了。另外说句公道话，她觉得这菜单拟得不错，天上居在金陵城也算有名气的，能当上天上居的主厨，厨艺还能差到哪里去？这事儿交给这位年轻的小厨子妥妥的。

"娘，就这么定了吧，再拖延下去，可得耽误事了，我和大哥都相信李尧能行的。"赫连景催促着，把大哥也搬了出来。

夏尤氏瞥了眼还在犹豫的懿德长公主，淡笑着说道："明年我家侯爷就五十了，到时候也要好好摆几桌，李尧是吧，我就先跟你说定了，到时候请你，价钱就不许涨了。"

叶佳瑶那叫一个感动，淳于的娘怎么就这么好呢？

八十 冤家路窄

两刻钟后，赫连景笑嘻嘻地送叶佳瑶出府。

赫连景笑道："我明天晚饭来天上居吃饭，你先帮我留桌，还有冰饮。我要请夏淳风吃饭，他是淳于哥的亲弟，他比我大一岁，刚从外地回来，我们小时候常一块玩。"

哦，叶佳瑶点点头，夏淳风，不晓得跟他哥长得像不像。她和赫连景告别之后，宋七在街角等叶佳瑶："尧哥，事情成了吗？"

叶佳瑶笑着说："多亏了你家夫人帮忙。走，陪我去卖铜器的地方转转。"

"卖铜器的地方？尧哥，你要买铜器？做什么用？铸铜锅？铜壶？"宋七纳闷，炊具一般不都是用铁的吗？

"冰鉴。"叶佳瑶简单扼要地说，不过她要的冰鉴可不是那种又笨重、做工又复杂的，她要的是简易冰鉴，用来装冰淇淋月饼，连冰鉴一起卖，这样大概可以存放三到五天的时间，不然冰淇淋化开，冰淇淋月饼就不值钱了。

铸铜器的地方和打铁铺子都在一条街上，这地名也好记，就叫打铁巷，还未进巷子就听见此起彼伏的打铁声，叮咣叮咣，热闹得很。叶佳瑶从巷子这头走到巷子那头，发现这里只有一个铸造铜器的铺子，没得挑了，好歹就这一家，希望这里的师傅能做出她想要的东西。

叶佳瑶拿出图纸跟师傅讨论了半天，总的来说，这个简易冰鉴分里外两层，夹层中间放冰块，里层放置食物，要求做得轻巧、美观。

师傅琢磨了许久才道："我先试试，三天后来看货，不过，如果我都做不出来的话，这金陵城里，你也找不到第二家了。"

"行，那就麻烦师傅了。"叶佳瑶付了订金。

两人从打铁巷出来，天色已近黄昏。宋七建议道："尧哥，你不回天上居了？今天晚饭，咱们去香溢楼怎么样？"

叶佳瑶想了想："行啊，我也正准备去尝尝牛大厨做的菜。"寿宴的事要紧，厨艺大赛的事也不能落下，听说七月中旬比赛的章程就要出来了。

宋七还以为要费一番功夫才能完成世子爷交代的任务，结果只是提了一句，叶小姐就答应了。

到了香溢楼，叶佳瑶观察了下周围环境，就知道香溢楼为什么这么赚钱了，这附近有诸多商会、镖局和银庄，客源不用愁，往来都是有钱人。平时一起聚个会，谈个生意，事成之后去香溢楼吃一顿庆祝一下，非常便利。

宋七直接要了最好的包间，叶佳瑶本来觉得有点浪费，就他们两人要什么包间。后来一想，坐大堂可是吃不到牛大厨做的菜，等于白来一趟，所以，贵点就贵点，等她赚了大钱，多请宋七吃几顿就是了。点完菜，叶佳瑶去茅厕。等她回到包房，却意外地发现宋七变成了夏淳于。

"你怎么在这？宋七人呢？"

"昨天不是说过，我会来的吗？"虽然最近事情比较多，但叶佳瑶这点记性还是有的，他昨天绝对没说要和她一起吃饭这回事。不过，她也懒得跟他争辩，争赢了也没啥好处。

夏淳于吩咐小二去上菜，这里就不用他伺候了。"听说长公主已经认可你的菜单了？"

"是啊！"叶佳瑶给自己倒茶，淡淡说道。

夏淳于把茶杯递过来，示意叶佳瑶给他也倒一杯。叶佳瑶不情愿地给他续了一杯。

"还听说你今天见到我娘了？"

“是啊！”叶佳瑶回了两个字又没话了。

看她这副爱理不理的模样，夏淳于心里有点忐忑，莫不是昨晚他亲了她，她不高兴了？不过，现在最让他紧张的是娘和瑶瑶见过面这件事，完全打乱了他的计划。

“我娘有没有为难你？”夏淳于故作淡定地问，一双深邃的黑眸紧锁在她脸上，不放过她脸上任何细微的神情变化。

叶佳瑶抬了下眼皮，瞅了他一眼，自嘲地笑道：“在你娘眼里，我不过是个小厨师，做的又不是你家的宴席，她犯得着为难我吗？”

夏淳于想了想，说得也是，娘向来就不好管闲事。瑶瑶接的是赫连家的寿宴，的确跟她没关系。这样想着，眉头渐渐舒展开来，嘴角扬起一抹弧度，说：“今天咱们吃香溢楼，明天你想去哪儿吃？麒麟阁还是素膳坊？”

叶佳瑶狐疑地打量他：“为什么要请我吃饭？”

夏淳于闲闲地说：“家里做的饭菜不好吃，最近赫连煊又忙，没人陪我吃饭，所以就找你咯。”

叶佳瑶道：“你会找不到人陪你吃饭？你站在大街上随便吆喝一嗓子，有的是人来陪你。”

夏淳于蹙眉道：“吃饭不光光是饭菜好吃就行，吃饭的心情也很重要知道吗？跟谁一起吃就决定了是什么样的心情，我觉得跟你一起还不错。一来，你对美食的品味跟我差不多，比较有共同语言。二来，看着你，虽然还没到秀色可餐地步，但绝对不会倒人胃口，有助于专注用餐……”

叶佳瑶狠狠瞪他，什么有助于专注用餐？你是在讽刺老娘我长了一张容易让人忽视的脸吗？老娘还想说看到你都倒胃口呢！

夏淳于见她吹胡子瞪眼的，怕她真恼了，笑道：“逗你玩儿的，可不敢当真。其实是我听说了厨艺大赛的事，便想着带你把金陵城有名一点的酒楼饭店都尝一尝，知己知彼，方能百战不殆不是吗？”

叶佳瑶好奇地问：“你怎么知道厨艺大赛的事？听谁说的？”

夏淳于当然不敢告诉她，他不过是和来福客栈的杜掌柜喝了两杯酒，杜掌柜就把瑶瑶的老底都兜出来了，只好说：“当然是宋七啊，这小子搞情报那可是一把好手，你应该领教过了。”

的确是领教过了，黑风岗的弟兄都以为宋七就是个小跟班，什么本事都没有，却原来宋七才是夏淳于身边最得力的助手。看来有这么个家伙天天跟着很是麻烦啊，什么秘密都藏不住了。

叶佳瑶瘪瘪嘴，说："我的事不用你管。"

正巧小二来上菜，免去了一阵尴尬，夏淳于忙转移话题，谈起了琉璃郡主。

"太后训斥了她一顿，我看她，中秋之前是别想随意出入宫门了……"

叶佳瑶暗松了口气，危机总算是暂时解除了，要不然，她最忙的时候还要天天防着琉璃使坏，那就太倒霉了。

这顿饭说是牛大厨的手艺，叶佳瑶品得特别仔细。牛大厨做菜的特点是口味比较重，特别讲究一个"鲜"字，这种鲜，不是食材本身所带的鲜味，而是加了辅料的鲜，像放了十三香之类的调料，喜欢吃的人就会觉得很好吃。原来，牛大厨的本事不过如此。

叶佳瑶吃饱了，拭了拭嘴角，问夏淳于："你觉得这位牛大厨做的饭菜如何？"

夏淳于面带微笑瞅着她，施施然地说："不及某人。"不管是牛大厨，还是郑大厨，或者是宫里的御厨，谁做的都没有瑶瑶做的饭菜合他的口味。

叶佳瑶得意地挑眉，明知故问："某人是谁？"

夏淳于手指朝她一点，模棱两可地说："你应该知道的呀！"

"我要走了。"叶佳瑶起身告辞。

"等等，我送你。"

"不用了，我自己认得路。"

"可我不放心让自己的女人一个人回去。"夏淳于慢条斯理地说道。

叶佳瑶头皮发麻，她没听错吧？他说她是他的女人？"喂，你胡说什么？我跟你可没关系。"叶佳瑶抗议道。

夏淳于也不恼，宠溺地捏了下她小巧的鼻尖："走了，女人。"他的眼神和语气实在太暧昧了，好像是在享受他宠爱的女人跟他撒娇似的。

叶佳瑶扭头就走，隔壁包间正好有两个人一道出门来，三人撞在了一处。

"臭小子，你走路不长眼啊！"其中一人破口大骂。

叶佳瑶定睛一看，这不是上次赵启轩请客时来过的、老爱跟她作对的叫穆秦楚的家伙吗？

另一位扶住了栏杆才站稳的公子，忙来询问："表哥，你没事吧？"

叶佳瑶再次愣住，仿佛平地炸起一道雷，将她劈得外焦里嫩，做梦都没想到，居然在这里碰到魏流江。没想到魏流江和穆秦楚竟然是亲戚。魏流江都到了，那么瑾蓉是否也来了呢……叶佳瑶脑子里一瞬间闪过许多念头。

"喂，说你呢，不长眼的臭小子，撞坏了小爷，就算你有九条命也不够赔的。"穆秦楚今天是专门设宴为表弟接风洗尘的，他压根没认出叶佳瑶，他的眼里只有比他身份更尊贵的人，天上居一个小小厨子，他从没拿正眼瞧过。

"是么？原来穆公子的命这么值钱啊！"有人笑着，慢条斯理地说道。

穆秦楚扭头，正要发作这个多管闲事的家伙，可一看清那人相貌，穆秦楚的嚣张气焰立马湮灭了："原来是淳于哥，秦楚有礼了。"

在金陵王孙公子中，与夏淳于交好的都叫他淳于哥，穆秦楚也跟着叫，想要套近乎。谁知夏淳于冷冷道："淳于哥也是你叫的？"直接丢了一颗硬钉子。

穆秦楚十分尴尬，哭也不是，笑也不是。

夏淳于走过来，看瑶瑶呆呆的模样不由得拧眉，一向胆大的瑶瑶，居然被人喝一句就吓倒了？还是刚才撞疼了？

"李尧，撞哪儿了？"夏淳于去摸她的头，他怀疑撞到脑子了。

叶佳瑶指指额头，做出委屈的模样："撞到这了，头还是晕的。"

穆秦楚很震惊，这是什么情况？夏淳于居然跟这臭小子这么熟，那他刚才骂这臭小子，岂不是得罪了夏淳于？满金陵城最有名的三不惹，第一是赫连王爷赫连煊，此人位高权重，下手毫不留情；第二就是琉璃郡主，谁惹谁倒霉；第三就是夏淳于了，此人不像赫连煊那么张扬，但凡是得罪过他的，不知是巧合还是怎么的，一个个都倒霉了。这也是三个人中最让人琢磨不透的一位，最不能招惹的一位。

穆秦楚想到这茬，忙陪着笑对叶佳瑶说："刚才是我表弟走得急了些，没看路，不小心冲撞了你，我代他给你赔个不是。"

夏淳于沉着脸道："赔个不是就行了吗？撞坏了我兄弟，你就算有十条命也不够赔的。"

夏淳于拿穆秦楚先前的话堵回去，连他的女人都敢呵斥，等于是打他的脸，就算他老爹穆侍郎来了，他也照样不给情面。

穆秦楚吓得打了个哆嗦，夏淳于这是摆明了要替他的兄弟出头，只得连连点头哈腰："是我的不是，还请小爷见谅。"

魏流江也帮衬着说道："实在对不住，刚才在下鲁莽了，冲撞了小爷，都是在下的不是。"

"流江，没你的事，一边去。"穆秦楚这点面子还是要的，在金陵出了事还要表弟帮他顶缸的话，他还有什么脸面。

夏淳于听到这名字，飞快地看了眼叶佳瑶，叶佳瑶眨巴了两下眼睛，似在说……就是这家伙。这里头的意思只有他们俩知道，魏流江，正是原主叶瑾萱要嫁的如意郎君。夏淳于了然，难怪瑶瑶刚才呆呆的，原来是碰上负心汉了。

这段时间宋七被他派去保护瑶瑶，以至于魏家那边的消息滞后了，竟然在街上遇到才知道。好啊，你终于来了，爷可是等你小子等多时了。

夏淳于眼神轻蔑地斜了魏流江一眼："你又是哪个犄角旮旯里冒出来的？"

穆秦楚忙介绍道："世子爷，这位是在下的表弟，昨天刚从济南过来，是济南知府的大公子，姓魏名流江。"

夏淳于点点头，道："原来是魏知府的公子，我前阵子在山东办差事还去过你们魏府。"

穆秦楚小声提醒表弟道："这位是靖安侯世子，一等侍卫夏淳于。"

魏流江怔愣住，原来是来过家中的云麾使夏大人，当时夏大人可是为了求证叶家大小姐叶瑾萱而来的。为此，爹还紧张过好一阵，没想到来到金陵第二天就碰上了云麾使夏大人，真是有够倒霉的。

魏流江讪讪道："原来是夏大人，上次夏大人来家中，在下未能拜见，深感遗憾。"

夏淳于看他目光闪烁，分明一副心虚胆怯的模样，不由得在心底冷笑……心虚了吧，真正让你怕的还在后头呢！